À PROPOS DE L'AUTEUR

Professeur diplômé de Harvard, Susan Wiggs a écrit plus de vingt-cinq romans, tous empreints d'une émotion et d'une finesse psychologique qui lui ont valu d'être plébiscitée par la critique et d'émouvoir, mais aussi de faire sourire ses lectrices dans le monde entier.

Un *Jour* de *neige*

SUSAN WIGGS

Un Jour de neige

Traduction française de
KARINE XARAGAI

HARLEQUIN

Titre original :
LAKESHORE CHRISTMAS

Ce roman a déjà été publié en 2011.

HARPERCOLLINS FRANCE
83-85, boulevard Vincent-Auriol, 75646 PARIS CEDEX 13
Service Lectrices — Tél. : 01 45 82 47 47

www.harlequin.fr

ISBN 978-2-2803-6709-7

Aux nombreux bibliothécaires de ma connaissance — parmi eux : John, Kristin, Nancy, Charlotte, Wendy, Cindy, Rebecca, Elizabeth, Suzanne, Melanie, Shelley, Stephani, Deborah et Cathie — ainsi qu'à toutes celles et tous ceux que je ne connais pas…

Vous n'imaginez pas combien vous enrichissez la vie des autres. Ou peut-être que si. Je l'espère en tout cas. Merci.

Première partie

« Bénie soit la saison qui entraîne le monde dans la conspiration de l'amour. »

HAMILTON WRIGHT MABIE (1846-1916),
essayiste américain.

1

Le jour tombait lorsqu'il arriva aux abords de la ville. Un crépuscule d'hiver qui absorbait progressivement un paysage exsangue de champs et de forêts aux teintes étouffées. La saison des neiges n'avait pas encore débuté, mais l'air était d'un froid mordant.

La route se rétrécit en une *voie unique,* courant sur un pont couvert, soutenu par des piles anciennes en galets de rivière. Au fil des ans, sa structure s'était dégradée sous l'effet des intempéries et avait été remplacée, planche par planche, sans pour autant que son architecture d'ensemble en soit véritablement modifiée. Le long des berges de la rivière, les roches éboulées et la végétation flétrie étaient bordées d'un délicat souffle de givre, et les arbres des bois et des vergers environnants avaient depuis longtemps perdu leurs feuilles. Le paysage semblait figé en une sorte d'attente glacée, décor planté en prévision d'un drame à venir…

Le jeune homme était animé d'une calme résolution. Sa tâche, ici, ne s'annonçait pas simple, il le savait. Il y aurait des cœurs brisés, des vérités révélées au grand jour, et tout cela n'irait pas sans prise de risques. Mais ainsi allait la vie, songeait-il en marchant, à sa manière désordonnée, imprévisible, joyeuse, blessante et rédemptrice.

Un blason vert et blanc, à l'entrée de la ville, annonçait : « Avalon. Comté d'Ulster. Altitude : 1 325 mètres. »

Plus loin, un panneau d'affichage regroupait les salutations du Rotary Club, du Kiwanis et d'une bonne douzaine de groupes paroissiaux et d'associations municipales. Le message de bienvenue décrivait Avalon comme une petite ville nichée au cœur du site préservé de la forêt des Catskills. Un autre panneau exhortait les visiteurs à se rendre au lac des Saules, « joyau des montagnes ». Ce qualificatif un tantinet hyperbolique aurait pu s'appliquer à toutes les villes en bord de lac situées dans la partie nord de l'Etat de New York, mais celle-ci possédait le charme et la gravité d'un lieu chargé d'Histoire.

D'ailleurs, à ce moment précis de l'histoire, passé et présent étaient sur le point de se télescoper, mais peut-être ce jeune homme n'était-il pas censé savoir pourquoi. Peut-être lui suffisait-il de connaître son objectif : réparer une ancienne injustice. Comment s'y prendrait-il au juste pour accomplir cette mission ? C'était pour lui une autre inconnue. Cela lui serait révélé petit à petit, en temps utile.

La principale caractéristique d'Avalon était une jolie esplanade en brique, entourant le lourd bâtiment de style gothique qui abritait le tribunal et les bureaux de la mairie. Tout autour se dressaient divers commerces et restaurants aux devantures nimbées de lumières. Les réverbères en fer forgé qui bordaient la place s'ornaient des premières guirlandes de Noël et des illuminations de saison. Au loin s'étendait le lac des Saules, vaste nappe indigo sous le ciel maussade, sa surface laquée par une couche de glace qui s'épaissirait au fil de l'hiver.

A quelques rues de la place principale se trouvait la

gare ferroviaire. Un train venait d'arriver ; il déversait sur le quai un flot de passagers rentrant des agglomérations plus importantes où ils travaillaient — Kingston, New Paltz, Albany et Poughkeepsie. Certains poussaient même jusqu'à New York. Les gens se pressaient vers leur voiture, impatients d'échapper au froid, impatients de regagner le foyer où les attendait leur famille. Il y a tant de façons de former une famille... et tant de façons de la perdre. Mais la nature humaine est pétrie de pardon, et un mot ou un geste de bonté suffirait peut-être à renouer des liens.

Il lui semblait si étrange de revenir ici après tout ce temps. Etrange et important. Que les gens en aient conscience ou non, une réalité était en péril. Et lui éprouvait le besoin de leur venir en aide.

Non loin de la gare se trouvait la bibliothèque municipale, une bâtisse ramassée, à l'architecture inspirée de la Grèce antique. Sa première pierre avait été posée quatre-vingt-dix-neuf ans plus tôt, très précisément. Le garçon portait en lui cette date marquée au fer rouge. La bibliothèque se dressait au cœur du magnifique parc municipal, bordé d'arbres dénudés et strié d'allées. Elle occupait le site de l'ancienne bibliothèque qui avait été entièrement détruite par le feu un siècle auparavant — un incendie accidentel, avait-on dit à l'époque. Peu de gens connaissaient les circonstances exactes de ce qui s'était passé, non plus qu'ils ne comprenaient l'impact qu'avait eu l'événement sur la vie même de la ville.

Fondée à l'origine par une riche famille consciente de la valeur d'une telle institution, la bibliothèque avait été reconstruite après l'incendie. Bâti en pierre de taille et littéralement ignifuge, le nouvel édifice avait vu défiler presque cent ans, dans une alternance de folle prospérité et de misère noire, de guerre et de paix, d'agitation sociale et d'harmonie. La ville avait changé, le monde avait changé. Les gens ne se connaissaient plus et, pourtant, quelques constantes subsistaient encore, ancrant chaque chose à sa juste place, et la bibliothèque était l'une d'entre elles.

Le jeune homme poussa un soupir qui blanchit l'air, tandis que se pressaient à sa mémoire de vieux souvenirs aussi obsédants qu'un rêve inachevé. Un siècle plus tôt, la première bibliothèque avait été détruite. Aujourd'hui, c'était le bâtiment actuel qui était menacé, non par le feu, mais par quelque chose de tout aussi dangereux.

Peut-être était-il encore temps de la sauver.

La bibliothèque présentait des rangées de hautes fenêtres sur toutes ses faces, ainsi qu'un atrium éclairé d'en haut par une verrière, afin que l'espace soit inondé de lumière. A travers elles, l'adolescent pouvait voir les rayonnages de chêne, les tables et les box où les gens étudiaient, la tête penchée sur les ouvrages. Il apercevait également la partie réservée au personnel.

Dans le halo d'une lampe de travail, une femme était assise à un bureau encombré, absorbée par sa tâche. Elle avait le teint pâle et ses traits reflétaient une vive inquiétude.

Elle se leva brusquement et, lissant le devant de sa jupe marron, elle se dirigea vers un casier d'où elle sortit son manteau. Puis elle se blinda contre le froid qui tombait rapidement — bottes fourrées, cache-nez, bonnet, mitaines. Malgré la présence de nombreux usagers de la bibliothèque, elle semblait très seule et quelque chose de brusque, dans sa gestuelle, disait qu'elle était affolée.

Le jeune garçon était parvenu à l'entrée de l'édifice, une majestueuse arche de pierre ornée d'un bas-relief gravé de maximes. Il marqua une pause, le temps de déchiffrer les citations des différents érudits, Plutarque, Socrate, Juda ibn Tibbon, Benjamin Franklin. Ces mots empreints de raison ne manquaient pas d'attrait, mais le garçon ne se fiait qu'à son cœur. Il était temps d'agir.

Dans sa hâte à quitter le bâtiment, la femme emmitouflée faillit le percuter.

— Oh ! s'exclama-t-elle, en reculant précipitamment. Je vous demande pardon. Je ne vous avais pas vu…

— Ce n'est rien, répondit l'adolescent.

Quelque chose dans l'intonation de sa voix dut la surprendre, car elle le dévisagea quelques secondes derrière les verres épais de ses lunettes de vue.

Il tenta de se voir tel qu'il lui apparaissait : un garçon de pas encore seize ans, au regard sombre et sérieux, au teint olivâtre, et dont les cheveux avaient besoin d'une bonne coupe. Il portait un blouson cargo kaki du surplus de l'armée, et un pantalon large, tous deux élimés mais propres. Les vêtements d'hiver dissimulaient la plupart de ses cicatrices.

— Est-ce que je peux vous aider ? lui demanda-t-elle, légèrement essoufflée. Je m'en vais, mais…

— Je crois pouvoir trouver moi-même ce que je cherche, je vous remercie, répondit-il.

— La bibliothèque ferme à 18 heures, ce soir…

— Je ne serai pas long.

— Je ne crois pas vous avoir déjà rencontré, dit-elle encore. J'essaie de connaître tous les usagers de la bibliothèque.

— Je m'appelle Jabez. Jabez Cantor. Je suis… nouveau, par ici.

Ce n'était pas un mensonge. Pas vraiment.

Elle lui sourit, mais l'inquiétude persistait dans son regard.

— Et moi Maureen Davenport.

« Je sais, pensa-t-il. Je sais qui vous êtes. » Il saisissait l'importance du rôle de cette femme, bien qu'elle-même ne s'en rendît pas compte. Elle avait tant fait pour cette ville.

— Je suis la conservatrice de cette bibliothèque annexe, lui expliqua-t-elle. J'aimerais vous la faire visiter, mais on m'attend ailleurs…

Cela aussi, il le savait.

— Au plaisir de vous revoir, Jabez.

« Oui, songea-t-il, tandis qu'elle s'éloignait d'un pas pressé. Vous allez me revoir. »

2

Maureen sentait ses joues picoter d'avoir marché d'un pas vif. Elle avait beau raffoler de ce petit air frisquet, elle accueillit avec reconnaissance le chaud refuge qu'offrait la boulangerie-salon de thé de Sky River. Otant successivement son cache-nez, son bonnet et ses gants, elle balaya du regard le petit groupe de personnes massées autour des présentoirs à pâtisseries et les couples installés à l'écart, dans les box.

De toute évidence, il n'était pas encore arrivé.

C'était une sensation particulière et assez gênante que d'attendre quelqu'un qui ignorait à quoi vous ressembliez. Elle songea à commander un grand mug de thé ou de chocolat chaud, mais la file d'attente, au comptoir, l'en dissuada. Elle s'assit donc à l'une des tables bistrot et ouvrit le livre qu'elle était en train de lire : *Noël 365 jours par an : comment inviter les fêtes dans votre quotidien.*

Elle lisait toujours quelque chose. Toute petite déjà, elle trouvait joie et réconfort dans la lecture. Pour elle, une histoire représentait bien plus que de simples mots imprimés sur une page. Ouvrir un livre était comme ouvrir une porte sur un autre monde. Une fois le seuil franchi, elle était transportée ailleurs, elle devenait quelqu'un d'autre.

Elle dévorait toutes sortes d'ouvrages : des romans, des essais et des témoignages, de la littérature enfantine, des manuels pratiques… En sa qualité de bibliothécaire, les livres constituaient le cœur même de son métier. En tant que personne qui aimait lire comme d'autres aiment manger, les livres étaient toute sa vie.

Elle s'efforça de ne pas trop se laisser absorber par sa lecture, en raison de l'imminence de son rendez-vous. Imminence de plus en plus retardée d'ailleurs : Eddie Haven était en retard.

Les minutes s'écoulant, Maureen envisagea plusieurs scénarios. S'il avait décidé de ne pas venir, finalement ? S'il lui faisait faux bond ? Pouvait-elle le licencier ? Non, impossible… Il était bénévole et on ne peut pas, à proprement parler, « licencier » un bénévole. En outre, il avait été contraint de travailler avec elle sur l'ordre d'un juge.

Sinon, pour quelle raison un homme tel qu'Eddie Haven aurait-il eu affaire à elle ? Il fallait bien une décision de justice pour l'obliger à côtoyer cette catégorie de personnes *ordinaires* à laquelle Maureen appartenait. Pensée humiliante dont elle devait cependant tâcher de ne pas se formaliser. Leur disparité fondamentale tenait à deux choses : l'apparence et la notoriété. Avec son physique à la perfection ravageuse, Eddie Haven était la coqueluche des femmes et des jeunes filles et, en tant que musicien de talent, il était en passe d'acquérir une indiscutable célébrité.

Des dizaines d'années plus tôt, sa frimousse avait fait le tour du pays. Il avait été l'un de ces enfants stars et avait très jeune connu une ascension fulgurante, avant de voir son étoile pâlir. Il était cependant parvenu à rester présent dans les mémoires grâce au rôle qui lui avait valu son unique succès au cinéma, grâce aussi aux multiples rediffusions proposées par les chaînes du câble en continu. *L'Escapade de Noël*, un mélo réconfortant qui avait captivé le monde entier, était devenu un incontournable des fêtes de fin d'année. Le nom d'Eddie Haven était associé à celui de bon nombre de femmes du milieu du spectacle, et, de temps à autre, un magazine people le montrait en compagnie d'une starlette ou d'une bimbo de la jet-set. Pendant une longue période, il avait totalement disparu de la scène médiatique, mais il baignait désormais dans une nouvelle aura de gloire. Depuis la récente sortie du DVD anniversaire célébrant les vingt-cinq ans de son film à succès, il bénéficiait d'un formidable regain d'intérêt.

Maureen n'avait rien de commun avec lui. Leurs vies s'étaient croisées un soir — en une circonstance qu'Eddie avait gommée de sa mémoire —, tandis qu'elle-même en gardait le souvenir à jamais gravé dans son esprit. Il vivait à New York, mais venait chaque année à Avalon pour les fêtes, et ce contre son gré. Il avait des amis en ville — du moins, c'était ce que colportait la rumeur —, mais elle n'en faisait pas partie. A sa connaissance, il n'avait même jamais mis les pieds à la bibliothèque.

Toujours est-il que, en organisant leur rencontre, elle avait eu l'impression troublante d'arranger un rendez-vous amoureux. Toutes les dispositions en avaient été prises par internet. Elle était trop timide pour oser lui téléphoner et, de ce fait, plus efficace avec le courrier électronique. Dans ses mails, elle ne perdait pas tous ses moyens. Dans ses mails, son cœur ne se mettait pas à battre de façon précipitée, brouillant le fil de ses pensées. Dans ses mails, elle avait presque une personnalité. Partant, elle ne lui avait jamais parlé de vive voix. Cependant, les concessions qui avaient été nécessaires de part et d'autre pour fixer le jour et l'heure de leur rencontre présentaient toutes les caractéristiques d'un rendez-vous amoureux. Ce n'en était pas un, évidemment… Ce genre de choses n'arrive jamais aux femmes comme Maureen.

Sauf peut-être dans les livres. Et bien sûr, dans les rêves.

Il n'y avait que dans les rêves qu'une femme ordinaire et studieuse attirait l'attention d'un homme tel qu'Eddie Haven. Même si cette femme ordinaire lui avait un jour sauvé la vie.

Elle soupira et, d'un haussement d'épaules, chassa une bribe de souvenir ainsi qu'un pincement douloureux au cœur.

Cela faisait bien longtemps qu'elle n'avait pas fréquenté un homme. Elle avait des goûts exigeants, ou du moins était-ce l'argument qu'elle invoquait face aux questions indiscrètes de son frère, de ses sœurs et de ses amis — argument dont elle voulait également se convaincre. Elle frémissait encore au souvenir de ses deux derniers rendez-vous : une sortie en compagnie d'un philatéliste, un certain Alvin, et un concert effroyablement mauvais, qu'elle était allée écouter l'année précédente avec Walter Grunion. La seconde fois, elle était rentrée chez elle en proie au mal de tête, fermement décidée à ne plus sortir avec un homme au seul prétexte que c'était ce qu'on attendait d'elle. Tout cela parce que, à presque trente ans, elle était censée avoir un petit ami. Eh bien, non ! Plus question d'accepter les avances d'hommes qui ne l'intéressaient pas !

Les gens allaient et venaient dans la boulangerie, la regardant à peine, ce qui lui convenait fort bien. Elle n'aimait pas se sentir le point de mire d'une assistance. Autrefois, elle avait rêvé des feux de la rampe. Mais la vie l'avait très vite guérie de cette idée. Elle avait appris très jeune que la gloire et la célébrité ne sont pas des substituts à l'amour et à la tendresse. Elle était du genre discret; c'était sa zone de confort. Voler en dessous du radar lui demandait très peu d'efforts. Elle portait un T-shirt proclamant : « Fuyez l'obscurcissement », ainsi qu'un pin's de soutien à la liberté intellectuelle, mais ces slogans ne semblaient pas attirer le regard de quiconque. Peut-être son T-shirt était-il neutralisé par son cardigan tricoté main — un cadeau de sa tante préférée — et par sa jupe en tweed, ses leggings et ses bottes. Un style vestimentaire terne et passe-partout, elle le savait, mais elle n'en avait cure. La mode était faite pour les gens qui tiennent à tout prix à se faire remarquer, ce qui n'était pas son cas.

De temps en temps, son regard rencontrait celui de quelqu'un d'autre et ils se gratifiaient alors mutuellement d'un léger salut de la tête. Elle faisait partie de ces personnes qu'on ne reconnaît que de façon indirecte. On lui trouvait un air vaguement familier, on se souvenait qu'on l'avait déjà croisée quelque part, mais sans s'attarder à se demander où.

Maureen, qui avait la mémoire des noms et des visages, s'en étonnait toujours. Par exemple, elle reconnaissait sans mal deux habituées de la bibliothèque, Kim Crutcher, en train de faire durer son mug de café, en compagnie de son amie Daphné McDaniel, elle-même occupée à grignoter un beignet saupoudré de sucre irisé. De même que M. Teasdale, assis à l'autre bout de la pièce et qui regardait par la fenêtre d'un air rêveur. Il empruntait régulièrement les ouvrages imprimés en gros caractères. Maureen pouvait aussi mettre un nom sur les enfants qui venaient s'acheter des friandises, après leur entraînement de hockey — Chelsea Nash, Max Bellamy, AJ Martinez, Dinky Romano.

Eddie Haven goûtait-il sa célébrité ? Maintenant qu'ils allaient travailler ensemble, peut-être aurait-elle l'occasion de lui poser la question.

Ou peut-être pas.

Il y avait hélas fort à parier qu'elle se montrerait trop timide pour lui demander ne serait-ce que l'heure, alors recueillir ses impressions sur les caprices de la gloire ! Elle savait beaucoup de choses à son propos, comme la plupart des gens à Avalon, mais ne le connaissait pas personnellement. Peut-être cela changerait-il au cours des semaines avant Noël.

Ou peut-être pas.

Pouvait-on apprendre à connaître quelqu'un sans se dévoiler soi-même ? Et cela l'intéressait-il seulement de tenter l'aventure ?

Elle lut toute une page de son livre en s'interdisant de lever le nez vers la pendule au néon allumée sur le mur. Un éclat de rire retentit à une table voisine et le trille joyeux d'une voix d'enfant lui parvint par-dessus le brouhaha du café animé. Avec la bibliothèque et l'église du Cœur-des-Montagnes, la boulangerie était l'un de ses lieux de prédilection. On ne pouvait pas se sentir triste ou déprimé dans une boulangerie. Les effluves de sucre et de levure, la vue des pâtisseries devaient avoir en soi le pouvoir de susciter la sérénité, car autour d'elle tout le monde semblait respirer le bonheur.

Une fille en tablier blanc se percha sur un tabouret de bar et entreprit de noter sur un tableau une liste d'options pour les tourtes de Thanksgiving. Voyant cela, Maureen éprouva un frisson d'excitation. Noël arrivait à grands pas et, malgré tout ce qui se passait d'autre dans sa vie, cette saison restait sa période préférée de l'année.

Elle ne résista pas à l'envie de jeter un coup d'œil à la pendule. Eddie Haven était officiellement en retard. De sept minutes, très précisément. Elle se demanda au bout de combien de temps l'on pouvait considérer l'autre comme officiellement en retard. Au bout de cinq minutes ? Dix minutes ? Vingt ? Et auquel des deux incombait-il de contacter l'autre ? A celui qui attendait ou à celui qui se faisait attendre ?

Elle mit ses mains en visière et scruta les abords du magasin à travers la devanture. Il y avait foule dans les rues à cette époque de l'année. Un jeune garçon passa devant le café, peut-être celui qu'elle avait croisé tout à l'heure, devant la bibliothèque. Il avait d'immenses yeux sombres, bordés de cils longs et épais. Il l'avait saluée avec un aplomb et un détachement qui lui avaient paru inhabituels, sans qu'elle arrive à définir exactement son impression. L'adolescent contempla l'alignement des miches de pain et des pâtisseries, plongeant sa main dans la poche de son blouson. Puis il soupira et continua son chemin.

Maureen fut prise d'une envie impérieuse de l'appeler ; elle voulait le faire revenir sur ses pas et lui proposer… Lui proposer quoi, en fait ? Elle n'était pas du genre à céder aux élans de son cœur envers des inconnus et elle doutait qu'un adolescent accueille avec enthousiasme une invitation venant de la bibliothécaire municipale.

Au bout de neuf minutes, elle commença à s'interroger sur les termes de leur rendez-vous. Se serait-elle trompée d'endroit ? D'heure ? Pour en avoir le cœur net, bien qu'elle ne doutât pas vraiment, elle ouvrit son agenda et consulta la feuille imprimée qui reprenait leur échange d'e-mails.

Non, c'était bien l'heure et l'endroit. Il était en retard, indiscutablement et de façon inexcusable.

Eddie Haven eut bientôt dix minutes de retard et Maureen s'en trouva passablement énervée. Peut-être devrait-elle lui téléphoner, en définitive. Elle avait horreur du téléphone ! Mais elle avait aussi horreur d'attendre. Elle pouvait lui envoyer un SMS. Oui, Parfait. Un SMS... Elle pourrait lui demander s'il comptait toujours la rencontrer.

Elle lui permettrait ainsi de garder la face, au cas où il aurait oublié leur rendez-vous. Puis cette pensée l'agaça aussitôt : pourquoi serait-ce à elle de veiller à ce qu'il gardât la face ?

Alors qu'elle sortait son téléphone portable de son sac, elle se rappela que le règlement interdisait les communications à l'intérieur de la boulangerie. Sur la porte, un panonceau représentant un téléphone barré était d'ailleurs affiché. Cela concernait-il aussi l'envoi de SMS ? Maureen n'en savait trop rien.

Pour plus de sûreté, elle décida de sortir sur le trottoir. Elle composa le SMS avec un soin exagéré, se moquant d'elle-même.

— Allons ! Ne dirait-on pas que ce message va rester gravé dans la pierre ?

Elle ne s'en tortura pas moins au sujet de la formule liminaire, tout en se demandant si elle était bien nécessaire. Ce n'était qu'un SMS, après tout, et elle pouvait très bien se lancer directement dans le corps du message. Même interrogation pour la formule finale... Devait-elle écrire : CORDIALEMENT ? A TOUT A L'HEURE ? Signer : MAUREEN ? M. D. ? Elle se décida finalement pour M. DAVENPORT.

Puis elle appuya sur « Envoyer ».

A cette même seconde, son regard fut attiré par une

petite icône qui clignotait sur l'écran, lui indiquant qu'elle avait reçu un message. Elle qui ne recevait presque jamais de SMS !

Il lui avait été envoyé par Eddie Haven, une heure plus tôt.

AURAI 15 MN RETARD. RDV A 18 :15.

Et voilà ! Maintenant, elle allait passer pour une maniaque de la ponctualité, une obsédée de la pendule qui le harcelait pour un quart d'heure de retard. Pis encore ! Pour une gourde finie qui ne consultait même pas ses messages !

Les yeux rivés sur le minuscule écran, elle restait immobile, souhaitant que le trottoir s'entrouvre et l'engloutisse, lui épargnant ainsi ce rendez-vous qui s'annonçait si mal. Elle ne remarqua qu'à la dernière seconde le fourgon blanc sans vitres qui se dirigeait dangereusement vers elle.

D'un bond, elle s'écarta du trottoir à l'instant où le véhicule obliquait vers une place de parking à quelques mètres de là, manquant de l'aplatir contre le mur du bâtiment. De la musique rock pulsa encore deux ou trois secondes à l'intérieur du fourgon cabossé et couvert de rayures, puis le moteur s'arrêta dans un fracas de ferraille.

Serrant son téléphone portable de ses doigts gelés, Maureen suffoqua, asphyxiée par une bouffée de gaz d'échappement, puis elle entendit le bruit sourd d'une portière, des pas sur le trottoir.

Un homme en noir apparut, qui la fusilla du regard. Il avait la chevelure blonde et hirsute d'un surfeur californien de la vieille école. Il portait un jean déchiré, des chaussures de sport noires et montantes, ainsi qu'un blouson à fermeture Eclair d'où pendait un forfait de ski, ouvert sur un T-shirt noir et moulant.

Eddie Haven était arrivé…

— Bon Dieu, princesse ! s'exclama-t-il. Je ne vous avais pas vue. J'ai bien failli vous écraser !

— En effet, répondit-elle d'un air pincé. Vous avez bien failli…

— Je ne vous avais pas vue.

Evidemment qu'il ne l'avait pas vue. Ce n'était pas la première fois.

— Vous auriez dû regarder devant vous.

— Mais je regardais ! s'insurgea-t-elle.

Il passa les doigts dans sa longue tignasse.

— Bon Dieu ! Vous m'avez fichu une trouille bleue !

— Inutile d'invoquer le nom du Seigneur, répliqua-t-elle, tout en frémissant de s'entendre.

Voilà qu'elle allait aussi avoir l'air d'une bigote coincée !

— Ce n'était pas en vain. C'était même tout à fait intentionnel…

Elle renifla avec mépris, emplissant tous ses sens de froid hivernal et de relents de gaz d'échappement.

— Ça manque vraiment de… d'originalité… et de respect aussi, ça va sans dire…

— J'ajouterais même « d'humilité », renchérit-il avec un large sourire. Ecoutez, c'était vraiment très instructif de causer avec vous, mais là, je dois filer…

Il désigna la boulangerie.

— J'ai rendez-vous avec quelqu'un.

Un doux murmure s'échappa alors de son jean. Il fouilla dans sa poche et en tira un téléphone portable.

Maureen baissa les yeux au même moment sur l'écran de son propre téléphone et vit s'afficher : « Message envoyé ».

Puis elle reporta son regard sur l'homme qui se tenait en face d'elle. Malgré son rejet affiché pour toute forme de courtoisie, force était d'admettre qu'il avait une présence. Il était particulièrement beau, mais son charme allait au-delà de sa seule apparence physique. Il possédait une sorte d'aura, un magnétisme puissant qui semblait capter toute l'énergie et la lumière alentour. Pourtant, il ne faisait rien pour cela, il était tout simplement campé sur le trottoir, en train de consulter ses messages.

Il appuya sur une touche, l'air étonné. Dans la seconde qui suivit, le téléphone de Maureen se mit à sonner. Surprise, elle laissa échapper l'appareil qui tomba par terre.

Il se baissa pour le ramasser et le lui tendit.

— Maureen ? Maureen Davenport, c'est ça ?

— Oui…

Elle coupa la sonnerie et glissa le téléphone dans sa poche.

— Quoi ? Vous me raccrochez déjà au nez ?

— Ça ne doit pas être la première fois que ça vous arrive, je suppose. Qu'une femme vous raccroche au nez, je veux dire.

— Oh… Vous me charriez ou quoi ?

Maureen tiqua. Ses interlocuteurs habituels ne l'avaient pas habituée à ce registre de langue.

— Vous vous exprimez ainsi tout le temps ?

— Je vois…, fit-il en la dévisageant. Vous êtes du genre à donner des leçons de savoir-vivre à tout le monde.

— Je parie que sur ce plan, n'importe quel délinquant pourrait vous en remontrer, riposta-t-elle.

— J'ai reçu des leçons de la part de tout un tas de délinquants. Attendez un peu, j'y pense… Mais je suis *moi-même* un délinquant !

Il porta la main à son front et prit un instant la pose du *Penseur* de Rodin.

— Ce qui signifie que je pourrais m'en remontrer à moi-même ? Bon Dieu, princesse, arrêtez de me prendre la tête comme ça !

— Il n'est pas dans mes intentions de vous *prendre la tête*, comme vous dites !

Il se dirigea vers la boulangerie.

— Donc vous êtes... Maureen Davenport... Maureen Davenport, de la bibliothèque...

— C'est moi, en effet.

Elle n'aurait su dire s'il était surpris, déçu ou tout bonnement résigné.

Il marqua une pause puis la regarda, les sourcils froncés.

— On s'est déjà rencontrés ?

Sans attendre sa réponse, il enchaîna :

— C'est bizarre que nos chemins ne se soient jamais croisés, dans une petite ville comme celle-ci. Mais j'imagine que nous n'évoluons pas dans les mêmes cercles.

Elle faillit lui dire que leurs chemins s'étaient en fait bel et bien croisés, mais qu'il n'avait tout simplement pas daigné lui accorder d'attention. Toutefois, elle préféra opiner.

— J'imagine, oui.

— Je sens qu'on va bien s'amuser tous les deux, ironisa-t-il, en frottant ses mains l'une contre l'autre, puis en soufflant sur ses doigts pour les réchauffer. Et ça fait du bien de s'amuser, pas vrai ?

Comme il ne devait pas s'attendre à une réponse de sa part, elle s'abstint de tout commentaire.

— Je m'appelle Eddie Haven...

— Je sais qui vous êtes.

Qui ne le connaissait pas ? Surtout en ce moment, avec son DVD anniversaire qui caracolait en tête des ventes. Maureen était bien placée pour le savoir, car la bibliothèque en possédait actuellement une douzaine d'exemplaires et chacun comptait une centaine de réservations. Que devait-il éprouver à voir sa propre image tremblotante sur le petit écran, année après année, à toutes les heures du jour et de la nuit ?

Elle aurait maintes occasions de lui poser la question, car, cette fois, elle était condamnée à passer les fêtes avec lui. Tous les deux avaient été chargés d'assurer conjointement la direction du spectacle que la ville d'Avalon organisait tous les ans à Noël. Maureen avait accepté cette mission, car c'était une chose qu'elle avait toujours désiré faire et elle était parfaitement qualifiée pour cette tâche. Eddie l'assisterait dans son entreprise, à la suite de la décision de justice qui lui ordonnait d'effectuer un travail d'intérêt général. Pour le meilleur ou pour le pire, ils étaient donc embarqués dans la même aventure.

— Désolé pour mon retard, dit-il avec désinvolture. Je vous ai posté un SMS.

— Je... Moi aussi, je vous ai envoyé un SMS.

Elle ne pouvait se résoudre à employer le verbe « poster » pour un message téléphonique.

— Et juste après avoir appuyé sur « Envoyer », ajouta-t-elle, j'ai vu votre message...

Dans la boulangerie, plusieurs personnes saluèrent Eddie, en exprimant leur plaisir de le voir de retour au pays. Un bon nombre d'autres — en majorité des femmes, remarqua-t-elle — lui lancèrent des regards intéressés. Un groupe de touristes penchés sur des cartes et des brochures de la région levèrent les yeux et murmurèrent sur son passage, chacun cherchant sans doute auprès des autres la confirmation que le nouvel arrivant était bien celui qu'ils croyaient être. Avec le battage médiatique fait autour de son film, Eddie Haven était bel et bien revenu en vogue.

— Notre table se trouve là-bas, dit-elle en le précédant, les joues brûlantes d'embarras.

Elle n'avait aucune raison de se sentir gênée et pourtant c'était le cas. C'était plus fort qu'elle.

— Pourquoi ai-je la désagréable impression que vous êtes décidée à ne pas m'aimer ? lui demanda-t-il, tandis qu'il ôtait son blouson.

Cela se voyait-il tellement ?

— J'ignore totalement l'opinion que je vais avoir de vous, se sentit-elle obligée de dire. Mais franchement… je n'apprécie pas votre langage.

— Quoi, ma façon de parler ? Je parle comme tout le monde, je vous assure.

— Bien…

Elle suspendit son manteau au dossier de son siège et s'assit. Elle n'avait pas envie de jouer au plus fin avec cet homme.

— C'est parce que je jure, c'est ça ?

— Brillante déduction !

— D'accord. Je ne le ferai plus… Je n'invoquerai plus en vain le nom du Seigneur, ni même à bon escient.

— J'ai plaisir à vous l'entendre dire.

— Ce ne sont que des mots, vous savez…

— Les mots ont un puissant pouvoir.

— Vous voulez savoir ce qui est vraiment indécent ? lui demanda-t-il.

— Ai-je le choix ?

— La violence est indécente. L'injustice est indécente. La pauvreté, l'intolérance. Ça, ce sont des indécences. Les mots, eux, ne sont jamais rien que ce qu'ils sont : des mots.

— Du vent, vous voulez dire ?

— Exactement.

— Bien, et maintenant que nous avons établi que toutes vos belles paroles ne sont que du vent, nous devrions nous mettre au travail.

Il eut un petit rire.

— Touché ! Mais je vous demande une minute encore. Il me faut un café...

Il fouilla la poche arrière de son jean, d'où il exhuma un billet fatigué. Ce dernier tomba mollement par terre et il se pencha pour le ramasser.

— Mer...

Il s'arrêta net, releva la tête et la regarda d'un air mutin.

— Et merde ? Je peux dire merde ?

— Je préférerais que vous vous absteniez.

— Nom de... euh, nom d'un petit bonhomme ! Mais bon sang, qu'est-ce que vous dites quand vous faites tomber quelque chose ?

— Il existe bien des manières d'exprimer la consternation. Je suis certaine que vous en connaissez plein...

— Je vous pose la question. Que dites-vous quand vous êtes en pétard ?

— Je ne suis jamais en pétard.

Elle se forçait à prononcer des mots qui lui déplaisaient.

Il resta planté au milieu de la boulangerie, comme changé en statue de sel. L'espace d'un instant, elle crut qu'il faisait une attaque ou une crise quelconque.

Mais non, il s'esclaffa, la tête rejetée en arrière.

Tout le monde se tourna vers lui.

— J'hallucine ! hoqueta-t-il. Sans blague !

Maureen tenta d'ignorer les regards curieux fixés sur eux.

— Et pourquoi ça ?

— Parce que rien qu'à vous voir, princesse, je sais que vous êtes née en pétard !

Elle braqua sur lui un regard de défi.

— Parce que, bien sûr, vous êtes fin psychologue ? D'une perspicacité extraordinaire ?

— Non, c'est juste vous qui êtes transparente.

— Comment pouvez-vous affirmer une chose pareille ? s'indigna-t-elle. Vous ne savez strictement rien de moi !

Le regard de l'homme glissa sur elle, jaugeant ses bottes, inélégantes mais pratiques, son manteau d'une étoffe ordinaire, ses vêtements tricotés main, ses lunettes, sa provision de livres et son bloc-notes.

— Je sais tout ce qu'il me faut savoir.

— Qu'est-ce à dire ?

— Ray Tolley m'a informé que vous étiez la bibliothécaire municipale.

Ray, qui jouait des claviers, s'occupait de la mise en musique du spectacle. Maureen ne savait pas si elle devait se réjouir ou non que ce dernier ait parlé d'elle avec Eddie.

— Je n'en fais pas mystère.

— Vous êtes une grande lectrice et une maniaque de l'organisation, poursuivit-il, en regardant ses livres et ses papiers.

— Vous m'enfermez dans un stéréotype et vous vous trompez du tout au tout.

Parfaitement, *il se trompait.*

Elle le foudroya du regard et remarqua alors qu'il portait une boucle d'oreille. Son lobe était percé d'un unique anneau d'or, tout petit et très sexy. Il arborait aussi un tatouage qui ondulait quand il fléchissait le bras. Elle imaginait l'effet produit lorsqu'il pinçait les cordes de sa guitare. Autant de marques dénotant clairement un individu qui veut à tout prix se faire remarquer.

— Très bien, reprit-il, vous menez une double vie, en fait… Vous travaillez au noir comme dominatrice.

Il gloussa, les yeux brillants, puis se dirigea vers le comptoir.

A mi-chemin, il se retourna.

— Vous voulez quelque chose ?

Elle s'efforça de ne pas fixer sa boucle d'oreille.

— Non. Merci.

Appuyé sur une hanche, un sourire charmeur aux lèvres, il fit un brin de causette à la serveuse dont les yeux pétillaient de plaisir.

Maureen feuilleta son bloc-notes, en prenant l'air absorbé, puis rajusta ses lunettes. Si seulement elle avait pu s'en passer ! Cela lui donnait un côté tellement... bibliothécaire ! Elle possédait des lentilles de contact, mais qui lui irritaient les yeux.

Sa belle-mère et ses sœurs l'avaient poussée à choisir une monture à la mode et à choisir une jolie coupe de cheveux, afin d'éviter qu'on la considère, justement, comme un stéréotype. Mais, le plus souvent, elle attachait ses cheveux — elle trouvait cela plus commode — et ne prenait pas la peine de se maquiller. Résultat : elle avait l'air d'une bibliothécaire s'efforçant de ne pas ressembler à une bibliothécaire, ce qui était parfaitement ridicule.

Mais elle se trouvait plutôt bien dans sa peau, entre son appartement douillet, ses deux chats et ses livres en abondance. Il n'en avait pas toujours été ainsi ; elle avait conquis son épanouissement de haute lutte. Et quand quelqu'un — Eddie Haven, par exemple — débarquait en menaçant sa tranquillité, elle passait en mode défensif.

Il revint, nanti d'un mug de café et d'une tasse de chocolat chaud.

— Pour vous, dit-il. Vous m'avez dit que vous ne vouliez rien, mais je tente quand même le coup...

— Merci. Comment est-ce que vous savez que j'aime le chocolat chaud ?

— Tout le monde aime le chocolat chaud.

Il la gratifia d'un sourire qui lui donna l'impression d'être la seule femme de tout l'établissement.

— De la crème fouettée ?

— Non, s'empressa-t-elle de répondre. Ça ferait un peu trop.

Sa gêne réapparut. Tout le monde, dans la boulangerie, devait se demander ce qu'un homme sexy faisait avec une intellectuelle dans son genre. Certaines choses ne changent jamais. Les gens devaient conclure qu'il s'acquittait d'une sorte d'obligation, pas qu'il éprouvait la moindre attirance pour elle. Accrocher le regard d'Eddie Haven, c'était comme être la première de la classe et se faire tirer la queue-de-cheval par le garçon le plus mignon de l'école.

Pourtant, elle lui était sottement reconnaissante de lui accorder son attention, même s'il la tournait en dérision.

Incroyable ! Cinq minutes en compagnie de cet homme et elle régressait à l'état de collégienne ! Elle en venait même à regretter de ne pas être quelqu'un d'autre. Ce qui était extrêmement malsain comme situation : se retrouver en compagnie de quelqu'un qui vous dévalorisait à vos propres yeux.

Elle tapota son bloc-notes pour se recentrer sur les raisons de leur rendez-vous. Quand une personne vous met mal à l'aise, mieux vaut orienter les relations vers le strict plan professionnel.

— Je vous ai fait des photocopies du programme des auditions, des heures de répétition et des…

— Merci. J'y jetterai un œil tout à l'heure. Laissez-moi d'abord souffler, d'accord ? Je viens juste d'arriver…

— Où allez-vous loger ?

— Près du lac. La maison appartient à des amis qui passent l'hiver à Sainte-Croix. Bon sang ! Qu'est-ce que je ne donnerais pas pour être à Sainte-Croix en ce moment !

— J'espère que votre installation se fera rapidement,

dit-elle. Ce spectacle de Noël doit être monté dans des délais qui m'affolent un peu.

— Et pourtant, on y arrive toujours. C'est comme un miracle qui se reproduit chaque année.

— Vous croyez donc aux miracles ?

— Jusqu'ici, ç'a toujours marché et je ne suis pas franchement un débutant dans cette affaire.

Maureen connaissait l'histoire qui le liait à ce spectacle, y compris le délit qui lui avait valu sa condamnation à un travail d'intérêt général. A Avalon, personne n'ignorait que la participation d'Eddie Haven au spectacle résultait d'une décision de justice. A la suite d'un terrible accident survenu le soir de Noël, il avait été condamné à participer à l'organisation du programme, et ce chaque année.

— Moi, je sais d'expérience que les miracles se produisent plus facilement lorsqu'ils sont précédés d'un travail acharné et d'une préparation sérieuse.

— Et moi, j'ai la foi..., dit-il simplement.

Elle le considéra d'un air sceptique.

— Vous allez à l'église ?

Il partit d'un rire franc.

— Ah, oui ! C'est tout moi, ça. Une vraie grenouille de bénitier !

Il tempéra son hilarité.

— Faites-moi confiance. Je suis capable de gérer ce spectacle sans intervention divine. D'ailleurs, dites-moi... Comment vous êtes-vous retrouvée embarquée là-dedans ? C'est vous qui vous êtes proposée à titre bénévole ou bien vous vous êtes laissé embrigader ? A moins que vous ne soyez une délinquante, comme moi...

— Il n'y a aucun délinquant de votre espèce, ici.

— Ouille ! gémit-il. Je sens que je vais bien m'amuser avec vous !

— Je ne suis pas là pour vous distraire.

— Allez, soyez sympa... Dites-m'en un peu plus sur vous, Maureen.

— Pourquoi le devrais-je ? Vous m'avez déjà cataloguée parmi les personnes ennuyeuses, obsédée par les livres et les chats...

— Je n'ai jamais dit « ennuyeuse » et je n'ai jamais dit, non plus, « obsédée ». Pour les livres, c'était facile à deviner, quant aux chats... Tout le monde aime les chats. J'ai dit ça au hasard. Allez... Ça m'intéresse vraiment. Vous êtes d'ici ?

Cet homme avait un véritable pouvoir, réalisa Maureen, effarée. Une espèce de magnétisme qui lui donnait envie de... de quoi, au juste ? Elle l'ignorait. De lui répondre. De lui offrir quelques bribes d'elle-même. De lui prouver qu'elle n'était pas la femme terne et maniérée qu'il semblait voir en elle. C'était une sensation des plus étrange. Etrange et dangereuse...

— Je suis née et j'ai grandi ici, lui répondit-elle. J'ai fait mes études à l'université de Brockport, puis je suis revenue à Avalon et je suis devenue bibliothécaire de cette ville. Pas étonnant que vous me jugiez ennuyeuse...

— Attendez... Encore une fois, je n'ai pas dit « ennuyeuse ». Et j'ai l'impression que vous n'avez qu'à vous baisser pour trouver des admirateurs.

En réalité, c'était tout le contraire. Elle avait cherché en vain l'âme sœur, mais elle n'allait certainement pas l'avouer à quiconque — et encore moins à lui.

— Et vous ? lui demanda-t-elle, étonnée par sa propre audace. Etes-vous à la recherche de l'âme sœur ?

— Pas la peine. Je sais à quoi ressemble la femme de mes rêves. Il ne me reste plus qu'à la trouver.

— Ah, oui ? Et à quoi ressemble-t-elle ?

— Je viens juste de vous rencontrer. Je ne peux pas décemment vous confier ce genre de choses...

Au fur et à mesure qu'elle lui parlait, il se produisait en elle un phénomène étrange. Elle était en train de se prendre de sympathie pour lui. Et à son corps défendant. Pour lui en tant que personne, pas seulement en tant qu'homme séduisant. Un homme pourtant si éloigné de son univers qu'il aurait tout aussi bien pu vivre sur une autre planète.

La planète des groupies, par exemple, songea Maureen, tandis que trois femmes s'approchaient de leur table. Elles se donnaient mutuellement des coups de coude, en échangeant des petits gloussements.

— Excusez-moi..., commença l'une d'elles.

Il était tout à fait clair qu'elle ne s'adressait pas à Maureen.

— Vous êtes bien Eddie Haven, n'est-ce pas ?

— Celui du film ? précisa son amie.

Eddie leur adressa un sourire décontracté.

— Il semblerait...

— C'est bien ce qu'on pensait. Vous n'avez pas changé depuis l'époque du film !

— Oh... pas bon, ça, alors !

— Au contraire, vous étiez adorable.

Les trois femmes jubilaient.

— Et on vous a vu dans *Extra*, la semaine dernière.

C'est une vérité apparemment immuable et que Maureen constatait une fois encore : les femmes séduisantes ont tendance à sortir en groupe. Ces trois-là avaient toutes le physique d'anciennes pom-pom girls, souriantes, les yeux brillants, moulées dans leurs jeans et leurs pulls, montées sur talons hauts.

— Ça vous ennuierait qu'on se fasse photographier ensemble ?

— En fait, je suis en pleine…

— Juste une photo, s'il vous plaît ! Avec le téléphone portable, le coupa-t-elle, en sortant un iPhone de sa poche, qu'elle lança à Maureen. Dites, vous voulez bien nous prendre ?

Avant que Maureen ait pu répondre, l'une des femmes lui montra le fonctionnement de l'appareil. Puis toutes trois prirent la pose, passant leurs bras autour d'Eddie, qui s'illumina comme un sapin de Noël. Réaction qui eut le don d'exaspérer Maureen.

— Merci. C'est vraiment très sympa de votre part !

Le remerciement ne s'adressait pas à elle, naturellement, mais à Eddie.

— Je sais qu'on doit vous le dire tout le temps, mais je vous ai trouvé génial dans ce film. Je vous trouve toujours génial dans ce film, chaque fois qu'il repasse à la télévision !

— Merci, fit Eddie. C'est très gentil à vous…

Elle lui tendit une carte.

— Voici mon numéro. Si jamais vous avez envie de sortir, enfin, vous voyez…

— Et comment !

Les trois femmes s'en allèrent, têtes rapprochées, et s'éloignèrent d'un pas rapide, en pouffant comme des écolières.

Maureen était éberluée. Cette femme avait fait des avances à Eddie, sous son nez, sans qu'apparemment l'effleure l'idée qu'elle-même, Maureen, aurait très bien pu sortir avec lui. Le plus blessant, c'était de se dire qu'aucune des trois n'avait supposé une seule seconde qu'elle ait pu être sa petite amie. Elles l'avaient traitée comme si elle était l'assistante d'Eddie ou sa secrétaire. Comme une quantité négligeable, en tout cas…

— Désolé, s'excusa-t-il. Où en étions-nous ?

Maureen secoua la tête.

— Je n'en ai plus aucune idée.

C'était la première fois qu'elle était témoin d'une telle scène. Elle trouvait cela vaguement choquant, comme un guet-apens.

— Ça vous arrive souvent ? Des gens — des femmes — qui vous abordent sans crier gare pour vous demander un autographe ou une photo…

— Ça dépend de ce que vous entendez par « souvent ».

— Est-ce que ça vous est déjà arrivé ?

Elle en eut confirmation à l'expression de son visage.

— Je regrette qu'elles se soient montrées grossières envers vous, lui dit-il.

Elle fut étonnée qu'il s'en soit aperçu.

— J'aurais dû intervenir. J'aurais dû leur faire remarquer leur impolitesse.

— Heureusement que vous n'en avez rien fait ! Ç'aurait été des plus embarrassant…

— Et vous n'aimez pas vous retrouver dans une situation embarrassante.

— Vous, si ? Est-ce que vous connaissez quelqu'un qui trouve ça agréable ?

— J'ai passé toute ma vie en représentation et les situations embarrassantes sont monnaie courante. Elles font partie du jeu, qu'on le veuille ou non.

— Je ne l'aurais pas cru…

Elle se félicita que ce « jeu »-là lui ait été épargné.

— Mais ne soyez pas gêné, reprit-elle. Elles vous ont dit que vous étiez adorable.

— C'est la vérité. J'étais adorable, affirma-t-il, avec une curieuse absence de vanité.

— Je sais. J'ai vu *L'Escapade de Noël*.

C'était étrange d'en savoir plus sur lui qu'il n'en savait

sur elle. Quant au film en question, dire qu'elle l'avait vu tenait de l'euphémisme. Elle le regardait chaque année avec la même fascination. Elle avait déjà acheté l'édition anniversaire du DVD et s'était passé et repassé les bonus, avec une attention toute particulière pour les interviews d'Eddie adulte. Elle avait mémorisé chacun des plans, chacune des paroles des chansons de la bande originale. Elle adorait ce film, à un point qui devenait ridicule.

— Est-ce que ça vous donne un coup de vieux, si je vous dis que je l'ai vu en CE1 ?

— Non, parce que j'avais six ans à l'époque de sa sortie en salles. Eh oui ! ajouta-t-il avec un petit sourire contrit, j'ai culminé à l'âge de six ans et, depuis, je n'en finis pas de dégringoler.

Il y avait vraiment quelque chose en lui… Quelque chose qui expliquait que des femmes adultes l'accostent pour obtenir une photo de lui, en gloussant comme des écolières. Quelque chose qui tenait probablement à son sourire. En le regardant, Maureen revoyait l'adorable bambin qui avait conquis le cœur de toute l'Amérique, plus de vingt ans auparavant.

Eddie incarnait alors le petit Jimmy Kringle dans *L'Escapade de Noël*, unanimement considéré comme l'un des films de Noël les plus mélos qui aient jamais existé. Pourtant, Eddie enfant avait illuminé cette œuvre de son incroyable présence à l'écran. Et il continuerait à le faire, des années durant, grâce aux miracles de la remastérisation, aux bonus des DVD et à la routine infinie des chaînes en continu du câble.

— Ça n'a pas dû être très facile pour vous de vous retrouver propulsé vedette à un si jeune âge, fit-elle observer.

— Ce n'était pas si terrible, à l'époque. Mais personne

n'a vu venir internet. Ni la télévision par satellite à une telle échelle.

Maureen trouvait qu'elle commençait à s'intéresser un peu trop à lui sur un plan personnel.

— Nous devrions en finir, suggéra-t-elle.

— Vous avez hâte de vous débarrasser de moi, c'est ça ?

— Oui… Enfin, non ! Je veux dire…

Et voilà ! Elle se troublait, elle bafouillait… Intimidée par la proximité de cet homme. C'était pathétique et ridicule ! Elle détestait côtoyer des gens qui la considéraient comme une ratée ou en face desquels elle se sentait inférieure, en dessous de tout… Elle aimait les gens qui la valorisaient. Sa famille. Les usagers de la bibliothèque. Les enfants. Elle était une professionnelle reconnue dans son domaine et, pourtant, elle ne pouvait s'empêcher de perdre ses moyens devant Eddie Haven, son attitude décontractée qu'elle trouvait incroyablement sexy, sa boucle d'oreille et son visage d'ange.

— J'ai beaucoup de choses à vous dire au sujet de cette représentation, reprit-elle. Pour commencer, le spectacle va être filmé dans le cadre d'une émission spéciale sur PBS.

Elle en était encore tout excitée, rien qu'en prononçant ces mots.

— Une société de production de New York va venir couvrir l'événement dans le cadre d'un reportage sur les célébrations de Noël dans les petites villes.

— Génial, commenta-t-il, sans toutefois beaucoup d'enthousiasme.

— Ça ne bouleverse pas vraiment nos projets, mais je voulais que vous soyez au courant.

Elle lui tendit un document imprimé.

— Voici le programme que je prévois. Vous pourrez l'examiner ce soir.

Elle avait passé des semaines à déterminer la combinaison parfaite de récits et de chansons pour la célébration qui aurait lieu à l'église du Cœur-des-Montagnes. C'était un programme merveilleux, conçu pour donner vie à la magie de Noël. Depuis longtemps elle avait imaginé le spectacle idéal, depuis sa plus tendre enfance. Elle visualisait des images d'un soir éclairé par la lueur de bougies, l'air imprégné d'encens et vibrant de chansons. Ce spectacle représenterait l'essence même de cette fête ; il attendrirait les cœurs les plus blasés et rappellerait aux gens que la joie de Noël peut s'éprouver toute l'année.

Eddie jeta un coup d'œil au script et à la liste des chansons.

— OK, c'est vous qui voyez, de toute façon… Mais… vous n'avez pas prévu d'ouvrir le spectacle avec les anges ! s'étonna-t-il. Du temps où Mme Bickham dirigeait les opérations, c'était toujours les anges qui commençaient.

Ah, les fantômes des Noëls passés ! songea Maureen, en serrant son bloc-notes contre sa poitrine. Ils n'allaient pas la laisser en paix de sitôt.

— Pas cette année, non…

— Après tout, c'est votre spectacle… Et dire que je n'aime même pas Noël !

Décidément, il était odieux ! Mais terriblement séduisant, elle devait bien l'admettre, dans son style un peu négligé, le T-shirt près du corps, le jean étroit et les cheveux en bataille. Un alliage fatal…

— Sottises ! dit-elle. Tout le monde aime Noël !

Il se mit à rire.

— D'accord. Alors, je n'ai pas dû bien m'expliquer.

— Expliquer quoi ?

Intriguée malgré elle, Maureen se pencha en avant, le corps tendu vers lui, avant de réaliser quelle image elle donnait d'elle : celle d'une groupie fascinée qui buvait chacune de ses paroles.

— Tout ce cirque de Noël…

— Eh bien ?

— Ça va sans doute vous étonner, mais au cas où vous n'auriez pas remarqué, je ne suis pas vraiment fan des fêtes de fin d'année.

Peut-être lui plaisait-il par son côté provocateur, iconoclaste. Cela faisait bien longtemps qu'aucune personne de plus de cinq ans ne l'avait provoquée.

— Ne soyez pas bête ! Comment pourrait-on ne pas aimer Noël ?

— Vous me tuez, Maureen. Franchement. J'ai un scoop pour vous : tout le monde n'aime pas Noël.

Son regard glissa ensuite sur la liste de chansons.

— Je ne vois pas beaucoup de variété dans tout ça. Rien de nouveau.

— Nous pouvons toujours y ajouter *Le Renne fugueur*, la chanson de votre film. Votre fan-club serait aux anges. Ça vous ferait plaisir ?

— Ça me ferait vomir !

Cette rencontre tournait au désastre.

— Voici la feuille d'inscription aux auditions.

— Ça promet d'être intéressant. Tout le monde rêve de devenir une star.

— Il semblerait. Nous tâcherons d'être aussi ouverts que possible dans nos choix. Nous devons rappeler à chacun qu'il n'y a pas de petits acteurs…

— Il n'y a que des petits rôles, acheva-t-il. Sauf que ce sont des salades, et que tout le monde le sait !

Pourquoi se sentait-il tenu de s'opposer systématiquement à elle ? Son amie Olivia lui aurait répondu : « Parce que tu lui plais. » Mais cette idée était bien trop déroutante pour

Maureen. Elle reclassa sa liasse de documents imprimés dans l'espoir de dissimuler sa nervosité.

— Ensuite, nous passerons directement aux répétitions. Tenez… Voici un programme…

— Pigé, chef.

— Vous me prenez de haut ?

— J'essaie, oui.

— Ne perdons pas notre objectif de vue, Eddie. Ce programme n'est fait ni pour nous distraire ni pour nous mettre en valeur. Il est destiné aux enfants et à tous ceux qui veulent célébrer les fêtes.

Plus elle se troublait et plus elle devenait revêche. Oh ! comme elle détestait la tournure que prenait cette rencontre !

— Vous prenez tout ça bien trop au sérieux, ma jolie…

— Et vous, beaucoup trop à la légère !

Oh, Maureen ! Maureen ! se sermonna-t-elle en son for intérieur. Depuis quand es-tu aussi bornée ? Tu as tout de la vieille fille rigide…

Olivia lui répétait sans arrêt de se détendre et de s'amuser. Mais Olivia était enceinte et, ces derniers temps, son chamboulement hormonal lui faussait complètement le jugement.

— Pigé, répéta Eddie. On a fini, maintenant ?

— Oui. On a fini.

Leur rencontre s'était mal engagée. Peut-être pourraient-ils arrondir les angles, en dînant ensemble ?

La proposition au bord des lèvres, elle hésitait, nerveuse, puis elle prit son courage à deux mains :

— Ecoutez, Eddie… Essayons de ne pas partir sur de mauvaises bases. La boulangerie va fermer, mais je me disais… Peut-être pourrions-nous aller ailleurs, manger un morceau et bavarder plus longuement du spectacle. J'aimerais entendre vos idées.

Voilà. C'était dit. Elle avait lancé une invitation à l'homme le plus séduisant qui se soit jamais assis à une table en face d'elle, et c'était tellement contraire à sa nature réservée qu'elle attendit sa réponse dans un état proche de l'hyperventilation.

Elle redoutait un sourire narquois ou toute autre mimique blessante. Mais il se contenta de la repousser de la manière la plus directe qui soit :

— Merci pour l'invitation, Maureen, mais je ne peux pas. On m'attend ailleurs.

Il jeta un coup d'œil à sa montre.

— Et je ferais d'ailleurs mieux de filer, sinon je vais être en retard. Une autre fois, peut-être.

Elle aurait voulu mourir sur place. Là. Tout de suite. Elle aurait voulu se recroqueviller sur elle-même et mourir, être réduite en cendres et dispersée par la bise hivernale. Qu'est-ce qu'il lui avait pris de l'inviter à dîner ? Evidemment qu'il n'avait pas envie de manger avec elle ! Eddie Haven ne dînait pas avec des Maureen Davenport ! Le lui aurait-il proposé qu'elle aurait également refusé. Il était grossier et délibérément provocateur, si éloigné de son type d'homme que c'en était risible. Les semaines à venir promettaient d'être un véritable calvaire !

Elle parvint néanmoins à afficher un sourire qu'elle espérait naturel et neutre, comme si cette invitation avait été jetée en l'air, presque avec une politesse contrainte, au fond, tandis qu'il filait vers la sortie.

Elle l'imagina rentrant chez lui pour faire un brin de toilette, sans doute en vue d'un rendez-vous avec une femme incapable de faire la différence entre une bibliothèque et une lobotomie, mais qui saurait pimenter la conversation de poses aguichantes et tirer le parti maximal d'un pull moulant.

Elle se les représenta, dînant aux chandelles et se murmurant « tchin-tchin », les yeux dans les yeux, en faisant tinter leurs coupes de champagne ou de vin fin.

3

— Bonsoir, je m'appelle Eddie et je suis alcoolique...

— Bonsoir, Eddie.

Les voix, calmes et chaleureuses, résonnèrent à l'unisson dans la petite salle de réunion, située au sous-sol de l'église. Eddie n'avait pourtant rien d'un inconnu pour cette assemblée, mais la salutation faisait partie du rituel de guérison, et sa répétition était gage d'un certain réconfort pour les participants. Chaque fois qu'il venait à Avalon, Eddie assistait aux réunions, et tous savaient qui il était. Tous les membres se connaissaient entre eux, car leur groupe était constitué depuis de nombreuses années et son noyau était relativement stable, même si un ou deux visages nouveaux apparaissaient parfois.

Eddie reconnut un étudiant aux cheveux roux qui s'appelait Logan, un professeur de lycée prénommé Tony et un homme plus âgé, Terry D., qui l'avait beaucoup épaulé, au cours de ces années difficiles.

Quand Maureen Davenport lui avait demandé s'il allait à l'église, il avait répondu par l'affirmative. Il ne mentait pas : cet édifice était bel et bien une église. Mais ce n'était pas ce qu'elle avait voulu dire, et il le savait. Ce n'était pas non plus sous le coup d'une révélation divine qu'il avait commencé à fréquenter les lieux de culte. Non. Il avait simplement été condamné à suivre un programme de désintoxication en douze étapes, à la suite d'un faux pas monumental, et ne s'attendait pas à y prendre du plaisir. Il ne s'attendait pas à découvrir de profondes vérités sur lui-même au sein d'un groupe d'inconnus. Pourtant, le déclic s'était produit. Son salut n'avait pas suivi un chemin classique. Il l'avait trouvé dans le compagnonnage de gens comme lui, qui renouvelaient chaque jour leur serment d'abstinence.

A quelque chose malheur est bon, songea-t-il, puisque, à bien des égards, son délit de conduite en état d'ivresse ce soir-là s'était avéré une bénédiction. Il avait marqué pour lui le début d'une nouvelle vie. D'une nouvelle façon de passer Noël, aussi. Il ressentait toujours la même aversion pour les fêtes de fin d'année, mais au moins arrivait-il à les traverser l'esprit clair et non pas noyé dans les vapeurs d'alcool.

Il avait commencé son cheminement intérieur — bien malgré lui — par un soir enneigé de Noël. Il n'était plus l'homme perdu, désespéré, le corps et le cœur meurtris, qu'il était alors, pourtant, chez lui à New York, ou ici à Avalon, il ne manquait jamais ces réunions, en raison du soutien et de l'amitié qu'elles lui apportaient, en raison aussi de l'occasion qui lui était offerte d'aider les autres à son tour. Parfois, comme ce soir, il y venait pour réfléchir à voix haute aux questions qui le tracassaient.

Maureen Davenport, par exemple. Avec elle, il apparaissait évident que la préparation du spectacle n'aurait rien d'une partie de plaisir. Avec son côté intellectuelle coincée et BCBG, elle attisait chez lui l'irrépressible envie de la provoquer, de lui défaire sa coiffure et de lui ôter ses lunettes pour finalement s'exclamer : « Mais vous êtes très belle, mademoiselle Davenport ! »

Dans un film, en tout cas, c'est ainsi que cela se passerait. Mais il n'était pas sûr que Maureen jouerait le jeu. Elle tapoterait probablement son bloc-notes du bout d'un crayon à papier et exigerait d'un ton sec qu'ils se remettent au travail. Avec elle, les semaines menant au spectacle de Noël promettaient d'être un véritable enfer.

Il regrettait déjà Mme Bickham, dont le caractère placide lui avait rendu ces travaux d'intérêt général supportables. Elle ne lui demandait pratiquement rien. Mais avec cette Maureen Davenport, son séjour à Avalon n'aurait rien d'une sinécure. Elle allait sans aucun doute le mettre à contribution. Il ne voyait pas d'inconvénient à participer, mais il n'avait jamais beaucoup apprécié de recevoir des ordres de la part de femmes autoritaires.

D'âge, d'apparence et de parcours de vie très divers, les personnes réunies dans la petite pièce sirotaient du café en attendant qu'Eddie prenne la parole.

— La nécessité de relativiser..., commença-t-il, reprenant l'énoncé du thème de la réunion. Voilà un sujet qui colle tout à fait à ma situation actuelle ! Je dois relativiser. Au début, je suis venu à ces réunions sur l'injonction d'une juge. Je ne pensais pas trouver ma place ici. Plus exactement, *je ne voulais pas* trouver ma place ici. Je n'avais pas envie d'être membre d'un club où l'on ne pouvait pas se soûler à mort tous les soirs.

Des murmures compatissants parcoururent le groupe.

— La juge me connaissait mieux que moi-même. Elle ne sous-estimait pas la valeur d'un remède draconien — dans mon cas, une carte de membre à vie, au sein de cette noble association...

Quand il fermait les yeux et qu'il repensait à cette

nuit, à ces moments de terreur, Eddie éprouvait encore le contact de la bouteille de verre qu'il tenait par le goulot, un Dom Pérignon, bien sûr. Le *nec plus ultra* pour le soir où il allait demander en mariage la femme qu'il aimait. C'était la marque préférée de Natalie et rien d'autre n'aurait pu convenir.

Natalie Sweet… Journaliste. Plus âgée que lui de quelques années et beaucoup plus sophistiquée. La femme idéale… Elle lui envoyait des signaux de demande en mariage depuis des semaines, il en était persuadé.

Il avait tout planifié : le lieu, l'époque de l'année, pour lui faire sa demande. Ce serait à Avalon. L'endroit rêvé, situé entre New York et Albany, où vivait la famille de Natalie. Et le soir de Noël. Elle croyait qu'il l'emmenait chez ses parents ; elle était loin d'imaginer la surprise qu'il lui réservait. Depuis son plus jeune âge, Eddie supportait mal les fêtes de fin d'année, à cause de ses parents, qui l'avaient traîné de ville en ville avec leur spectacle ambulant consacré à Yule, le Noël de la mythologie scandinave. Pour venir à bout de cette aversion, il lui fallait supplanter ces mauvais souvenirs par un bon, un mémorable. Il allait donc transformer cette période lestée pour lui de pénibles associations en un événement joyeux : ses fiançailles avec la jeune femme.

Avalon, c'était pour lui comme un foyer de substitution. Chaque été de son enfance, ses parents avaient coutume de le laisser au camp Kioga, en colonie de vacances, pendant qu'eux voyageaient de place en place, se produisant au gré des foires « Renaissance ». Au fil des ans, il s'était attaché à cette petite ville. Il avait même imaginé d'y acheter une résidence secondaire, pour y venir le week-end, plus tard, avec Natalie.

Ce soir-là, il avait réservé la meilleure table à l'Auberge

du pommier, celle qui donnait sur la rivière Schuyler et sa spectaculaire métamorphose en hiver. Les rochers pris dans la glace, les berges encroûtées de neige qui scintillaient dans la lumière projetée, en contrebas, par les baies vitrées du restaurant. Il avait demandé un menu composé de leurs plats préférés, allant même jusqu'à donner au directeur de l'établissement une liste de chansons à passer durant la soirée.

Il se rappelait le visage de Natalie quand elle avait goûté son dessert — une onctueuse crème brûlée au lait de poule —, parce qu'elle avait parfois la même expression au lit. Son air rêveur avait agi sur lui comme un signal indiquant que le moment était venu.

Ils avaient déjà fait un sort à la bouteille de vin, mais il commanda du champagne. Voyant Natalie hausser les sourcils, il interpréta alors sa mimique comme un heureux présage.

Rétrospectivement, il pensait qu'elle traduisait plutôt une certaine appréhension.

Agréablement étourdi par le vin, il avait persisté dans son plan. Son « scénario », avait-il envie de dire maintenant. Car la présence de Natalie était devenue presque accessoire, reléguée à l'état de figuration, en regard du premier rôle qu'il incarnait. Cette perception de la scène aurait dû lui mettre la puce à l'oreille. Que Natalie, voire que le couple qu'ils formaient, ait été relégué au second plan, était forcément mauvais signe.

Le sommelier leur avait servi deux coupes. Eddie avait levé son verre et porté un toast à leur avenir, toute une vie de bonheur.

L'heure était venue…

Pas le moins du monde intimidé par les autres convives, il avait mis un genou en terre et lui avait pris la main. Au fond, il était très vieux jeu. A cet instant, le thème musical de *L'Escapade de Noël* s'était échappé des haut-parleurs. Peut-être aurait-il dû y voir un mauvais présage.

Ce titre ne figurait pas sur la liste qu'il avait remise au directeur du restaurant. Sans doute ce dernier avait-il cru l'honorer ou lui faire plaisir, en passant cet air tendre et sirupeux. Eddie n'en saurait jamais rien. Nombre de gens partaient du principe qu'il aimait le film et sa bande originale, parce qu'ils faisaient l'unanimité dans le cœur du public. Mais lui, tout ce qu'il voyait, c'était que cette chanson, qu'il haïssait, avait fait irruption dans cet instant privilégié, comme une arête au beau milieu d'un repas gastronomique.

Pour couronner le tout, c'était la version la plus atroce qui avait été sélectionnée : celle enregistrée *a cappella* par un groupe connu sous le nom des Christmas Belles, et qui avait fait sensation sur internet. Le résultat dégoulinait d'une telle mièvrerie qu'il en avait eu l'estomac retourné rien qu'à l'entendre.

Mais il avait un genou à terre. Maintenant qu'il s'était engagé, il devait aller jusqu'au bout. Il ne pouvait plus faire machine arrière.

Il avait soigneusement mis au point sa demande et s'était exercé à la dire afin qu'elle n'ait pas l'air d'avoir été rédigée à l'avance : « Je t'aime. Je veux passer ma vie avec toi. Me feras-tu l'honneur de devenir ma femme ? »

En réponse, Natalie devait verser des larmes de joie, peut-être même rester muette sous le coup de l'émotion, puis se contenter de hocher vigoureusement la tête : *Oui, oui, oui, bien sûr que je veux t'épouser.* Dans le restaurant, tout le monde saluerait la prestation avec des soupirs extasiés, des regards d'envie de la part des autres femmes.

Ensuite, il ouvrirait un petit écrin de velours et Natalie serait submergée par une nouvelle vague d'émotion.

Ce serait parfait. Inoubliable. Et ferait de Noël le plus beau jour de sa vie.

Sauf qu'il y avait eu un hic... Un couac, souligné, en fond sonore, par les coassements des Christmas Belles : « Les miracles existent, il suffit d'y croâââââre... »

Natalie n'avait pas lu le scénario. Il n'y avait donc pas eu de larmes de joie. Ni de déclaration d'amour réciproque. Seulement une expression horrifiée sur son visage. Puis elle avait secoué la tête en signe de dénégation, comme en proie à une nausée soudaine.

— Je ne peux pas. Je regrette, avait-elle répondu, en se levant pour foncer vers le vestiaire.

Eddie avait jeté une liasse de billets trop importante sur la table, il avait saisi la bouteille de champagne par le goulot et il était sorti, bien conscient pourtant qu'il était illégal de quitter un établissement muni d'une bouteille entamée.

A ce moment-là, c'était bien le cadet de ses soucis.

La jeune femme marchait aussi vite que possible en direction de la gare.

— Est-ce qu'on peut au moins en discuter, Natalie ?

— Si jamais je t'ai donné l'impression d'être disposée au mariage, je le regrette, lui dit-elle précipitamment, tout en continuant son chemin.

— *L'impression !* Bon sang ! Tu m'as envoyé des signaux aussi clairs qu'une balise Argos ! Qu'est-ce que j'étais censé croire, d'après toi ?

— J'ignore totalement de quoi tu parles.

— C'est ça ! Et surtout, excuse-moi d'y avoir cru, quand tu prétendais m'aimer.

— Mais je t'aimais, protesta-t-elle. *Je t'aime toujours.*

Mais je ne suis pas prête à épouser qui que ce soit. Toi non plus, d'ailleurs.

— Ne me dis pas que je ne suis pas prêt !

— Très bien, je ne le dirai pas. Mais voici ce que je pense… Je pense que ce n'est pas le mariage qui compte à tes yeux ; tu tiens surtout à ne pas être seul.

— Attends un peu… Que tu refuses, c'est une chose ; mais je t'en prie, épargne-moi ta séance de psychanalyse à deux sous par-dessus le marché !

A partir de là, la situation avait dégénéré. Chacun y était allé de ses récriminations contre l'autre et Natalie était montée seule dans le train pour Albany.

Entre-temps, Eddie s'était rendu à l'évidence : il s'était un peu trop précipité pour la demander en mariage.

Le temps qu'il revienne sur le parking du restaurant où l'attendait son fourgon, sa souffrance s'était muée en rage. Rage envers Natalie mais bien plus encore envers lui-même. Qu'est-ce qu'il lui avait pris de transformer ce moment intime en superproduction ? Pas étonnant qu'il soit allé au-devant d'un tel fiasco !

En roulant ensuite sans but dans les rues d'Avalon, il avait trouvé l'agglomération déserte — une ville fantôme. Pour la plupart, les gens étaient rentrés chez eux de bonne heure afin de passer cette veille de Noël en famille. D'autres étaient à l'église, emplissant la nuit de chants vibrants d'adoration.

Lui comptait passer le reste de la soirée en compagnie d'un membre du clergé. D'un moine, plus précisément, nommé Dom Pérignon. La bouteille ayant été ouverte au restaurant, il se mit à la boire. Zut, après tout ! C'était le soir de Noël et il n'y avait pas âme qui vive dans les rues. Il venait de se faire plaquer ; il avait bien le droit de chercher à anesthésier sa souffrance et émousser sa colère !

Et puis il ne roulait pas vite. Personne ne l'attendait nulle part. Comme chaque année, ses parents l'avaient invité chez eux, à Long Island, mais Natalie lui avait fourni le prétexte idéal pour décliner leur offre.

La tempête de neige débuta par une rafale de petits flocons qui voletaient sur son pare-brise. Mais, en quelques minutes à peine, il se retrouva pris dans une épaisse tourmente. Les flocons arrivaient sur lui à un rythme soutenu — sensation étrangement hypnotique. Il décida donc de bifurquer vers la Taverne de la colline, histoire de voir s'il y avait encore quelqu'un là-haut. Il comptait quelques vieux complices à Avalon, des amitiés nouées au temps des colonies de vacances. La petite ville ne changeait pas. Il passa devant des maisons que leurs fenêtres éclairées nimbaient d'une lueur chaleureuse, devant des commerces au rideau baissé, devant le Country Club qui trônait au sommet de la colline. Les illuminations les plus impressionnantes provenaient de l'église du Cœur-des-Montagnes, située dans un virage de la route bordant le lac.

L'édifice, oblong, clignotait de lumières qui soulignaient sa ligne de toit. Une crèche grandeur nature occupait son large parvis, recouvert de neige. Eddie baissa la vitre du côté conducteur afin de sentir l'air glacial. De gros flocons de neige s'engouffrèrent à l'intérieur du fourgon.

Le faible carillon de cloches lointaines s'insinua par l'entrebâillement de la vitre, le son le plus désolé qu'il ait jamais entendu. Il couvrit cette mélopée lugubre en allumant la radio qui passait *Never Say Die*, de Black Sabbath.

Pour Eddie, la musique était bien plus que du son. C'était un lieu sûr et familier dans lequel il pouvait s'évader. Au milieu du chaos et de l'incertitude de son enfance, la musique avait été pour lui un refuge et une consolation.

Au fil des années, son goût pour elle n'avait fait que croître. A l'adolescence, elle était devenue un repère dans le désordre, un repère qui l'apaisait presque autant que de vider un pack de bières dérobé dans le réfrigérateur de ses parents. Plus tard, pendant ses études à Juilliard, cette forme d'expression avait finalement pris tout son sens pour lui. Elle avait constitué l'accompagnement idéal du vin qu'il aimait boire avant, pendant et après ses concerts.

Il entendait de la musique dans sa tête, tout le temps. Il avait été surpris d'apprendre que ce n'était pas le cas de tout le monde. Peut-être était-ce une forme de démence.

Quand il se repassait à présent les événements de cette nuit fatidique, il ne pouvait distinguer les sons et les images qui lui revenaient à l'esprit de ceux qui avaient réellement existé. Il se rappelait un curieux martèlement, comme des rotors d'hélicoptère, et l'obscurcissement d'un ciel déjà sombre. Ensuite, quelque chose — un animal ? une branche d'arbre ? — lui avait coupé la route.

Par réflexe, il l'avait évité d'un coup de volant.

Mais, l'instant suivant, il avait brusquement perdu le contrôle de son véhicule. Le fourgon avait glissé sur une plaque de verglas et, dans une violente embardée, il avait quitté la route, pulvérisé une congère et cahoté jusqu'en bas d'une pente abrupte. Eddie s'était retrouvé privé de freins et de direction, tandis que les roues du véhicule labouraient le cimetière autour de l'église. Tout ce que contenait le fourgon — sono, CD, matériel et bouteille de champagne vide —, tout avait volé dans l'habitacle.

Alors que le camion fou ravageait la crèche et fonçait vers l'église, une seule pensée cohérente lui avait traversé l'esprit : *Mon Dieu, je vous en prie, faites que personne ne soit blessé !*

— Cette nuit-là a tout changé pour moi, déclara-t-il

aux personnes réunies dans la pièce. Et je mesure tout ce que je lui dois. Je m'en souviendrai dans les semaines à venir. Parce que quelque chose me dit que je vais me retrouver confronté à certains défis. C'est toujours le cas, pour moi, à cette époque de l'année.

Le groupe murmura en chœur :

— Merci, Eddie.

Et la parole passa à quelqu'un d'autre.

Sa vie avait réellement commencé la nuit où elle avait failli prendre fin. Il avait violemment pris conscience que l'alcool lui était néfaste et avait dû effectuer un changement radical en lui-même. La musique demeurait toute sa vie mais, à présent, il travaillait dans l'ombre, en tant que compositeur et producteur. Il enseignait également la musique en qualité d'intervenant bénévole, dans le cadre d'une action extrascolaire visant les enfants en difficulté du Lower Manhattan. Sa vie lui convenait très bien ainsi, loin du feu des projecteurs.

L'ancien contrat qui le liait à sa société de production — contrat toujours en vigueur — avait limité ses revenus cinématographiques à une somme dérisoire. Aujourd'hui encore, il ne comprenait pas pourquoi ses parents avaient laissé faire une telle chose. Ce même contrat l'obligeait à s'investir dans la promotion du film, autrement dit, il devait apparaître dans les bonus du DVD. Le tournage de certaines séquences, qui s'était déroulé quelque temps auparavant, lui avait rappelé les aspects de la célébrité qui lui déplaisaient : savoir qu'il n'était pas celui que tout le monde voyait et aimait à l'écran. Devoir cacher sa véritable personnalité.

Son activité de compositeur le maintenait dans l'univers de la musique, même si, par choix, il préférait la plupart du temps conserver l'anonymat, créant des bandes originales de film et des *jingles* sur commande. Il détestait l'idée d'être reconnu ; or, depuis la sortie du DVD, le public lui renouvelait son intérêt. Il espérait sincèrement que tout cela ne soit qu'un feu de paille.

La partie de lui-même qui aimait encore la scène trouvait cependant quelques satisfactions dans cette nouvelle vie. Il venait fréquemment à Avalon pour jouer avec un groupe d'amis. Leur formation s'appelait L'Enfant intérieur, et ils se produisaient en concert à l'occasion, dans les festivals de la région ou dans un club des environs. Cette année, il avait accepté d'animer cinq jours par semaine l'émission de la radio locale « La matinale des Catskills », une émission composée d'informations, d'entretiens et de musique, en remplacement de l'animatrice habituelle, partie en congé maternité.

La vie qu'il menait était fort éloignée de la débauche de fortune et de gloire qu'il s'était jadis imaginée comme destin. Mais il était plus heureux ainsi.

La réunion s'étant achevée comme d'habitude par la prière de la sérénité et le nettoyage du service à café, Eddie se prépara à rentrer chez lui pour y passer tranquillement la soirée.

Il s'arrêta en passant chez Wegmans et s'offrit son menu à emporter de prédilection : un sandwich piment-fromage, un bon gros cornichon mariné à l'aneth, un sachet de chips et un soda au sassafras.

En sortant du magasin, il tomba sur l'un des premiers symboles de la saison : un soldat de l'Armée du Salut, agitant sa cloche. Le tintement métallique était à la fois agaçant et impossible à ignorer. Eddie pêcha donc un billet froissé au fond de sa poche et le déposa dans la marmite peinte en rouge.

— Merci, dit le soldat.

Il était jeune, à peine un adolescent. Eddie lui trouva un air familier, mais d'une manière vague et lointaine. Le jeune garçon lui rappelait certains de ses élèves, à New York, le ventre creux, mais fiers. Peut-être ce gamin avait-il participé aux précédents spectacles de Noël ? Mais non… Il se serait certainement souvenu de ces longs cheveux noirs et de ce regard émouvant, de ce sourire légèrement perplexe.

— Je m'appelle Eddie Haven, lui dit-il.

L'adolescent hocha la tête et se présenta à son tour :

— Jabez Cantor…

— Tu es nouveau ici ?

— Pour ainsi dire. Ça faisait un bon bout de temps que j'avais quitté la ville. Je viens d'y revenir.

— Comme moi, dis donc !

Un autre adolescent sortit du magasin, les yeux rivés sur l'écran de sa console, indifférent à ce qui se passait autour de lui. Le temps qu'Eddie réalise où le portait sa trajectoire, il était trop tard. Le jeune heurta le trépied qui soutenait la marmite de la collecte. Elle se renversa par terre dans un fracas métallique.

— Oh, pardon ! s'excusa l'adolescent, fourrant en vitesse la console de jeux dans sa poche.

Puis il se mit à genoux pour récupérer les pièces éparpillées.

— Je ne regardais pas où j'allais.

— Ça arrive, répondit placidement Jabez, qui se baissa pour l'aider.

Eddie leur prêta main-forte et ramassa, lui aussi, quelques pièces sur le trottoir. C'est alors qu'il remarqua les cicatrices sur les mains de Jabez. Sa peau avait cet aspect luisant et tendu des brûlures très anciennes, mal cicatrisées.

Un homme âgé aux cheveux gris fer, vêtu d'un long pardessus, s'avança vers eux.

— Cecil ! fit-il d'un ton désapprobateur, que se passe-t-il ?

— J'ai renversé ce truc, expliqua le dénommé Cecil. Désolé, grand-père.

L'homme parut exaspéré. Cecil se dépêcha encore plus de ramasser les pièces éparpillées, tandis que Jabez réassemblait le trépied. Il ne fallut que deux ou trois minutes pour tout remettre en place. Le grand-père se dirigea à grands pas vers une Maybach profilée. L'adolescent allait s'élancer à sa suite, mais il hésita et, tirant un billet d'un dollar de sa poche, il le déposa dans la marmite. Jabez le remercia de son geste, mais l'autre, fonçant pour rattraper son grand-père, ne l'entendit sans doute pas.

Eddie dévisagea Jabez, qui suivait d'un regard pensif le départ de l'homme et de son petit-fils. Beaucoup de gens s'étaient arrêtés pour admirer la Maybach — ce n'était pas le genre de voiture qu'on croisait tous les jours —, mais l'adolscent semblait davantage intéressé par le vieil homme.

— Il me rappelle quelqu'un, dit-il.

— Tout va bien ? lui demanda Eddie.

— Absolument.

— Tu as faim ?

Eddie lui tendit son sac de nourriture à emporter.

— Non, ça va aller… Vraiment. Mais merci quand même.

Avec les jeunes de Manhattan, Eddie avait appris à ne pas exiger trop de renseignements d'un coup. Sinon, on risquait de les effaroucher et de les voir alors s'évanouir tout de bon dans la nature.

— Ça te plaît de faire du bénévolat ?

Le garçon désigna la marmite de l'Armée du Salut.

— Apparemment…

— Bon. On est tout un groupe à monter une crèche, vendredi soir… Tu sais ce que c'est ?

Jabez eut un petit rire.

— Oui, je sais ce que c'est qu'une crèche !

— C'était juste une question. Enfin, bref, on aurait bien besoin de quelques bonnes volontés supplémentaires.

Il griffonna l'heure et le lieu de rendez-vous sur le sachet blanc contenant son repas, déchira le coin en question et le tendit au jeune homme.

— On se reverra peut-être là-bas.

Jabez prit le bout de papier et le glissa dans sa poche de poitrine.

— Peut-être.

4

Maintenant qu'elle avait rencontré Eddie Haven, Maureen était au moins sûre de deux choses. La première, qu'Eddie allait lui donner du fil à retordre dans les semaines à venir. La seconde, que ce ne serait rien, à côté de ce qu'il risquait de lui arriver dans les prochains jours.

Le lendemain de leur entrevue, elle s'attarda à la bibliothèque, en proie à une sourde appréhension. Une réunion du conseil d'administration devait s'y tenir à l'heure de la fermeture des portes. Elle n'était pas membre de ce conseil, mais sa présence aux réunions était d'une importance capitale. En attendant l'arrivée du petit groupe, elle fit le tour du bâtiment, afin de procéder au rituel de la fermeture. Quand elle atteignit l'entrée principale, elle sortit dehors un moment, inspirant à pleins poumons l'air vif, dénué de flocons.

Une petite chute de neige, voilà qui serait bien agréable, songea-t-elle, en promenant le regard autour d'elle. Dans un jardin contigu, où poussait un vieil if prétendument rapporté de Cadbury Castle, en Grande-Bretagne, se dressait un bloc de granit solitaire, de taille modeste, orné d'une plaque commémorative. C'était un monument sans prétention, élevé à la mémoire d'un jeune garçon inconnu, qui avait péri dans l'incendie de la bibliothèque, cent ans auparavant.

Les arbres avaient depuis longtemps perdu leur feuillage chamarré. L'herbe, sèche et rase, était entrée en période de dormance et semblait ne plus jamais devoir repousser. Un air de désolation flottait sur l'endroit, lui conférant une impression d'attente. Une bonne chute de neige bien blanche, comme il s'en produisait souvent et en abondance dans la petite ville, de par sa situation sur la rive du lac des Saules, aurait tôt fait de transformer ce décor désolé. Mais le temps suivait son rythme propre, et ce n'était pas un simple souhait qui précipiterait les saisons.

Maureen fit quelques pas sur le trottoir, avant de retourner à l'intérieur de la bibliothèque et de se préparer en vue de la réunion. En passant sous l'arche en béton sculpté, elle fut saisie d'une bouffée de vénération. Le portique, monumental, avait été conçu pour inspirer un tel sentiment. « Fais de tes livres tes compagnons. Que tes tablettes et tes rayonnages deviennent tes promenades et tes jardins d'agrément. — Juda ibn-Tibbon (XIIe siècle) », proclamait le fronton. Manière diplomatique d'affirmer qu'il est juste de ne pas avoir de vie, pensa Maureen.

Non, c'était déloyal envers elle-même de formuler ainsi les choses. Elle avait une vie, une vie au sein des livres et de la grande famille qui l'entourait. Tout le monde ne pouvait en dire autant, et elle s'estimait heureuse de son sort.

Dans le minuscule réfrigérateur de la salle de pause, elle prit un yaourt qui lui tint lieu de dîner et le dégusta en lisant l'exemplaire de prépublication d'un ouvrage de développement personnel à paraître bientôt, intitulé : *Comment mener une vie passionnante quand on est timide*. Le livre était rempli de conseils qu'aucune personne saine d'esprit n'aurait jamais eu l'idée de suivre, comme s'inscrire à des cours de salsa ou à des séances de toucher thérapeutique. Enfin, se dit-elle, on courait moins de risques à lire ce genre de choses qu'à les mettre en œuvre véritablement ! D'habitude, quand Maureen se plongeait dans un livre, le monde lui semblait retrouver ses repères, mais cette méthode ne marchait pas à tous les coups.

Elle termina son yaourt, l'esprit dans une grande agitation. L'ordre du jour de la réunion concernait le budget, et les nouvelles, elle le savait, ne seraient pas bonnes.

Les membres du directoire arrivèrent bientôt et se dirigèrent vers la salle de réunion, munis de leurs serviettes et de leurs ordinateurs portables. Quand Maureen les rejoignit, ils se levèrent tous les quatre, alignés comme au garde-à-vous de l'autre côté de la table, aussi solennels et concentrés qu'une escouade de pompiers.

La jeune femme posa son manteau sur le dossier d'une chaise.

— Les choses se présentent mal, n'est-ce pas ?

Un silence gêné pesa sur la salle. M. Shannon, le président du conseil d'administration, posa les mains sur un document d'aspect officiel.

— Pire que ça, mademoiselle Davenport. A moins d'une solution miracle, tout est fini ! L'établissement devra fermer ses portes à la fin du mois.

— Je vous en prie, prenez un siège, suggéra à Maureen un autre membre du conseil.

Maureen se laissa choir sur un des sièges en plastique moulé et joignit les mains sur ses genoux. Elle savait que, depuis longtemps, l'établissement fonctionnait dans le rouge. Personne n'était à blâmer, l'annexe subissait tout bonnement les retombées d'une crise financière désastreuse au niveau de tout le réseau des bibliothèques, crise exacerbée par l'augmentation des coûts et par la période de vaches maigres que traversait toute la région. Quand les recettes diminuent, il faut faire des choix difficiles. Les fonds allaient en priorité aux postes vitaux : la police, les pompiers, le Samu. Aux yeux de Maureen, la bibliothèque aussi était essentielle à la collectivité, mais pas pour beaucoup de ses concitoyens, déjà accablés de charges.

M. Shannon résuma le problème afin que la secrétaire puisse inclure cette discussion dans la minute. Après l'incendie qui avait détruit le bâtiment d'origine, la bibliothèque avait été reconstruite par un M. Jeremiah Byrne sur ses fonds propres et sur des terrains qui étaient demeurés dans le giron de sa famille. Jeremiah Byrne avait accordé un bail de quatre-vingt-dix-neuf ans à l'institution. A l'échéance, il avait incombé à M. Warren Byrne, son descendant, de prolonger ce bail.

Ce qu'il avait fait, mais en y adjoignant certaines conditions. La bibliothèque devait être en mesure de s'autofinancer, c'est-à-dire de présenter l'ensemble du budget d'exploitation annuel avant le 31 décembre de chaque année. Jusqu'à présent, le conseil d'administration de la bibliothèque avait obtenu un prêt de la municipalité, prêt qu'il avait associé aux dons et autres deniers publics, et pour un temps, l'arrangement avait fonctionné. Mais pour la nouvelle année, le prêt municipal n'avait pas été reconduit et la diminution de l'assiette fiscale avait entraîné une réduction budgétaire. La bibliothèque avait été froidement sacrifiée sur l'autel de la rentabilité.

Maureen tenta de se concentrer sur les paroles du président du conseil d'administration. « Nous sommes à court d'argent » : cela ne pouvait s'interpréter que d'une seule manière. Et pas la meilleure…

Son cœur se serra. Comment imaginer Avalon privée de sa bibliothèque ? Dans toutes les villes du monde, la bibliothèque publique compte parmi les institutions les plus utiles et les plus génératrices du lien social. Celle d'Avalon avait toujours joui en plus de cela d'un statut particulier. Après l'incendie qui avait coûté la vie à ce jeune inconnu, la communauté anéantie s'était rassemblée pour édifier le nouveau bâtiment comme un monument à l'esprit de résilience. Durant les quatre-vingt-dix-neuf années qui avaient suivi, la bibliothèque avait tenu bon, aussi pérenne en apparence que les formations de roche granitique qui entouraient le lac des Saules. Mais ce n'était qu'une illusion. Bientôt, tout Avalon saurait qu'on célébrerait le centenaire de la bibliothèque par l'annonce de sa fermeture.

— Je savais que nous avions un grave problème de budget, commença Maureen, tentant de contenir sa panique croissante. Mais je ne me rendais pas compte que la situation était à ce point catastrophique.

Oui, *catastrophique*… Ce n'était pas un mot qu'elle employait tous les jours, mais c'était le terme le plus approprié aux circonstances présentes.

Affichant un sourire résolument optimiste, elle suggéra :

— Nous pourrions lancer un appel d'urgence. Organiser une autre manifestation au profit de la bibliothèque. Toute une série de manifestations. Et pourquoi pas une lettre ouverte, une campagne de collecte de fonds ? Une vente aux enchères ou un événement…

Son sourire retomba devant les visages sinistres de ses interlocuteurs.

— Oui, je sais, dit-elle, découragée. Nous avons déjà fait tout ça…

— Et nous n'avons même plus de quoi payer l'affranchissement des courriers ! déplora la trésorière.

— Et si le comté débloquait un fonds d'urgence ? Ou l'Etat ?

— Quel que soit notre sentiment personnel, mademoiselle Davenport, le sauvetage de la bibliothèque n'est pas considéré comme une urgence au même titre qu'un feu de forêt ou des inondations. C'est triste à dire, mais nos dépenses dépassent largement nos ressources, et ce depuis bien longtemps.

Elle désigna le chiffre énorme et effrayant qui s'étalait en caractères gras, dont l'encre rouge vif n'était pas sans rappeler les baies de houx.

— Nous n'y arriverons pas.

— Il doit bien y avoir encore quelque chose à faire, insista Maureen. Si nous demandions à M. Byrne de renégocier les conditions du bail ? Si nous lui demandions un délai, le temps de réunir davantage de fonds ?

— Warren Byrne ? C'est l'homme le plus avare de la ville !

— Et le plus riche, souligna-t-elle.

— C'est par pingrerie qu'il l'est devenu. Il n'a jamais donné un sou à la bibliothèque.

— Nous lui avons déjà fait cette requête, expliqua M. Shannon, et il a refusé. La somme qu'il nous faut est purement et simplement hors de notre portée. Nos principaux donateurs se sont montrés plus que généreux, mais il y a une limite à ce que l'on peut accomplir avec des financements privés. Sans le prêt de la municipalité, nous sommes dans l'impasse. L'époque étant ce qu'elle est, même nos principaux donateurs croulent sous les sollicitations — quand ils ne sont pas à court de moyens.

Si l'émission de titres avait réussi à passer, peut-être ne serions-nous pas dans cette situation, mais les votants ont refusé de l'approuver.

Maureen serra les dents. Quelques opposants au projet, peu nombreux mais virulents, s'étaient regroupés pour convaincre la population que la bibliothèque ne valait pas la peine d'être sauvée, si cela impliquait de la part des citoyens une contribution supplémentaire. Elle-même avait énergiquement fait campagne en faveur de l'émission de titres, mais la démarche avait échoué.

— Notre représentante au Parlement d'Etat a sollicité un écart sur budget en notre nom, et le conseil municipal a émis la même requête, poursuivit M. Shannon. Mais il n'y a plus d'argent, en tout cas pour la bibliothèque. Nous arrivons loin derrière d'autres problèmes plus importants.

La trésorière tendit à Maureen le tout dernier rapport.

— Dans ces circonstances, nous sommes à mille lieues de pouvoir boucler notre budget d'exploitation pour l'année prochaine. Nous avons jusqu'au 31 décembre pour fermer nos portes et transférer tout notre fonds et nos collections vers la bibliothèque principale du comté, qui les répartira entre les autres bibliothèques annexes.

Maureen vit son propre désespoir se refléter sur leurs visages.

— Que va-t-il advenir de cet endroit ?

— Le terrain sera sans doute vendu à un promoteur immobilier. Mais grâce à un décret de préservation du patrimoine, le bâtiment recevra sans doute une autre affectation plutôt que d'être démoli.

— Quelle autre affectation ? s'enquit Maureen.

Elle imaginait déjà le vénérable édifice transformé en boutiques d'artisanat ou en chambres d'hôtes. Elle n'avait rien contre les boutiques d'artisanat ni contre les chambres d'hôtes, mais ce lieu était une *bibliothèque !*

— Donc vous jetez l'éponge, conclut-elle. D'entrée de jeu...

— Non, pas d'entrée de jeu, rectifia le président, d'une voix fatiguée. Nous avons épuisé tous les recours. Nous avons travaillé sans relâche, vous le savez bien.

— C'est vrai, veuillez m'excuser. Mais... c'est *notre* bibliothèque, murmura-t-elle d'une voix brisée.

D'un geste, elle engloba la pièce où ils se tenaient, ses murs ornés de photographies anciennes, retraçant l'histoire de l'institution. L'arche de l'entrée encadrait une vue de la salle principale. Dans la demi-lumière qui filtrait des fenêtres, les rayonnages bien nets et les tables de chêne ciré reluisaient.

— C'est bien là le problème, reprit M. Shannon, en enfilant son pardessus et en se coiffant de sa casquette plate. Il n'y a pas assez de gens pour qui c'est important. La plupart de ceux à qui j'ai parlé ne considèrent pas la fermeture de la bibliothèque comme un désastre. Pour eux, cela signifie simplement que quelques personnes devront faire trente kilomètres de plus pour emprunter des livres, ou attendre le passage du bibliobus. Par les temps qui courent, ils estiment que c'est loin d'être une catastrophe.

Maureen fut traversée d'un frisson, sachant qu'il avait raison.

— D'accord, ce n'est qu'une bibliothèque, mais notre situation trouve sa réplique partout ! On vient tout juste de sauver la bibliothèque de Salinas, la ville natale de John Steinbeck. L'année dernière, Philadelphie a perdu onze de ses annexes. Un comté de l'Oregon a fermé son réseau. Cette tendance fait partie d'une lente érosion. Où cela s'arrêtera-t-il ?

— Le conseil municipal doit financer la sécurité publique avant tout. Faut-il surveiller les délinquants sexuels ou payer les factures d'électricité de la bibliothèque ? Vraiment, il n'y a pas le choix.

— Je comprends, concéda Maureen, malgré sa révolte intérieure. Je… j'essaie, en tout cas…

— Merci d'avoir assisté à cette réunion, dit encore M. Shannon. Je tenais à vous annoncer moi-même la mauvaise nouvelle dès que nous l'avons sue.

Elle se leva et le raccompagna jusqu'à la porte.

— Je vous en sais gré.

Les autres leur emboîtèrent le pas, sombres et silencieux. Maureen se sentait groggy, comme si elle avait été victime d'un accident. Elle s'était toujours imaginée effectuant toute sa carrière ici, au service de cette institution qui lui était si chère. Et voilà que, à présent, elle allait se retrouver au chômage…

Mme Goodnow, la secrétaire du conseil d'administration, lui glissa :

— Pour la cérémonie de fermeture, nous organiserons un repas à la fortune du pot.

Maureen s'efforça de ne pas chanceler.

— Oui, très bien, parvint-elle à articuler.

Elle referma derrière elle la porte à double battant.

Sur le pas de la grande porte d'entrée, M. Shannon marqua une pause, drapant une écharpe autour de ses épaules.

— Vous venez ?

— Pas tout de suite… Je dois relever mon courrier électronique et réorganiser quelques bricoles dans mon agenda.

— Prenez soin de vous, mademoiselle Davenport.

— Vous aussi, monsieur Shannon.

— Vous n'avez pas l'air dans votre assiette...

Une vague de chagrin la submergea.

— Cette bibliothèque fait partie du tissu social de cette ville. Nous ne pouvons pas fermer comme ça !

Elle songea aux enfants qui venaient ici à l'heure du conte. Aux personnes âgées qui assistaient aux clubs de lecture ainsi qu'aux cours d'informatique. Au programme d'alphabétisation pour adultes. Puis elle imagina les portes de la bibliothèque fermées, condamnées à tout jamais, et un sentiment de perte irrémédiable lui serra le cœur.

— Puis-je vous apporter quelque chose avant de partir ? lui demanda M. Shannon. Un verre d'eau ou...

— Un miracle, répondit-elle avec un pauvre sourire. Un miracle, voilà ce qu'il me faudrait.

Restée seule, Maureen n'alla pas relever son courrier. Elle n'approcha même pas de son bureau. Au lieu de cela, elle parcourut les travées, marchant lentement entre les hautes étagères, promenant ses doigts sur le dos relié des livres. Pour elle, la bibliothèque avait toujours été un lieu sacré, un carrefour d'arts et d'idées, un refuge où l'on pouvait laisser libre cours à ses rêveries.

Elle avait toujours éprouvé de la vénération pour les bibliothèques en général — et pour celle-ci en particulier. C'était une cathédrale où étaient rassemblés les éléments les plus divers de l'espèce humaine, un lieu où toute l'humanité pouvait trouver sa place. Elle avait pratiquement grandi ici, dans cet édifice inspiré de la Grèce antique, avec ses halls en marbre et ses fenêtres à petits carreaux, ses rampes et ses vantaux en acajou ciré. En son centre se trouvait un atrium éclairé d'en haut par une verrière et agrémenté d'un escalier en colimaçon qui menait à l'espace des enfants. Toute petite, elle avait gravi cet escalier avec l'impression d'accomplir un rite de passage très spécial, similaire à une montée au paradis.

Elle s'était toujours sentie faite pour devenir un jour l'hôtesse de cet endroit magnifique. Oh ! il y avait bien eu deux ou trois années de fac durant lesquelles elle avait contracté le virus du théâtre, rêvant alors d'un avenir sur les planches, comme si une telle chose pouvait arriver à une fille comme elle.

Une désastreuse mésaventure à l'étranger l'avait guérie de cette ambition. Aujourd'hui encore, le seul souvenir de son semestre à Paris la faisait frissonner. La vie lui avait infligé une leçon qu'elle avait reçue de plein fouet, avec la force d'un raz-de-marée. Elle avait vite compris qu'elle était faite pour une vie plus calme, plus réfléchie. Tout à fait le genre de perspective que lui offrait le métier de bibliothécaire. En ces lieux, elle pouvait accomplir une tâche importante, une tâche qui lui donnait l'impression d'être essentielle à la communauté, d'être vivante et… à l'abri.

Pourtant, bientôt, cet endroit cesserait d'exister. L'organisation du comté l'affecterait peut-être au bibliobus, songea-t-elle, secouée d'un frisson d'appréhension. Sans doute pourrait-elle trouver un poste dans une autre ville ou à l'université de New Paltz, mais travailler à la bibliothèque d'Avalon représentait tellement plus pour elle qu'un simple emploi !

Elle ne pouvait imaginer sa vie sans les longues heures qu'elle passait dans ce lieu. De quoi seraient constituées ses journées, après ? Où irait-elle ? Qui serait-elle ? Elle refusait de l'envisager. Mais à quoi bon s'enferrer dans le déni ? Il était temps d'affronter les faits, froids et implacables. D'ici à la fin de l'année, la bibliothèque serait fermée. Inutile d'espérer un miracle...

Alors qu'elle enfilait son manteau et s'apprêtait à partir, son regard glissa de nouveau sur les rayonnages faiblement éclairés. Il y avait là des siècles de sagesse — philosophes et scientifiques, poètes, auteurs dramatiques et romanciers —, les plus grands esprits de toute l'humanité. Les réponses ne devraient-elles pas se trouver dans l'un de ces ouvrages ?

Reprenant sa déambulation entre les travées, elle se livra à un rituel dont elle était coutumière depuis l'enfance. Chaque fois qu'un problème ou qu'une question la tourmentait, elle fermait les yeux et choisissait un livre au hasard sur une étagère. Toujours à l'aveuglette, elle le faisait tomber et, sans regarder, posait le doigt sur un passage de la page à laquelle il s'était ouvert. Alors, elle ouvrait les yeux et lisait. Ce n'était qu'un jeu, mais, plus d'une fois, ouvrir un livre sans idée préconçue s'était avéré riche d'enseignements.

Quel conseil, quel genre d'écrits aurait bien pu la soustraire à ses problèmes actuels, elle l'ignorait, mais la force de l'habitude l'emporta. Elle ferma les yeux, fit courir son doigt sur le dos relié des ouvrages et s'arrêta quand son cœur le lui dicta. Elle tira prestement le volume du rayonnage, mais un autre livre tomba par terre durant la manœuvre dont un coin lui heurta le pied.

— Aïe ! s'exclama-t-elle, en rouvrant brusquement les yeux.

Elle se trouvait à présent confrontée à un dilemme. Lequel de ces deux livres résultait du choix le plus aléatoire, celui qu'elle tenait encore à la main ou celui qui gisait à ses pieds ?

Elle laissa le premier s'ouvrir au hasard et, sans regarder, promena son index au milieu de la page. Puis elle baissa les yeux pour prendre connaissance de ce qui allait lui être révélé.

Il s'agissait de l'exposé d'une théorie : le jour où quelqu'un découvrirait exactement à quoi servait l'Univers et pourquoi il était là, ledit Univers disparaîtrait sur-le-champ pour se voir remplacé par quelque chose de considérablement plus bizarre et inexplicable.

Suivait une autre théorie, selon laquelle la chose se serait déjà produite.

— Merci, Douglas Adams, murmura-t-elle à l'intention du défunt auteur, retournant le livre pour contempler sa photo. Vous ne m'avez été d'aucune aide !

Elle remit le volume à sa place, en l'alignant soigneusement sur les autres. Puis elle ramassa le livre qui était tombé par terre : *Vade-mecum de la vie au quotidien, recueil de citations*.

Tiens ! Qu'est-ce que cet ouvrage faisait là ? Il n'appartenait même pas à la section des romans pour adultes. Il avait été rangé au mauvais endroit.

Tandis qu'elle se pressait vers la section où le livre aurait dû être classé, son regard se posa sur la page à laquelle il s'était ouvert. Elle parcourut la ligne que lui indiquait son pouce dans la marge.

« Si tu n'as jamais essayé, tu devrais. Car ces choses-là sont amusantes, et ça fait du bien de s'amuser. » Cette affirmation était attribuée à Theodor Seuss Geisel, plus connu sous le nom de Dr Seuss.

« Ça fait du bien de s'amuser. » Un infime frisson lui effleura la nuque. Peut-être son pouce indiquait-il en réalité l'entrée suivante : « La vie se rétracte ou se dilate à proportion de notre courage. — Anaïs Nin. »

Refermant le livre, elle le remit en place et quitta la

bibliothèque par la porte de derrière, exclusivement réservée au personnel, en la verrouillant derrière elle.

Alors qu'elle s'enfonçait dans la nuit noire, son téléphone portable émit la sonnerie qu'elle avait attribuée à sa sœur Janet, Shattered, des Rolling Stones. Elle ôta son gant du bout des dents, pêcha le téléphone au fond de son sac et l'ouvrit d'un geste vif.

— Bonsoir, Janet…

— Salut, Maureen. Je me demandais si tu avais déjà dîné.

Maureen avait l'estomac complètement noué, et l'idée d'avaler quoi que ce soit lui était inconcevable. Aucun aliment ne pourrait sans doute jamais plus franchir ses lèvres !

— J'ai déjà mangé, répondit-elle.

— Ah ! zut… Je voulais te proposer de venir grignoter un morceau à la maison. Karl va rentrer tard, ce soir, et je suis vraiment toute seule.

C'était bien là Janet. Sa plus jeune sœur n'était pas pour rien le bébé de la famille. La fille la plus loyale et la plus affectueuse du monde, mais qui ne supportait pas de rester en tête à tête avec elle-même. Elle était passée directement de son foyer d'étudiantes à la vie conjugale, et elle attendait déjà son premier enfant.

— Il me faudrait une heure pour aller chez toi, Jan, protesta Maureen.

— La météo ne prévoit pas de neige.

Maureen était toujours agacée de constater qu'elle était la sœur par défaut. Quand un membre de sa famille avait besoin d'une personne immédiatement disponible, c'était toujours elle qu'on appelait.

On n'appelait jamais Meredith, l'aînée. Meredith était

médecin à Albany. Elle était toujours à son cabinet ou d'astreinte, et quelle que soit l'heure, on la considérait toujours trop occupée pour oser la déranger. Renée, la cadette, avait trois enfants, autrement dit trois cents raisons de ne pas servir de sœur à tout faire. Quant à Guy, le seul garçon de la fratrie, eh bien c'était un garçon, justement ! Ce qui laissait Maureen, la sœur du milieu. C'était elle que l'on appelait quand on avait brusquement besoin de quelque chose — de compagnie, d'une course à faire, de quelqu'un avec qui bavarder au téléphone, d'une baby-sitter.

Ce qui la rendait folle, ce n'était pas tant le fait qu'on ait systématiquement recours à elle, mais qu'on suppose qu'elle n'ait jamais rien d'autre à faire.

— On pourrait acheter un menu à emporter et se faire un plateau-télé devant de vieux films de Noël bien bébêtes, embraya Janet. Allez, ce sera amusant ! Amusant, est-ce que ce mot a encore un sens pour toi ? Ça fait du bien de s'amuser.

— Quoi ?

— Je disais...

— Peu importe. Je suis prise, ce soir.

— Ah bon ? Qu'est-ce qui se passe ? Tu as rendez-vous avec quelqu'un ? Sans blague ! Tu as rendez-vous avec quelqu'un ! s'exclama Janet sans laisser à sa sœur la possibilité de répondre. Qui est-ce ? Walter Grunion ? Oh, je sais ! Ned Farkis. Il a rencontré Karl dans le train et il lui a demandé de tes nouvelles. Tu sors avec Ned Farkis !

Maureen éclata de rire.

— Je suis ravie de constater que tu as déjà organisé toute ma soirée. Ned Farkis ? Laisse-moi rire !

Ned était préparateur à la pharmacie du coin. Il l'avait plusieurs fois invitée à sortir avec lui, mais si elle ne lui avait jamais opposé de refus catégorique, elle ne lui avait jamais dit oui non plus. Aussitôt, elle culpabilisa de s'être montrée si méprisante, car elle savait qu'à Avalon certains hommes — beaucoup d'hommes même — auraient eu la même réaction vis-à-vis d'elle : *Maureen Davenport ? Laisse-moi rire !*

— Sérieusement, reprit-elle. J'ai rendez-vous avec Olivia. Nous allons à l'église pour participer à la construction de la crèche.

— Oh… j'ignorais que tu étais aussi membre de ce comité-là.

— Je n'en fais pas partie. Pas officiellement, en tout cas. Mais comme je m'occupe du spectacle…

— J'ai compris. Aujourd'hui le spectacle, demain… le monde !

— Très drôle. Tu pourrais te joindre à nous, lui suggéra-t-elle.

— Nous ?

— Les bénévoles de la paroisse.

— Ça me fait une longue route, protesta Janet.

Maureen tiqua. La route ne semblait pourtant pas si longue à Janet, quand il s'était agi de faire déplacer sa sœur ! Elle s'efforça de ne pas céder à l'exaspération.

— Passe une bonne soirée, Janet, lui dit-elle.

— J'y compte bien. Je t'aime !

Maureen mesurait sa chance d'appartenir à une famille où tout le monde s'aimait. Ses parents étaient tombés amoureux sur les bancs de la fac et s'étaient installés à Avalon, séduits par la beauté sauvage du lieu. Ils voulaient une famille nombreuse et l'élever au cœur de cette nature exubérante, loin de l'insécurité des grandes villes. Leurs cinq enfants vivaient tous à Avalon ou dans les environs.

Pour autant, la vie n'avait pas été tendre envers eux. Loin de là. Sa mère avait été emportée par un virus qui s'était directement attaqué à son cœur. Son père, proviseur de lycée, était resté veuf avec une maisonnée d'enfants sur les bras. Maureen avait tout juste cinq ans quand le drame s'était produit. Elle se rappelait l'atroce souffrance de cette perte. Meredith avait pleuré jusqu'à s'en faire vomir et Guy avait transformé le nom de leur mère en une interminable litanie de tragiques sanglots : « Maman. Maman. Maman. » Leur père s'était assis à la table de la salle à la manger, la tête dans les mains, les épaules secouées de chagrin. Janet et Renée se cramponnaient à lui, trop petites pour comprendre quoi que ce soit, hormis le fait que, en une seule seconde, leur univers avait volé en éclats. Maureen, elle, avait tout compris, malgré son jeune âge. Son père lui était apparu tout à coup comme un inconnu. Un parfait inconnu condamné à errer parmi eux, étranger dans sa propre maison, étranger dans sa propre famille.

Avec le temps, ils avaient tous réappris à sourire, réappris les joies simples de la vie. Et, pour finir, son père s'était remarié avec Hannah, qui les avait aimés et maternés avec la même fougue et le même dévouement que si elle les avait elle-même mis au monde. Si Maureen éprouvait autant de tendresse pour cette saison, c'était entre autres parce qu'à Noël Hannah ménageait toujours un moment où chacun des enfants évoquait le souvenir de leur mère. Cela n'allait pas sans larmes, ni parfois même sans colère, mais en définitive leur mère continuait à vivre dans leur cœur, à conserver une place de choix parmi eux.

Maureen n'avait vraiment été à même d'apprécier l'immense générosité d'Hannah que parvenue à l'âge adulte. Les Davenport formaient une famille unie et cette période de l'année était le moment idéal pour se rappeler que, à bien des égards, elle était comblée. Même confrontée à la pire épreuve professionnelle de sa carrière, elle se sentait quand même privilégiée.

Elle aimait la période de Noël sous tous ses aspects : la morsure de l'air glacial et le crissement de la neige sous les pieds; l'odeur des cookies en train de cuire et les lumières qui clignotaient dans les vitrines et le long des toits; les vieux refrains qui s'échappaient de la radio, les mélos qui passaient à la télévision, les livres de Noël empilés sur les tables de la bibliothèque, l'exposition de créations réalisées par les enfants; le joyeux tintement des pièces tombant dans la marmite de l'Armée du Salut et la camaraderie de toutes les personnes œuvrant ensemble aux préparatifs des fêtes.

Tout cela lui donnait l'impression de faire partie d'un tout et d'y avoir pleinement sa place. Toute cette ambiance la rassurait. Oui, décidément, Noël était sa saison préférée.

5

Eddie avait horreur de Noël. Cette aversion remontait à sa petite enfance et n'avait fait que se renforcer au fil des ans. C'est pourquoi le fait qu'il roulait vers l'église du Cœur-des-Montagnes, afin de prêter main-forte à la construction d'une crèche sur le parvis, était des plus étonnant.

Au moins n'était-il pas contraint d'y aller seul. Il véhiculait trois frères scolarisés au lycée d'Avalon, où on les avait étiquetés « enfants à risques. » Eddie n'avait jamais beaucoup aimé cette appellation. A sa connaissance, tout adolescent était « à risques ». Ce soir, ces trois-là, devenus ses improbables alliés, se chamaillaient pour des broutilles, comme le font apparemment tous les frères entre eux. L'objectif était avant tout de les occuper. Car si « risque » il y avait pour eux, cela tenait principalement au fait qu'ils étaient trop souvent livrés à eux-mêmes et à l'oisiveté. Manier le marteau et porter des bottes de foin leur donneraient l'occasion de passer une soirée productive, leur évitant d'aller se fourrer dans les ennuis.

— Hé, m'sieur Haven..., dit Omar Veltry, son plus

jeune protégé. Je vous parie cinq dollars que je sais où vous avez trouvé vos tiags !

— Qu'est-ce qui te fait croire que j'ai seulement cinq dollars dans ma poche ? lui demanda Eddie.

— Vous avez qu'à parier avec moi, rétorqua finement Omar. Peut-être que je perdrai et que vous me piquerez cinq dollars. Cinq dollars que je peux vous dire où vous avez trouvé vos tiags.

— Même moi, je ne me souviens pas où je les ai trouvées. Allez, ça marche, quand même…

— Au pied de votre lit, pardi !

Bondissant de joie, Omar faillit dégringoler de son siège. Il tapa tour à tour dans les mains de ses deux frères et tous les trois se mirent à rire comme des fous.

Misère… A un feu, Eddie fouilla dans sa poche et trouva un billet de cinq dollars.

— Dis donc… Tu es bien trop futé pour moi. Vous êtes des malins, tous les trois.

— Pas vrai ?

— Assez malins, je parie, pour déposer ce billet de cinq dans la corbeille à quête, ajouta Eddie.

— Oh, l'autre…

Omar s'affala sur son siège, soudain calmé.

L'église du Cœur-des-Montagnes était située sur un versant de colline surplombant le lac des Saules. Son clocher élancé se dressait au-dessus des arbres. La route en pente s'incurvait vers la gauche, près du parvis, et, mal négocié, ce virage pouvait rapidement mener à la catastrophe. Eddie en savait quelque chose. C'est là que les deux moitiés de sa vie étaient entrées en collision — le passé et l'avenir — lors de cette fameuse nuit de neige et de Dom Perignon, dix ans plus tôt. Il avait depuis repris ce virage des centaines de fois mais ne pouvait s'empêcher de frémir.

Aujourd'hui, la route était sèche et nue. L'église incarnait l'image même de la sérénité, avec ses vitraux qui scintillaient dans la lumière du crépuscule, au cœur d'un paysage rude mais beau, figé dans l'attente de la neige. Dans l'esprit des gens, songea Eddie, c'était le décor idéal pour célébrer un mariage ou l'esprit de Noël, un cadre tout trouvé pour les événements de la paroisse et, bien sûr, pour les réunions des Alcooliques anonymes.

Il s'engagea sur le parking.

— Me voici donc officiellement sur la paille, maintenant. Merci beaucoup, les gars…

— Il paraît que vous étiez une star dans le temps, dit Randy, l'aîné. Et tout le monde sait que les stars de cinéma sont riches.

— Oui, c'est tout moi, ça, approuva Eddie. Riche.

— Je parie que vous vous êtes fait plein de fric avec ce film, intervint Moby, le cadet. Je l'ai vu à la télé, l'autre soir. « La magie de Noël existe, il suffit d'y croire », cita-t-il de mémoire.

C'était une célèbre réplique de *L'Escapade de Noël*, réplique prononcée par un petit Eddie aux yeux immenses — irrésistible. Chaque année, ce satané truc était diffusé en boucle au moment des fêtes, comme un virus informatique.

— Et maintenant, tu me tapes aussi officiellement sur les nerfs. Pour votre info à tous les trois, ce film n'a pas fait ma fortune. Loin de là !

— Peuh, fit Moby avec un reniflement incrédule.

Moby était un surnom qui lui avait été attribué non pas en raison de sa taille, mais parce qu'il s'appelait Richard.

— C'est un monument, ce film. Il passe chaque Noël à la télé.

— Peut-être, mais ça me fait une belle jambe.

— Mais vous avez pas eu votre part de gâteau ?

— J'étais un gosse, d'accord ? Et question finances, mes parents ne se sont pas particulièrement distingués.

En fait, les Haven avaient même fait preuve d'une naïveté incroyable. Contre toute attente et contre tout bon sens, ils avaient réussi à *ne pas* faire fortune avec l'un des plus gros succès au box-office de cette année-là.

Peut-être était-ce pour cette raison qu'Eddie évitait ses parents comme la peste à la saison des fêtes. Il n'aimait pas le penser, cependant. Il ne voulait pas être aussi superficiel. Mais cette raison faisait écran, il en avait bien conscience, et l'empêchait de réfléchir à celle qui le faisait réellement fuir les réunions familiales à Noël.

— Ils ont claqué tout votre fric pour s'acheter des bagnoles ou ce genre de trucs ? demanda à son tour Randy. Ils ont fait des placements foireux ?

— C'est assez compliqué, répondit Eddie. Pour te résumer l'affaire, ils ont accepté des contrats sans trop savoir ce qu'ils signaient, et aucun de nous ne s'est enrichi. C'était il y a longtemps. Depuis, de l'eau a coulé sous les ponts…

— Vous avez grandi dans un comité, non ? C'est ce que j'ai entendu dire, en tout cas.

Eddie se mit à rire.

— Dans une *communauté*, pas dans un comité. Ce n'est pas la même chose.

Ses parents avaient saisi au vol la fin du mouvement radical des années soixante, et, durant un temps, ils avaient vécu en retrait de la société. Ils avaient passé les années soixante-dix au sein d'une communauté, dans un trou perdu en pleine campagne des Catskills, convaincus qu'une vie simple en autarcie les mènerait au nirvana. Eddie avait vu le jour dans une cahute, sans eau courante ni électricité, et sa mère l'avait mis au monde avec l'aide d'une sage-femme, tandis que, tout autour, des *doulas* psalmodiaient des prières. Qu'auraient dit les frères Veltry s'ils avaient su quel était son vrai prénom à l'état civil ?

— La vie en communauté se base sur l'idée que les enfants sont élevés par les membres de cette communauté, pas seulement par leurs parents, leur expliqua-t-il. Mon instruction s'est également faite au sein de la communauté. Le groupe a plus ou moins éclaté au bout d'un moment, mais entre-temps mes parents avaient créé un spectacle ambulant. Nous étions souvent sur la route.

— Ça ne devait pas être très cool pour vous, fit remarquer Randy.

C'était bien l'avis d'Eddie, à l'époque, mais en travaillant depuis auprès d'enfants tels que les Veltry, il avait appris à relativiser. En comparaison, ses propres problèmes n'avaient été que des broutilles. Et au moins avait-il bénéficié de la présence de ses deux parents. D'après Ray Tolley, un ami qui travaillait au poste de police d'Avalon, les trois adolescents étaient le plus souvent hébergés par des familles d'accueil. Pourquoi précisément, Eddie l'ignorait, et il ne souhaitait pas les ennuyer avec ce genre de questions. Ces enfants-là n'avaient jamais connu leur père, et leur mère s'arrangeait toujours pour retourner en prison dès qu'on l'en libérait.

A leur âge, Eddie se souvenait qu'il était surtout soucieux d'échapper à ses parents ainsi qu'à l'héritage de la famille Haven. Il était issu d'une longue lignée de saltimbanques remontant à plusieurs générations, et à l'origine de laquelle se trouvait Edvard Haszczak, un acrobate de cirque qui s'était embarqué clandestinement sur un cargo depuis la mer Baltique. A son arrivée aux Etats-Unis, Edvard avait modifié son nom de famille imprononçable et fondé une dynastie d'artistes. Les arrière-grands-parents d'Eddie étaient chanteurs de vaudeville ; ses grands-parents crooners dans les hôtels des Catskills et ses parents formaient un couple assez connu. Dans les années soixante, à peine sortis de l'adolescence, ils étaient les vedettes d'une émission de variétés plutôt ringarde : « Bienvenue chez les Haven ».

Durant leur période de contreculture, ils avaient tout laissé tomber, mais, confrontés à la responsabilité d'élever un enfant, ils avaient vite été rattrapés par la réalité : ils ne pourraient pas toujours dépendre de la communauté pour tout. Ce n'était pas la culture du potager commun qui leur procurerait l'argent pour régler le médecin ou pour habiller un enfant en pleine croissance. Donc, tout petit, trop petit pour qu'on lui ait demandé son avis, le plus jeune des Haven avait perpétué la tradition familiale du spectacle. Après quelques apparitions dans deux ou trois publicités, y compris dans une qui le montrait bébé, les fesses à l'air, il s'était illustré au box-office dans ce film de Noël devenu un classique insubmersible. Une réplique inoubliable, alliée à son interprétation de la célèbre chanson *Le Renne fugueur,* lui avait assuré la gloire pour les décennies à venir.

Malgré les deux ou trois rôles qu'il avait ensuite décrochés — un piètre film d'horreur, une comédie musicale inepte et le doublage d'un dessin animé —, Eddie ne s'était jamais beaucoup intéressé au cinéma, et ses prestations étaient tombées à plat. Certains de ces navets n'étaient d'ailleurs jamais sortis en salles. Pourtant, malgré ses efforts pour enchaîner différents personnages — l'étudiant en musicologie, le rocker grunge névrosé, l'auteur-compositeur-interprète inspiré —, son image d'enfant star lui collait à la peau comme de la guimauve fondue. Il avait grandi dans l'ombre d'un petit garçon totalement inconscient du sens des répliques qu'il prononçait, répliques qui l'avaient néanmoins figé à tout jamais dans ce personnage, pour des générations de spectateurs.

Ses parents avaient continué à se produire sur scène, en présentant Eddie dans un rôle conçu pour faire fructifier sa toute nouvelle popularité. Bienvenue chez les Haven, c'était désormais le nom du trio, passait tous les Noëls sur la route. Ce qui expliquait qu'Eddie n'ait gardé des fêtes que quelques bribes de souvenirs flous et déplaisants. Ses parents s'obstinaient à prétendre que c'était la saison idéale pour entreprendre une tournée. En cette période, les gens étaient plus enclins à verser dans la nostalgie et dans l'élan des fêtes, ils ouvraient plus volontiers leur porte-monnaie. Tout petit déjà, il partait avec ses parents le lendemain de Thanksgiving, jouant un petit spectacle différent chaque soir, et ce jusqu'au nouvel an. Ils dormaient dans des motels interchangeables et mangeaient sur le pouce, sautant souvent le dîner, trop proche de l'heure d'entrer en scène.

Eddie détestait cette routine, mais cela ne l'empêchait pas de se produire soir après soir devant son public, le sourire aux lèvres et le refrain à la bouche. Mais cette vie-là l'avait dégoûté de Noël.

Il ne confia rien de tout cela aux frères Veltry, néanmoins. Il souhaitait vraiment que les trois garçons abordent la soirée dans l'esprit de bonté et de bienveillance qui émanait de ceux qui avaient quitté la confortable chaleur de leur foyer pour aider à la construction de la crèche — une fresque grandeur nature, riche en détails, qui attirait les inconditionnels de tout le nord de l'Etat. A cette époque de l'année, c'était l'un des spectacles les plus populaires d'Avalon et l'église, en collaboration avec la chambre de commerce, sortait le grand jeu.

Un certain nombre de bénévoles se trouvait déjà là, organisant les éléments de la scène, les structures et les silhouettes, les câbles et les projecteurs, matériel électrique et outils de menuiserie en main. Les garçons entreprirent leur tâche avec un air insolent et fanfaron qui échappa complètement aux paroissiens. Ce qui ne passa pas inaperçu, en revanche, ce furent leurs jeans tombants et leurs capuches trop larges, ornées de ce qui semblait être des symboles tribaux.

Ray Tolley s'avança pour les accueillir.

— Ils ne ressemblent pas à tes suspects habituels, murmura-t-il à Eddie.

Ray était l'un des plus proches amis d'Eddie, bien que les deux hommes fussent à l'opposé l'un de l'autre. Ray était issu d'une famille stable et unie. Il était né et avait grandi à Avalon. Bon joueur de synthé mais médiocre au billard, il avait toujours une bonne blague à raconter.

C'était aussi le contrôleur judiciaire d'Eddie.

Ils s'étaient connus enfants, un été, en colonie de vacances. Ils s'étaient ensuite recroisés à l'âge adulte, la nuit de l'accident. Ray, fraîchement émoulu de l'école de police, s'était occupé de prendre sa déposition.

Eddie s'en était tiré avec des blessures relativement bénignes et, depuis son lit d'hôpital, avait été incapable de fournir beaucoup d'explications, après sa course achevée dans les flammes. Ce soir-là, Ray n'avait rien voulu savoir de ses déboires sentimentaux ni de son allergie à Noël. En y repensant, il était même étonnant qu'ils soient devenus amis, après ces retrouvailles inattendues et encore plus qu'ils soient devenus musiciens dans la même formation.

Eddie présenta les frères Veltry à Noah Shepherd,

un autre ami du groupe. Noah était vétérinaire et, de ce fait, il avait pu se procurer de grosses quantités de foin. Il était accompagné de son beau-fils, Max Bellamy. L'enfant grandissait à toute allure et entrait gauchement dans l'adolescence.

— Ces gars-là vont t'aider à décharger les bottes de foin du pick-up, déclara Eddie, en lui présentant Omar, Randy et Moby.

— Super ! approuva Noah. Munissez-vous des gants de travail qui se trouvent dans la cabine, les gars…

A ce moment-là, une Maybach sombre et luisante freina tout en douceur sur le parking. Un gamin grassouillet en sortit. Eddie le reconnut immédiatement. C'était le jeune garçon qui avait renversé la marmite des bénévoles de l'Armée du Salut, quelques jours auparavant. Dès que l'élégante berline se fut éloignée, certains des adolescents présents encerclèrent le nouveau venu comme un banc de requins et se mirent à le taquiner ; l'un d'eux lui tira sa capuche.

— C'est Cecil Byrne, expliqua Omar, qui avait remarqué l'intérêt d'Eddie. Il vient d'emménager ici et c'est le genre « jeune le plus riche de la ville ». Tout le monde le déteste.

— Parce qu'il est nouveau ? Ou parce qu'il est riche ?

Omar haussa les épaules.

— Il est plutôt coincé, genre premier de la classe. Les autres ont horreur de ça.

— Rends-moi service, dit Eddie à Randy, l'aîné des Veltry. Va voir s'il peut nous donner un coup de main pour les transformateurs.

Randy acquiesça, comprenant de toute évidence le véritable enjeu de sa mission. Il se fraya un passage à travers le banc de requins. Les jeunes le laissèrent passer sans hésitation, certains en le saluant, ce qui confirma la première intuition d'Eddie : les frères Veltry étaient considérés comme des gars sympathiques. Randy, avec son physique et ses poses à la Jay-Z, se contenta d'annoncer :

— Salut, Cecil, on aurait besoin d'un coup de main pour les transfos, là-bas...

Cecil hocha la tête et le suivit avec un soulagement non dissimulé. Il affichait un air de paria, l'air d'un garçon mal dans sa peau. Pour les adolescents comme lui, le lycée était un véritable parcours du combattant.

Les hommes installaient des engins électriques, les branchaient à de longues rallonges orange. L'un des bénévoles, un entrepreneur qui pour des raisons inexplicables n'avait jamais aimé Eddie, se pencha vers son camarade et lança :

— Tiens, regarde qui est de retour. Le renne fugueur !

Eddie mima un baiser sonore dans sa direction.

— C'est toujours un plaisir de te revoir, Lyall.

L'homme désigna du pouce les trois frères.

— Surveillez bien ces délinquants en culottes courtes, les gars, lança-t-il à la cantonade. Gardez l'œil sur vos outils.

— Allez, Lyall, reprit Eddie, en souriant malgré sa colère. Un peu de bonne volonté...

Ils se connaissaient depuis longtemps tous les deux, depuis l'époque de la colonie de vacances, une année où Eddie lui avait soufflé une fille.

— Arrête de nous amener ta racaille et il n'y aura pas de problèmes, répliqua Lyall.

Eddie fixa le sol. Compta jusqu'à dix. Se récita en silence la prière de la sérénité. S'obligea à desserrer les poings.

— Restons-en là, Lyall.

— Très bien. On en reste là. Mais garde un œil sur ces gosses.

Bon sang ! pensa Eddie, en se remettant à compter pour ne pas lui envoyer son poing dans la figure. Pourquoi est-ce que je m'inflige ça ? Je pourrais rentrer à New York, jouer de la guitare, ou…

Il y eut un claquement de portière derrière lui.

— Bonsoir ! fit une voix mélodieuse de femme. Nous vous apportons du chocolat chaud.

Jetant un coup d'œil par-dessus son épaule, il vit Maureen Davenport, accompagnée d'une femme enceinte jusqu'aux dents. Munies d'une Thermos, elles se mirent à servir des tasses de chocolat qu'elles distribuèrent à la ronde. La jeune femme blonde qui attendait un enfant était assez jolie, mais c'est Maureen qui retint toute son attention. La terne Maureen derrière ses épaisses lunettes, emmitouflée dans sa longue écharpe, et qui ressemblait à un petit roulé à la fraise.

Il s'avança vers elle.

— Je ne savais pas que vous seriez là. Décidément, vous ne pouvez plus vous passer de moi !

Elle baissa son cache-nez et le gratifia d'un petit sourire pincé.

— Exact. Vous êtes vraiment irrésistible. Que faites-vous ici, monsieur « Je déteste-Noël » ?

Sans attendre sa réponse, elle se tourna vers l'autre femme.

— Je vous présente mon amie, Olivia Davis.

— Eh, Lolly !

Un grand type en parka arriva à leur hauteur et se pencha pour poser un bref baiser sur la joue de la jeune femme.

— Connor Davis, se présenta-t-il à Eddie. Et voici mon frère, Julian Gastineaux. Il est étudiant à l'université Cornell, de passage pour le week-end.

Ils n'avaient pas l'air de frères ; Connor était taillé comme un bûcheron, alors que Julian, métis à l'évidence, avait des membres longs et fins de marathonien. Il portait une chapka fourrée, mais ce couvre-chef ridicule n'empêchait pas une bonne partie des jeunes filles présentes de se pâmer devant lui.

— Moi, c'est Eddie Haven…

Il se retourna vers la jeune femme blonde.

— On se connaît ?

— Oui. Nous étions ensemble au camp Kioga, il y a un siècle. Je m'appelais alors Lolly Bellamy.

— Je ne savais pas que vous étiez allé au camp Kioga, intervint Maureen.

— Cinq étés de suite. Les plus beaux étés de ma vie.

— Olivia et Connor ont transformé le camp en hôtel ouvert à l'année, lui apprit Maureen.

— C'est bon à savoir, déclara Julian, en adressant un sourire taquin à Olivia. Je vais demander que mon petit déjeuner me soit servi au lit.

— Ça ne vaut que pour les hôtes payants, répliqua sa belle-sœur.

Elle tendit à Eddie un gobelet en carton.

— Un chocolat chaud ?

Il la remercia et Olivia s'éloigna ensuite en compagnie de son mari et de son beau-frère.

— Je suis venu ici pour boire un coup. Et vous ? demanda Eddie à Maureen.

— Je voulais vous donner un coup de main.

— Soyons francs tous les deux : disons que nous n'avions pas envie de passer la soirée seuls, et que ni vous ni moi n'avions rien de plus intéressant à faire.

Maureen fronça les sourcils d'un air vexé.

— Qui vous dit que je n'avais rien de plus intéressant à faire ?

— Quelle invitation avez-vous déclinée alors, pour venir construire cette mangeoire géante ?

— Ça ne vous regarde pas !

— C'est une tentative de déstabilisation, fit-il d'un ton accusateur.

— Vous avez tout compris... Et maintenant, si vous voulez bien m'excuser...

L'air s'anima soudain du bruit des marteaux. Eddie alla s'occuper d'installer l'éclairage et la sonorisation du spectacle, car il s'y connaissait. Il gardait en même temps l'œil sur les frères Veltry, non par crainte qu'ils dérobent quelque chose, mais parce qu'ils étaient sujets aux sautes de concentration. Il ordonna à Max et Omar de diriger les projecteurs de façon à ce que la scène soit éclairée sous tous les angles, le spot le plus puissant devant être placé au-dessus de la crèche, de façon à illuminer son centre. Des mètres de guirlandes électriques viendraient souligner le décor, ainsi que l'architecture de l'église.

Maureen suivait l'installation d'un œil critique.

— Ça n'avance pas, fit-elle remarquer, en contemplant la structure, la tête inclinée en arrière.

— On se gèle les fesses ! riposta Eddie. Ce n'est pas facile de faire du bon travail quand on se les gèle !

— C'est parce qu'il fait moins sept, dehors. Et si nous passions des airs de Noël ? suggéra-t-elle.

— Ah, non, pitié !

— Tout le monde n'éprouve pas la même chose que *vous* vis-à-vis de Noël.

— Et tout le monde n'éprouve pas non plus la même chose que *vous* vis-à-vis de Noël.

— Musique, décréta-t-elle.

— Comme vous voulez.

Il alla à son fourgon et alluma l'autoradio, en prenant soin de choisir une sélection de chansons qui allait faire bondir Maureen à coup sûr. L'instant d'après, Rick James beuglait *Superfreak* (*U Can't Touch This*) dans les haut-parleurs.

Le dérangement en valait la peine, rien que pour voir la mine outragée de la jeune femme. Elle s'abstint néanmoins de tout commentaire, car la pulsation suggestive du rythme et les paroles ineptes de la chanson eurent un effet immédiat sur les autres pesonnes présentes, comme Eddie l'avait prévu. S'il était doué pour une chose, c'était bien pour accorder les airs aux circonstances.

Superfreak était l'une de ces chansons auxquelles personne ne peut résister. Même les frères Veltry, que leurs goûts portaient plutôt vers le hip-hop, accélérèrent la cadence.

La tête penchée, Maureen contemplait le ciel, toujours aussi sceptique.

— Quoi encore ? lui demanda-t-il.

Elle désigna un homme juché sur une échelle.

— Il manque quelque chose, mais je n'arrive pas à définir ce que c'est...

Puis son expression se modifia et s'adoucit, tandis qu'elle orientait son regard vers le toit de la structure principale.

— C'est Jabez, dit-elle. Vous l'avez déjà rencontré ?

— Brièvement.

Il y avait chez ce garçon quelque chose de troublant. Une sorte de magnétisme subtil. Les autres jeunes semblaient attirés par lui ; ils lui tendaient les bobines de fil électrique et les rallonges pendant qu'il montait à l'échelle. Perché sur le toit de la frêle structure, il semblait en position précaire. Pourtant, léger comme une plume, il hissa là-haut l'Etoile de Bethléem, qui était de loin aussi grande que lui, et il l'accrocha au sommet.

— Prêt pour les lumières ! cria quelqu'un.

Eddie appuya sur l'interrupteur principal et la scène

s'anima. Quelques instants plus tard, l'autoradio enchaîna sur *Hallelujah,* de Leonard Cohen. Baigné par la lumière des projecteurs, Jabez était encore plus impressionnant.

Maureen changea d'expression. Son visage se transforma, comme sous l'effet d'une sorte de magie. Il y avait chez elle quelque chose d'émouvant, songea Eddie, et cela en dépit de son côté un peu guindé ; ce n'était pas simplement sa sincère dévotion à Noël, c'était aussi l'air qu'elle avait de... Il ne savait pas trop. Son optimisme, peut-être. Et son sérieux. Il se sentait profondément attiré par elle, de façon totalement illogique, mais indéniable. Lorsqu'il était enfant, il rêvait d'un genre de Noël qui n'existait tout bonnement pas. Peut-être était-ce ce rêve ancien que lui évoquait Maureen ? Elle lui rappelait aussi un genre de fille qui n'existait pas en vrai — pas pour lui, en tout cas.

Les lumières s'éteignirent peu à peu. Maureen mit la main en visière et promena son regard autour d'elle. Des bénévoles rangeaient les outils et les cartons.

— Où est passé Jabez ?

— Je ne sais pas. Vous avez besoin de lui pour quelque chose ?

— J'allais lui donner le prospectus concernant les auditions. Peut-être aimerait-il participer au spectacle ?

— Désolé de vous l'apprendre, mais pour un adolescent de son âge, figurer dans le spectacle de Noël n'est pas franchement le comble de l'excitation !

— C'est pour ça que j'ai réalisé ce prospectus.

Elle lui en tendit quelques-uns.

— N'hésitez pas à en distribuer autour de vous.

Il jeta un coup d'œil à la feuille en l'orientant vers la lumière de la fausse étoile.

— « Avec, au programme, une chanson inédite d'Eddie Haven » ? lut-il à voix haute. Depuis quand ?

— Depuis que vous avez jugé mon choix musical poussiéreux. Je me suis dit qu'une de vos chansons donnerait un coup de jeune au spectacle.

— Et il ne vous est pas venu à l'esprit de me demander d'abord mon avis ?

— Je vous le demande maintenant : est-ce que vous allez nous écrire une chanson ?

— Je voulais dire *avant* de faire la promotion de mes services.

— Si vous refusez, vous vous sentirez minable.

— Et moi qui commençais à bien vous aimer ! s'exclama-t-il. Mais ce n'est pas refuser qui va me faire me sentir minable, imaginez-vous !

— Je sais. Ce sont tous les enfants et les gens qui espèrent un merveilleux spectacle cette année, riposta-t-elle. Ce sont eux qui vous feront vous sentir minable.

Elle partit récupérer les gobelets vides, évoluant dans la foule avec une rapidité efficace.

— Je me suis fait piéger, confia Eddie à Ray. Et je n'ai rien vu venir.

— Piéger par Maureen ? Ne t'en fais pas. Elle fait le coup à tout le monde.

— Quel coup ?

— Elle mène les gens par le bout du nez. Je la connais depuis des années, c'est sa façon de fonctionner, c'est tout. Pas de quoi fouetter un chat.

Ray s'en alla vers son pick-up.

— Elle est dingue de vous, dit alors Randy Veltry, tandis que ses frères et lui aidaient Eddie à ramener les haut-parleurs de la sono.

— Quoi ?

— Cette femme. Celle à qui vous parliez… Elle craque complètement pour vous.

Eddie eut un petit rire de dérision et tenta de chasser cette idée. Maureen Davenport ? Dingue de lui ? Impossible ! Elle ne pouvait pas le voir, même en peinture ; elle ne lui avait laissé aucun doute sur ce point.

Et pourtant... lui l'aimait bien, avec son attitude autoritaire, son chignon de bibliothécaire et tout le reste. C'est drôle, parfois, les relations entre les gens...

— Vous devriez lui demander de sortir avec vous, suggéra Moby.

— Non. Pas question. Nous devons travailler ensemble à cette représentation de Noël et je ne peux pas nouer de relations intimes avec elle.

— Poule mouillée !

Omar se mit à caqueter, en agitant des ailes imaginaires.

— Pas du tout. Simplement... Je n'ai jamais beaucoup de chance avec les femmes à cette époque de l'année. Tu sais comment j'écris Noël, moi ? « No-Elle ». Je me suis fait larguer trois fois pendant les fêtes.

C'était la pure vérité ; l'histoire avec Natalie ne lui avait pas servi de leçon. Il n'avait plus jamais demandé une femme en mariage, mais ses deux petites amies suivantes l'avaient, elles aussi, quitté à Noël.

— Bonjour, les violons ! ironisa Randy, en mimant un mouvement d'archet.

— Tu me demandes, je t'explique. C'est tout.

— Dites plutôt que vous avez la trouille et que vous vous cherchez des excuses !

Eddie considéra les trois frères avec stupéfaction. Ils se coltinaient un passé et des problèmes actuels incroyables, et ils trouvaient tout de même le moyen de s'intéresser à sa vie sentimentale !

— C'est ça, vous êtes des sages, tous les trois, les railla-t-il cependant. Les Rois mages, tiens !

— Vous entendez ça, les gars ? fit Omar. On est les Rois mages.

— Ce qui me rappelle d'ailleurs que vous allez passer l'audition pour le spectacle.

— Ah ! elle est bien bonne, celle-là !

— Vous croyez que je plaisante ? Moi, à votre place, je prendrais très au sérieux une activité susceptible de vous libérer de l'école une heure plus tôt, trois fois par semaine.

Cette dernière remarque scella le marché entre eux. Ils rentrèrent tous les trois avec Noah et Max, laissant Eddie terminer le travail en compagnie des autres bénévoles.

Petit à petit, les gens regagnèrent leur foyer, histoire de rappeler à leurs enfants les corvées du week-end, de consulter leur messagerie électronique et de vérifier ce qu'il y avait à la télévision. Comme ce genre de choses ne concernait pas Eddie, il s'attarda pour achever l'installation de l'éclairage.

Au bout d'un moment, il s'aperçut qu'il ne restait plus que Maureen Davenport et lui.

— Il ne fait pas chaud, ce soir…, dit-il pour briser le silence, conscient d'entamer le dialogue d'une façon terriblement banale et risible.

— J'espère que la neige ne va pas tarder à arriver. C'est toujours si beau d'avoir de la neige à Noël. Tant que les premiers flocons ne sont pas tombés, il me semble que les fêtes n'ont pas encore commencé.

— Personnellement, je ne suis pas très fan. Mais ne vous en faites pas. Vous aurez vos flocons d'une minute à l'autre.

— Non, le dernier bulletin météo ne prévoyait pas de neige ce soir.

— Peut-être, mais il va quand même neiger. Vous verrez…

Elle secoua la tête.

— Ayez un peu la foi, mademoiselle Davenport !

— J'ai toute la foi du monde, rétorqua-t-elle.

— Si vous le dites…

Elle le dévisagea quelques minutes d'un regard à la fois inquisiteur et empli de compassion.

— Pourquoi Noël vous pose-t-il un problème, Eddie ? Est-ce cette nuit-là que votre aversion a commencé ?

Il considéra son regard pénétrant. Elle était donc au courant de toute l'histoire. Peut-être était-elle même à l'église, au moment où son fourgon avait fait voler la crèche en éclats. Que savait-elle au juste ?

— C'est vrai que j'ai connu des nuits plus glorieuses.

— C'est, paraît-il, un miracle que vous ayez survécu à l'accident, dit-elle.

— C'est tout à fait moi, ça. Un miracle de Noël ! Oh, et puis les gens peuvent bien penser ce qu'ils veulent, je m'en moque !

On l'avait retrouvé gisant dans une congère, à six mètres environ de son fourgon. Les fidèles étaient sortis paniqués de l'église et l'avaient découvert ainsi : sonné et empestant l'alcool.

— Peut-être n'était-ce pas un miracle, mais une chance incroyable. Il paraît que vous n'aviez pas votre ceinture de sécurité et que c'est ce qui vous a sauvé.

— C'est ce qu'on vous a dit ?

— Je me trompe ?

Le procès-verbal de l'accident avait été exhaustif, il y avait là toute une congrégation prête à témoigner. D'après les témoins, le fourgon avait abordé le virage dangereusement et « à une vitesse élevée », il avait quitté la chaussée verglacée, dégringolé le long d'une pente, fauché la crèche et s'était embrasé au terme de sa course folle, le tout en l'espace de quelques secondes.

Ces faits-là étaient incontestables. Trop de témoins objectifs avaient rapporté les mêmes choses. Ce que personne n'avait vu — ce que personne ne pouvait expliquer —, c'était comment Eddie avait pu en réchapper. Sans blessures graves.

D'après les enquêteurs, il avait été éjecté du fourgon lors de l'impact du véhicule contre le bâtiment, et sa chute avait été amortie par l'épaisse couche de neige. Selon les experts en la matière, c'était l'un des rares cas où le non-respect du port de la ceinture de sécurité bénéficiait à la victime.

Le procès-verbal se poursuivait sur des pages et des pages, reprenant les déclarations des témoins, de la police et des enquêteurs. Il présentait les faits de manière très complète.

Négligeant toutefois un élément capital…

Ce soir-là, Eddie avait bel et bien mis sa ceinture de sécurité. Une ceinture homologuée avec sangle sous-abdominale et sangle diagonale.

Il l'avait expliqué aux enquêteurs, pourtant ceux-ci avaient réfuté cette partie de sa déclaration. De façon irraisonnée, il décida de tester sa théorie sur Maureen.

— Vous vous trompez, en effet, lui dit-il. J'avais ma ceinture.

Elle laissa échapper une faible exclamation et porta à sa bouche sa main enveloppée d'une mitaine.

— D'après le journal, vous ne devez la vie qu'au fait que vous ayez été éjecté du véhicule avant qu'il n'explose.

— Je sais ce que je dis, insista-t-il. Et ne me regardez pas comme ça ! J'ai lu aussi ce que disent les rapports. Je sais que j'étais en état de choc à la suite d'une luxation de l'épaule. J'ai aussi lu ce qui était écrit dans le journal au sujet de mon taux d'alcoolémie. Un taux qui n'avait rien d'extraordinaire pour un soir de Noël. Ça ne vous est jamais arrivé de boire un ou deux verres de trop, un soir de fête ?

— Non.

— Eh bien, ça ne vous aurait peut-être pas fait de mal, si vous aviez eu la soirée que j'ai vécue. Ma mémoire n'a pas souffert de l'accident. Je le regrette d'ailleurs, car il s'est passé cette nuit-là certaines choses que j'aimerais bien pouvoir oublier.

— Quel genre de choses ?

— Il me faudrait la nuit pour tout vous expliquer. Or, je ne tiens pas à ce que nous gelions sur place. Ce n'est pas grave, parce que je me souviens très bien des événements, et s'il y a une chose que je me rappelle, c'est d'avoir attaché ma ceinture.

— Pourquoi gardez-vous ce souvenir précis ?

— Parce que, comme tout le monde, c'est une habitude qui m'a été inculquée tout petit. J'ai passé la moitié de mon enfance trimballé dans des voitures. Si je me souviens des circonstances avec autant de précision, c'est que je suis resté assis quelques minutes dans mon fourgon et que j'ai envisagé l'idée de ne pas attacher ma ceinture. J'ai beaucoup hésité.

— Pourquoi ?

— Pour faire court, disons qu'une fille m'avait quitté, ce soir-là, et que j'étais encore assez jeune pour croire que c'était la fin du monde. J'étais au trente-sixième dessous et j'avais comme l'envie d'en finir. Mais j'ai réfléchi qu'à ce moment-là je louperais le reste de ma vie, vous voyez ?

Les lèvres de Maureen esquissèrent un faible sourire.

— Les choses se passent parfois bizarrement…

— Oui, c'est un peu comme un choix professionnel.

Une décision sur laquelle on ne peut plus revenir. Alors, j'ai attaché ma ceinture.

Il sentait encore le froid contact de la boucle métallique dans sa main. Il le sentait encore et entendait le clic décisif, quand il l'avait enclenchée dans le bloc-ceinture. Il était impossible, absolument impossible, qu'il fasse erreur. Il l'avait enclenchée, cette ceinture !

Sauf que le procès-verbal de l'accident le contredisait du tout au tout.

— Vous avez déjà vécu ça ? demanda-t-il à Maureen. Vous avez déjà été blessée par quelqu'un, blessée au point que vivre ou mourir ne vous importe plus ?

C'est ce qu'il avait éprouvé cette nuit-là, avec Natalie. Plus tard, grâce à la lucidité que donne le recul, il s'était rendu compte que sa demande en mariage était pour lui plus importante que cette femme elle-même.

Il s'attendait à ce que Maureen fasse un commentaire désapprobateur, du genre : quelle folie de donner à une personne un tel pouvoir sur vous. Mais elle n'en fit rien. Elle répondit au contraire, avec une douceur désarmante :

— Oui, ça m'est déjà arrivé.

— Ça vous est déjà arrivé ?

— C'est ce que je viens de dire.

— Quand ?

— C'est personnel.

Elle regarda ailleurs et s'affaira à ramasser une bobine de fil électrique oubliée qui raccordait un haut-parleur.

— Pas étonnant que vous soyez blasé vis-à-vis de l'amour, reprit-elle, tentant à l'évidence de détourner sa prochaine question.

— Qui a dit que j'étais blasé vis-à-vis de l'amour ?

— Vous avez failli perdre la vie. Vous n'avez sans doute plus jamais osé vous engager sur un plan sentimental.

— Je n'apprends peut-être pas aussi vite que ça. Me faire plaquer à Noël, c'est devenu un grand classique pour moi.

— Savez-vous ce que je pense ? lui demanda-t-elle, avant d'enchaîner sans attendre sa réponse : Je pense que vous faites toujours tout pour saboter vos Noëls.

— Dites donc…

— Et devinez quoi ? Cette année, vous n'allez pas vous en tirer comme ça. Cette année, vous allez passer un Noël *merveilleux* !

— Parce que je vais le passer avec vous ?

Oups, songea-t-il, en voyant le visage de Maureen se crisper d'humiliation. J'aurais mieux fait de me taire.

— Je plaisante, précisa-t-il.

— Non, vous êtes méchant. Ce n'est pas la même chose.

— Je suis désolé, d'accord ? Je ne voulais vraiment pas vous vexer.

La monture de ses lunettes devait être en titane : elle semblait aussi solide qu'une armure.

— Très bien…

Eddie ne savait trop ce qu'elle entendait par « très bien ».

— Ecoutez, je vous promets que…

— Que quoi ?

Bonne question, réfléchit-il. Car cela faisait bien longtemps qu'il n'avait fait de promesse à quelqu'un.

— Qu'il va neiger, dit-il, en remarquant les premiers flocons à peine discernables. Ça, c'est quelque chose que je peux vous promettre…

— D'après le bulletin météo…

— Oubliez le bulletin météo et levez plutôt les yeux, Maureen. Regardez le ciel !

Impatiente de lui échapper et d'échapper à sa déstabilisante ironie, Maureen allait rejoindre sa voiture quand elle perçut dans l'air un scintillement magique. Non, ce n'était pas de la magie. C'était de la neige. Contrairement à ce qu'avait annoncé la météo, la première neige de l'année s'était mise à tomber au moment où Eddie Haven l'avait prévu. Elle avait commencé par de rares cristaux minuscules qui étaient en train de s'épaissir rapidement. Bientôt, la nuit s'emplirait de flocons gros comme des pétales de fleur.

— Je suis bien content que la neige ait attendu qu'on ait fini pour commencer à tomber, commenta Eddie.

— Pas de « je vous l'avais bien dit » triomphant ?

— Non, vous êtes déjà en colère contre moi.

Elle le fusilla du regard.

— Je ne suis pas en colère.

— OK, vous n'êtes pas en colère... Vous voulez bien me passer ce paquet de colliers de serrage ?

Il modifiait encore la disposition des lumières, nota Maureen. Pour quelqu'un qui ne supportait pas Noël, il mettait vraiment du cœur à l'ouvrage ! Considérait-il sa besogne comme une sorte de rédemption ?

Elle lui donna un coup de main, peu pressée de rentrer chez elle. Franklin et Héloïse, ses chats, se tenaient mutuellement compagnie. Eddie avait-il des animaux familiers ? Ou un colocataire, à New York ? Etait-il vraiment allé retrouver quelqu'un l'autre soir, ou était-ce seulement le fruit de son imagination débordante ? Elle se sermonna : elle était bien trop curieuse à l'égard de cet homme. Pourtant, elle ne pouvait s'empêcher de s'intéresser à lui, de s'interroger sur lui.

La tempête de neige passa très vite à la vitesse supérieure. D'épais flocons se mirent à les bombarder. Le parking de l'église, vide à présent, à l'exception de quelques voitures, fut bientôt complètement recouvert. Le paysage se transforma en une sculpture aux douces arêtes, étincelant dans la lueur ambrée de l'éclairage public.

Ils se dirigèrent chacun vers leur voiture, tous les sons désormais amortis par la neige.

Maureen ralentit le pas avant de s'arrêter.

— J'adore la première neige de l'année. Tout est si calme et silencieux !

Otant ses lunettes, elle inclina la tête en arrière pour sentir les flocons aériens sur son visage. La neige lui évoquait toujours l'euphorie et les jeux, les rires et un sentiment de sécurité. Du temps où son frère, ses sœurs et elle étaient petits, leur père incitait toujours très rapidement le secteur scolaire à décréter la fermeture des écoles, au moment de la première grosse chute de neige de la saison. Toute la famille se rendait alors au cimetière de la colline aux Chênes, où ils jouaient à dessiner des anges de neige, à organiser des batailles de boules de neige et à faire de la luge. Personne n'avait jamais fait remarquer qu'il était peut-être malséant de célébrer la première neige dans un cimetière. Stan Davenport rapprochait à sa manière ses cinq enfants de leur défunte mère et les gens préféraient ne pas argumenter avec lui.

Parce qu'elle avait perdu sa mère à l'âge de cinq ans, on considérait Maureen comme trop jeune pour se la rappeler, mais c'était faux. Parfois, quand la neige tombait avec une fureur drue et silencieuse, elle était submergée par un moment de bonheur parfait. Elle pouvait alors se souvenir de tout — de la douceur des mains de sa mère et de leur odeur de savon fleuri, de la sonorité de son rire, de la façon qu'elle avait de se laisser tomber comme une poupée de chiffons au milieu du lit que Maureen partageait avec Renée, pour leur lire *Horton couve un œuf*, *Le Petit Chien fantaisiste* ou *Prune pêche poire prune*, les laissant toujours quémander une autre histoire, avant de les border douillettement sous les couvertures et de les embrasser avec tendresse.

Maureen s'aperçut qu'Eddie la dévisageait et elle chassa bien vite ce souvenir. Quoiqu'elle se méprît sans doute, elle crut percevoir un intérêt nouveau dans sa façon de la regarder à travers ses paupières mi-closes, une lueur au fond de ses prunelles qui lui sembla être du désir. C'était la façon dont un homme regarde une femme juste avant de l'embrasser. Elle se dit alors qu'elle n'était pas très douée pour déchiffrer l'expression des visages, ou qu'il avait des goûts inattendus en matière de femmes.

— Ça va ? s'inquiéta-t-il.

Elle espéra que les lumières ambrées dissimuleraient la subite rougeur qui avait envahi ses joues.

— Ça va. C'est la neige qui me rend bizarre. Rien de plus…

— Je ne vous trouve pas bizarre, dit-il. Simplement… vous êtes différente sans vos lunettes.

— Tout le monde a l'air différent sans lunettes, déclara-t-elle, en remettant les siennes. On se reverra pour les auditions.

— J'ai hâte d'y être !

C'était de l'ironie, évidemment. Que pouvait-elle attendre d'autre, de la part de cet homme ? Elle avait mal interprété l'expression de son visage, tout à l'heure, voilà tout. Une erreur qu'elle ne commettrait plus.

— Moi aussi, répondit-elle cependant d'un ton enjoué.

— Soyez prudente en rentrant.

— Bien sûr.

Maureen monta dans sa voiture et mit le contact, laissant le moteur chauffer et le système de dégivrage dégager le pare-brise tandis que les essuie-glaces s'activaient, lui laissant entrevoir un petit morceau de ciel où tourbillonnaient des flocons. Invariablement, ce spectacle lui coupait le souffle par sa beauté. Elle adorait la première neige. Elle aimait Noël de tout son cœur, et ce depuis toujours. C'était l'époque de l'année qui rassemblait autour d'elle ses amis et sa famille, une période qui la remplissait d'espoir, du sentiment que tout était possible. Et ce n'était certainement pas Eddie Haven qui allait lui gâcher ce moment !

D'après le récit qu'il venait de lui faire de son accident, il paraissait évident qu'il ignorait le rôle qu'elle avait joué, cette nuit-là. Il ne s'était même pas rendu compte de sa présence. Il était remarquable de constater à quel point ses souvenirs différaient de ceux d'Eddie !

Depuis toujours, elle fréquentait l'église du Cœur-des-Montagnes, mais lors de ce Noël en question, il avait été pour elle plus important que jamais de s'y rendre. Son semestre universitaire à l'étranger, séjour tant attendu, tant idéalisé, s'était achevé de façon désastreuse et prématurée. Sans le soutien de sa famille, elle ignorait comment elle aurait surmonté une telle épreuve. Pourtant, cette année-là, pas plus que toutes celles qui avaient suivi, personne ne lui avait jamais posé la question que lui avait posée Eddie ce soir : « Avez-vous déjà été blessée par quelqu'un, blessée au point que vivre ou mourir ne vous importe plus ? »

Ce soir-là, au sein du chœur paroissial, elle avait élevé sa voix par-dessus les chevrons de l'église et même au-delà. Rien n'égalait en force l'apaisement que lui avait procuré le retour dans sa famille, elle l'avait compris à ce moment-là. Elle avait toujours pensé que Noël était la saison des miracles. L'année où ils avaient perdu leur mère, un miracle s'était produit pour leur père. Il avait retrouvé le sourire, il avait retrouvé goût à la vie. Ce fut encore lors d'un repas à la fortune du pot, un soir de Noël, qu'il avait rencontré Hannah, la femme qu'il avait finalement épousée, la femme qui avait redonné forme à leur famille.

Cette année-là, ç'avait été le tour de Maureen.

Elle s'était extraite des profondeurs du désespoir, elle avait compris que même si les souvenirs de ce séjour à l'étranger et son chagrin d'amour la hanteraient toujours, elle parviendrait à les surmonter. C'était déjà quelque chose. Quand on apprend qu'on peut survivre à l'insupportable, on peut conquérir le monde.

Par bonheur, personne ne lui demandait de conquérir le monde. Tout ce qu'elle avait à faire, c'était de reformuler ses rêves et de reconstruire sa vie.

En cela, elle avait été aidée. Elle ne croyait guère aux manifestations cosmiques, mais le monde en général semblait lui envoyer certains signaux. Brisée, le cœur en bandoulière, elle avait consacré ses derniers sous à l'achat d'un billet d'avion de dernière minute. Arrivée à l'aéroport, il ne lui restait plus que quelques euros dans sa ceinture porte-monnaie. Là, son regard avait été attiré par un kiosque bourré de livres. *Oui !* S'échapper physiquement était une chose. Mais son esprit, lui aussi, avait besoin d'un refuge. Et ce refuge se trouvait à l'endroit le plus sûr au monde, entre les pages d'un livre.

Elle ne vit aucune ironie dans le fait qu'un roman à suspense puisse la sauver d'une dépression nerveuse. Certaines personnes ont besoin d'une prescription médicale. Elle, elle avait besoin d'une virée dans une librairie. A l'aéroport, elle avait acheté un roman policier d'un auteur très connu, l'avait ouvert et s'était aussitôt plongée dans l'intrigue. Tout à sa lecture, le monde extérieur n'existait plus : elle était entrée dans un univers sombre et dangereux, vivant par procuration une série d'événements surnaturels. De retour chez elle, à Avalon, elle avait lu un récit fantastique qui parlait d'une quête pour sauver un monde oublié. Ensuite, elle avait dévoré un roman d'Edith Wharton, car quelqu'un lui avait dit un jour qu'en cas de peine de cœur on devrait toujours lire un roman d'Edith Wharton, ne serait-ce que pour voir qu'il y avait bien pire au rayon des chagrins d'amour. Après cela, elle avait lu un thriller d'espionnage international au centre duquel se trouvait une ancienne œuvre d'art frappée par une malédiction.

Durant cette période qui avait suivi son retour malheureux d'Europe, elle avait lu des livres au même rythme qu'un toxicomane avale des comprimés. Elle dévorait les histoires les unes après les autres, en tâchant de ne pas laisser la réalité s'immiscer trop profondément dans son esprit.

Finalement, quand elle avait compris qu'il lui fallait se réapproprier sa vie et repartir de zéro en accord avec sa nouvelle vision du monde, elle avait émergé de sa souffrance, nantie d'un objectif fort et bien défini.

— Tu troques ta matière principale contre les sciences de l'information et des bibliothèques ? lui avait demandé sa sœur Renée.

— Oui.

Son père lui avait adressé un sourire épanoui.

— Nous n'avons jamais eu de bibliothécaire dans la famille.

Il s'avéra que c'était le métier idéal pour elle, à tel point qu'elle s'étonnait de ne jamais avoir envisagé plus tôt d'embrasser la profession de bibliothécaire.

En ce soir de Noël, au milieu de sa famille, de ses amis

et de tous les fidèles, elle avait mêlé sa voix à celles des autres, et son cœur s'était rempli d'espoir. Oui, elle avait été meurtrie, anéantie même. Mais son esprit refusait de plier. La vie était tout bonnement trop précieuse et Noël trop merveilleux pour qu'elle continue à se laisser couler dans son chagrin.

Elle s'était fait le serment qu'elle allait s'en sortir.

Et puis, en cette nuit de paix et d'adoration, un fracas terrifiant avait fait voler en éclats son instant de révélation. Toutes les lumières de l'église s'étaient éteintes. Un déchaînement de panique avait éclaté des quatre coins de l'édifice. Les femmes hurlaient et les enfants pleuraient. Les parents rassemblaient leur nichée et l'emmenaient en lieu sûr. Les gens se mettaient à l'abri ou fuyaient par les issues de secours, car, à ce moment-là, personne ne savait encore ce qui s'était produit.

Tout le monde s'était rué au-dehors et avait vu qu'une boule de feu avait ravagé la crèche avant de se fracasser contre l'église. On ne comprit pas tout de suite ce qui s'était passé. S'agissait-il d'une chute de météore ?

Tandis qu'une rafale de vent glacial mugissait, Maureen avait vu ce que tout le monde voyait : la carcasse métallique et tordue d'un fourgon en flammes. C'était une coque chauffée au rouge, une torche en train de mettre le feu aux poutres de bois du portique de l'entrée principale.

Dans un bourdonnement aigu, l'asperseur du système anti-incendie s'était enclenché.

Quelques personnes se lancèrent alors dans l'action, hurlant dans leurs téléphones portables. Un homme en costume de berger s'était servi de son bâton pour briser la vitre du boîtier d'alarme incendie et le hurlement d'une sirène avait déchiré la nuit.

Des enfants déguisés en anges et en animaux de ferme s'étaient réunis en un troupeau hétéroclite.

Plusieurs personnes tentaient d'approcher le fourgon, mais les flammes infernales les tenaient à distance.

— Mon Dieu, ayez pitié ! disait quelqu'un. Ayez pitié des malheureuses âmes qui se trouvent dans ce véhicule, qui qu'elles soient.

— Personne ne peut avoir survécu à cet accident, commentait quelqu'un d'autre. Le véhicule a dû prendre feu au moment de l'impact.

Maureen avait senti son cœur bondir d'horreur dans sa poitrine. Que des personnes se soient tuées un soir de Noël ne faisait qu'ajouter à la cruauté de cette tragédie.

En quelques minutes, on entendit résonner des sirènes et les secours arrivèrent. Des lumières rouges et bleues balayèrent la zone, éclaboussant la neige.

Maureen se sentait attirée par la scène, bien qu'elle fût de peu d'aide pour sauver des gens. Quelqu'un — un pompier — déclara qu'il s'agissait d'une opération de dégagement, pas d'un sauvetage.

— Il faudrait un miracle pour réchapper de cette boule de feu, avait lâché l'un des ambulanciers.

Le temps de prendre pleinement conscience du sens de ces paroles, Maureen sentit son estomac chavirer. Elle se détourna de l'accident et, levant haut les pieds, se fraya un passage dans la neige accumulée. Elle se sentait étrangement coupable au souvenir de la joie et de la paix qu'elle avait éprouvées à peine quelques minutes auparavant. C'était affreux de réaliser que la nouvelle orientation de ses rêves la faisait exulter en silence, tandis que la vie de quelqu'un d'autre était en train de s'achever. Elle se sentait liée à ce drame d'une manière horrible. Dans l'église, elle avait versé des larmes de soulagement en prenant conscience qu'elle avait un foyer où rentrer, une famille pour la réconforter. Se pouvait-il qu'il ne se soit écoulé que quelques minutes entre-temps ? Cela lui paraissait beaucoup plus long. Machinalement, elle fit le compte des membres de sa famille, elle les repéra, tous présents, tous dénombrés : son père et sa belle-mère, la mine grave, qui se serraient fort l'un contre l'autre. Ses sœurs, son frère et la famille de son frère, tous sains et saufs.

Resserrant autour d'elle sa tenue de choriste, elle avait déambulé parmi la foule. Les enfants pleuraient toujours. Certaines personnes priaient. D'autres semblaient vouloir faire quelque chose à tout prix, n'importe quoi. Deux hommes se disputaient pour savoir s'il fallait laisser les gens rentrer dans l'église. Tout avait été abandonné à l'intérieur : les manteaux et les sacs à main, les tenues de ville des comédiens, les clés de voiture. Le pasteur Hogarth invitait les gens à se rendre dans la chapelle de méditation ; cette annexe de l'église n'était pas détrempée par les asperseurs déclenchés par l'alarme incendie. Le pasteur voulait organiser une veillée de prières pour les victimes inconnues de l'accident. Les voix parvenaient à Maureen avec un son creux, dans le lointain, et personne ne s'adressait à elle. On aurait dit qu'elle était invisible. Sa tenue de choriste était-elle une cape d'invisibilité ? Son tissu métallisé avait été choisi par Mme Bickham des années auparavant ; cette dernière affirmait que le côté métallique apportait une touche festive. Maureen, elle, avait toujours pensé que ce clinquant apportait surtout une touche « danseuse de Las Vegas », mais peut-être était-ce une impression toute personnelle et fausse de surcroît. Elle se détacha de la foule et s'éloigna de la fumée et du bruit.

Des éclairs rouge sang tombaient du gyrophare d'un véhicule de secours. La scène était traversée par le faisceau aveuglant des lampes-torches des pompiers, et par les flashes bleus des véhicules de police, lumières qui inondaient la zone et transformaient la neige en un champ de couleurs inquiétantes. Çà et là, elle apercevait des éléments de la crèche — des tas de paille et des bouts de bois abîmé, des morceaux non identifiables de statues en plastique et des projecteurs fracassés.

Etrangement, une guirlande lumineuse brillait encore, épargnée par l'accident. Son fil électrique traversait la neige labourée, délimitant clairement le chemin tracé par le camion fou.

Le malheureux conducteur… Avait-il eu peur ? S'était-il vu périr ou tout s'était-il passé si vite qu'il n'avait pas eu le temps d'éprouver quoi que ce soit ?

Elle espérait que c'était le cas. Elle espérait que cela n'avait pas été atroce. Elle s'arrêta quelques minutes et récita une courte prière en ce sens. A sa grande surprise, elle s'aperçut que ses joues étaient humides de larmes.

Elle trouva l'Enfant Jésus, la tête enfoncée dans la neige. Elle le ramassa par l'un de ses bras en plastique. C'était le même poupon que l'on exposait depuis des années, à jamais figé dans une pose béate, allongé, bras étendus, paumes vers le ciel, la tête coiffée d'une petite couronne de feuilles dorées. Le dos de la statue était marqué d'un tampon : « HECHO EN MEXICO ».

Il semblait vaguement irrévérencieux d'abandonner le bébé en plastique, mais le traîner partout n'aiderait personne non plus. Maureen le posa donc debout contre une congère.

A présent, elle grelottait, la neige et le froid pénétrant sa tenue légère.

Elle faillit trébucher sur l'un des Rois mages. Du moins pensa-t-elle que c'était un des Rois mages, mais peut-être était-ce un berger ou ce pauvre Joseph, si endurant. En se baissant pour l'examiner, elle laissa échapper un petit cri et fit un bond en arrière.

Puis elle se traita d'idiote et s'approcha avec plus de prudence ; elle se pencha et ôta ses lunettes.

Ses yeux ne l'avaient pas trahie. Ce n'était pas un Roi mage. Ce n'était même pas un saint en plastique. C'était un homme. Un homme hébété et désarticulé, gisant à moitié sous la neige, les yeux fermés. Son front était barré d'une fine ligne sombre. Il paraissait jeune ; il avait des cheveux blonds assez longs et un visage qui lui parut vaguement familier.

— Dites, fit-elle d'une voix rauque. Dites... vous m'entendez ?

Elle n'osait pas le toucher, lui secouer légèrement le bras.

— Par ici, j'ai besoin d'aide ! cria-t-elle, sans détourner les yeux de l'inconnu.

Spontanément, elle lui caressa la joue.

Elle était chaude.

— Alléluia, murmura-t-elle. Je vous en prie, faites que vous soyez celui que je crois que vous êtes. Faites que vous soyez l'unique occupant de ce véhicule. Je vous en prie !

Dans un battement de paupières, l'homme ouvrit les yeux. Dans la lumière artificielle qui inondait la zone, elle ne vit pas leur couleur. Mais elle distingua son faible sourire. Pourquoi souriait-il ? Pourquoi lui souriait-il à elle ?

— Encore un ange ? murmura-t-il. Cet endroit fourmille d'anges.

— Comment ?

Elle regarda autour d'elle, ne vit personne ; apparemment personne n'avait entendu son appel de tout à l'heure.

— Quoi ? dit-elle de nouveau. Où ?

Il bougea, se redressa délicatement en s'appuyant sur

un bras. Son autre bras n'avait pas vraiment l'air d'aller, il pendait à un angle anormal. A part cela, il avait deux ou trois coupures sur le front et au menton, et une écorchure sur la pommette droite, juste sous l'œil. Mais il était vivant, et il parlait. Etant donné l'état de son véhicule, c'était un miracle.

Il la regarda en fronçant les sourcils.

— Désolé. L'espace d'une seconde, je vous ai prise pour un ange.

En dépit des circonstances, Maureen se sentit envahie d'une bouffée de chaleur. Elle pouvait affirmer sans erreur qu'aucun homme ne l'avait jamais prise pour un ange. Puis elle se força brutalement à revenir à la réalité.

— C'est vous qui conduisiez le fourgon ? lui demanda-t-elle. Un fourgon blanc ?

— Oui, c'est moi qui conduisais.

— Est-ce que vous étiez seul ?

Je vous en prie, dites oui. Je vous en prie, dites oui.

— Y avait-il quelqu'un d'autre que vous dans le véhicule ? répéta-t-elle, comme il tardait à lui répondre.

— Non, j'étais seul.

A présent, il claquait des dents.

— Tout seul.

Puis son visage prit soudain une expression de panique.

— J'ai blessé quelqu'un ? Est-ce que j'ai heurté…

— Non, s'empressa-t-elle de le rassurer. Tout le monde va bien. Et pour vous aussi, ça va aller…

Dieu merci, songea-t-elle, en s'autorisant un faible sourire de soulagement. Elle se rappelait le sinistre présage de l'ambulancier… « Il faudrait un miracle pour réchapper de cette boule de feu. »

— Vous avez vraiment un très joli sourire, lui déclara alors le miraculé.

Deuxième partie

CREDO DE NOËL

A Noël, je crois aux traditions des enfants.

Je crois avec les petits Anglais que du houx placé à la fenêtre protégera leur maison des mauvais esprits.

Je crois avec les petits Suisses que quiconque effleure un edelweiss sera envoûté par l'amour.

Je crois avec les petits Italiens que La Befana n'est pas une affreuse poupée mais une bonne fée qui réjouit le cœur de tous.

Je crois avec les petits Grecs que des pièces dissimulées dans des miches de pain frais portent bonheur à celui qui les trouve.

Je crois avec les petits Allemands que la vue d'un arbre de Noël attendrit le cœur des adultes.

Je crois avec les petits Français que des lentilles mises à gonfler et plantées dans un bol redonnent goût à la vie à ceux qui ont perdu espoir.

Je crois avec les petits Néerlandais que le cheval Sleipner galope à travers le ciel pour semer la joie sur Terre.

Je crois avec les petits Suédois que Jul Tomte vient apporter des cadeaux aux pauvres comme aux riches.

Je crois avec les petits Finlandais que les fêtes données à la Saint-Etienne effacent chagrins et peines.

Je crois avec les petits Danois que la musique tombée du beffroi d'une église fortifie l'humanité.

Je crois avec les petits Bulgares que les étincelles d'une bûche de Noël mettent de la chaleur dans le cœur des hommes.

Je crois avec les petits Américains qu'envoyer des cartes de Noël tisse l'amitié.

Je crois avec tous les enfants qu'un jour la paix régnera sur Terre.

Attribué à DANIEL ROSELLE,
cofondateur de la Safe Passage Foundation.

6

Daisy Bellamy installa son fils sur les genoux du Père Noël et recula en retenant son souffle, espérant que tout se passerait au mieux. Cette année, le décor était de toute beauté : une cabane pour patineurs transformée en maison de pain d'épice, où trônait un Père Noël engoncé dans une bergère. Il lançait des « ho ! ho ! ho ! » aux enfants qu'il faisait rêver en leur promettant la lune.

Charlie, s'il te plaît, reste tranquille, mon chéri…, pria la jeune femme intérieurement. *Le temps de la photo…*

L'assistant du Père Noël, déguisé en lutin, brandissait d'une main un jouet couineur pour capter l'attention du bambin et, de l'autre, tenait la télécommande du déclencheur.

Dépêche-toi, le pressa intérieurement Daisy. *Prends cette photo ! Prends-la ! Maintenant…*

— Attention, le petit oiseau va sortir, susurra le lutin d'une voix mélodieuse.

Les yeux de Charlie, qui ressemblaient d'habitude à deux billes émeraude pleines de gaieté, s'assombrirent subitement. L'enfant regarda tour à tour l'inconnu à barbe blanche tout de rouge vêtu, sur les genoux duquel il était assis, et la créature aux yeux exorbités qui gesticulait devant lui avec cette chose bruyante à la main. Il prit une profonde inspiration et se figea de stupeur pendant quelques secondes.

Vas-y, fais-la, fais-la, fais-la! supplia encore Daisy en son for intérieur. *C'est le moment idéal... Allez!*

Le lutin appuya enfin sur le déclencheur... mais une fraction de seconde trop tard. La frimousse de Charlie s'était déformée en une mimique de terreur que Daisy connaissait bien. Le tout petit sweat-shirt que portait l'enfant affirmait : « Papa Noël m'adore », mais son visage exprimait un tout autre message : « Maman, j'ai peur ! » Il poussa un gémissement déchirant qui fut probablement entendu par toute la file de personnes qui attendaient devant le cottage orné de pain d'épice.

Daisy fondit sur son fils et vint à sa rescousse. Elle reçut dans ses bras une boule frémissante de sanglots. Charlie enfouit dans sa poitrine son petit visage baigné de larmes et se cramponna à son pull de ses poings minuscules. Il refusait de la lâcher, même le temps d'enfiler sa parka, et elle dut se contenter de la lui draper autour des épaules.

— Tu vas attraper une pneumonie, marmonna-t-elle.

— Monie, fit-il en écho, dans un reniflement tragique.

Elle se fraya un passage jusqu'à la sortie, exhibant le petit garçon terrifié devant les autres enfants qui donnaient sagement la main à leurs parents. Au premier coup d'œil, on voyait que c'étaient des enfants calmes et bien tenus, entre une maman de choc et un papa qui travaillait en ville et rentrait tous les soirs. Daisy les imagina critiquant sur son passage ses méthodes d'éducation, se demandant si elle avait gavé son fils de bonbons ou si elle lui avait fait sauter sa sieste. (Dans les deux cas, elle plaidait coupable, mais il n'empêche...) C'était le problème avec les mères adolescentes, disaient sans doute dans son dos ces mères exemplaires. Elles ne sont pas prêtes à assumer le rôle de parent.

Daisy n'était pourtant plus une adolescente, mais dans son jean râpé et sa vieille parka de snow-boardeuse, elle avait l'air d'être sortie du lycée en catastrophe pour aller chercher Charlie chez la nounou. Enceinte à dix-huit ans, elle était devenue mère à dix-neuf. En très peu de temps, elle était passée du statut d'étudiante en prépa à Manhattan, à celui de mère célibataire dans une petite ville, où elle avait emménagé pour se rapprocher de sa famille. A présent, Charlie avait deux ans et demi, et elle-même allait sur ses vingt et un ans, ce qui pouvait paraître jeune, sauf que parfois elle se sentait vieille comme les pierres dans son rôle de mère célibataire.

Elle coula un regard furtif vers une femme en bottes à talon et blouson pied-de-poule à la mode, qui se penchait pour faire bouffer le nœud de ruban ornant la chevelure soyeuse de sa fille. Toutes deux semblaient sorties des pages d'un magazine. Et s'il n'y avait qu'elles ! Comment faisaient-elles, ces femmes ? se demanda Daisy. Comment faisaient-elles pour avoir l'air si calmes et sûres d'elles-mêmes, pour ne pas courir d'un endroit à l'autre, en oubliant toujours quelque chose ?

Dans des moments comme celui-ci, elle se sentait parfois si fragile et démunie ! Si proche de croire qu'elle ne serait jamais à la hauteur. Heureusement, son bon sens lui permettait de reprendre rapidement le dessus.

Inspire profondément, s'ordonna-t-elle, inspire et ne te laisse pas impressionner. Elle pouvait remercier le Ciel de lui avoir donné le soutien de sa famille et de ses nombreux amis. Ayant choisi de vivre seule, elle admettait volontiers qu'elle avait du mal à s'en sortir. Sa famille avait de l'argent, mais Daisy était d'un naturel indépendant et son amour-propre la poussait à réussir par ses propres moyens. Charlie était en bonne santé, elle-même progressait vers l'obtention de son diplôme (même si sa progression était lente) et elle faisait en free-lance des petits boulots de photo — sa discipline à l'université d'Etat de New Paltz. Les fêtes approchaient; Avalon avait eu la première grosse chute de neige de l'année, et la vie était plutôt belle. Elle se répétait souvent qu'il fallait repérer et savourer ces petits moments de bonheur et elle y parvenait d'ordinaire assez bien.

— C'est bon, dit-elle à Charlie. Je suis calmée... Et si on ne prenait pas de photo avec Papa Noël, finalement, mon chéri ?

— Papa Noël ! s'écria Charlie, en s'écartant d'elle pour la contempler avec des yeux brillants. Z'aime Papa Noël !

— C'est vrai. Nous avons même une photo qui prouve à quel point tu l'aimes...

Ils longèrent une allée ponctuée de sucettes de taille humaine qui retinrent l'attention du petit garçon. Comme il s'arrêtait, Daisy en profita pour lui faire enfiler sa parka, car il y avait un bout de chemin à faire pour traverser le parc jusqu'à la voiture.

— C'est moi qui prendrai ta photo, déclara-t-elle. Qu'ils restent avec leur satané Père Noël !

— Père Noël !

Charlie applaudit. Il vouait apparemment au Père Noël une adoration intacte, mais pas au point de s'installer sur les genoux d'un gros bonhomme inconnu à barbe blanche.

— Nous ressaierons l'année prochaine, dit-elle. Pour cette fois, nous nous contenterons d'un Père Noël de Photoshop.

— D'accord, maman, acquiesça Charlie avec un sérieux comique.

— Ça marche.

Il ne faudrait qu'une soirée à Daisy pour effectuer un montage photo de son fils et du Père Noël. Depuis toute petite, aussi loin que remontaient ses souvenirs, elle avait eu une passion pour la photographie. Trois fois par semaine, elle faisait la navette pour suivre ses cours à la fac, et, le reste du temps, elle travaillait chez elle et s'occupait de Charlie.

Afin que l'enfant n'ait pas froid, elle remonta bien la fermeture Eclair de sa parka, puis elle poussa la porte et sortit dans l'air vif.

Chaque année, une partie du parc Blanchard était transformée en Pays du Père Noël, et quand arrivait le jour de l'inauguration, c'était un événement dans toute la ville. Le temps était froid et clair — le genre de météo qu'espérait ardemment la chambre de commerce chaque année, sans toutefois obtenir bien souvent satisfaction. Le Pays du Père Noël était l'attraction majeure ainsi que l'emblème d'une ville qui essayait de tirer le maximum d'un hiver long et maussade, et de nombreux bénévoles participaient à sa mise en place. Selon le *Troubadour d'Avalon*, la chambre de commerce s'attendait cette année à un nombre record de touristes.

Les enfants, qui durant cette période sombre et froide se montraient généralement grognons et rechignaient à sortir de leur lit pour aller à l'école, avaient certainement dévalé l'escalier quatre à quatre ce matin, et expédié leur petit déjeuner, tant il leur tardait de voir le Père Noël. Les gens qui d'habitude mettaient le nez à leur fenêtre et râlaient à la vue de la neige fraîchement tombée étaient aujourd'hui revigorés par ce spectacle.

Un petit déjeuner de crêpes à la caserne des pompiers avait donné le coup d'envoi des festivités. Le long des rues s'alignaient des kiosques proposant toutes sortes de marchandises, depuis des beignets amish jusqu'à des boules de suif pour oiseaux d'hiver. La Galerie Galaad, une coopérative d'artistes, tenait une baraque qui présentait des sculptures de verre, des carillons éoliens et une sélection de tirages photographiques réalisés par des artistes locaux. Parmi eux, Daisy Bellamy. Ses paysages de saison connaissaient un succès croissant.

Elle s'arrêta devant la baraque ; là, on lui apprit que, dès l'ouverture, il s'était vendu deux de ses œuvres — un panoramique hivernal des pistes de ski de fond serpentant à travers la forêt, et la rivière Schuyler passant sous le pont couvert de bois, cliché pris en vitesse d'obturation lente.

La jeune femme en fut toute ragaillardie, retrouvant d'un coup sa bonne humeur. Savoir que des gens *payaient* pour avoir ses photos lui procurait un sentiment grisant.

— Charlie, Charlie, Charlie ! fit-elle, tout en démarrant sa voiture.

— Maman, maman, maman ! répondit l'enfant gaiement depuis son siège auto, à l'arrière.

Il savait y faire pour la charmer, c'était une évidence.

En cela, il ressemblait beaucoup à son père…

Daisy se gara devant la bibliothèque municipale afin d'emprunter des livres pour son fils. Il adorait qu'on lui raconte des histoires et elle veillait à avoir de nouveaux livres sous la main à toute heure de la journée. Elle avait sympathisé avec Maureen Davenport, la bibliothécaire, grâce à l'heure du conte, à laquelle Charlie assistait très souvent.

— Livres ! déclara-t-il d'un air satisfait, lorsqu'il reconnut le bâtiment.

— Tu as tout compris. Tu pourras prendre tout ce que

tu veux : *Clifford le grand chien rouge*, *Olivia*... C'est toi qui choisiras.

— Six livres, dit-il encore.

Il n'avait pas la moindre idée de la quantité que cela représentait, mais il connaissait le mot.

— C'est ça. Nous avons le droit d'emprunter six livres à la fois.

En sortant de la voiture, Daisy aperçut un homme qui traversait la pelouse de la bibliothèque, un sac à dos sur l'épaule. C'est son blouson du surplus de l'armée qui attira son attention, ainsi que son allure calme et décontractée. Il ne marchait pas comme on le fait généralement dans la neige, le dos courbé et les mains fourrées dans les poches. Il se déplaçait avec nonchalance et légèreté, d'un pas élastique, aussi droit que les arbres alentour, comme si le froid ne le dérangeait pas. Le blouson, les arbres et la neige formant une palette impressionnante... Daisy sortit son appareil photo. Elle suivait un cours sur les images de presse et il y avait peut-être là matière à un bon cliché.

A l'arrière de la voiture, Charlie fit entendre un grognement agacé.

— Un peu de patience, dit-elle, en prenant deux photos de plus. J'ai bientôt fini...

Puis elle rangea son appareil et libéra l'enfant de son siège. Les bras étendus comme des ailes d'avion, il fonça vers la porte de la bibliothèque.

A l'entrée, Daisy avisa une grande affiche appelant à des dons urgents. « Aidez-nous à sauver notre bibliothèque. Sans vous, nous ne pouvons rien. » Elle mit la main à la poche et déboursa dix dollars. Elle les avait largement économisés, après tout, en renonçant au luxueux coffret photo du Père Noël. Sans parler de tous les livres qu'elle avait pu emprunter *ad libitum* au lieu de les acheter.

Elle emmena Charlie directement à l'espace des enfants et lui ôta sa parka. Pour l'heure, il n'y avait que des tout-petits dans la section. Une chance, car, en compagnie d'autres enfants, Charlie avait tendance à fraterniser bruyamment — encore un trait hérité de son père et du côté irlandais de sa famille. Elle devait constamment lui demander de baisser le ton dans des endroits comme la bibliothèque ou l'église.

En cela aussi, il ressemblait beaucoup à son père.

Maureen passa près d'eux, poussant un chariot de livres à remettre en place dans les rayonnages.

— Salut, Maureen, chuchota Daisy. Comment ça va ?

— Très bien, merci.

Maureen lui adressa un sourire enjoué, mais Daisy lui trouva l'air fatigué. Soucieux, même… Maureen naviguait entre vingt-cinq et trente-cinq ans, mais Daisy ne parvenait pas à lui donner un âge plus précis. Il fallait reconnaître aussi que sa manière de s'habiller n'aidait pas. Les twin-sets et les jupes trapèze ont tendance à uniformiser l'âge des personnes qui les portent. Maureen était en réalité une femme extrêmement jolie qui ne prêtait guère d'attention à son apparence. C'était là une qualité qu'admirait Daisy. Avant la naissance de Charlie, elle manquait terriblement de confiance en elle. Elle passait des heures à se faire une beauté, arborant la tenue parfaite, veillant à ce que pas une mèche ne dépassât de sa coiffure, se maquillant comme un mannequin en couverture de magazine. Si elle s'était montrée moins exigeante envers elle-même, si elle avait attaché ses cheveux et porté un twin-set, peut-être sa vie aurait-elle pris une tournure différente.

Assurément, même. Mais, pour le coup, elle n'aurait pas eu Charlie. Et Logan ne lui aurait jamais accordé plus d'un regard, si elle ne s'était pas jetée à sa tête au cours de ce week-end de folie.

Comme il lui était désormais tout à fait intolérable de concevoir la vie sans Charlie, elle refusa de laisser son esprit errer plus avant dans cette direction. Elle était la maman d'un petit garçon adorable et s'en trouvait parfaitement heureuse, même si ce n'était pas facile tous les jours...

— Un nouveau Jan Brett vient d'arriver, lui signala Maureen, en prenant le livre du chariot. Il y a de très belles scènes de neige.

— Merci.

Daisy s'empara de l'ouvrage et le feuilleta, en admirant ses illustrations très fouillées.

A quatre pattes à côté d'elle, Charlie poussait un exemplaire de *Thomas le petit train* en faisant « tchou-tchou ».

— Charlie est dans sa phase « machinerie lourde », à ce que je vois, observa Maureen.

— A fond les manettes !

— Comment allez-vous, Daisy ?

— Bien, merci. J'ai passé la mi-semestre sans trop de difficultés. C'est toujours à ce moment-là que je me mords les doigts de m'être inscrite à trop de cours.

— Est-ce que vous avez des projets pour les vacances ?

Daisy hésita avant de répondre. Entre sa famille et celle de Logan, la situation était toujours un peu compliquée à cette période de l'année. A la naissance de Charlie, les O'Donnell n'avaient pas voulu entendre parler de lui, ce qui, au début, lui avait facilité les décisions concernant Noël.

Contre toute attente, Logan, lui, avait assumé sa paternité avec enthousiasme. Il était respectueux du rôle de Daisy en tant que responsable légal, mais il insistait pour voir Charlie de façon régulière — au grand étonnement de tous ceux qui l'avaient connu comme un adolescent rebelle et nerveux, charmeur et beau, certes, mais accro à l'alcool et aux médicaments. Charlie était arrivé au moment où Logan se sortait de ses addictions. Comme il prenait son rôle de père très au sérieux, les O'Donnell avaient fini par s'enticher de l'enfant, de la même façon que les Bellamy.

C'était merveilleux pour le petit garçon, fantastique même, mais souvent délicat à gérer.

Pour Daisy, la situation s'avérait très embarrassante. Car si les O'Donnell adoraient Charlie, ils ne témoignaient pas un même enthousiasme envers elle. Ils la toléraient en tant que mère de leur petit-fils chéri, mais ne portaient pas vraiment dans leur cœur la fille qui, à leurs yeux, avait ôté tout avenir à leur fils unique. Les O'Donnell fondaient de grands espoirs sur Logan. Ils rêvaient pour lui d'études prestigieuses et attendaient qu'il reprenne un jour l'entreprise de transports familiale et qu'il fonde sa propre famille qui, à son tour, fréquenterait les meilleurs cercles.

Au lieu de cela, leur enfant chéri était entré en cure de désintoxication et, au sortir de l'adolescence, il était devenu père, se liant ainsi durablement avec une jeune fille qu'ils n'appréciaient pas.

Daisy contempla son fils : des cheveux roux, un regard joyeux, des joues rondes comme des pommes, parfaitement innocent.

Une telle chose ne t'arrivera jamais, promit-elle intérieurement au bambin, qui poussait toujours son livre en mimant le bruit du train avec une grande conviction.

Puis elle se dit que que les O'Donnell avaient probablement pensé la même chose de leur propre petit rouquin, des années auparavant. On pouvait les comprendre. Au début, elle leur en avait voulu de cette réserve à son égard, humiliante pour elle, mais maintenant qu'elle avait son beau petit garçon, elle admettait leur raisonnement. L'idée qu'une fille — n'importe laquelle — puisse un jour fréquenter Charlie la rendait déjà folle d'inquiétude. Réaction tout à fait irrationnelle, mais tout à fait incontrôlable aussi. Quand on aimait un être de la façon dont elle aimait Charlie, il n'y avait plus de place pour la raison. Elle pouvait donc concevoir que les O'Donnell puissent éprouver la même chose vis-à-vis de Logan.

— Mes projets pour les fêtes sont encore très incertains, répondit-elle à Maureen. Et vous ? Que faites-vous ?

— Oh... Nous organisons toujours une grande fête de famille. Mais cette année, je vais être débordée, j'en ai bien peur ! Je mets en scène le spectacle de Noël à l'église du Cœur-des-Montagnes.

— Waouh ! Ça m'a l'air d'un gros projet.

— Enorme, même. Mais très excitant. C'est quelque chose que j'ai toujours eu envie de faire. Je participe tous les ans au spectacle — il m'a vue grandir — et maintenant je chante dans le chœur d'adultes. Quand Mme Bickham s'est retirée de l'organisation, j'ai été au premier rang des volontaires.

Pour Daisy, mettre en scène un spectacle de Noël était aussi palpitant que suivre un stage de sensibilisation à la sécurité routière, mais elle se garda de toute remarque. Chacun ses goûts et ses loisirs.

— Je suppose que vous vous démenez aussi pour sauver la bibliothèque...

Maureen baissa les yeux.

— Sur ce front-là, nous ne sommes pas très efficaces. Il est prévu que la bibliothèque ferme à la fin de l'année.

— Qu'elle ferme ? Mais c'est impossible !

Daisy avait du mal à concevoir l'idée d'une ville sans bibliothèque.

— C'est n'importe quoi ! s'écria-t-elle encore.

— Tous les gens à qui j'en parle partagent votre opinion, mais nous nous heurtons à un problème économique apparemment insurmontable.

— Je vais demander à toute ma famille de s'engager à vos côtés.

— Merci. Malgré ça, je dois me préparer au pire.

— C'est-à-dire ?

— Que la bibliothèque va vraiment fermer et que je vais perdre mon travail.

— Qu'allez-vous devenir ?

Maureen lui adressa un sourire contraint.

— Je pourrais obtenir une place dans le bibliobus, mais je suis malade en voiture. J'ai mis mon CV en ligne. Nous verrons bien ce que ça donnera. Entre-temps, je tâcherai de me concentrer sur le spectacle et les fêtes de fin d'année. Noël ne m'a jamais déçue.

— Vous allez faire des merveilles, j'en suis sûre, affirma Daisy d'un ton qui se voulait rassurant. Si je peux vous donner un coup de main, en coulisse, faites-moi signe. Je suis étudiante en photo et, parallèlement, je travaille en free lance. Que diriez-vous d'une affiche ?

— Une affiche ? Oh, ce serait très gentil de votre part ! J'aimerais beaucoup avoir des photos de la représentation aussi. Quant à une affiche ou un prospectus, ce serait formidable !

— Comptez sur moi, alors…

Elle tira de sa besace une carte professionnelle et la tendit à Maureen.

— Merci… Quant à moi, je veillerai à ce que Charlie et vous soyez aux premières loges pour le spectacle.

L'estomac de Daisy se noua.

— Cette année, Charlie va passer Noël chez son père.

Comme c'était douloureux de le dire à voix haute !

— Ah... J'imagine que ça compte beaucoup pour Charlie et son père, répondit Maureen avec diplomatie.

Elle considéra l'enfant qui continuait à faire « tchou-tchou » avec *La petite locomotive qui pouvait.*

— C'est l'un de mes usagers préférés, vous savez ?

Comme s'il avait senti que la conversation tournait autour de lui, Charlie leva les yeux vers Maureen, lui tendit les bras et la gratifia d'un sourire qui, un jour, ferait des ravages.

— On peut dire que tu m'as mise dans ta poche, toi ! lui dit Maureen avec tendresse.

Le petit garçon lui tendit le livre comme s'il s'agissait du Saint-Graal.

— Lis ! ordonna-t-il.

Daisy s'accroupit devant son fils et proposa :

— Nous allons emprunter ce livre et nous le rapporterons à la maison, d'accord ?

Mais Charlie prit une mine tragique.

— Lis !

— J'ai cinq minutes, dit Maureen, en mettant de côté le chariot à livres. On a toujours le temps de lire une histoire. C'est l'une des règles essentielles du métier de bibliothécaire.

— Vous êtes sûre ?

— Mais oui... ne vous en faites pas...

Elle prit Charlie sur ses genoux et s'installa avec le livre, le regard soudain voilé, comme empreint de nostalgie. Presque de tristesse, pensa Daisy, s'interrogeant brièvement sur la raison de cette altération.

— Je vous le confie, alors, Maureen...

Son téléphone portable vibra, signe qu'elle avait reçu un SMS.

Laissant donc Charlie, aux anges, confortablement installé sur les genoux de Maureen et qui scandait : « Je crois que je peux, je crois que je peux », en même temps que la petite locomotive, Daisy sortit.

Elle attrapa son portable dans son sac pour consulter ses messages. Elle avait un SMS de Logan :

— SALUT. COMMENT VA MON FISTON ?

— SUR LISTE NOIRE DU PERE NOEL, lui répondit-elle. IL N'A PAS AIME SES GENOUX.

— IL TIENT 2 MOI. CE GROS BONHOMME M'A TJRS STRESSE. JE VOULAIS QU'ON PARLE 2 NOEL. QUAND ?

— CE SOIR O.K. VERS 19H, TU POURRAS LUI DONNER SON BAIN.

Puis elle rangea son portable, palpitante d'appréhension. Logan et elle n'avaient pas pris de dispositions officielles pour la garde de Charlie. Toute leur organisation reposait sur l'amour mutuel qu'ils portaient à leur fils. Logan habitait à New Paltz, où il poursuivait ses études, à distance de voiture d'Avalon. Passant outre au souhait de ses parents, il avait opté pour l'université d'Etat afin de rester proche du petit.

Malgré des débuts difficiles comme grands-parents, les O'Donnell s'étaient, eux aussi, rapprochés de leur petit-fils. Et cette année, pour la première fois, ils avaient demandé à Logan s'il pouvait leur amener Charlie dans leur maison de Long Island, le soir du 24 décembre, avant de le rendre à sa mère le lendemain.

Daisy avait eu un mal épouvantable à prendre sa décision. Leur céder Charlie le soir de Noël ? Abandonner son petit garçon de deux ans durant la nuit la plus magique de l'année ? En était-elle capable ?

En fin de compte, c'est Charlie qui avait orienté sa

décision. Il était fou de son père et méritait bien de faire partie de la famille O'Donnell, au même titre qu'il faisait partie de la famille Bellamy.

Néanmoins, il était dur pour Daisy d'imaginer Noël sans lui. Elle se rappela heureusement qu'elle avait une famille formidable sur laquelle elle pouvait se reposer. Ses parents étaient des gens fantastiques. Mais, un peu plus tôt dans la journée, elle avait appris une mauvaise nouvelle. Sonnet, sa meilleure amie, qui faisait ses études en Allemagne, avait choisi de rester un semestre de plus à l'étranger et comptait passer les fêtes dans la famille qui l'hébergeait.

Le portable de Daisy se remit à sonner, mais cette fois, la sonnerie lui affola le cœur : *You've Got To Hide Your Love Away*, la version d'Eddie Vedder. Cette sonnerie n'était attribuée qu'à une seule personne : Julian Gastineaux.

Julian, l'homme de sa vie…

Celui qui occupait toutes ses pensées depuis la classe de seconde, celui qu'elle ne pouvait chasser de son esprit.

Elle prit la communication, fébrile.

— Salut…

— Salut, Daisy… Je suis à Avalon. Je suis arrivé hier soir. Est-ce qu'Olivia ou Connor te l'ont dit ?

Elle s'adossa au bâtiment et un sourire ravi s'épanouit lentement sur son visage.

— Non. Je n'ai pas eu l'occasion de parler à ma cousine ces derniers temps. Bon sang, Julian ! Pourquoi est-ce que tu ne m'as rien dit ?

— Je dois repartir ce soir. Quand puis-je te voir ? J'ai quatre heures de voiture pour aller à Cornell, alors le plus tôt sera le mieux.

Daisy croisa les bras sur sa poitrine. Ces mots chantaient en elle comme un refrain. *Julian*. Un été, avant

Charlie, avant tout ce qui avait suivi, Julian avait été le plus beau cadeau que lui eût offert la vie. Bien sûr, ils étaient jeunes tous les deux, encore au lycée à l'époque, mais chaque fois qu'ils se retrouvaient, elle se reprenait à croire à l'amour éternel. Il s'était produit une étincelle entre eux, une étincelle de... de quelque chose de puissant et de rare. Une passion. L'espoir d'un avenir, peut-être.

Mais, à seize ans, on commet des bêtises. Daisy, elle, ne s'en était pas privée, en tout cas. A la fin de l'été, ils s'étaient séparés : elle était partie faire sa prépa hyper-sélect à Manhattan, lui s'était engagé dans une vie qu'il refusait d'évoquer, à Chino, en Californie. Malgré un désir réciproque, immense mais inavoué, Julian et elle avaient suivi des chemins différents qui ne se croisaient plus que rarement.

Mais quand cela se produisait, quel bonheur ! Et — une chance incroyable, encore ! — le demi-frère de Julian, Connor Davis, était marié à sa cousine Olivia. Autrement dit, Julian et elle étaient de la même famille, à présent, quoi qu'il advienne.

Il avait coutume de débarquer à l'improviste, souvent au moment où elle avait le plus besoin de lui. L'étincelle qui s'était produite entre eux ne s'était jamais tout à fait éteinte. Elle s'exhortait cependant à le chasser de son esprit. De son *cœur*. Il faisait ses études à Cornell, son cursus étant financé par le ROTC, le corps d'entraînement pour officiers de réserve de l'armée de l'air, dans lequel il s'était enrôlé. Il consacrait donc tout son temps libre à l'entraînement.

Daisy décida de ne pas se tracasser pour ces détails. L'essentiel, c'était que Julian soit à Avalon.

— Où es-tu ? lui demanda-t-elle. Quand pouvons-nous nous...

— Retourne-toi...

Son cœur bondit dans sa poitrine. Elle laissa choir son sac qui tomba à terre avec un bruit sourd, fit demi-tour et courut vers lui, si impatiente de retrouver ses bras qu'elle se jeta pratiquement sur lui.

— Coucou, dit-il en riant.

Daisy pouvait sentir son souffle tiède dans ses cheveux, tandis qu'il la serrait contre lui.

— Salut, toi...

Elle se recula pourtant très vite. Il fallait toujours qu'il y ait entre eux ce moment pénible et gênant, comme un passage obligatoire. Est-ce qu'on devait prolonger l'étreinte ? Est-ce qu'on devait s'arrêter et prendre un peu de distance ? Est-ce qu'on se faisait la bise ? Elle ne savait jamais trop comment se comporter, car elle n'était pas certaine de la nature exacte de leur relation. Elle fit un pas en arrière. Sentit l'air froid s'insinuer entre eux. Inutile de flirter dans un lieu public. On jasait sans doute bien assez sur son compte, de toute façon. « Cette pauvre Daisy Bellamy, quelle déception pour sa famille... »

— Comment m'as-tu trouvée ?

— J'ai repéré ta voiture sur le parking.

Il sourit d'un air gentiment moqueur, avant d'ajouter :

— On ne peut pas la manquer !

Quand elle s'était lancée dans la photo de mariage, son père lui avait donné des logos magnétiques à poser sur ses portières. Daisy n'était pas très convaincue par le logo en question, mais son père lui ayant fait cadeau de la voiture, elle n'avait émis aucune critique.

— Tu as le temps de boire un café avec moi ? lui demanda Julian. Ou bien de...

Le temps, non, malheureusement... Mais l'envie... Elle

avait terriblement envie de boire un café avec lui… Envie du reste aussi ! Mais les deux étaient inenvisageables.

— J'aimerais bien, répondit-elle en indiquant la bibliothèque d'un signe de la tête, mais Charlie est à l'intérieur, c'est l'heure du conte.

— Ce soir, alors, suggéra Julian. Tu es libre, ce soir ? Ça m'est égal de rentrer tard.

Elle songea au SMS que Logan lui avait envoyé quelques minutes auparavant, et le découragement l'envahit.

— Malheureusement, je ne suis pas libre…

A croire que ce n'était jamais le bon moment pour Julian et elle, songea-t-elle avec un brusque accès de désespoir.

— Et puis je ne veux pas que tu conduises de nuit par temps de neige. Cela dit, je regrette vraiment que nous ne puissions pas nous voir plus longuement, tu sais…

— Plus de cinq minutes, tu veux dire ? Oui, moi aussi.

Il avait un sourire complètement magique. Tout en lui était complètement magique, d'ailleurs. Il était grand, incroyablement beau, même après avoir coupé ses dreadlocks pour entrer dans le corps de réservistes. Mais son attirance pour lui ne s'arrêtait pas à son seul physique. Elle le trouvait fascinant, et puis il avait toujours été farouchement loyal et protecteur envers elle, parfois même jusqu'à la témérité.

— Bon… Au moins t'aurais-je vu à Noël, conclut-elle.

Dieu merci ! pensa-t-elle. Parce que, avec Charlie qui passait le 24 chez les O'Donnell, ces fêtes s'annonçaient désastreuses. Mais si Julian était dans le coin… Elle s'imaginait déjà passant des journées tendrement lovée contre lui, à écouter de la musique douce. Ah ! pouvoir enfin se parler sans interruption en restant simplement enlacés…

— Tu n'imagines pas combien ta compagnie va m'être

précieuse le soir de Noël, Julian. Je craignais de devoir le passer en tête à tête avec moi-même.

— Daisy...

— Ce que je redoutais est arrivé, enchaîna-t-elle à toute vitesse. Logan prend Charlie pour la nuit chez ses parents à Long Island, et pour moi, tu sais, c'est affreux de ne pas avoir mon fils avec moi, ne serait-ce que pour une nuit. De ne pas pouvoir me lever avec lui le matin de Noël.

— Daisy, je ne peux pas remédier à ça.

L'expression de Julian s'était adoucie de compassion.

— Je sais, répondit-elle, mais avec toi ici, au moins ce sera supportable.

— C'est bien ce que j'essaie de te dire, je ne serai pas ici. J'ai un entraînement en Floride pendant les vacances de Noël.

Il fallut un moment à Daisy pour assimiler ses paroles.

— Un entraînement ? Tu t'entraînes à Noël ?

— C'est un entraînement obligatoire.

— Pendant la période de Noël ?

— C'est ça, le ROTC. J'ai une permission de quarante-huit heures, mais ce n'est pas assez pour rentrer ici et revenir. Ecoute, je le savais en m'enrôlant. En échange, l'armée finance mes études. C'est un arrangement équitable. J'adorerais passer Noël à Avalon, mais c'est impossible. Je dois continuer à servir mon unité, il en va de mon avenir. Je suis parti sans un sou en poche, et s'il n'y avait pas eu l'armée, j'aurais été dans l'incapacité de me payer un cursus à Cornell. C'est le seul moyen que j'aie d'accéder à une vie décente. Tu le sais bien. C'est important pour moi...

Et moi ? se demanda Daisy. Quand serai-je importante pour toi ? Le serai-je d'ailleurs un jour ?

Elle s'abîma dans la contemplation du sol, refusant de déverser sur lui son fardeau d'insécurité.

— Tu as raison, reconnut-elle d'une voix douce, usant de tout son sang-froid pour lui dissimuler son désir et ses regrets. Tu fais ce que tu as à faire. Et je vais agir de même.

— Je suis désolé, dit-il.

— Ne t'excuse pas. Ce n'est la faute de personne. On se reverra… quand on se reverra, d'accord ?

Elle afficha un grand sourire de façade. Puis elle jeta un coup d'œil à sa montre.

— Bon, écoute, je ne veux pas que la bibliothécaire s'imagine que j'ai abandonné Charlie. Je ferais mieux de rentrer.

— Très bien.

Julian lui prit la main et la pressa brièvement contre sa poitrine, tout près de son cœur. Ses yeux lui exprimèrent tout ce qu'il ne lui avouerait probablement jamais. Puis il s'inclina rapidement pour lui effleurer les lèvres.

— Au revoir, Daisy. J'espère que Charlie et toi passerez un bon Noël.

Encore, pensa-t-elle. Oh, s'il te plaît, Logan… Embrasse-moi encore !

Il n'en fit rien, pourtant, et elle recula d'un pas.

— Toi aussi, Julian, passe un bon Noël. Tu m'appelles, d'accord ?

— Bien sûr.

Mieux encore, eut-elle envie de lui dire, demande-moi de rester avec toi.

Mais il ne le fit pas.

Elle s'efforça de ne pas rentrer trop précipitamment dans le bâtiment, elle ne voulait pas donner l'impression de s'enfuir. Dans le hall, elle fit une pause pour se ressaisir. Elle ferma les yeux et réprima un soupir. *J'espère que Charlie et toi passerez un bon Noël.* Avec son fils, qui passait Noël dans son autre famille, Sonnet, qui ne rentrait pas au pays, et Julian, qui ne revenait pas à Avalon, comment ce Noël pourrait-il être heureux ?

Oh ! Et Logan, qui voulait discuter de Noël, ce soir… Qu'est-ce qui allait encore se passer, maintenant ?

Elle avait renoncé à planifier sa vie au-delà de quelques heures. Avec un petit enfant, il est tout simplement impossible de faire des projets à long terme. Elle était à l'âge où toutes ses amies découvraient le monde, se faisaient de nouvelles connaissances, s'employaient à concrétiser les rêves qui leur tenaient à cœur depuis l'enfance. Pas elle.

Son existence était bien différente de la leur. Toute sa vie tournait autour de Charlie, le reste était secondaire. Pourtant, au plus profond de son cœur, elle nourrissait les mêmes rêves qu'avant. Elle aspirait toujours à suivre sa passion pour l'art et la photographie.

Et puis elle avait envie d'être amoureuse. Elle voulait vivre à fond le sentiment qu'elle éprouvait quand Julian pressait sa main contre son cœur et lui laissait lire jusqu'au fond de son regard. Elle voulait s'abandonner tout entière à la folie de l'amour.

Il paraît que lorsqu'on rencontre le véritable amour, on le reconnaît.

Etait-ce vrai ?

Charlie lui avait au moins appris une chose, c'est qu'il existait plusieurs sortes d'amours. Il y avait l'amour qu'elle éprouvait pour son fils, un amour fait d'une joie débordante, si lumineuse qu'elle semblait rayonner d'une lumière propre. En un éclair, cette joie pouvait se transformer en terreur glacée, quand Charlie était malade, ou se muer en une attitude farouchement protectrice qui lui donnait la force d'une louve — l'eût-il fallu qu'elle se serait battue pour lui jusqu'à la mort.

Et puis il y avait le sentiment qu'elle éprouvait pour Logan. Bien qu'il fût le père de son fils, il n'avait jamais été son petit ami. Leur rencontre avait eu lieu sous l'effet conjugué des hormones, de la confusion et de l'angoisse inhérente à l'adolescence, alors qu'ils planaient dans un délire de cannabis et d'ecstasy. Quelques semaines après, Daisy était secouée par les premières nausées matinales et Logan partait en cure de désintoxication.

Personne, et elle moins que quiconque, ne s'attendait à ce qu'il veuille de lui-même endosser son rôle de père. En cela, Logan avait surpris tout le monde. Elle devait lui rendre justice : il avait le sens des responsabilités et du devoir. Mais était-ce la même chose que l'amour ? Avoir conçu Charlie ensemble, l'adorer au-delà de tout, les unissait d'un lien puissant. C'était une sorte d'amour. Mais ce genre d'amour était-il aussi vital que l'air qu'on respire, le genre d'amour qui dure toute une vie ?

Ils n'en avaient jamais parlé ensemble. Pas directement, en tout cas. Bizarrement, elle communiquait de la même façon avec Julian. Il y avait entre eux un accord tacite pour laisser leur relation dans le flou. Quand on ne peut définir certaines choses, quand on n'avoue pas certains sentiments, on ne peut pas en souffrir.

N'est-ce pas ?

7

Bien après le départ de Daisy et de son petit garçon, Maureen embaumait encore « Essence de bébé », pour avoir tenu Charlie sur ses genoux. Son pull et sa jupe étaient imprégnés du parfum d'un shampoing qui ne pique pas les yeux et de l'odeur poudrée du talc.

Elle n'y voyait pas d'inconvénient. Elle adorait les bébés, plus sans doute qu'on ne s'en doutait. C'était parce que personne ne la connaissait vraiment; elle interdisait l'accès à son passé, verrouillé à double tour. Ce n'était pas une démarche calculée de sa part, mais tel était son caractère, voilà tout. Daisy ne lui inspirait ni pitié ni mépris — en cela elle se différenciait des autres habitants de la ville. Quel dommage, disaient certains, qu'une fille aussi brillante, issue d'une si bonne famille, se soit fourrée dans un tel pétrin !

Maureen n'était pas sourde aux rumeurs. Ni aux critiques exprimées à voix haute. Mais elle ne voyait pas la situation sous ce jour. A ses yeux, Daisy s'en sortait très bien. A certains moments, elle en venait même à envier les femmes telles que Daisy, bien que la vie de mère célibataire ne dût pas être simple tous les jours. Sans que cela soit dit, les femmes qui vivaient seules étaient rangées en plusieurs catégories. Si elles avaient moins d'une vingtaine d'années, on les considérait comme des célibataires, tout simplement. Comme des personnes sans attaches. Ce n'était pas une tare ; à vingt ans, on *attendait* d'une femme qu'elle soit célibataire et sans attaches. Il y avait un certain intérêt à voir comment les attitudes variaient en fonction de l'âge de la personne, dès lors qu'on abordait la question sentimentale. Il était normal qu'une femme d'une vingtaine d'années soit célibataire. Toutefois, il était implicitement admis que cet état était temporaire.

A la trentaine, les femmes encore seules étaient vues comme des personnes un peu à part, mais de façon encore positive, bien que leurs amis se sentissent souvent obligés de les caser. La pression montait d'un cran vis-à-vis du mariage, ou du moins les pressait-on d'avoir une vie de couple. Maureen n'avait pas trente ans. Pour quelques mois encore, elle figurait dans cette catégorie. Mais si une femme demeurait célibataire passé cet âge, on commençait à s'inquiéter pour elle. Et Maureen n'était pas pressée d'entrer dans cette phase-là.

Pas plus qu'il ne lui tardait d'avoir la quarantaine. Après quarante ans, toute célibataire devenait suspecte. Il n'y avait rien de mal à avoir quarante ans, mais les femmes seules de cet âge étaient étiquetées vieilles filles ou lesbiennes inavouées. A la cinquantaine, une femme seule inspirait la pitié — avait-elle été négligée par la vie ? —, mais si vous atteigniez la soixantaine en conservant le célibat, vous retrouviez soudain un statut respectable, et l'on vous considérait comme une personne indépendante et profitant pleinement de votre liberté. Vous n'étiez pas forcée d'être une épouse assommante ou une ex remplie d'amertume, ni une mère obligée d'héberger ses grands enfants revenus vivre au bercail. Vous meniez tout bonnement votre vie à votre guise, sans doute entourée de tout un tas de neveux et de nièces qui vous adoraient.

Pour les hommes, en revanche, le même processus était régi par un ensemble de règles tout à fait différentes. Personne ne se souciait qu'un homme restât célibataire à quelque âge que ce soit. Si vous vous appeliez George Clooney, vous obteniez un laissez-passer. Si vous vous appeliez Eddie Haven… Maureen laissa son esprit vagabonder.

En plus de sa provision d'albums jeunesse, Daisy avait sélectionné quelques ouvrages sur le développement personnel, notamment sur la question de réussir sa vie sentimentale. Bien entendu, Maureen n'avait émis ni jugement ni commentaire et s'était bien gardée de spéculer là-dessus. Pour elle, la vie privée des usagers de la bibliothèque était sacrée. Toutefois, elle admirait la détermination de Daisy.

A bien des égards, le développement personnel constituait l'une des sections les plus importantes de la bibliothèque. Son objectif même n'était-il pas d'ailleurs de concourir au développement personnel des gens ? D'améliorer leur quotidien ? De les faire progresser dans leur vie ? Raison de plus, pensa-t-elle, pour ne pas envisager la fermeture de la bibliothèque.

L'une de ses bénévoles préférées était en train de vider la boîte des retours. Maureen alla la voir pour lui prêter main-forte.

— Comment allez-vous, cet après-midi, madame Carminucci ? lui demanda-t-elle.

Penelope Carminucci dirigeait une pension de famille à l'ancienne baptisée Fairfield House, mais elle se débrouillait toujours pour consacrer quelques heures de son temps à la bibliothèque.

— Vous avez déjà commencé vos courses de Noël ?

— Juste Ciel, non ! s'écria Mme Carminucci. Je n'ai même pas encore commencé à songer aux fêtes. Comme d'habitude, je m'agiterai puis je paniquerai une semaine avant. C'est ainsi que je fonctionne. Et vous-même ?

Maureen ajouta quelques livres au chariot des retours, une série de thrillers et un ouvrage de renforcement personnel par le yoga.

— Je pense tout le temps à Noël, déclara-t-elle, en parcourant un livre de recettes de cookies.

Mme Carminucci s'interrompit pour lui toucher le bras.

— Je suis vraiment navrée pour la bibliothèque, vous savez… Nous sommes tous complètement anéantis.

— Merci.

— J'ai presque envie de faire don de l'intégralité de mon budget de Noël à la cause, continua Mme Carminucci.

— Je regrette qu'il n'y ait pas davantage de gens pour penser comme vous.

— Penser quoi ? demanda une voix féminine derrière elles.

Maureen se retourna et son visage s'illumina d'un sourire, à la vue de sa sœur Renée et de ses trois enfants.

— Salut, tout le monde ! dit-elle.

— Tante Maureen ! Tante Maureen ! exulta Wendy, sa petite nièce de cinq ans.

— Chut, l'avertit Renée. Souviens-toi de ta voix intérieure.

— Coucou, tante Maureen, murmura alors Wendy d'une voix plus basse.

— Coucou, chuchota Maureen en retour. Salut, John, salut Michael. Comment vont mes neveux et nièce préférés ?

— Nous allons bien, répondirent les garçons — des

jumeaux de six ans — d'un ton solennel, sans lever les yeux de leurs voitures en modèle réduit, qu'ils faisaient rouler le long du comptoir.

— Tu as vu ? J'ai pris un livre sur les anges.

Wendy lui fit admirer un livre d'images de très grand format.

— J'ai vu un ange dans la salle de lecture.

— Vraiment ? C'est fantastique !

Maureen échangea un regard avec sa sœur qui fourrageait dans son sac à main à la recherche de sa carte de bibliothèque.

— Comment est-ce que tu as su que c'était un ange ?

Wendy haussa les épaules.

— Les cils.

La fillette ouvrit le livre sur une illustration en gros plan d'un visage serein, doté d'immenses yeux, magnifiquement frangés de cils parfaits. Quelle mièvrerie, songea Maureen. On aurait dit une publicité pour Maybelline.

— Et tu as parlé à cet ange ? demanda-t-elle encore, en tamponnant la date sur la fiche du livre.

— Oui.

La fillette s'empara ensuite du livre et se rua vers la sortie en clamant :

— Je parle à tout le monde, moi !

— Que veux-tu que je dise, ma fille voit des anges…

Renée emprunta pour les garçons des livres sur les voitures, et pour elle, un ouvrage sur la façon d'organiser son temps.

— T'es qu'une grosse menteuse, déclara Michael.

— Chut !

Renée lui donna un coup de coude.

— Si ta sœur dit qu'elle a vu un ange, c'est que c'est vrai.

— Moi aussi, je veux voir l'ange, intervint John.

— Adresse-toi donc à Wendy, répliqua Renée.

Puis elle sourit à Maureen.

— Alors… à ton avis ? Est-ce que ta nièce a été frôlée par un ange ou souffre-t-elle d'hallucinations ?

— Ma nièce voit des anges. Crois-tu que je veuille gâcher une chose pareille ?

Renée rangea sa carte de bibliothèque.

— On se voit dimanche chez papa et Hannah ?

— Bien sûr.

Le repas dominical était une tradition familiale immuable chez les Davenport. Il augmentait ou diminuait au gré des membres de la famille et des invités qui se trouvaient là, mais avait lieu quoi qu'il arrive. L'après-midi du dimanche était depuis toujours une parenthèse de tranquillité privilégiée, loin de la bousculade du travail ou de l'école. Pas d'activités sophistiquées ; les Davenport se contentaient de prendre le temps d'être en famille. En fonction de la météo, ils partaient faire de longues balades, jouaient avec les enfants, organisaient un match de touch-ball ou un tournoi de Scrabble. Ensuite, tout le monde mettait la main à la pâte pour préparer un dîner de bonne heure. On n'était tenu qu'à une seule règle : ne pas penser ni parler de son travail ou de l'école durant le temps passé ensemble. C'est pourquoi la plupart des Davenport vouaient une prédilection particulière à ce moment de la semaine. Maureen avait hâte de ne plus penser au désastre que représentait la fermeture de la bibliothèque, du moins le temps d'un après-midi.

A la fin de chaque journée, la bibliothèque fermait ses portes de la même façon. Cinq minutes avant la fermeture, les lumières clignotaient pour signaler aux usagers qu'ils devaient vite terminer leur sélection de livres, aller les faire tamponner, mettre fin à leur jeu vidéo ou replier le journal ou le magazine qu'ils étaient en train de lire.

Maureen aimait être présente à l'heure de la fermeture. Elle éprouvait un sentiment de maîtrise, en supervisant ce départ bien ordonné et à faire une dernière fois le tour du bâtiment. A l'instar des bénévoles, elle finirait son travail et souhaiterait bonne nuit au dernier usager, même si la nuit n'était pas tout à fait tombée.

Ce jour-là, la bibliothèque fermait à 18 heures. Maureen aurait préféré que l'établissement reste ouvert bien au-delà, mais ce n'était pas dans leurs moyens, et ce depuis belle lurette. Elle aurait dû voir venir la fermeture définitive, mais elle avait refusé d'affronter la réalité.

Elle avait son trousseau de clés à la main pour faire le tour de toutes les issues, quand une ombre surgit derrière elle.

— Jabez ! Je ne m'étais pas aperçue qu'il y avait encore quelqu'un, s'exclama-t-elle, en s'effaçant pour le laisser passer.

— Excusez-moi. J'ai dû perdre la notion du temps. J'étais absorbé par un livre, dans la salle de lecture.

— Vous fallait-il consulter un ouvrage ? lui demanda-t-elle, en se massant la tempe, sentant venir une de ces migraines dont elle était coutumière.

— Non, répondit-il, mais merci quand même.

Il marqua une pause.

— Vous allez bien, mademoiselle Davenport ?

— J'ai un peu mal à la tête, mais ce n'est rien. C'est gentil à vous de vous en soucier. Comment ça se passe, pour vous, à Avalon ?

— Tout à fait bien, affirma-t-il. A un de ces jours...

Il la gratifia d'un hochement de tête en guise d'au revoir

et franchit la porte. Il avait des traits vraiment agréables : ce teint mat et ces yeux immenses, bordés de cils sombres…

— Bonne nuit, fit Maureen en le regardant s'éloigner dans le crépuscule d'un air songeur.

Il n'était pas bien couvert pour la saison, avec son blouson du surplus de l'armée et ses tennis montantes en toile. Néanmoins, il semblait tout à fait à l'aise et déambulait sans se presser.

— Hep ! Jabez ! Vous avez perdu quelque chose ! cria-t-elle soudain, en se baissant pour ramasser un objet.

C'était une clé attachée à un petit bout de ficelle.

L'adolescent revint sur ses pas et prit la clé. Ce faisant, il l'effleura. Sa main était étonnamment chaude.

— Merci, dit-il, avant de s'en aller dans la nuit.

Maureen se dirigea vers son bureau et sortit d'un tiroir un flacon de comprimés. Elle hésita avant de l'ouvrir. Etrangement, les nuages orageux qui s'accumulaient derrière son front, signes avant-coureurs de la migraine, s'étaient dissipés. Soulagée, elle rangea les comprimés et mit de l'ordre sur sa table. Son espace de travail n'était guère plus grand qu'un cagibi. Dans ses rêves, elle possédait un vrai bureau à elle, peut-être un espace aéré, tout en haut du bâtiment, là où la lumière entrait à flots et où son regard pourrait descendre jusqu'à l'atrium et embrasser le parc alentour. Elle avait maintes fois dessiné ce bureau dans son esprit. Que n'avait-elle consacré ce temps et cette énergie à autre chose ! Elle le regrettait à présent.

— Bon, maintenant ça suffit, marmonna-t-elle. Il n'y a pas mort d'homme.

Pourtant, elle reconnaissait ce sentiment de perte qui lui déchirait le cœur.

Pense à autre chose, s'ordonna-t-elle. Avec tes indemnités

de licenciement, tu pourras t'offrir des vacances de luxe. Des vacances, oui... Voilà ce qu'il te faut...

Elle n'était allée nulle part depuis son semestre à l'étranger, période requalifiée de « naufrage à l'étranger. » Il lui fallait partir ailleurs, remplacer ces souvenirs pénibles par d'autres plus agréables. Oui, voilà ce qu'elle allait faire, sitôt passé le Ier de l'an. Elle trouverait un lieu où s'étendre sur une plage de sable blanc, au soleil, près du tronc courbé d'un palmier. Elle lézarderait dans la brise tiède et laisserait filer les heures en lisant de bons gros pavés et en commandant des cocktails piqués de minuscules ombrelles en papier.

Non, tu n'en feras rien, maugréa-t-elle, sachant qu'au dernier moment elle n'oserait pas.

Elle rationnalisa sa peur à sa manière habituelle : quel plaisir pouvait-on prendre à des vacances, si cela impliquait de laisser sa famille derrière soi ? Comment pourrait-elle s'amuser toute seule ? Et comment justifier une telle extravagance, alors qu'elle serait au chômage ? Elle passerait tout son temps à déplorer que sa famille ne puisse être avec elle, à téléphoner et à envoyer des courriels. Ce n'était pas une façon de passer ses vacances.

Elle ferma la dernière porte à clé et se dirigea vers sa voiture. Comme elle traversait le parking, une berline sombre s'arrêta près d'elle. Un homme en sortit et s'approcha. Le vent soulevait les longs pans de son élégant pardessus.

— Mademoiselle Davenport ?

— Bonsoir, monsieur Byrne. Je crains que la bibliothèque n'ait déjà fermé.

— C'est ce que je vois...

Pendant quelques secondes, il parut s'intéresser à la silhouette qui s'éloignait, marchant le dos courbé pour se protéger du froid.

— Qui était-ce ? demanda-t-il.

— Un jeune garçon… Jabez Cantor… Il est nouveau par ici.

M. Byrne fronça les sourcils.

— Il me rappelle quelqu'un…

Puis il secoua légèrement la tête.

— Peu importe. Je suis venu pour vous parler. Avez-vous un moment ?

Que pouvait-il bien lui vouloir, se demanda Maureen, et comment diable lui répondre tout en restant polie ? *Vous parler, monsieur Byrne ? Pour le moment, voyez-vous, je suis un peu débordée, mais dès que vous aurez réglé son compte à la bibliothèque, je serai entièrement disponible.*

Elle contourna sa question :

— J'allais rentrer chez moi.

— Je ne vous retarderai pas longtemps. C'est à propos de la bibliothèque.

— Y a-t-il un changement ?

Elle se laissa aller à un frémissement d'espoir.

— On m'a dit que vous dirigiez le spectacle de Noël.

Elle acquiesça, surprise. Quel rapport cela avait-il avec la bibliothèque ?

— Mon fils s'est récemment installé à Avalon avec sa famille. Ça nous a fait un immense plaisir à mon épouse et à moi, car nous n'avons que lui comme enfant et qu'un seul petit-fils, Cecil. Il est au lycée. Peut-être le connaissez-vous ?

— Peut-être. La plupart des élèves du lycée sont des habitués de la bibliothèque.

Elle ne put s'empêcher d'ajouter :

— C'est un élément essentiel pour leur scolarité.

Mais son interlocuteur ne mordit pas à l'hameçon.

— Je serai aussi franc que vous, mademoiselle Davenport.

Cecil a du mal à s'intégrer à l'école. Il n'a pas vraiment trouvé sa place. Mais il est doué pour les planches. Je crois que si on lui confiait le premier rôle du spectacle, il gagnerait en confiance. Donnez-lui l'occasion de se faire des amis.

Maureen était forcée d'ôter ses illusions au vieil homme : ce n'est pas en faisant du théâtre ou en participant à un spectacle qu'un lycéen de cet âge prouve sa désinvolture à ses camarades.

— Croyez-moi, monsieur, sa vie ne va pas changer parce qu'on lui aura confié le premier rôle, dit-elle, en se remémorant ses propres années de lycée.

En ce temps-là, elle prenait une part active aux représentations d'art dramatique, chose qui étonnait les gens qui ne l'avaient pas connue à l'époque. Mais elle avait depuis longtemps abandonné toute ambition théâtrale.

— Je pense connaître mon petit-fils, répliqua le vieil homme.

— Alors, j'espère qu'il se présentera aux auditions.

— Ah ! mais bien évidemment. Il y sera.

— Très bien.

Elle se dirigea vers sa voiture, médusée par cet entretien.

— Bonne nuit, monsieur Byrne.

— Nous nous comprenons donc, mademoiselle… Cecil aura le premier rôle.

Elle s'arrêta et fit demi-tour.

— A ce stade, je ne peux pas vous l'affirmer. Le rôle ira à l'élève qui saura l'interpréter au mieux.

— Tout à fait. Et cet élève, ce sera Cecil.

Qu'un homme soit dévoué à son petit-fils, soit. Mais là, ça passait les bornes.

— Comme je vous l'ai dit…

Il la coupa :

— Mademoiselle Davenport, vous comprenez bien, n'est-ce pas, que je suis en mesure de vous aider ?

— Nous disposons de tous les bénévoles nécessaires pour le spectacle, monsieur.

— Je ne parlais pas de ça.

Maureen haussa les épaules, tandis qu'une rafale de vent balayait le parking.

— Monsieur Byrne, pardonnez-moi de vous paraître obtuse, mais peut-être devriez-vous m'expliquer très franchement ce que vous entendez...

— Certainement, répondit-il. La bibliothèque va fermer en raison d'une pénurie budgétaire.

— Permettez-moi de vous corriger sur un point, rétorqua-t-elle, surprise par sa propre audace. Elle va fermer parce que *vous* refusez de renouveler le bail, sans la garantie d'un budget d'exploitation.

— Je suis en train de vous dire qu'il pourrait y avoir une certaine flexibilité dans ma décision. Vous voyez donc que nous avons chacun quelque chose à proposer à l'autre...

— Voyons si je vous ai bien compris. Tout ce que j'ai à faire, c'est de promettre le premier rôle à Cecil, et la bibliothèque se verra offrir une nouvelle chance ? C'est de la folie. Je veux dire que c'est...

— Excentrique ? Mais les gens à la tête d'une fortune comme la mienne ont la réputation d'être excentriques, mademoiselle. Le bonheur de ceux que vous aimez n'a pas de prix, voilà tout.

— Et pourtant, vous agissez en totale contradiction avec ce principe. Entendez-vous bien ce que vous me dites ? Vous me proposez d'acheter un rôle dans le spectacle de Noël, rien de plus. C'est vraiment... immoral !

— Plus immoral que de fermer la bibliothèque ? L'équation est simple. Mon petit-fils veut être choisi pour le rôle principal. Et de votre côté, vous voulez sauver la bibliothèque.

— Ce n'est pas juste pour autant.

— Parce que c'est juste de laisser la bibliothèque fermer ?

— Ce qui serait juste, dans le cas présent, c'est que vous placiez les intérêts de la communauté au-dessus des intérêts de votre petit-fils !

— J'agis par loyauté envers ma famille, c'est tout.

Une simple transaction ! Voilà à quoi cet homme réduisait son avenir et l'intérêt de la communauté des lecteurs d'Avalon ! Maureen n'ignorait pas que, de tout temps, les mécènes avaient obtenu pour leur progéniture des petits rôles dans des ballets ou des opéras et elle était prête à tout pour que la bibliothèque reste ouverte. A tout. Et pourtant...

— Monsieur Byrne, si votre petit-fils se présente aux auditions comme tous les autres élèves, je suis certaine qu'il décrochera un rôle...

— Le rôle principal.

— Comment pouvez-vous être si sûr que c'est le souhait de Cecil ? Lui avez-vous seulement posé la question ?

— Je pense connaître mon petit-fils.

— Alors, vous devriez savoir que vous lui envoyez un message nocif.

— Il ignore tout de ma démarche. Et il continuera à l'ignorer, à moins que vous ne lui en parliez vous-même.

8

Le jour des auditions, Maureen gara sa Prius devant l'église, à l'emplacement marqué « réservé ». Bien qu'en sa qualité de metteuse en scène, elle eût tous les droits de se garer à cette place, elle avait l'impression de profiter d'un avantage indu. C'était une sensation tout à fait inédite pour elle, qui ne profitait jamais de quoi que ce soit d'immérité. Jamais.

Peut-être était-ce un signe. Peut-être les choses étaient-elles sur le point de changer. Elle resta un moment assise dans sa voiture, réfléchissant à ce pouvoir qui lui avait échu et à la sensation que cela faisait naître en elle. M. Byrne lui offrait l'opportunité d'inverser le cours d'un événement capital, non seulement pour elle, mais pour beaucoup d'autres habitants d'Avalon. Se pouvait-il qu'il soit sincère ? Ou bien la manipulait-il dans le dessein d'obtenir une considération particulière à l'égard de son petit-fils ? Toute cette histoire était vraiment des plus étrange. Et pourtant, elle voyait miroiter une possibilité. Si elle agissait selon les recommandations de M. Byrne, la bibliothèque pourrait être sauvée. Quant à son rôle de metteuse en scène, c'était là encore une opportunité.

Celle de créer quelque chose à partir de rien, le pouvoir de réaliser ses rêves. Elle comptait s'y employer de son mieux.

Pour la plupart des gens, il ne s'agissait que d'un spectacle, d'une prestation théâtrale, musicale, bref d'un divertissement. Mais, pour Maureen, c'était bien davantage : la célébration de tout ce qu'il y avait de bon, de bien et de sacré ici-bas, l'occasion de rappeler à tout le monde de laisser son ego au vestiaire et de plonger dans le doux mystère d'une foi profonde et durable.

Fourrageant dans son sac, elle fit un rapide inventaire de son contenu : le script, oui. Le bloc-notes, oui. Les partitions, oui. Une provision de crayons à papier et de blocs de sténo, oui. Parfait… Entre elle et ce spectacle, c'était l'histoire d'amour de toute une vie. A six mois, elle incarnait déjà l'Enfant Jésus, emmaillotée dans un châle à franges tissé par sa grand-tante. Par la suite, chaque année, elle avait joué un rôle. En fait, c'était ce spectacle annuel qui lui avait inoculé le virus du théâtre. Et cette passion, elle l'avait gardée jusqu'à son année de licence. L'année où son univers avait volé en éclats.

Sur le point de sortir de sa voiture, elle hésita : ne serait-il pas préférable de se garer ailleurs ? La météo promettait un temps dégagé, mais mieux valait parer à toute éventualité. Elle repensait au soir où ils avaient construit la crèche. Pas le moindre flocon prévu et, pourtant, elle était rentrée chez elle en plein blizzard. Elle fit redémarrer le moteur. C'était déjà bien assez regrettable que le présentateur météo se soit trompé, ce soir-là. Mais le pire avait été qu'Eddie Haven ait eu raison.

Après avoir rapproché sa voiture et l'avoir positionnée dans le sens de la sortie, elle boutonna soigneusement son manteau, enroula une longue écharpe tricotée main autour de son cou, coiffa son bonnet et enfila ses gants.

L'espace de quelques secondes, elle inclina la tête, rendant grâce à Dieu pour cette journée et la magnifique occasion qui lui était donnée de jouer un rôle-clé dans la célébration de Noël. Cela minimisait, du moins pour un temps, l'importance de tous ses autres problèmes. Elle percevait le monde qui l'entourait avec une sensibilité aiguisée. Cette soirée d'hiver se caractérisait par une certaine immobilité, par un certain calme qui pénétrait l'âme, comme si le monde retenait son souffle. L'air embaumait cette douceur si particulière de la saison froide. Tout le paysage respirait l'attente.

Merci pour cette journée, pensa-t-elle.

Elle l'avait attendue si longtemps…

Soudain, le fourgon blanc d'Eddie Haven s'engagea sur le parking au son d'une chanson de Black Sabbath, dont les hurlements et la pulsation des basses s'échappaient des haut-parleurs.

Il sauta lestement hors du véhicule et fourra son trousseau de clés dans sa poche. Sous son blouson complètement ouvert, il ne portait qu'un T-shirt noir sur un jean étroit — ni gants ni bonnet — et des bottes de motard aux talons ornés de chaînes.

— Salut, Maureen !

— Bonjour, Eddie. Prêt à vous mettre au travail ?

— Bien sûr !

Il était venu les mains vides, observa-t-elle. Il n'avait rien pris, rien du tout. Il se déplaçait sans doute avec sa guitare et une glacière pleine de bières pour tout bagage, supposa-t-elle encore, non sans ironie.

— Peut-être devriez-vous vous garer autrement, au cas il neigerait…

— La météo a prévu un temps dégagé jusqu'au week-end, lui répondit-il. Il ne va pas neiger.

Il en avait l'air convaincu.

— La dernière fois que nous nous sommes chamaillés à propos du temps, vous avez contesté les prévisions météo, lui rappela-t-elle.

— La dernière fois que nous nous sommes chamaillés à propos du temps, j'ai gagné.

— Je ne me souviens pas que c'était une compétition…

Mais elle estima prudent de laisser tomber le sujet. Entre eux, tout était matière à dispute. Aussi enchaîna-t-elle :

— Vous ne préférez pas fermer votre fourgon à clé ?

— Le coin n'est pas franchement réputé pour son taux de criminalité. Et aucun voleur qui se respecte ne s'approchera jamais de mon tas de ferraille. L'autoradio a au moins quinze ans. Il ne lit que les cassettes audio, d'ailleurs.

Peut-être, mais il les lit fort, songea-t-elle. Trop fort…

Eddie allongea le pas vers le bâtiment.

— Qu'est-ce qu'il fait froid, sacré bon Dieu ! Je me les gèle !

Maureen le foudroya du regard. Elle ne supportait pas de l'entendre jurer ainsi.

— Vous pourriez au moins remonter la fermeture Eclair de votre blouson. Et porter un bonnet. Peut-être même une écharpe.

— Bonne idée ! Merci, *maman.*

Elle ne releva pas.

— Est-ce que vous pouvez m'aider à porter toutes ces choses ? lui demanda-t-elle, à la place.

Si elle le mettait tout de suite au travail, peut-être serait-il trop occupé pour continuer à lui chercher noise.

Elle fit demi-tour et ouvrit le coffre de sa Prius, qui contenait plusieurs cartons de matériel.

— Bon sang ! Avec tout ce bazar, vous avez de quoi monter un spectacle sur Broadway, commenta Eddie.

— J'aime être bien préparée.

Elle jeta un bref regard à son T-shirt.

— J'ai demandé au gardien de l'église de laisser le chauffage à l'intérieur, lui dit-elle. Allons tout installer.

— Je meurs d'impatience.

Elle perçut dans sa voix une pointe de ressentiment, bien que sa remarque ne lui fût pas destinée. Une bouffée d'angoisse la submergea. C'était avec cet homme-là qu'elle était censée monter un spectacle ? Bien décidée à faire de son mieux, elle se dirigea vers le sanctuaire. Ils passèrent sous le porche, celui qui avait été reconstruit après que le fourgon d'Eddie se fut encastré dedans. Elle se demanda s'il y pensait chaque fois qu'il venait ici.

Elle ouvrit l'église et il lui tint la porte avec une galanterie toute théâtrale.

— Après vous…

Elle n'aurait jamais dû lever le regard vers lui. Même après s'être résolue à rester indifférente à son physique, elle fut frappée par le bleu éblouissant de ses yeux et par le léger sourire qui flottait sur ses lèvres. Bonté divine ! Qu'il était beau ! En un éclair, elle revit le visage qui avait jadis conquis le cœur de toute l'Amérique. Son image lisse et parfaite d'idole des jeunes s'était peut-être écornée, mais au profit de sa réelle personnalité. A la lisière de ses cheveux, presque cachée, il avait une fine cicatrice, à peine visible, vestige de la nuit où leurs vies s'étaient brutalement percutées, une nuit dont il gardait un souvenir bien différent du sien.

Troublée, elle détourna brusquement le regard et entra. A cette heure de la journée, l'église était déserte. Son vaste volume s'organisait avec une parfaite symétrie, la longue allée formant un chemin brillant jusqu'à l'autel, flanquée des rangées de bancs disposés en éventail.

A cet instant, Maureen oublia son irritation à l'encontre d'Eddie Haven ; elle oublia ses problèmes et l'insatisfaction muette qui lui tenait lieu de compagne dans la vie depuis si longtemps. Elle oublia tout. C'était là qu'aurait lieu la représentation ; les voix s'élanceraient vers le Ciel et tous les cœurs seraient transportés de joie.

— Nous y voilà…, lâcha Eddie.

Il remonta la travée et le bruit de ses bottes, sur le parquet ciré, résonna.

— A quelle heure commencent les auditions ?

— Dans une demi-heure, environ. C'est précisé sur le programme que je vous ai donné.

— Je n'ai pas vraiment eu l'occasion d'y jeter un coup d'œil. Vous êtes drôlement bien organisée !

Evidemment, qu'elle l'était. On n'endossait pas la responsabilité d'un tel événement sans être organisé. Ni sans y avoir longuement réfléchi en amont. Son objectif était de monter un spectacle qui incarnerait tout ce qui faisait la magie et la gaieté de Noël.

Elle posa ses affaires et déboutonna son manteau. Puis elle parcourut des yeux l'église, avec le sentiment d'avoir à relever un très grand défi. Eddie n'était pas le premier à remettre en cause sa capacité à remplacer Mme Bickham. Les membres du bureau paroissial avaient émis des doutes, eux aussi. Mais Maureen ne comprenait pas toute l'admiration que suscitaient les spectacles de Mme Bickham. Elle avait fait du bon travail durant trois décennies, on ne pouvait pas le nier. Un travail tout à fait satisfaisant. Elle avait mis en scène tous ses spectacles façon nouvelle école, se précipitant année après année sur toutes les nouvelles tendances. Elle était ancrée dans l'idée que les gens se retrouveraient dans un spectacle monté autour d'éléments identifiables et en lien avec leur vie quotidienne. Au fil des ans, elle avait mis en scène des icônes de la culture populaire, telles que les Bisounours ou Barney. On avait même pu, une fois, apercevoir Shrek parmi les rois mages, une autre fois, un cortège de pingouins dans l'étable. L'appel de l'ange avait été délivré de toutes les manières possibles, de la country au hip-hop, et *Il est né le divin enfant* avait été chanté par des personnages tirés de la série des *Harry Potter*. Bref, Mme Bickham s'était ingéniée à décliner le spectacle sous tous les thèmes possibles et imaginables, et certains même carrément inimaginables — Camelot, le western, l'Age de glace, le disco… Le père de Maureen lançait toujours en boutade qu'il attendait de pied ferme le thème de « Noël en enfer ».

Maureen voyait les choses tout autrement. Elle restait attachée à la tradition et avait son idée du cérémonial. Donner vie à l'histoire la plus merveilleuse au monde était pour elle un devoir sacré, et elle ne voulait pas tout gâcher ou risquer de diluer son message, simplement pour faire « branché ». Et cette année, elle allait prouver que la tradition — et non la mode — était le moyen le plus puissant de délivrer le message de Noël. Elle voulait ressusciter les anciens usages, tout en les dépoussiérant et en les adaptant.

Et pour cela, il fallait qu'Eddie adhère à sa vision.

Elle allait ôter son manteau, quand elle sentit deux mains chaudes lui enserrer doucement les épaules.

— Attendez, je vais vous aider…, proposa Eddie, en faisant glisser son vêtement.

Réprimant à grand-peine une exclamation de surprise, Maureen le laissa faire, en murmurant :

— Je vous remercie.

L'espace vaste et sombre de l'église lui parut soudain étouffant.

L'équipe de tournage du documentaire arriva, mettant fin pour elle à cet instant d'embarras. Elle se composait d'un cameraman prénommé Chet, de son assistant Garth, et d'une productrice associée du nom de Josie.

— Faites comme si nous n'étions pas là, suggéra cette dernière. Quatre-vingt-dix pour cent de ce que nous filmons sera coupé au montage. Mais plus nous tournons, plus nous aurons de choix.

— Très bien. De toute façon, nous serons bientôt trop occupés pour vous prêter attention, lui répondit Maureen, en lui indiquant les jeunes qui commençaient à arriver.

Puis elle vit qu'Eddie s'était éloigné et qu'il s'affairait autour du matériel de son, près de la scène.

Elle le rejoignit.

— Vous savez comment faire fonctionner la sono ?

— Je peux toujours essayer...

— Est-ce que je peux vous aider ? lui proposa-t-elle. Je me débrouille pas mal en matière d'équipement audio-vidéo.

— Ah, les bibliothécaires ! ironisa-t-il. Avec vous, les superhéros n'ont qu'à bien se tenir.

Il se mit à rire, en voyant l'expression interloquée de Maureen.

— Ne vous en faites pas, je vais tout installer.

Les joues de la jeune femme s'empourprèrent.

Restait à espérer que la caméra n'était pas en train de la filmer et que sa confusion ne serait pas immortalisée sur pellicule. Eddie était musicien de formation, après tout, et elle se sentait stupide de n'avoir pas supposé qu'il savait ce qu'il faisait. Elle le laissa seul, tandis qu'il assemblait et testait la sono. Elle savait déjà qu'ils avaient un style radicalement opposé dans le travail. Eddie fonçait tout droit et trouvait les solutions sur le tas, à force de tentatives et d'erreurs. Dans ce cas précis, les tâches avaient bien été réparties. A sa place, elle en serait encore à lire le sommaire du mode d'emploi.

Elle posa un formulaire d'évaluation sur son bloc-notes et en prépara également un pour Eddie.

— J'ai fait une colonne pour inscrire les noms et les numéros de téléphone, une autre pour les rôles potentiels et la dernière pour des remarques éventuelles.

Il hocha la tête, mais ne prit pas le formulaire.

— C'est bon. Je n'ai pas besoin de ça.

— Nous allons auditionner plusieurs personnes pour chaque rôle. Comment allez-vous faire pour vous souvenir de chaque candidat ?

— Avec vous, les jeux sont joués d'avance, objecta-t-il.

— Ne croyez pas ça... Votre opinion m'intéresse.

— Mon opinion, c'est que je n'ai pas besoin d'évaluer des gens sur une feuille de papier.

— Est-ce que ça vous pose vraiment un problème ou bien est-ce juste un moyen de me porter sur les nerfs ?

— Ça me pose vraiment un problème. Après, si je vous casse les pieds, c'est du bonus.

Son aveu la surprit.

— Bien, alors, quel est ce problème ?

— C'est déjà bien assez difficile de se produire sur une scène. Alors avoir en face de soi deux maniaques armés d'un bloc-notes et qui vous jugent, ça ne fait que rendre l'épreuve plus difficile !

— Vous parlez d'expérience ?

— Et quand bien même ? Ecoutez, que diriez-vous de faire les choses à votre façon et moi à la mienne ? Ensuite, nous comparerons.

Elle aurait continué à argumenter avec lui, si Ray

Tolley n'était pas arrivé pour les aider. Ray, qui jouait du clavier, sortait tout droit de son travail et il était encore en tenue. Les jeunes écarquillèrent les yeux à la vue de son uniforme de police. Certains lycéens paraissaient empruntés. Maureen se demanda si Eddie se sentait, lui aussi, mal à l'aise en présence de Ray. Mais ils semblaient être amis ; Eddie vint l'aider à installer son synthétiseur.

Quelques minutes plus tard, elle se tenait à la porte, accueillant les gens venus pour les auditions : les parents et leurs bambins, qui viendraient peupler Bethléem, ainsi que les élèves plus âgés, du primaire au lycée, qui interpréteraient les rôles parlés et chanteraient les solos. Elle fut soulagée de voir un nombre important de lycéens, même si beaucoup d'entre eux venaient ici pour bénéficier de dispenses scolaires et grappiller quelques points de moyenne générale en chant ou en art dramatique. Elle tenta de deviner si Cecil Byrne se trouvait parmi les lycéens. Etait-ce le garçon à l'air placide, vêtu d'un pull Argyle ? L'adolescent à la voix éraillée en maillot de hockey ? L'espèce de zigoto avec sa crête de cheveux ?

Les débuts furent un peu chaotiques, le temps d'organiser les premiers essais, mais, au bout du compte, Maureen réussit à obtenir que les parents s'installent au fond de l'église et que les enfants s'assoient sur les bancs de devant, par ordre d'âge, afin que les plus jeunes puissent finir de bonne heure. Fidèles à leur parole, les membres de l'équipe de tournage demeurèrent discrètement en retrait, bien que la caméra tournât tout le temps.

Maureen tapota le micro, puis commença.

— Je suis très heureuse que vous soyez ici ce soir. Nous donnerons à tous ceux qui le souhaitent l'occasion de participer au spectacle. Les auditions détermineront le rôle qui conviendra à chacun de vous.

Elle avait répété ce petit laïus de façon à le savoir par cœur. Son objectif était d'inclure chaque élève d'une manière ou d'une autre. Cette démarche s'affranchissait des traditions établies par Mme Bickham, qui chaque année avait limité la distribution des rôles.

— Vous le pensez vraiment ? lui demanda Eddie, lorsqu'elle coupa le micro. Quand vous dites que vous voulez que tout le monde participe ?

— Si je ne le pensais pas, je ne l'aurais pas dit.

Les auditions commenceraient donc par les plus jeunes, qui passeraient par groupes de trois. Maureen pensait que cela serait peut-être moins intimidant pour chacun, que de se retrouver seul sur scène. Elle reconnaissait la plupart des enfants, qui fréquentaient la bibliothèque. Ce n'était pas réciproque. Certains d'entre eux avaient tendance à ne pas se souvenir d'elle, sortie de son cadre. Quand elle trônait derrière son long comptoir en chêne blanchi à la bibliothèque, ou quand elle était installée dans le grand rocking-chair Kennedy à l'heure du conte, oui, ils la reconnaissaient. A l'épicerie ou ailleurs, pas si souvent…

Elle passa plusieurs minutes à organiser l'audition des tout-petits, et parvint par le jeu à les aligner en rangs au fond de la scène. Elle enrôla une des mamans — Mme Andrea Hubbell — pour l'assister.

— Comme vous savez bien vous y prendre avec les enfants ! commenta cette dame. Comptez-vous en avoir un jour ?

Maureen se mit à rire, pour cacher sa véritable réaction. Les gens avaient tendance à poser cette question aux femmes de son âge seules et célibataires, comme si, à vingt-neuf ans, votre vie privée tombait dans le domaine public ! Elle envisagea d'ignorer la question, puis estima que cela serait impoli. Le fait qu'elle soit issue d'une famille nombreuse et unie ne manquait jamais de laisser penser qu'elle avait l'intention de procréer à la chaîne.

Elle servit donc à Mme Hubbell la réplique qu'elle gardait en réserve pour cette question qui revenait trop souvent à son goût :

— Chaque enfant qui passe les portes de la bibliothèque devient le mien pour un temps. C'est l'un des côtés les plus agréables du métier de bibliothécaire.

— Les enfants, mais pas les responsabilités, commenta Eddie. Les rires, l'attention émerveillée, mais pas les pleurs.

— Très drôle, dit Maureen, surprise qu'il ait saisi cet échange.

Pourquoi les gens ne harcelaient-ils jamais les hommes sur leur projet de fonder ou non une famille ? Le raisonnement marchait pourtant dans les deux sens ! On devrait harceler les hommes autant que les femmes, sur la base de l'égalité des chances.

Elle tapa dans ses mains pour réclamer l'attention de chacun.

— Nous allons commencer…

Ray plaqua les accords bien connus de *Dans cette étable.*

Les trois premières fillettes se tenaient épaule contre épaule et paraissaient toutes petites dans ce décor vide. Maureen leur adressa un sourire d'encouragement. Elles s'appelaient Emily, Ginger et Darla.

— Allez-y, les filles. C'est à vous.

Elle fit un signe de la tête en direction de Ray.

D'après son programme, cela devait durer trois minutes. Mais les petites filles restèrent figées comme des statues, le visage blême.

— Ça va ? leur demanda Maureen.

Pas de réponse. Les fillettes se dévisagèrent l'une l'autre, tandis que le piano répétait les premiers accords.

Toujours rien. La petite fille du milieu, Emily McDaniel, se pencha pour murmurer quelque chose à sa voisine.

— Il y a un problème ? s'enquit Maureen.

Emily descendit précipitamment de la scène. Elle s'approcha de Maureen et, les mains en conque, lui chuchota à l'oreille :

— Darla a envie de faire pipi.

— Oh...

Maureen s'adressa à Darla.

— C'est vrai ?

Les yeux écarquillés, Ginger secoua la tête en signe de dénégation.

— Plus maintenant.

— Oh ! là, là ! Elle a fait pipi ! s'écria un petit garçon. Attention, elle a fait pipi partout !

Darla éclata en sanglots. Les deux autres fillettes l'imitèrent, joignant aux siennes leurs larmes de sympathie. Brusquement, ce fut le chaos : certains enfants pleuraient, d'autres riaient, d'autres encore se couraient après. La mère de Darla nettoya sa fille, ainsi que la flaque qui s'étalait à l'endroit où, ne put s'empêcher de remarquer Maureen, l'on célébrait l'eucharistie.

Tandis que Chet balayait la scène de sa caméra, Maureen fut tentée de se joindre aux braillements des enfants.

— Que devons-nous craindre, ensuite ? murmura-t-elle à Eddie. Des évanouissements ? Ces petits sont morts de peur. Suis-je si terrifiante ?

Elle le dévisagea.

— Non, ne me répondez pas.

— J'allais invoquer le cinquième amendement. Ne le prenez pas mal, Maureen, mais vous les avez alignés comme des prisonniers en face d'un peloton d'exécution.

Avant qu'elle ait pu répliquer, il se leva et s'empara de

sa guitare. En s'extrayant de la rangée de bancs, il passa si près d'elle que leurs corps se frôlèrent. Elle sentit sa chaleur, capta son parfum, et, l'espace d'une seconde, c'est elle qui faillit s'évanouir.

Il lui sourit, son regard bleu empli d'expérience.

— Pardon, dit-il.

Il se fraya un chemin jusqu'à la scène. Il avait l'air de Gulliver chez les Lilliputiens. Puis trois grands accords retentirent, amplifiés par l'électronique. On aurait dit qu'Elvis en personne était entré dans l'église. Tout le monde se figea pendant trois secondes environ. C'est le temps qu'il fallut à Eddie pour enjamber le rebord de la scène et distribuer tambourins, triangles et maracas qu'il avait sortis d'un carton. Puis il se lança dans l'interprétation de *Joie sur le monde*, pas la version traditionnelle, l'autre, celle de Three Dog Night.

En quelques minutes, les jeunes se retrouvèrent à chanter *Jérémie était un crapaud* et à sauter en tous sens sur la scène. Maureen était partagée entre indignation et amusement. Elle n'osait pas regarder les parents derrière elle. Ils allaient penser qu'elle avait perdu le contrôle de la situation dès le premier jour.

L'ultime *Joie pour toi et moi* résonna. Eddie s'assit au milieu des enfants en plaquant quelques accords. Il se produisit alors un phénomène curieux : Eddie changea d'expression et d'attitude. Il se mit à chanter d'une voix douce et se métamorphosa. Il était comme transporté ailleurs, ou bien peut-être était-ce sa muse qui s'était emparée de lui.

Les enfants se joignirent à lui. La joie illuminait leurs visages, leurs voix s'élevaient vers les chevrons de l'église. Eddie avait sur eux une autorité naturelle, il les poussait gentiment à chanter de toute leur âme. Il les fit passer à tour de rôle, chacun d'eux interprétant seul une ou deux phrases musicales.

Hypnotisée, Maureen en oublia de prendre des notes. Mais c'était sans importance. Grâce à Eddie, le chœur des enfants serait magnifique ! C'était un moment si singulier qu'elle posa son programme et se laissa aller contre le dossier de sa chaise pour mieux écouter.

Elle savait qu'Eddie était bon chanteur. Tout le monde le savait. Mais, jusqu'ici, elle ne l'avait jamais vu sur scène de si près et elle ne l'avait jamais vu jouer de la guitare en personne. Ray Tolley prit place à côté d'elle. Elle connaissait Ray depuis toujours, même si leurs relations restaient superficielles. Il avait quelques années de plus qu'elle. Et, apparemment, c'était un ami d'Eddie.

— Vous semblez sidérée, lui dit-il.

— Je ne savais pas qu'il…

Elle laissa sa phrase inachevée. Elle n'arrivait pas à voir Eddie sous ce nouveau jour.

— Il sait s'y prendre avec les enfants. Il intervient auprès d'adolescents dans le cadre d'un atelier de musique, à New York. Vous n'étiez pas au courant ?

— Ça me paraît trop beau pour être vrai.

— Oh ! ne vous méprenez pas sur mes paroles. Pour faire l'imbécile, il s'y entend tout comme un autre. Mais avec les enfants, je dois reconnaître qu'il fait du bon travail.

— Le spectacle va être formidable !

— C'est le mot. Personne n'en a jamais douté.

Oh, si ! songea-t-elle. Moi, j'ai douté.

Quand il eut fini avec les petits, Eddie vint se rasseoir à côté d'elle, laissant Ray prendre le relais.

— Je vous remercie, lui dit-elle.

— J'ai fait mon travail, c'est tout.

A la fin de la première heure, Maureen avait le moral

au beau fixe. Elle découvrait chez les élèves autant de talent que d'enthousiasme, ce qui lui faisait nourrir de grands espoirs pour le spectacle. Elle reprit son bloc-notes et se mit à écrire. Ses notes étaient ponctuées d'étoiles et de visages souriants. Une mise en scène prit forme clairement dans son esprit, un décor composé de petits anges, de bergers et de choristes. Elle remarqua qu'Eddie ne prenait aucune note. Assis de façon décontractée, une cheville croisée sur un genou, les mains derrière la tête, il écoutait avec une attention polie. A un moment, elle se pencha pour lui demander :

— Etes-vous sûr de ne pas vouloir prendre de notes ?

— Je n'en ai pas besoin. Ceux qui me plaisent, je m'en souviens. Mme Bickham s'en tenait toujours à une distribution très serrée.

— J'en ai bien conscience.

— Ça simplifie les auditions.

— Mon but n'est pas de me simplifier la vie, déclara-t-elle. Mon but est de célébrer un événement qui a changé le monde.

Eddie eut un étrange sourire.

— Ah, oui ? Eh bien, bonne chance !

Les auditions suivantes allaient être cruciales, plus que tous ne l'imaginaient. Il leur fallait maintenant choisir les élèves qui tiendraient les rôles principaux. Maureen voulait rester fidèle au seul message qui, inlassablement, avait traversé les âges. Elle écouta les auditions des filles, le cœur empli d'un immense espoir. Par bonheur, il n'y eut pas de larmes mais un déploiement de talents.

L'attribution des rôles masculins serait évidemment plus épineuse. Maureen n'arrêtait pas de penser à la proposition de Warren Byrne. A son injonction, même, de voir son petit-fils Cecil incarner l'ange annonçant au monde la naissance du Sauveur.

C'était un rôle-clé et si le jeune Cecil s'avérait calamiteux, son interprétation risquait de gâcher le spectacle tout entier. D'un autre côté, s'il réalisait une prestation passable, voire tout à fait correcte, elle pourrait le choisir et, ce faisant, donner à la bibliothèque une chance de s'en sortir. Elle gardait l'impression de pactiser avec le diable, mais était-ce le cas ? Quel mal y avait-il à faire un choix en faveur de la bibliothèque ?

Trois gaillards se bousculèrent pour monter sur scène. Eddie se pencha vers elle.

— Ah, bien ! lui dit-il. Ce sont les frères Veltry. Je leur ai demandé de passer une audition.

Ils avaient l'air de trois loustics, le genre de gamins qui se cachaient dans la bibliothèque et chahutaient entre eux avec force hennissements. Les deux premiers avaient besoin d'aller chez le coiffeur, quant au troisième, il arborait une incisive cassée. Ray murmura :

— Ils sont hébergés en famille d'accueil pour le moment. Eddie et moi garderons l'œil sur eux.

Cette précision suffit à amadouer le cœur tendre de Maureen, qui leur adressa un sourire d'encouragement.

— On peut passer ensemble ? demanda l'un des garçons. On chante en harmonie.

— Bien sûr, allez-y, leur répondit Eddie, avant que Maureen ait pu émettre une objection.

Ils claquèrent des doigts pour marquer le tempo et se lancèrent aussitôt dans une version doo-wop de *La Marche des Rois*.

Le sourire qui illumina le visage d'Eddie reflétait parfaitement l'opinion de Maureen. Les garçons dégageaient beaucoup de naturel et inspiraient la sympathie. A la fin de la chanson, elle leur demanda à chacun de lire un passage du texte. C'est là que les problèmes commencèrent. Ils étaient piètres lecteurs : hésitant et marmonnant, ils trébuchaient sur les mots.

— Merci, les gars, fit Eddie. Bon travail.

Un adolescent trapu au regard grave et à la peau marquée d'acnée s'avança.

— Cecil Byrne, se présenta-t-il, raide comme un piquet.

Nous y voilà, songea Maureen, c'est l'heure de vérité.

— Quand tu veux…

Le garçon s'éclaircit la voix. Il était cramoisi et serrait les poings de chaque côté de son corps à s'en faire blanchir les articulations.

Oh ! oh ! pensa Maureen. Cela s'annonçait mal. D'ailleurs, comment pouvait-on affubler un enfant d'un prénom pareil ? Non que cela fût spécialement laid, mais pour un garçon, c'était tout à fait le genre de prénom qui attirait la raillerie des autres.

L'adolescent prit une ample inspiration, expira à fond, et finalement se lança. Les premières notes sortirent timidement de sa bouche, d'une voix chevrotante.

Le cœur de Maureen se serra. Elle voulait qu'il soit merveilleux et il ne l'était pas. Il était…

Une large main couvrit la sienne. Eddie ne voulait pas lui prendre la main, mais seulement l'empêcher de marteler le bloc-notes avec son crayon à papier.

Elle se força à rester immobile et se composa un visage encourageant, du moins l'espérait-elle…

Les notes étaient mal assurées, mais Cecil chantait juste. C'était déjà quelque chose. Au cours des deux couplets suivants, sa voix s'affermit.

Maureen se laissa aller contre le dossier de son siège. Bon, il n'était pas trop mauvais. Il était… tout à fait passable. Très bien, même. Mais oui, parfaitement. *Oui.* Il lut ses répliques sans anicroche et sortit précipitamment de scène.

Il s'avérait en fin de compte un candidat idéal : un garçon méritant tout à fait capable de s'acquitter du rôle. Qu'importe qu'il fût brillant, puisqu'il leur fournissait une belle valeur ajoutée : son grand-père se trouvait être en mesure de sauver la bibliothèque.

Joyeux Noël, Maureen ! songea-t-elle.

— Merci, Cecil. La liste du casting sera affichée demain.

Et j'en connais un qui va être heureux.

Ils firent encore passer quelques essais et Maureen eut la satisfaction de voir qu'elle ne s'était pas trompée dans la distribution des rôles. Avec une juste dose d'expérience et de travail, ils pourraient monter un spectacle mémorable. Si l'ange du Seigneur se révélait médiocre, la faiblesse de sa prestation serait compensée par les autres comédiens. Quant au documentaire, les reporters de PBS pourraient toujours couper les défauts du spectacle au montage.

Tandis qu'elle rassemblait ses affaires, Maureen se rendit compte qu'ils n'avaient pas du tout respecté son programme. Dès la première audition, ils étaient sortis des rails. Mais ce n'était pas grave.

— Soirée fructueuse ! dit-elle à Eddie, alors que le dernier élève quittait la scène.

Elle allait le prier de bien vouloir l'aider à distribuer les rôles, quand un dernier candidat se présenta.

C'était Jabez Cantor, l'adolescent que Maureen avait croisé à la bibliothèque. Celui qui avait ce fameux regard.

— Désolé d'être en retard, leur dit-il.

Il n'était pas sur la liste, mais cela importait peu. A la seconde où elle l'avait vu, elle s'était sentie attirée par lui, et elle était curieuse de voir s'il avait du talent.

— C'est quand tu veux. La scène est à toi...

— Je vais commencer par la lecture, si ça ne vous dérange pas.

Contrairement à la plupart des élèves, il ne semblait pas du tout en proie à la timidité ou au trac. Il était parfaitement à l'aise sur scène.

Et il apparut qu'il ne lisait pas la feuille qu'elle lui avait fournie et qui reprenait un passage de l'Evangile selon saint Luc. Au lieu de cela, il énonça les mots directement, avec simplicité :

— « ...Il y avait dans la même région des bergers qui vivaient aux champs et qui veillaient la nuit sur leur troupeau... »

Cette audition produisit un effet des plus curieux sur Maureen. Ce jeune garçon avait vraiment une présence avec ses cheveux un peu longs, à la coupe étrangement désuète, et ses manières dénuées de toute affectation. C'était un conteur-né. Il donnait une nouvelle vie à ces mots séculaires. On aurait dit qu'elle entendait ce passage pour la première fois. Elle buvait ses paroles, mourant d'envie d'entendre la suite de l'histoire. Chose parfaitement absurde, puisqu'elle connaissait cette suite par cœur. Mais certaines choses défient toute logique.

Elle coula un regard en direction d'Eddie pour voir si le passage produisait le même effet sur lui. Mais son visage était dissimulé dans l'ombre et il se tenait immobile comme une statue.

Jabez conclut sa prestation par un petit sourire qui rappela à Maureen que ce n'était encore qu'un enfant. Il se mit à chanter et l'univers de Maureen bascula.

De son côté, Eddie fut saisi d'une sensation rare, illuminé par une prise de conscience : il était en présence d'un talent des plus singulier. Les gens qui rassemblaient leurs affaires pour partir s'interrompirent pour l'écouter. Même les plus petits, qui ne tenaient pas en place, tournèrent le regard vers la scène et s'abîmèrent dans la contemplation de Jabez. Ce garçon-là était fantastique. Il n'avait même pas idée de l'ampleur de son talent. A lui seul, il suffirait à porter le spectacle tout entier, c'était clair. Voilà. Le casting était bouclé. Il n'y avait qu'à placer ce garçon sur le devant de la scène, en faire le clou de la représentation, et tout le reste s'ordonnerait autour de lui.

A la fin de la chanson, Chet s'attarda encore avec sa caméra et les gens commencèrent peu à peu à sortir. Ray Tolley proposa aux Veltry de les ramener dans son véhicule de patrouille, perspective que les trois frères jugèrent trop alléchante pour y résister. Eddie se mit à rassembler les câbles et le matériel afin de tout ranger.

La présence de l'équipe de tournage, bien qu'assez discrète, le mettait mal à l'aise. Cela lui rappelait son enfance surmédiatisée. Il n'en faisait toutefois pas grand cas. Plus on résistait et plus la caméra se faisait inquisitrice. Il l'avait compris depuis belle lurette.

— Ne faites pas attention à nous, lui dit Josie, la productrice, avec un geste décontracté de la main. Nous tournons juste des séquences montrant le déroulement du casting.

Ce serait sans doute aussi palpitant à regarder qu'une course d'escargots par temps sec ! songea Eddie.

Jetant un coup d'œil à Maureen, il s'attendait à lire la satisfaction sur son visage. Après tout, ce n'était pas tous les jours qu'on rencontrait un gamin doté de la voix et de la présence de Jabez. Pourtant, elle avait les sourcils froncés, le front plissé, et semblait mâchonner le dernier vestige de la gomme qui surmontait son crayon à papier. Qu'est-ce qui pouvait bien l'inquiéter ainsi ?

Mme Bickham, elle, n'avait rien d'une angoissée. A l'époque où elle était responsable du spectacle, les décisions concernant le casting se prenaient sans difficulté. « Qui verriez-vous dans ce rôle ? » lui demandait-elle. Il répondait et ça s'arrêtait là. Mais son instinct lui soufflait que cela n'allait pas se passer ainsi avec Maureen.

Et puis Mme Bickham acceptait sans histoires qu'il flemmarde dans son coin, en gratouillant sa guitare, pendant qu'elle se chargeait de tout. Or, voilà qu'à présent cette Maureen Davenport s'attendait à ce qu'il participe. Et activement !

Ils discutèrent donc du casting tout en rangeant la sono et en repliant les chaises. Ou, plutôt, c'est elle qui parla et prit des notes sur un paper-board, pendant qu'il remettait tout en place.

De toute façon, il n'avait pas grand-chose à dire. Il était encore sous le coup de la voix de Jabez. Ce garçon avait une présence envoûtante, rien de moins. En l'écoutant, il s'était senti pour la première fois heureux de travailler sur ce spectacle. Il n'était pas fan de Noël en soi, même s'il croyait vraiment faire partie d'une réalité qui le dépassait. Et tout valait mieux que de se morfondre chez ses parents en se remémorant les Noëls passés : le bon temps qu'ils avaient pris, toutes ces parties de rires, et puis quelle aventure, à l'époque ! En étaient-ils intimement persuadés ? Les gens se racontaient toutes sortes d'histoires pour se rendre la vie supportable.

— Absolument parfaite pour ce rôle, vous ne trouvez pas ? était en train de lui demander Maureen.

— Désolé. Je n'ai pas bien saisi ce que vous disiez…

— Chelsea Nash, répéta-t-elle. Dans le rôle de Marie…

Chelsea Nash : coiffure démente, appareil dentaire, lunettes, beau timbre de voix, se souvint Eddie.

— Et pour les Rois mages, vous avez une idée ? lui demanda-t-elle.

— Oui, historiquement ils ne sont arrivés que dix jours après les faits.

Elle le considéra en haussant les sourcils, surprise.

— Ce n'est pas parce que je ne suis pas bibliothécaire que je suis forcément un ignare, vous savez ?

— Ce que je voulais dire, c'est : qui voyez-vous dans ces rôles-là ?

— Je sais très bien ce que vous vouliez dire. Je voulais juste faire le malin.

Maureen piqua un fard, puis jeta un regard gêné en direction de la caméra.

— Bref, pour ces rôles, alors ?

— Les frères Veltry. Il n'y a pas photo.

Elle tira un crayon à papier de son chignon et se mit à marteler son bloc-notes, une fois de plus.

— J'aime leur façon de chanter. Mais leur lecture est… problématique.

— Ils s'en sortiront comme des chefs, vous verrez.

Il croisait les doigts pour ne pas se tromper… D'après ce que lui avait dit Ray, la vie n'était pas rose pour ces gamins, mais Eddie sentait qu'ils se surpasseraient pour l'occasion. Il y veillerait.

— Et ensuite, je pensais que…

Il ne se serait aperçu de rien, si Maureen n'avait pas marqué une infime hésitation. Mais elle hésita bel et bien et cela lui mit la puce à l'oreille.

— Vous pensiez quoi ?

— Que Jabez pourrait prendre le rôle de Joseph et Cecil celui de l'ange du Seigneur.

Eddie se remit à démanteler la sono.

— Vous voulez dire le contraire. Jabez jouera l'ange

et… comment s'appelle-t-il, déjà ? Ah, oui, Cecil. Pauvre gosse, qu'est-ce qu'il était mauvais ! Oui, il pourrait faire Joseph.

Il plaça les haut-parleurs sur un chariot de manutention qu'il poussa vers un placard de rangement. Quand il en émergea, Maureen n'avait toujours pas pipé mot. Son visage reflétait une expression de souffrance.

— Non, je voulais bien dire ce que j'ai dit…

Il fronça les sourcils. Elle ne pouvait pas se tromper aussi lourdement !

— Maureen ! Non ! En tout, Joseph n'a que… quoi ? Une réplique et un duo avec Marie. Le petit Byrne peut très bien s'en tirer. Mais l'ange, c'est le clou du spectacle et vous le savez très bien. Nous avons tous entendu Jabez. C'est un phénomène. Il va faire un tabac !

— Nous ne savons rien de ce garçon. Supposez qu'on lui donne le rôle principal et qu'il disparaisse dans la nature ?

— Mais non. J'ai une intuition pour ce Jabez, affirma Eddie.

— Une intuition ? Et nous devrions faire reposer tout le spectacle sur votre intuition !

— Pourquoi vous obstinez-vous à faire la mauvaise tête ? Vous l'avez entendu, Maureen. Vous savez que j'ai raison. Ce gamin va casser la baraque.

— Ce n'est pas ma seule considération. Il y a des tas d'autres choses à prendre en compte.

— Quoi, par exemple ?

Maureen ouvrit la bouche, puis se ravisa. L'espace d'une minute, Eddie crut qu'elle allait lui dire quelque chose. Mais elle se referma comme une huître. On aurait dit qu'un rideau était tombé sur ses yeux, et dans son regard il ne lut que de la méfiance. Qu'est-ce que cela voulait dire ?

— C'est un événement qui concerne la collectivité, dit-elle. Et je dois faire ce qui convient le mieux à la collectivité.

— Qu'y a-t-il de mieux qu'un spectacle à tout casser ? Tout le monde y trouve son compte.

Elle tressaillit, mais pourquoi, il l'ignorait.

— Je vais vous dire..., insista-t-il. Vous lui donnez le rôle et moi, je veillerai à ce qu'il ne vous déçoive pas.

Une autre seconde d'hésitation. Puis de l'inquiétude, de nouveau.

— Allez, Maureen... Ayez un peu la foi.

Elle prit un air offusqué.

— Mais j'ai toute la foi du monde !

— C'est ce que vous disiez aussi à propos de la première neige. Il me semble que vous n'aimez pas trop prendre de risques.

Elle sembla encore plus offensée.

— Supposez que j'accepte et que tout se passe selon vos souhaits.

— Oui, supposons.

Il lui prit doucement le bloc-notes des mains et griffonna le nom de Jabez dans la liste des rôles.

— Voilà. C'est fait. Vous pouvez afficher le casting final afin que tout le monde puisse en prendre connaissance dès demain.

L'espace d'une seconde, il crut qu'elle allait... Il ne savait pas trop. S'évanouir, peut-être. Pour la première fois, elle regarda droit vers l'objectif imperturbable de la caméra. Puis, encore un peu secouée, elle se dirigea d'un pas décidé vers l'entrée de l'église, Chet sur ses talons, et punaisa la liste en haut du tableau d'informations. Enfin, elle se tourna vers Eddie, les yeux étrécis.

— N'oubliez pas de composer cette chanson originale pour le programme, lui rappela-t-elle.

— Quoi ?

Mais il avait très bien entendu. Et l'équipe de tournage aussi. Ils étaient à l'affût du moindre conflit à fixer sur la pellicule — c'était plus intéressant pour la télévision.

— Ainsi que je l'ai précisé sur le prospectus. Une chanson originale, écrite et interprétée par Eddie Haven.

— Non, ce n'est pas dans mes intentions, Maureen, désolé…

Elle croisa les bras.

— Vous voulez que je fasse vos quatre volontés, mais vous ne voulez même pas interpréter une chanson ? Vous savez ce que je pense ? Je pense que vous avez peur.

— Pas de psychanalyse à deux sous, s'il vous plaît !

— Pour votre gouverne, sachez que je me moque éperdument de votre psychisme. Comme du reste de votre personne d'ailleurs, à l'exception de votre talent musical.

Elle le regarda droit dans les yeux.

— Je pense que vous avez peur de montrer cette facette de vous.

— *Primo*, qu'est-ce qui vous fait croire que j'ai cette facette-là ? Deuzio, qu'est-ce qui vous croire que ça intéresserait les gens ?

— Ces jeunes femmes de l'autre jour, à la boulangerie, seraient très certainement intéressées.

— Ce n'est pas ce genre de public qui viendra voir votre fichu spectacle de Noël.

— Elles viendront, si elles savent que vous vous produisez.

Ce fut plus fort que lui. Il éclata de rire.

— Vous me tuez, Maureen ! Franchement. Est-ce qu'on vous appelle Moe ?

— Pas devant moi, en tout cas.

— Allez, quoi ! C'est un diminutif.

— Je n'ai jamais eu de diminutif.

— Eh bien, maintenant, vous en avez un. Je vais vous appeler Moe.

Le visage de Maureen s'empourpra, de colère ou de confusion, il n'aurait su le dire.

— Vous essayez de changer de sujet, fit-elle d'un ton accusateur, comme si elle ne venait pas d'agir de même. Je veux simplement m'assurer de votre coopération au sujet de cette chanson inédite. Allez-vous l'écrire ?

— Je ferais n'importe quoi pour vous, Moe.

— Vous vous moquez de moi, à présent !

— Je m'adapte à vos désirs. Ça ne vous plaît donc pas ?

Elle ne répondit pas, mais pinça les lèvres et le dévisagea longuement. Interminablement. Elle le dévisagea avec une telle intensité que c'en était presque érotique.

La subtile trépidation du désir le saisit par surprise. Et, de fait, c'était véritablement une surprise, car Maureen n'était pas son genre, mais alors pas du tout. Il préférait de loin les filles extraverties à forte poitrine, des filles dont le prénom finissait par un *i*, lettre qu'elles couronnaient d'un petit cœur à la place du point. Des filles qui ne le remettaient pas constamment en question, des filles qui ne le défiaient pas sans arrêt.

Et voilà que cette Maureen, cette bibliothécaire boutonnée jusqu'au col dans son twin-set, le jaugeait d'un regard suggestif ! Le provoquait, même, alors que tout cet échange était filmé pour les besoins d'un documentaire. Contre toute logique, il s'en trouva extrêmement excité.

9

— Victoire ! Il dort à poings fermés.

Logan sortit de la chambre, le visage empreint du bonheur paisible que l'on éprouve à avoir endormi un enfant.

— Ça m'a pris trois livres, y compris deux lectures de *Babar et le Wouly-Wouly*.

Daisy ne put s'empêcher de sourire. Non seulement Logan lui rappelait Charlie par chacun de ses traits et de ses expressions, mais il émanait de lui une séduction juvénile tout à fait irrésistible. Ce n'est pas pour rien qu'on parle du fameux charme irlandais. Logan en était l'incarnation même, sauf que, chez lui, cet apanage semblait à la fois un don et une malédiction. Pour lui, se faire des amis et séduire les filles avaient toujours été facile. Tenir ses promesses et rester abstinent beaucoup moins. Pourtant, dans l'intérêt de Charlie, Logan avait réussi sur ces deux derniers points. Aujourd'hui étudiant en licence à la fac, il vivait dans une résidence universitaire privée, où drogues et alcool étaient strictement interdits.

Pour autant, cela restait une résidence universitaire. Les étudiants y faisaient aussi la fête. Logan était toujours aussi populaire parmi les filles, Daisy ne l'ignorait pas, bien qu'elle ne résidât pas sur le campus. Elle s'efforçait de ne pas s'en soucier, mais en était affectée en réalité au plus haut point. Supposons, se disait-elle durant des crises d'angoisse incontrôlables, supposons qu'il tombe vraiment amoureux d'une fille. Cette fille-là ferait partie de la vie de Charlie, et Daisy n'aurait plus son mot à dire sur cette personne ni sur l'influence qu'elle exercerait alors sur son petit garçon.

Elle avouait parfois ses inquiétudes à Sonnet, sa meilleure amie. « Arrête de te tourmenter pour ça », lui conseillait cette dernière. C'était plus facile à dire qu'à faire. Elle portait en elle la cause de son obsession et cela n'avait rien à voir avec Logan ou l'étudiante avec qui il sortait. La vérité, c'est qu'il lui arrivait de se réveiller la nuit avec un tel sentiment de solitude et de frustration qu'elle craignait d'en mourir. Certes, sa vie était une corne d'abondance — elle avait une famille, des amis et surtout Charlie —, mais tout cela n'empêchait pas ce gouffre abyssal en elle. Et tout au fond de son cœur, elle savait ce qui pourrait combler ce vide.

— J'aimerais te demander quelque chose, lui dit Logan, en prenant place près d'elle sur le sofa.

— Quoi ?

Elle se tourna vers lui et remonta un genou contre sa poitrine, espérant ne rien laisser transparaître de son chaos intérieur.

— Si j'ai bien travaillé cette année, c'est ça ?

— Oui ! répondit-il avec un sourire taquin. C'est ce que je me demandais.

— Voyons... Je suis venue à bout de toutes mes UV et je peux officiellement me compter parmi les deuxièmes années. Oh ! et tu veux ma note générale ? B+. Pas mal, hein ?

— Tu es un véritable crack. Je l'ai toujours su.

Elle n'avait rien d'un crack. Elle avait un petit garçon à border tous les soirs et, ne pouvant sortir, elle consacrait ses soirées aux études. Le reste du temps, elle s'occupait de Charlie et faisait des petits boulots. Elle avait déjà réalisé les photos de plusieurs mariages, cette année, et cela lui avait rapporté suffisamment pour payer son loyer et laisser quelquefois Charlie au jardin d'enfants. Côté finances, elle s'estimait heureuse. Ses parents lui payaient ses études. Logan s'acquittait de sa part en ce qui concernait les dépenses liées à Charlie.

Ne pas avoir de souci d'argent, c'était un privilège rare. Mais c'était aussi une obligation.

— Sans rire, je veux vraiment te demander quelque chose, reprit Logan. Je me sens mal de te priver de Charlie le soir de Noël…

Parce que tu crois que je me sens bien…, songea-t-elle, en se mordant la langue.

— Je trouve franchement nul que nous ne passions pas Noël en famille, poursuivit-il. C'est pour ça que je voudrais t'inviter chez mes parents, à Long Island. Tu me regardes d'un drôle d'air….

— Tu en as parlé à tes parents ? lui demanda-t-elle, en pensant aux O'Donnell, et au temps qu'ils avaient mis pour l'accepter.

— Oui, je leur en ai parlé, et pour eux, tu es la bienvenue. Tu es la mère de Charlie. De ce fait, tu fais partie de la famille.

Elle plissa les yeux d'un air soupçonneux.

— C'est quoi, le piège ?

— Il n'y a pas de piège. Nous voulons t'avoir parmi nous, c'est tout.

Depuis qu'elle avait autorisé Logan à prendre Charlie

le soir de Noël, elle voyait arriver les fêtes avec appréhension. Elle n'avait jamais été séparée de son fils plus de quelques heures. Alors toute une nuit, ce serait une torture pour elle. Et peut-être aussi pour Charlie. L'invitation de Logan touchait un point sensible, l'atteignait dans sa crainte la plus profonde, et lui offrait un moyen de passer le soir de Noël avec son petit garçon.

Cependant, il y avait un piège. Forcément. Et ce piège, c'était qu'elle devrait délaisser sa propre famille — ses parents et son frère — qui, eux, resteraient à Avalon. Quelle douloureuse décision ! Elle qui adorait passer le réveillon dans sa famille, ses deux familles, à présent. Celle de son père et celle de sa mère. L'un dans l'autre, tout cela fonctionnait. Il y aurait le dîner à l'Auberge du lac des Saules que géraient son père et sa belle-mère, suivi du spectacle en compagnie de sa mère, de Noah et des petits, à l'église du Cœur-des-Montagnes. Après quoi, ils rentreraient en roulant au pas, pour admirer les illuminations, pénétrés de la silencieuse magie de Noël.

Mais elle se sermonna : elle n'était plus une petite fille ! Elle était mère elle-même et ses décisions devaient être régies par le bien de son fils. Réveillonner chez les O'Donnell, c'était le meilleur choix qu'elle puisse faire pour Charlie.

Le visage de Julian s'imposa brièvement à elle. Cette rencontre en coup de vent devant la bibliothèque l'avait laissée sur sa faim. Julian avait passé Noël à Avalon, l'hiver dernier, et ils étaient arrivés à grappiller quelques heures d'intimité, moments volés durant lesquels ils avaient parlé sans s'arrêter, tous deux pris par l'exquise tension que provoque une attirance mutuelle inavouée. Si Julian était rentré chez ses parents, cette année, cela aurait-il influencé sa décision ? Oui, reconnut-elle avec une honnêteté sans fard. Elle n'aurait pas bougé d'Avalon.

Cette pensée la choqua. Etait-elle à ce point égoïste ?

Questions oiseuses au demeurant, puisque Julian lui avait déjà dit qu'il ne reviendrait pas pour les fêtes. Il fallait qu'elle le gomme de son esprit, un point c'est tout. Et de sa vie. Les choses ne s'arrangeraient jamais pour eux, et le plus sensé, c'était de tourner la page, de vivre sa vie sans passer son temps à refaire le passé à coup de suppositions futiles.

Si Julian ne venait pas, rien ne la retenait ici, calcula-t-elle. Ce serait son premier soir de Noël loin de ses parents et de son frère. C'était sa famille. Mais Charlie, lui, était son avenir. D'ailleurs, elle rentrerait à Avalon le jour de Noël, juste à temps pour non pas une, mais deux fêtes — un repas de midi très familial avec sa mère, Noah et leurs deux bambins, puis un dîner avec son père et Nina, à la très chic Auberge du lac des Saules.

Elle sourit à Logan, qui était loin de se douter de ce qui se tramait dans son esprit, et répondit :

— Je serais ravie de passer le réveillon de Noël parmi vous.

— Génial ! J'espérais que tu dirais oui. Je sais qu'avec mes parents, les débuts n'ont pas été très faciles, mais c'est du passé. Aujourd'hui, ils t'aiment autant que nous t'aimons, Charlie et moi.

Elle tâcha de ne pas donner un sens trop précis à ces dernières paroles. Logan usait très librement du verbe « aimer », mais en connaissait-il seulement la signification profonde ?

— J'espère que tu ne te trompes pas au sujet de tes parents, dit-elle simplement.

— Ça va être super ! L'océan à Noël, c'est impressionnant, là-bas. Du ponton, on a vue sur le phare, et la plage se déroule sur des kilomètres.

— Je sais.

— Ah ? Hum, oui, c'est vrai…

Charlie avait été conçu dans cette maison au bord de l'eau, à l'extrême pointe de Long Island, un endroit perdu, balayé par les vagues et le vent. Durant leur dernière année de lycée, Daisy, anéantie par le divorce de ses parents, s'était rendue à une fête là-bas, une fête non encadrée par des adultes. Elle y était allée sans savoir que ce week-end défendu allait modifier radicalement l'orientation de sa vie.

Gênée, elle se leva et passa dans la cuisine.

— Tu veux boire ou manger quelque chose ? Je peux faire du café ou…

— Merci, mais je dois repartir. J'ai cours de bonne heure, demain.

Elle l'enviait d'habiter sur le campus. Pouvoir se lever dix minutes avant les cours, c'était un luxe qu'elle n'avait jamais connu. Pour elle, les matinées étaient une épreuve complexe et plutôt longue : il lui fallait habiller Charlie, le nourrir, faire son sac à langer pour la nounou, puis, après lui avoir prodigué moult câlins et baisers, partir à la fac.

— A bientôt, alors, dit-elle, en le raccompagnant jusqu'à la porte.

— Je suis content que tu aies accepté. De venir à Noël, je veux dire.

— La décision n'a pas été difficile à prendre. Merci de me l'avoir proposé, Logan.

— C'est avec plaisir…

Il la prit par les épaules, et avant qu'elle ait compris ce qu'il se passait, il l'embrassa. Il l'embrassa vraiment, comme cela ne lui était pas arrivé depuis très longtemps. L'espace de quelques secondes, le monde cessa d'exister ;

Daisy se sentit submergée par cette passion et ce désir qui maintenaient la solitude à distance.

Elle était légèrement haletante, tous ses sens aiguisés au contact de Logan. Sa réaction l'effrayait. Etait-elle seule au point de s'accrocher au premier venu ? Cela importait-il que ce soit Logan ? Ou était-elle simplement à bout ?

Elle s'écarta de lui, confuse.

— Mauvaise idée, Logan, dit-elle. Tu ne devrais pas m'embrasser comme ça. Tu ne devrais pas m'embrasser du tout, d'ailleurs.

— Pourquoi pas ? Ça m'a plu. Comme à toi, je pense.

— La dernière fois que tu m'as embrassée comme ça, nous avons conçu Charlie.

Logan fouilla la poche arrière de son pantalon et en tira un portefeuille.

— Ne t'inquiète pas, cette fois-ci, je ne suis pas venu les mains vides…

— Logan, reprit-elle, et à sa grande contrariété, sa voix se brisa en prononçant son prénom.

Sa présence faisait remonter toute sa solitude à la surface, voilà tout.

— Logan, je…

— Tu quoi ? dit-il, en lui prenant la main pour la porter à sa bouche.

Pourquoi fallait-il qu'il soit si beau, lui aussi ? Pourquoi craquait-elle aussi facilement pour le type irlandais — yeux verts, cheveux roux et visage juvénile ? Il y avait aussi sa carrure, sa puissance de joueur de rugby, et ses mains, douces, qui connaissaient mieux son corps qu'elle n'osait se l'avouer.

— N'oublions pas qu'il s'agit de Charlie, chuchota-t-elle, de crainte que l'émotion qui lui nouait la gorge ne la trahît, si elle parlait plus fort.

Oui, elle était seule à en crever. Oui, elle brûlait qu'un homme la prenne dans ses bras et la caresse. Elle mourait d'envie de faire l'amour, chose qui ne lui était pas arrivée depuis que Charlie avait été conçu. Mais pas comme cela, pas sous le coup de la solitude et du désespoir.

— Tu peux quand même penser un peu à toi, de temps en temps, lui fit remarquer Logan.

— C'est pourquoi nous ferions mieux de nous souhaiter bonne nuit.

Il ne se mit pas en colère. Il ne fit pas la tête. Du pouce, il lui caressa doucement la pommette.

— Pas de problème, dit-il, en se penchant pour déposer sur son front le plus léger des baisers. C'est ce que nous allons faire.

Il s'éloigna d'un pas vif dans la nuit, dans un tourbillon de flocons de neige.

Daisy resta postée derrière la porte, à suivre du regard les feux arrière de sa voiture, jusqu'à ce qu'ils aient disparu. Elle soupira contre le carreau. Pourquoi sa vie avait-elle pris un tour si compliqué ?

10

Maureen s'éveilla en proie au pire mal de tête de toute sa vie. Le genre de migraine dont devaient souffrir les femmes après une nuit passée à faire la fête, voire après une folle partie de jambes en l'air avec un homme vaguement dangereux.

Non qu'elle eût déjà vécu pareille situation. Mais elle avait lu beaucoup de livres.

Son mal de tête actuel était la conséquence du choix qu'elle avait fait la veille. Elle s'était laissé convaincre par Eddie de donner à un jeune inconnu le rôle censé revenir à Cecil Byrne. Qu'est-ce qu'il lui était passé par la tête ? Rien, justement. Enthousiasmée par la prestation de Jabez puis par le raisonnement simple mais persuasif d'Eddie, elle avait tout bonnement cédé. L'équipe du documentaire avait tout filmé et, d'une manière comme d'une autre, elle n'avait pu faire autrement que de choisir Jabez.

Elle enfila péniblement ses vêtements. Il était encore temps de revenir sur sa décision. Personne ne devait encore avoir vu la liste. Elle pouvait tout simplement modifier l'original. Non, pensa-t-elle, en donnant à Franklin et Héloïse leur portion de croquettes. La liste était rédigée à l'encre indélébile, une encre qui ne pardonnait pas les erreurs. Il lui faudrait tout refaire.

Dehors, l'air vif et glacial lui fouetta le visage ; elle prit sa voiture pour se rendre à l'église. L'espace d'une fraction de seconde, elle envisagea de commettre un excès de vitesse. Mais non. En allant trop vite, on perd souvent beaucoup de temps, en particulier si les routes sont rendues glissantes par la neige et le verglas. La ville s'éveillait à peine ; la première vague de banlieusards partait pour la gare, une escouade de joggeurs fanatiques était déjà dans les rues en tenue moulante, et les lumières clignotaient dans la vitrine de la boulangerie et du kiosque à journaux. Il était intéressant de voir tout ce monde s'activer dans la pénombre du petit matin.

Non, ce n'était pas intéressant, en réalité. C'était angoissant. Maureen ne comprenait pas tous ces lève-tôt. Ne leur arrivait-il donc jamais de veiller très tard, pris par un roman captivant ? C'était son sort à elle, tous les soirs. Pour se réveiller le matin, il lui fallait deux alarmes et trois tasses de café. L'un des côtés les plus appréciables de son métier était que la bibliothèque n'ouvrait pas ses portes avant 9 h 30, un horaire fort civilisé à ses yeux.

Si tôt le matin, il n'y avait pas d'autre voiture que la sienne sur le parking de l'église. Aucune trace ne souillait la neige fraîchement tombée. Elle se hâta vers l'entrée principale et ouvrit grâce à la clé qu'on lui avait confiée. Même ainsi, elle avait l'impression d'agir… en catimini. Comme une voleuse. Comme si elle faisait quelque chose de mal.

— Bonjour, fit une voix amicale derrière elle.

Elle eut un haut-le-corps et lâcha les clés en faisant demi-tour.

— Jabez, tu m'as fait peur !

— Pardon, ce n'était pas mon intention.

— Que fais-tu ici à cette heure ?

— J'espérais pouvoir jeter un coup d'œil à votre liste, lui expliqua-t-il. Vous avez dit que le casting serait affiché dans le hall, aujourd'hui.

— Oui, s'entendit-elle répondre, mais il n'est pas tout à fait définitif…

Elle n'acheva pas sa phrase. Elle était dans de beaux draps, à présent ! Elle considéra le visage singulier du garçon : un visage empreint de bienveillance et parfois traversé d'étonnantes expressions — fugaces mais d'une rare intensité. Même dans la lumière crue du petit matin, elle le trouvait beau et quelque peu exotique. Elle avait encore dans l'oreille les notes qu'il avait chantées d'une voix sublime à l'audition ; Eddie avait raison et, au fond de son cœur, elle le savait : Jabez avait un don pour le chant. C'était un cadeau du Ciel qu'il se produise à Avalon.

La migraine qui s'était formée depuis le matin passa à la vitesse supérieure. Cela dit, il y avait aussi la bibliothèque. Quel malheur qu'il faille choisir ! Comment comparer l'ineffable élévation de l'esprit avec le trésor inestimable que représentait la bibliothèque ?

C'était impossible, comprit-elle soudain. Et sa décision avait été prise la veille, à l'instant où son stylo avait effleuré le papier. La modifier maintenant voudrait dire que, une fois de plus, elle doutait de son jugement, ce dont l'accusait précisément Eddie. Cela signifierait aussi qu'elle cédait aux intimidations de M. Byrne. Elle entra dans le hall, le jeune homme sur les talons.

— C'est fait, annonça-t-elle courageusement. Tu as le rôle principal, j'espère donc que tu sauras t'en montrer digne.

Le regard de Jabez s'illumina et son merveilleux sourire sembla réchauffer l'atmosphère de toute la pièce.

— Je serai à la hauteur !

Ils scellèrent leur accord par une poignée de main.

— Avec toutes les répétitions des semaines à venir, nous allons beaucoup nous voir. J'ai hâte de mieux te connaître.

Le sourire de l'adolescent se fit plus timide.

— Pas de problème.

— Tu as une voix extraordinaire.

— Je vous remercie.

— Tu as pris des cours de chant ?

Il se mit à rire doucement.

— Non, m'dame.

Il enfila son sac à dos et se dirigea vers la porte.

— A bientôt.

— Oui, répondit-elle. Bonne journée, Jabez. Tu veux que je te dépose quelque part ?

Il ne devait pas l'avoir entendue, car, l'instant d'après, il avait disparu.

Après son départ, Maureen considéra la liste une dernière fois. Son estomac se noua. Elle avait intérêt à monter un spectacle à tout casser, comme dirait Eddie.

Mais la pression était partie. Tout comme son mal de tête, réalisa-t-elle. Alors que, tout à l'heure encore, la migraine menaçait de la frapper de plein fouet, voilà qu'elle s'était envolée.

Elle alla vers la porte, emplie d'un bien-être qu'elle n'était pas sûre d'avoir vraiment mérité. Depuis le temps qu'elle était réveillée, autant en profiter. Parce que maintenant, en plus de devoir monter un spectacle « à tout casser », il allait lui falloir bousculer le service de collecte des dons de la bibliothèque. La solution ne pourrait plus venir de M. Byrne…

Elle n'était pas très douée pour bousculer les gens, mais c'était à elle de le faire. Puisqu'elle avait provoqué tout ce gâchis, c'était à elle de rattraper la situation. Elle n'avait pas le choix. Il lui fallait régler cette affaire, trouver la solution miracle.

Elle fit un pas dehors, dans le froid glacial du matin gris. Un jour nouveau s'offrait à elle. Chaque jour nouveau est une chance, se rappela-t-elle.

Tandis qu'elle traversait le parking en direction de sa voiture, elle fut frappée par quelque chose d'étrange. Il y avait des traces de pas dans la neige. Ses empreintes à elle, bien entendu, qui allaient de sa voiture au portique de l'église. Mais elle n'apercevait pas d'autres traces. Où étaient donc les empreintes de Jabez ?

Elle regarda à droite puis à gauche. Existait-il une autre sortie qu'elle ne connaissait pas et qu'il aurait pu prendre ? Mais non. Aucune autre issue n'était visible. Il devait y avoir une explication toute simple, mais sur l'instant elle éprouva un léger malaise.

La température avait encore baissé et une bourrasque de neige se leva, les poussant, elle et son imagination débordante, à trouver refuge dans sa voiture. Elle s'engouffra dedans, mit le chauffage à fond et alluma la radio qui était réglée sur WKSM, sa station locale préférée.

— J'espère que cette belle journée démarre vraiment bien pour vous ! lança la voix d'Eddie Haven.

Si elle n'avait pas eu sa ceinture attachée, elle aurait fait un bond sur son siège.

— Eddie ?

— Alors, croyez-en Eddie Haven, dépêchez-vous de boucler vos courses de Noël, et cette année, misez sur les produits du coin. Votre ville vous en sera reconnaissante.

Maureen se sentit en état d'hyperventilation.

— Eddie...

— Et merci à la boutique Les Pétales de Zouzou qui parraine cette partie de notre émission. N'oubliez pas : Les Pétales de Zouzou, la boutique créatrice de tendances près de chez vous.

— Oh...

Maureen s'affaissa contre le dossier de son siège.

— Bonté divine, c'est la radio !

Elle appuya prudemment sur l'accélérateur et manœuvra pour sortir du parking.

— Je suis vraiment stupide, se confia-t-elle à un Eddie imaginaire. J'ai cru que j'entendais des voix.

Elle s'empara vivement de son téléphone portable et composa le numéro de son amie Olivia Davis, qui était toujours debout aux aurores.

— Eddie Haven passe à la radio !

— Bonjour quand même ! rétorqua Olivia.

— Tu écoutes WKSM ?

— Bien sûr, comme tous les matins. D'habitude, c'est Jillian Snipe qui anime l'émission. Mais elle a provisoirement mis sa carrière entre parenthèses et c'est Eddie qui la remplace. Il s'en sort très bien, d'ailleurs.

— Je ne l'écoute jamais, d'habitude. Cette émission passe à une heure scandaleusement trop matinale pour moi, avoua Maureen.

— Que fais-tu déjà debout, alors ?

— C'est une longue histoire.

— Passe prendre un café, on bavardera...

Maureen sourit ; Olivia était une amie hors pair, le genre d'amie qui lâche tout, si elle sent qu'on a besoin d'elle. Bientôt, Olivia se transformerait en jeune maman. C'était le parcours de toutes ses amies mariées. Elles faisaient leur vie, se retiraient dans les sphères paisibles où évoluaient les jeunes mamans, loin des questions quotidiennes, et elles se consacraient à une tâche rude mais essentielle : aimer leur nouveau-né. Maureen comprenait tout à fait cela, mais chaque fois qu'une de ses amies ou qu'une de ses sœurs abordait ce grand changement de l'existence, cela lui laissait un vide au fond du cœur.

— Je te rappellerai plus tard, d'accord ?

Elle raccrocha et resta immobile dans l'agréable chaleur que lui procurait la soufflerie du chauffage, songeant au fait qu'Eddie animait une émission de radio. WKSM émettait depuis le Fillmore, sur la place de la ville, un bâtiment d'époque en brique qui abritait aussi l'unique entreprise point com du coin, qui commerçait aussi sur le câble. L'émission s'appelait « La matinale des Catskills », et c'était un mélange de programmes nationaux, d'entretiens et de musique. Le savoir de Maureen se résumait à cela.

Mais elle allait en apprendre davantage sur cette émission ! Elle monta le son le temps de parcourir la courte distance qui séparait l'église de la place de la ville.

— Et maintenant, une chanson spécialement dédiée à tous les fans d'histoires d'amour tordues et éphémères. Voici *Folie passagère,* de Courtney Swaine, extraite de son album *Tu aurais dû t'en douter.*

— C'est pour moi, ça, marmonna Maureen, en se courbant par-dessus son volant. Je suis superfan des histoires d'amour tordues et éphémères. Hyperfan, même !

Cela dit, la chanson était remarquable. L'interprète chantait en solo, en s'accompagnant à la guitare sèche ; son jeu exprimait une immense douceur et une sincérité dénuée de toute mièvrerie. Maureen écouta encore deux sélections en roulant, toutes aussi bonnes. Eddie semblait privilégier les nouveaux talents et la musique acoustique. Elle avait sur ce point les mêmes goûts que lui.

— Parrainé par Pluggit MIDI Controllers, le choix du musicien, était en train d'énoncer Eddie dans le cadre d'une autre publicité. Désormais, un groupe peut enregistrer un CD pour le prix d'un ordinateur portable et sortir des albums dans le monde entier. Le cadeau idéal pour tous les musiciens et tous les mélomanes.

— Je vais l'ajouter à ma liste, se dit Maureen à elle-même. Cher Père Noël, je voudrais que tu m'apportes un Pluggit.

La devanture de la station de radio arborait son logo, visible de loin — un micro lançant des éclairs — ainsi qu'un slogan : « Avec WKSM, vous êtes en bonne compagnie ».

— Je l'espère bien, murmura Maureen, en sortant de sa voiture.

Elle voyait Eddie par la vitre. Il était coiffé d'un casque et s'exprimait dans un micro équipé d'un filtre large comme une assiette ; il souriait en parlant. Il l'aperçut à son tour et lui désigna la porte, lui faisant signe d'entrer. Deux jeunes femmes étaient assises à l'accueil. Devant elles, posés sur le bureau, leurs insignes respectifs les identifiaient comme Brandi, productrice, et Heidi, ingénieur du son. Brandi portait une minijupe écossaise plissée et un pull court qui laissait voir son nombril orné d'un piercing. Heidi, avec ses pointes de cheveux teintes en rose, semblait parée pour aller faire du snow-board. Elles portaient toutes deux des noms de star du porno et ressemblaient à des serveuses de club sexy. A elles deux, elles incarnaient le rêve de tout adolescent de treize ans. Avec son pantalon et son pull en laine, Maureen se sentit à côté terne, vieille et mal fagotée.

— Je voudrais voir Eddie, leur expliqua Maureen, après s'être présentée. Pouvez-vous m'indiquer à quel moment il sera disponible ?

— Vous pouvez y aller maintenant, lui répondit Heidi, en désignant la cabine radio. Nous sommes en direct, mais il y a sept minutes et demie de musique.

— Merci.

Eddie lui fit de nouveau signe de venir et elle se glissa dans une petite pièce bourrée de matériel, entre autres choses d'une console et d'un fauteuil à roulettes rembourré. Eddie actionna quelques interrupteurs, écarta son micro et se tourna vers elle.

— Alors, Moe, vous me harcelez dès le matin ?

Moe...

Elle ne pouvait s'empêcher de trouver ce petit nom sexy et frémissait chaque fois qu'Eddie l'employait.

— Oui, je n'ai rien de mieux à faire.

Il se mit à rire, ses yeux bleus pétillant de malice. Bonté divine, on ne se cache pas à la radio, quand on a de tels yeux !

— Bon, reprit-il, qu'est-ce que je peux faire pour vous ?

Il se laissa aller contre le dossier de son fauteuil. Un T-shirt Radiohead près du corps faisait ressortir la musculature de son torse.

Il ne fallait pas qu'elle le fixe comme cela !

— Je... Nous... avons besoin d'organiser un appel aux dons au profit de la bibliothèque.

— Pas de problème, c'est comme si c'était fait.

— Je suis très touchée que vous n'ayez pas hésité une seule seconde.

— Il s'agit de la bibliothèque, pas du lobby des armes à feu. Tout le monde tient à cette bibliothèque.

— Vous voyez, c'est ça le problème. Tout le monde adore la bibliothèque. Mais dès qu'il s'agit de financer son fonctionnement, il n'y a que quelques contributeurs pour supporter tout le poids du budget.

— C'est un peu comme la radio libre.

Eddie désigna d'un geste les rangées de mugs et de sacs fourre-tout à distribuer aux adhérents.

— C'est dans la nature humaine, dirait-on, de tout vouloir gratuitement. Après, on râle quand on vous l'enlève. Alors, expliquez-moi ce que vous avez en tête exactement.

— C'est un appel d'urgence. Pour la bibliothèque, c'est une question de vie ou de mort, et je n'exagère pas. Elle est condamnée à fermer définitivement ses portes si nous ne réalisons par l'objectif d'ici à la fin de l'année.

— Vous rigolez ou quoi ?

— J'aimerais bien que tout cela ne soit qu'une blague, Eddie. Malheureusement, il n'en est rien.

— C'est moche. Bon, de quoi avez-vous besoin ? Quel est le but de la manœuvre ?

Elle lui expliqua la nécessité de présenter un budget d'exploitation annuel dans des délais impossibles. Eddie émit un petit sifflement en entendant la date de l'ultimatum.

— D'ici à la fin de l'année ? Mais pour une petite ville comme Avalon, il vous faudra un an, au minimum. Peut-être deux.

— Nous ne disposons pas de tout ce temps.

Maureen s'aperçut qu'elle était au bord des larmes. C'était si important ! Ne voyait-il pas la gravité de l'enjeu ?

— Désolé de jouer les rabat-joie, mais je ne pense pas que ça soit faisable. Même les riches ne lâchent plus de telles sommes.

— Vous avez sans doute raison. Mais quelqu'un m'a dit, il n'y a pas très longtemps, d'avoir la foi. Peut-être l'ai-je mal compris.

— Touché, reconnut-il.

— Vous comprenez, je dois tenter le coup. Si je ne me

donne pas à fond, je ne pourrai plus jamais me regarder en face.

Il la contempla longuement. Dans la cabine insonorisée, Maureen entendait les battements accélérés de son propre cœur.

— Moi non plus, répliqua-t-il. Allons-y…

11

Eddie rêvait de nouveau de l'ange. Du moins supposait-il, dans son rêve, qu'il était en présence d'un ange. Ce n'était pas une personne, mais une vision lumineuse, un souffle de chaleur dans son âme ; il baignait dans un sentiment de réconfort, une sensation de sécurité. Il arrivait que le poids des soucis mît à mal son sommeil, mais chaque fois qu'il rêvait de l'ange, une sorte de paix descendait sur lui, il était comme enveloppé de bien-être. Dans la sourde vibration lumineuse, il espérait implicitement que se dessine le visage de quelqu'un qu'il connaissait, mais cela n'allait jamais tout à fait jusqu'au bout. C'était à ce moment-là que le rêve le quittait, alors qu'il se demandait ce qui l'attendait, au-delà de la lumière.

Il planait entre sommeil et lucidité, réticent à identifier le bip insistant du radioréveil.

Encore quelques minutes, demanda-t-il à l'ange. Juste quelques minutes.

Pour d'autres personnes, rêver d'anges était peut-être un phénomène habituel et banal, mais pour lui, une telle chose n'‘arrivait que rarement. Il pouvait définir avec exactitude le moment où son rêve avait commencé : la nuit de son accident. A l'instant même où tout avait basculé. Il lui était facile de repartir en pensée vers cette nuit-là tout en s'observant à distance, comme s'il regardait évoluer un inconnu. Il avait perdu le contrôle de sa vie comme il avait perdu le contrôle de son véhicule, sur une plaque de verglas, gagnant de la vitesse jusqu'à ce qu'un obstacle arrête sa course folle. Dans le cas du fourgon, l'obstacle en question avait été une crèche de Noël très raffinée. C'est là qu'il avait vu l'ange pour la première fois. Il en avait vu plus d'un, d'ailleurs. Mais le fait d'avoir eu une vision était déjà assez incroyable en soi pour qu'il s'en soit ouvert à quiconque.

Il s'attarda à l'intérieur du rêve jusqu'à ce que, finalement, celui-ci se dissipe avec les derniers lambeaux de son sommeil, vaincu par une nouvelle série de sonneries stridentes. Eddie cligna alors les yeux et se dressa sur son séant ; il fixa le radioréveil d'un regard torve, réalisant que le bruit ne venait pas de l'alarme. Il s'empara de son téléphone portable et le réduisit au silence en appuyant sur la touche verte.

— Salut, Barb, dit-il, après avoir jeté un coup d'œil à l'écran d'affichage.

Il appelait sa mère Barb, car dans la communauté où il avait été élevé, il n'y avait ni maman ni papa, ni aucun autre terme à connotation d'autorité ou de rang. A cette époque, sa mère se faisait appeler Rayon de lune, mais, même enfant, il n'avait jamais pu s'y résoudre. Ce nom sonnait faux et semblait tellement peu naturel, surtout pour un petit garçon qui voulait appeler sa mère simplement « maman ».

— Ah ! tu réponds enfin, mon trésor.

— Tu es bien matinale.

— C'est mon nouveau programme. Je me suis mise au yoga bikram, je commence à 5 heures et demie du matin.

— Oh… je vois…

Il l'imagina à Long Island dans sa cuisine toute jaune, vêtue d'une tenue de yoga dernier cri.

— Je te réveille ?

Il chassa les dernières réminiscences de la présence de l'ange.

— Non, je suis debout. Je pars pour la radio.

— Pour ton émission du matin ?

— Oui, je remplace l'animatrice régulière.

— Nous t'écoutons sur internet, tu sais ?

— En fait, je l'ignorais. Merci.

— Tu es excellent. Nous sommes fiers de toi.

— Merci, répéta-t-il.

Avec ses parents, Eddie entretenait des relations correctes. Un peu superficielles, voilà tout. En tant qu'alcoolique en voie de guérison, il savait qu'il leur devait réparation pour les fautes qu'il avait commises, et qu'il lui fallait se réconcilier avec un passé qu'il ne pouvait changer. Simplement… il n'avait pas encore abordé cette question, en dépit des fréquentes promesses qu'il s'était faites à lui-même. C'était un problème douloureux qu'il ne cessait de remettre à plus tard. Il était plus simple pour lui de garder une distance polie. Cependant, il gardait vis-à-vis d'eux un fardeau de rancune inexprimée pour l'enfance nomade qu'ils lui avaient imposée. Il essayait cependant de porter sur le passé un regard philosophe. Ses parents étaient comme tout le monde, le fruit de l'éducation de leurs propres parents. Tous deux étaient issus du monde du spectacle ; ils avaient été poussés très jeunes sous le feu des projecteurs, à un âge où ils ignoraient encore s'ils voulaient en faire leur métier. Leur mariage, alors qu'ils n'étaient encore que deux adolescents de dix-huit et dix-neuf ans, tenait plus du coup médiatique que de l'engagement à vie et, pourtant, ils étaient encore ensemble trente-cinq ans après. Jeunes mariés, ils tenaient la vedette d'une émission de variétés qui, bien que populaire, n'avait pas duré longtemps. Après cela, ils avaient fait de leur mieux pour Eddie — plus ou moins. Plus, quand ils se chargeaient de lui ; moins, quand ils abdiquaient leurs devoirs parentaux en faveur de la communauté dans laquelle ils vivaient, un groupe hétéroclite et improbable composé de vieux hippies, de jeunes idéalistes, de fraudeurs fiscaux et de marginaux résolus à vivre en autarcie, sans eau courante ni électricité.

— Comment vas-tu, Barb ? demanda-t-il. Et comment va Larry ?

— Nous allons bien, tous les deux, répondit-elle. Ton père passe trois jours par semaine à New York, il fait des voix *off*. On lui demande une voix intimiste dans une série de spots publicitaires pour un parfum.

Larry Haven avait à sa disposition tout un assortiment de voix, de l'amant à l'accent européen au cow-boy au timbre rocailleux. La voix « intimiste » était un grand classique. C'était aussi, au grand embarras d'Eddie, l'une des spécialités de son père. Il était toujours surprenant — et quelque peu déconcertant — d'allumer la radio ou la télévision et de l'entendre faire la voix *off* d'une publicité pour une voiture ou de marteler un message politique agressif.

— Je voulais parler des fêtes avec toi, reprit sa mère.

— Je suis tout ouïe, Barb.

— Comme chaque année, nous organisons notre réunion de Noël entre vieux amis et voisins.

Elle parlait de cette voix douce et légère qui avait charmé

l'Amérique tout entière, des dizaines d'années auparavant. La voix avait conservé son charme.

— Et nous aurons aussi les Shelton qui montent de Floride. Tu te souviens des Shelton ?

— Oui. Ils faisaient ce sketch énervant avec un chien, il y a des années.

— Enervant, je ne sais pas, mais…

— Enervant, si…

— En tout cas, ce sont des gens charmants et ils ont une fille adorable…

— Evelyn, acheva-t-il, se remémorant une fille d'environ son âge, une rouquine au sourire d'enfant star, un sourire aussi éblouissant qu'un projecteur, du genre de ceux qui produisent sur commande cinq cents watts d'artifice pur et dur, aveuglant.

Il alla jusqu'à la fenêtre et remonta le store. Dehors, il faisait encore nuit. Les réverbères projetaient un halo jaunâtre sur le quartier, mélange éclectique de cottages de bord de lac. Il voyait le rivage d'un côté et la ville de l'autre. Quelques voitures encombraient les rues enneigées.

— Oui, poursuivit sa mère. Elle était à l'étranger, mais elle est revenue vivre ici. Je me disais que peut-être…

— A l'étranger, en cure de désintoxication ? lui demanda Eddie. Ou à l'étranger, dans un autre pays, au-delà des mers ?

— Ne sois pas bête ! A l'étranger veut simplement dire à l'étranger. Nous avons prévu plein de choses amusantes. On va se réunir pour chanter des chants de Noël et, le soir du 24, nous passerons voir le Village refuge des familles. Tu sais, histoire de leur apporter un peu de gaieté pour les fêtes. Et Dieu sait que les femmes battues et leurs enfants en ont besoin !

— Seigneur, oui, soupira-t-il en écho, en concentrant

son regard sur l'enseigne au néon de la Taverne de la colline qui clignotait dans le lointain.

— Et bien entendu, ensuite, nous recevrons tous le monde pour la fête du réveillon. Et nous visionnerons *L'Escapade de Noël*, comme nous le faisons chaque année. Noël ne serait pas Noël si nous ne regardions pas ton film. C'est toujours mon moment préféré. Tout le monde prend tellement de plaisir à le revoir !

— N'est-ce pas ?

Il se traîna jusqu'à la cuisine et entreprit de se faire du café.

— Cette année plus que jamais, maintenant qu'ils ont sorti cette magnifique version remasterisée. Nous espérons te compter parmi nous. Quel beau cadeau ce serait, si tu pouvais venir ici. On s'amuse tellement ! Jeux traditionnels, lait de poule, un merveilleux réveillon à la bonne franquette... Et bien entendu, tu n'aurais pas à t'inquiéter pour ton... problème.

Le fait qu'elle ait baissé la voix l'irrita.

— Tu peux le dire, Barb. Je suis alcoolique.

Elle n'en fit rien, cependant. Elle ne prononçait jamais ce mot-là. Nommer le problème de son fils l'aurait obligée à devoir l'admettre, peut-être même d'avoir à se considérer elle-même sous un jour peu flatteur...

— J'ai trouvé la recette d'un délicieux punch pétillant, exclusivement à base de boissons non alcoolisées et de sorbet au citron vert. Divin !

— J'en ai l'eau à la bouche...

— Et j'ai scanné toutes nos anciennes photos, elles sont donc numérisées, et cette année, je créerai un diaporama sur ordinateur, avec une musique qui accompagnera les images. La série de photos commence par un cliché d'époque de l'arrière-grand-père de ton père dans un numéro de cirque et remonte intégralement jusqu'à nos jours. La plupart sont de toi, bien sûr. Les gens vont se pâmer en voyant comme tu étais mignon. Si tu venais, Eddie, ce serait la cerise sur le gâteau…

Une belle galère, oui, songea-t-il.

Il se représenta ses parents et leurs amis, qui entraient tous avec beaucoup de charme et de panache dans le troisième âge, assis autour d'une table et levant leur verre à leur folle jeunesse passée. Aujourd'hui, les Haven ainsi que les autres membres de l'ancienne communauté vivaient dans de modestes maisons de Long Island, écoutaient les radios nationales et collectionnaient les recettes culinaires bonnes pour le cœur. Apparemment, ils suivaient aussi des cours de yoga bikram.

— Il se pourrait même que je monte un site web, poursuivait sa mère. Le site officiel de *Bienvenue chez les Haven*. Ce pourrait être un projet pour la nouvelle année.

La galère se confirmait. Noël était une période qu'Eddie aurait bien aimé pouvoir effacer de son disque dur.

Dans ses souvenirs d'enfance, pas de chants de Noël autour d'un piano, pas de fêtes familiales, pas de bas remplis de friandises ou d'arbre entouré de cadeaux. Pour la plupart des gens, Noël évoquait des images, des sons et des parfums enrobés de chaleur et d'amour. Chez les Haven, cette période était synonyme de départ en tournée. D'après ses parents, c'était l'occasion de faire d'une pierre deux coups : décembre était la saison la plus lucrative pour un spectacle comme le leur, mais partir était aussi la manière idéale d'échapper au répugnant consumérisme des fêtes. Au cours du processus, ils parvenaient à éviter tout ce qui aurait pu prédisposer Eddie à aimer Noël. De cette période, il ne gardait comme souvenirs que ceux d'interminables journées passées à attendre dans des gares routières ou ferroviaires, quand ils ne voyageaient pas à bord du minibus Volkswagen qu'on leur avait prêté. Des menus à emporter, pris sur le pouce. Des chambres d'hôtel à l'odeur fétide. Des jours qui défilaient, sans qu'il puisse les reconnaître, même le jour de Noël.

Et le plus drôle, c'est que ses parents étaient loin de se douter du pensum que cela avait représenté pour lui.

Il se revoyait parfaitement, assis dans le fourgon, fixant d'un regard morne le ciel gris qui filait comme une rivière à travers des villes qui n'étaient pas la sienne. Ils jouaient en général dans un lieu différent chaque soir, adaptant leur itinéraire aux bourgades où leur spectacle était reçu comme un événement.

Bienvenue chez les Haven était bâti autour de lui. Depuis que le film l'avait propulsé au rang de vedette à l'âge de six ans, sa figure était connue. Hélas, les lois de la physique comme celles du showbiz sont implacables : une ascension météorique est toujours suivie d'une chute rapide. A l'époque, il était trop petit pour saisir ce principe, ce qui n'était sans doute pas plus mal.

Sa mère trouvait tout cela « supermarrant », et chantait ou composait souvent dans la voiture, entre deux séances d'instruction en famille, instruction qui comprenait surtout des exercices d'orthographe. A ce jour, Eddie était capable d'épeler à peu près tous les mots du dictionnaire.

En tournée, les journées étaient toujours les mêmes : il se réveillait dans une chambre de motel à la moquette miteuse, parmi des tables jonchées de bouteilles vides et de sachets d'aspirine déchirés. Le petit déjeuner se composait habituellement d'un assortiment de beignets saupoudrés de sucre glace, achetés dans une station-service ou à l'épicerie du coin, toujours lors de la première halte de la journée. C'était avant l'avènement des téléphones portables, et sa mère appelait d'une cabine téléphonique pour confirmer leur engagement suivant.

Son père vérifiait le niveau d'huile, la pression des pneus et faisait le plein d'essence. Eddie avalait les beignets accompagnés parfois d'un sachet de cacahuètes salées, et faisait descendre le tout avec du lait ou du jus de fruits en brique.

— Pour nous, c'est tous les jours Noël, lui déclarait sa mère, en revenant de la cabine téléphonique, un sourire radieux aux lèvres. Ce n'est pas amusant, ça ?

Il avait compris assez vite qu'elle n'attendait pas de réponse. Tous les trois, ils voyageaient de ville en ville en chantant en chœur et en répétant les numéros qu'ils interprétaient à Scranton, Saranac, Stamford et autres, parmi la douzaine de petites villes qui formait leur itinéraire. Sa mère s'occupait de sa coiffure à grand renfort d'une espèce de colle et de gros bigoudis, et branchait le sèche-cheveux dans une station-service tandis que l'heure du spectacle approchait.

Ils se produisaient indifféremment sur des scènes de lycée ou dans des salles paroissiales, en passant par des théâtres municipaux et des Country Clubs. Leur répertoire reprenait tous les poncifs de Noël, ponctués par le boniment de ses parents, boniment qui remportait étonnamment toujours le même succès.

« Alors, ce soir, nous vous invitons à retrouver votre âme d'enfant, à inspirer profondément et à vous souvenir des joies simples de Noël », disait son père, en soulignant ses paroles d'une douce caresse à la guitare.

Et chaque fois qu'il prononçait ces mots, Larry Haven prenait une voix chaleureuse et sereine, la voix d'un maître zen. Dans le public, personne ne se doutait qu'ils avaient failli être en retard pour le spectacle à cause d'un pneu crevé. Ni qu'ils avaient manqué la sortie de l'autoroute, ni qu'ils s'étaient perdus, ni que Larry avait renversé la moitié d'une canette de bière sur sa chemise. Le chaos qui avait précédé disparaissait comme par magie, dès qu'ils entraient en scène.

Parfois, les lumières lui masquaient le public et tandis qu'il faisait son numéro, il laissait son esprit vagabonder, il rêvait qu'il était ailleurs, dans un monde différent. D'autres fois, il avait vue sur toute l'assistance et imaginait l'effet que cela faisait d'appartenir à une famille différente, d'avoir des frères et sœurs, d'aller à l'école, de regagner chaque soir la même maison. Ses parents affirmaient qu'il aurait bien vite assez de cette vie-là. Ils disaient que les frères et sœurs vous prenaient vos jouets et qu'ils vous faisaient gronder tout le temps.

Ils étaient donc sur les routes chaque année jusqu'au 1er de l'an, mais le pic de la saison, en termes financiers, c'était toujours le soir de Noël. En tout cas, c'est ce que prétendaient ses parents. A cette époque, les gens sont d'humeur particulièrement bienveillante et généreuse. Quand Eddie se produisait sur scène, il scrutait parfois le public pour déceler de la bonté sur le visage des gens. Il avait toujours un pincement au cœur en voyant des enfants qui, le soir, dormiraient dans leur lit et qui, au réveil, connaîtraient le genre de matin de Noël qui n'existait pour lui qu'au cinéma. Le sapin tout illuminé, le bas de Noël rempli de friandises à ras bord, les roulés à la cannelle cuisant dans le four et les cadeaux du Père Noël, tant attendus, tant espérés, tant imaginés, cachés sous les branches de l'arbre.

Durant toute son enfance, Eddie avait voulu croire à la magie de Noël, cette magie qui fait que tous les souhaits se réalisaient. Dans son film, la réplique préférée de tout le monde était : « Les miracles existent, il suffit d'y croire. » Et de fait, dans *L'Escapade de Noël*, le petit Jimmy Kringle retrouvait sa famille perdue de vue depuis longtemps. Eddie avait tenté de toutes ses forces de croire au miracle de Noël, même si ses parents rejetaient cette célébration qu'ils disaient honteusement liée à l'avidité consumériste. Enfant, il écrivait des lettres au Père Noël en cachette et les postait lui-même, des lettres dans lesquelles il demandait le genre de cadeau qui fait rêver tous les petits garçons : un vélo neuf, une fusée en modèle réduit, un chiot, un aquarium rempli de poissons aux couleurs fluorescentes. Il ne recevait jamais ce qu'il commandait. Le matin de Noël, il se réveillait dans un hôtel de troisième zone. Ses parents dormaient encore tandis qu'il regardait la messe retransmise à la télévision en mangeant ce qu'il trouvait, bien souvent une boîte en fer-blanc pleine de cookies au glaçage de couleur vive, offerte par un producteur ou un machiniste. Au bout d'un certain temps, Larry et Barb se levaient et pêchaient une bouteille dégouttant d'eau dans la glace fondue de la glacière. Ils la débouchaient et sirotaient son contenu pétillant jusqu'à ce qu'ils soient de bonne humeur. Ils appelaient cela du mousseux. L'odeur en était bizarre et le goût plus encore.

Eddie ne parlait jamais du Père Noël à ses parents. Il savait qu'ils n'y croyaient pas et qu'ils n'approuveraient pas son attitude. L'absence de cadeaux sous le sapin — non qu'il y en eût un — ne faisait qu'apporter de l'eau à leur moulin.

— Pardon de te décevoir, Barb, mais je suis coincé ici à Avalon, comme chaque année à Noël… Je travaille sur le spectacle.

Il y eut un silence.

— Depuis le temps, tu dois sûrement avoir purgé tes travaux d'intérêt général, non ?

— Je m'y emploie, répondit-il.

Ce que tout le monde ignorait, ce qu'il prenait soin de taire, c'est qu'il avait depuis longtemps purgé sa peine. Il continuait à revenir ici, année après année, car envers et contre tout il voulait bêtement croire à Noël et à ses miracles.

— Quand même ! Tu as fait plus que ta part ! Je ne comprends pas ce qui a pu passer dans la tête de cette juge.

Ils avaient tous deux, à peu de choses près, la même conversation chaque année. Sa mère voulait qu'il vienne passer Noël chez eux, tandis que lui avait recours à tout pour se défiler. Il travaillait sur le spectacle chaque année pour une raison simple : cela lui épargnait d'avoir à affronter quelque chose qui lui déplaisait plus encore.

Il lui répondit ce qu'il lui répondait toujours :

— Je descendrai vous voir après.

— Les Shelton seront déçus. Ils nous ont bien dit combien il leur tardait de te revoir.

Il sentit sa mâchoire se contracter. Après tout ce temps, pensait-elle vraiment qu'il changerait d'avis ? Qu'il aurait brusquement envie de s'amuser avec les gens qui lui avaient gâché toutes ses fêtes d'enfant ?

— Dis-leur que je regrette de ne pas les voir, moi aussi. Dis-leur que j'ai dû partir à l'étranger.

— Bon. C'est bien décevant. Tu vas nous manquer, tu sais ? Sans toi, Noël, ce n'est pas la même chose.

— Toi aussi, tu vas me manquer, Barb, affirma-t-il. Tu passeras le bonjour à Larry.

Il reposa le téléphone. Si seulement il avait pu plonger sous les couvertures et retrouver l'ange... Mais c'était impossible. Il s'habilla et se mit en route pour la station de radio, encore hanté par le ton déçu et attristé de sa mère. Bon sang, il n'aimait pas la décevoir, ça, non ! Mais leur soirée de Noël, c'était au-dessus de ses forces. Il y aurait cette projection et ce diaporama en musique, le tout accompagné de cocktails adéquats et de lait de poule additionné de rhum. Il avait confiance en sa sobriété, mais s'il y avait bien une chose qui risquait de le faire replonger dans l'alcoolisme, c'était bien une soirée comme celle-là !

Plus tard, après l'émission, Eddie alla rejoindre son ami Bo Crutcher au club de gym. Sa voiture garée, il se dirigea vers le terrain de handball. L'athlétisme n'était pas sa tasse de thé, d'une façon générale, mais il aimait bien ce sport, et il allait retrouver Bo. Joueur de base-ball professionnel, ce dernier suivait un programme d'entraînement strict, l'hiver, programme qu'il suivait à la lettre, avec une rigueur presque fanatique. Pour Eddie, jouer au handball contre un lanceur de base-ball tenait plutôt de l'union de la carpe et du lapin, mais c'était un bon exercice physique.

Il trouva Bo dans la salle de musculation.

— Prêt à prendre une raclée ? lui demanda Eddie.

— Tu parles, je meurs de peur !

— Allons-y, alors. J'ai du pain sur la planche tout à l'heure. Cette histoire de spectacle de Noël, ajouta-t-il. Avec ma nouvelle patronne, Maureen Davenport.

— Maureen Davenport…

Bo répéta ce nom.

— Elle est comment ?

C'était une question intéressante à laquelle Eddie avait beaucoup réfléchi ces derniers temps. Comment était-elle ?

— Autoritaire, répondit-il. Le genre de femme qui veut tout diriger.

— Célibataire ?

Jusqu'à encore peu, Crutcher était le don Juan de leur bande. Mais, aujourd'hui, homme marié et heureux en ménage, il renouait avec son côté badin verbalement seulement et avec ses amis qui n'étaient pas en couple.

— Pardon de te décevoir, mais je ne lui ai pas posé la question, répondit Eddie.

C'était inutile.

— Je parie que oui. A quoi ressemble-t-elle ? insista Bo.

— Ecoute, elle est bibliothécaire. Elle ressemble à... une bibliothécaire.

— Et à quoi ressemble une bibliothécaire ?

— Tu sais bien... Le genre intello... Le côté madame-je-sais-tout, avec des baguettes ou des aiguilles à tricoter qui dépassent de son chignon, des lunettes.

Deux ou trois fois durant les auditions, il avait jeté un regard à Maureen et entraperçu la femme séduisante qu'elle était. Quand elle souriait, quand elle écoutait de la musique, elle était incroyablement jolie. Et, même s'il ne pouvait l'affirmer, sans doute avait-elle aussi une jolie silhouette sous ses twin-sets d'une ringardise incroyable.

— Tout à fait ton genre de femme, on dirait.

— Je monte le spectacle de Noël avec elle. Et je l'aide à organiser une grande collecte de fonds au profit de la bibliothèque.

— Tu te donnes bien du mal pour une fille que tu n'aimes pas, lui fit observer Bo.

— Je n'ai jamais dit que je ne l'aimais pas. Je l'aime bien. Mais pas, enfin, pas dans ce sens-là.

— Quel sens ? s'enquit Bo, feignant l'innocence.

— Tu sais très bien de quoi je parle.

— Tu veux dire dans le sens où moi, j'aime cette fille-*là* ?

Bo marqua une pause dans son entraînement pour désigner une rousse sculpturale qui venait vers eux d'une démarche féline. Elle était d'une beauté renversante dans son justaucorps de yoga et son pantalon moulant retourné à la ceinture pour dévoiler une petite bande de peau et un piercing au nombril.

Elle considéra Bo avec calme, puis le détailla longuement de pied en cap. Au fur et à mesure, son regard se faisait plus chaleureux. Enfin, avec une tranquille nonchalance, elle arriva à sa hauteur et lui planta un long baiser sur la bouche.

Eddie n'était ni choqué ni surpris, seulement envieux. La belle rouquine était la femme de Bo, Kimberly.

— Voilà, marmonna Eddie dans sa barbe. Dans ce sens-là. C'est dans ce sens-là que je n'aime pas Maureen Davenport.

— Salut, Eddie, fit Kim. Tu disais quelque chose ?

— Oui, je me suis laissé embarquer dans l'organisation d'une collecte de fonds en faveur de la bibliothèque.

— Bravo ! Tu peux compter sur nous pour faire un don. Un gros. Tout le monde adore la bibliothèque.

— C'est ce qu'on me dit. Mais l'aimons-nous assez pour lui donner un tas de billets haut comme Poughkeepsie ? Dites donc, vous deux, vous l'avez peut-être, ce tas de billets ? Un joueur de base-ball professionnel ? Vous pourriez m'épargner pas mal d'efforts…

— Combien il faudrait ? lui demanda Bo.

Eddie tira de son sac de sport un formulaire de promesse de don et lui indiqua la somme à atteindre, inscrite en haut du document.

— Je suis professionnel, mais pas *à ce point* ! Bon sang, Eddie… Ça fait un sacré paquet ! Je ne gagne pas assez. L'encre de mon contrat est à peine sèche.

— Je pensais que les joueurs de base-ball étaient pleins aux as.

— C'est ça, comme les stars de cinéma, riposta Bo.

— Toi et moi, on devrait rouler sur l'or, déclara Eddie.

Mais ni l'un ni l'autre n'avait cette aisance financière. La carrière de Bo en ligue professionnelle était trop récente et celle d'Eddie au cinéma, trop ancienne.

— C'est pour ça qu'on organise une collecte de fonds, expliqua-t-il. Une seule personne ne peut pas donner une telle somme. Mais si tout le monde met la main à la poche, nous pourrons réussir notre coup.

Le visage de Kim s'illumina d'un sourire radieux.

— Nous ferons notre possible. Dis-nous juste où et quand.

— Merci. Dès qu'on aura un programme, je vous le ferai passer. Je l'annoncerai aussi à la radio.

— Tu te donnes bien du mal pour une femme que tu n'aimes pas *dans ce sens-là*, le taquina Bo.

En dépit de la menace de fermeture qui planait sur la bibliothèque, Maureen avait décidé de ne rien changer au rituel de fin d'année, ni à l'atmosphère de fête et de magie qu'elle aimait donner à l'endroit, pour le plus grand plaisir de ses usagers. Un grand sapin leur était offert traditionnellement par Gail et Adam Wright, propriétaires d'une pépinière sur la route du Lac, et, cette année bien plus qu'une autre encore, Maureen était décidée à faire son possible pour qu'il soit magnifiquement décoré. Une façon pour elle de croire peut-être au miracle de Noël…

Une équipe de pompiers qui n'étaient pas de service ce jour-là venait d'installer l'arbre de six mètres dans l'atrium central, vaste espace brillamment éclairé par la blanche lumière hivernale que laissait passer la verrière, et Maureen s'affairait à le décorer avec un groupe de bénévoles et d'enfants.

Renée était là avec ses trois enfants. Daisy Bellamy arrivait à garder l'œil sur son petit Charlie tout en prenant des photos. Une fois les guirlandes lumineuses installées, chaque enfant présent offrit la décoration qu'il avait lui-même réalisée afin qu'on l'accroche sur le sapin. Perchés sur des échelles, des adultes bénévoles ornaient les branches supérieures sous le regard émerveillé des bambins.

Gail Wright avait trois enfants scolarisés. Le plus jeune s'appelait Georges, mais on le surnommait Ourson. Il avait réalisé un ange d'aspect grossier à partir d'un rouleau de papier-toilette sur lequel il avait collé des ailes en bâtonnets d'esquimau.

— Je l'ai fait pour mon père, expliqua-t-il à Maureen. Il est en déploiement. Il ne passera pas Noël à la maison.

— Viens, on va te photographier avec ton ange, lui suggéra Maureen, en le prenant par la main. Comme ça, tu pourras envoyer le cliché à ton père, d'accord ?

Le garçonnet lui lança un regard noir, pas dupe un instant. Son père était parti et ce n'était pas une photo qui allait y changer quoi que ce soit. Maureen avait de la peine pour lui, pour sa mère et pour les autres enfants de la famille. Adam Wright avait rejoint la Garde nationale de l'Etat afin d'arrondir les revenus de l'exploitation pendant cette période de vaches maigres. Au départ, il avait cru qu'il servirait la population d'Avalon, en portant secours aux habitants à l'occasion d'inondations ou de sinistres domestiques. Au lieu de quoi, il avait été expédié au combat sur la ligne de front, au sein d'un corps armé, dans un pays où sévissaient des conflits armés.

Daisy s'accroupit à hauteur du petit garçon.

— Tu n'es pas obligé de sourire, lui dit-elle. Ton père

comprendra. J'ai un ami dans l'armée et il comprend que j'ai peur pour lui.

— Mon père dit que j'ai le plus beau sourire du monde, déclara Ourson.

— Tu es d'accord pour qu'on essaie, alors ?

L'enfant afficha un menton tremblotant et une grimace triste en guise de sourire, mais Maureen savait quel prix cette photo aurait pour son père, lorsque celui-ci consulterait sa messagerie électronique.

L'arbre de Noël embellissait au fur et à mesure des décorations qu'on lui ajoutait.

— Il est temps de mettre l'ange en haut du sapin, déclara Wendy, la nièce de Maureen. Qui c'est qui va l'accrocher tout en haut ?

— Normalement, c'est Maureen qui devrait le faire, affirma Daisy, prête à déclencher son appareil photo.

Maureen renâcla.

— Non, je ne pourrai pas...

— Nous insistons, dit alors M. Shannon, le président du conseil d'administration.

Il sortit de sa boîte la décoration raffinée, tout de soie et de verre soufflé.

— C'est à vous que revient cet honneur, mademoiselle Davenport, et je vous assure que l'échelle est tout à fait solide !

Il ne précisa pas que c'était peut-être le dernier arbre de Noël de la bibliothèque. C'était tout à fait inutile, Maureen ne risquait pas de l'oublier un instant.

— Je te tiendrai l'échelle pendant que tu grimperas, essaya de la rassurer Renée, qui savait que sa sœur avait le vertige, mais qu'elle ne l'avouerait pour rien au monde.

Maureen saisit alors l'ange et monta les premiers échelons. A mi-chemin, elle commit l'erreur de regarder en bas. Oups ! Elle dut se cramponner des deux mains aux barreaux et, du coup, prit l'attache de l'ange entre ses dents, ce qui n'était sans doute pas très sexy, mais mieux que de redescendre. A chaque échelon gravi, elle tentait de détourner son esprit de sa peur du vide, en se concentrant sur toutes ces magnifiques décorations. C'était les enfants qui les avaient réalisées au fil des ans, animés par des trésors d'amour et d'espoir. Certaines décorations représentaient des visages souriants sur des livres. D'autres portaient un bref message : « J'♥ la bibliothèque. » « La lecture, c'est super. » Il y avait même quelques portraits de Maureen. Vue par des yeux d'enfant, elle se résumait à une paire de lunettes à grosse monture et à un chignon géant, mais ils la dessinaient toujours souriante — c'était déjà quelque chose.

Presque arrivée au sommet, elle reconnut une vieille décoration, une décoration qu'elle avait faite elle-même à l'école. C'était un petit renne en céramique qui portait sur le flanc l'inscription « Noël, c'est magique » : le renne fugueur du film d'Eddie. Déjà, à l'époque, songea-t-elle.

Elle atteignit les derniers échelons sans encombre ; elle se trouvait à présent assez près de la cime pour la coiffer de l'ange. L'ennui, c'est qu'elle commit l'erreur de regarder en bas et ne put lâcher l'échelle, tétanisée par la peur.

D'en bas, Renée lui cria quelque chose, mais Maureen ne la comprit pas. Tout était noyé par la panique qui bourdonnait à ses oreilles. Le buste plaqué contre l'échelle, raide et crispée, elle voyait le monde pencher et imaginait déjà sa chute.

— Ça va, là-haut ?

Elle eut un choc en reconnaissant la voix familière. Eddie Haven… Quand était-il arrivé ? Serrant toujours entre ses dents l'ange qui pendillait au bout de son attache, elle risqua de nouveau un regard en bas et le regretta aussitôt. Eddie se tenait au pied de l'échelle, à la place qu'occupait Renée… avec vue directe sous sa jupe…

— Ça va, marmonna-t-elle.

Combien de gens avaient affirmé que tout allait bien une fraction de seconde seulement avant la catastrophe ? songea-t-elle. Elle tenta de calmer sa pudeur mise à mal en se rappelant que sa jupe était assez longue et ses collants assez foncés pour ne rien laisser voir d'indiscret. Pourtant, outre la peur, elle était maintenant paralysée aussi par la gêne.

— Besoin d'aide ? lança-t-il.

Le rire perçait dans sa voix : elle l'aurait giflé, si elle n'avait pas été si haut perchée et en si délicate posture !

— Non, c'est bon, répondit-elle, la colère et l'humiliation lui redonnant un peu de courage.

Elle tendit la main et plaça l'ange en forme de cône tout en haut de l'arbre.

Le hic avec les nobles et grands sapins fraîchement abattus, c'est que leurs branches minces ont tendance à être trop souples. La cime ploya sous le poids de la décoration de verre. L'ange dégringola aussitôt et rebondit sur les branches inférieures avant de s'écraser sur le damier de marbre noir et blanc du hall d'entrée.

Pendant quelques secondes, nul ne pipa mot. Puis Wendy constata :

— Tu as cassé l'ange.

Un murmure parcourut l'assemblée d'enfants :

— Mlle Davenport a cassé l'ange !

L'une des fillettes se mit à pleurer, ce qui déclencha une réaction en chaîne : murmures de consternation, ordres lancés pour qu'on apporte un balai et une pelle, interdiction donnée aux enfants de toucher aux débris de verre.

Maureen — l'empotée, la casseuse d'anges — descendit de l'échelle, la mine défaite.

— Je n'arrive pas à croire que j'ai pu faire ça, dit-elle à sa sœur.

— C'était un accident, affirma Renée, loyale.

Selon la légende familiale, les premiers mots prononcés par Renée avaient été : « Je le savais bien. » Mais, pour l'heure, elle se contenta de tapoter le bras de Maureen en signe de réconfort et d'éloigner ses enfants du verre cassé.

— Il nous faut remplacer cet ange immédiatement, déclara Eddie.

Il regardait Ourson, qui n'avait toujours pas accroché sa décoration à l'arbre.

— Ça t'ennuie, si je t'emprunte le tien ?

Bouche bée, les yeux agrandis de stupéfaction, l'enfant lui céda son ange en rouleau de papier-toilette. Eddie grimpa prestement à l'échelle. Maureen et sa sœur n'essayèrent même pas de détourner le regard de ses fesses, parfaites et merveilleusement mises en valeur par son jean.

— Vite, chuchota Renée, en donnant un coup de coude à Maureen. Rappelle-moi que je suis mariée et heureuse.

— Tu es mariée et heureuse, murmura Maureen.

— Mais toi, non…

— Je suis célibataire et très contente de l'être, répliqua sèchement Maureen, oubliant de chuchoter.

Elle sentit des dizaines de paires d'yeux se poser sur elle et fit secrètement vœu que le sol en marbre s'ouvre sous ses pieds et l'engloutisse. Eddie l'avait-il entendue ? Il la trouvait sans doute déjà assez ridicule. Qu'avait-elle eu besoin de lui fournir une raison de plus !

Mais Eddie semblait affairé à fixer le nouvel ange en haut de l'arbre de façon à ce qu'il ne risque pas de chuter. Il le stabilisa en passant au travers une guirlande lumineuse dont il l'entortilla, puis redescendit.

— Quelqu'un doit appuyer sur l'interrupteur, dit-il, en se tournant vers Ourson. A toi l'honneur !

On montra au petit garçon l'interrupteur principal. Il le fit basculer et l'immense sapin s'anima. Tout le monde applaudit spontanément. Ourson, lui aussi, s'était illuminé de fierté, électrisé par son exploit. Daisy prit une autre photo de lui.

— Merci, dit Gail Wight à Eddie. C'est son premier vrai sourire depuis des semaines.

— Vous avez fait votre B.A. de la journée, déclara alors Eddie à Maureen.

— Comment ça ?

Elle se sentait toujours aussi affreusement troublée en sa présence.

— En brisant cet ange. Ce n'était pas une catastrophe, après tout.

— Ah… Hum, peut-être…

Elle ne devait surtout pas croiser le regard de sa sœur. Renée était en train de gesticuler pour attirer son attention sur… Sur quoi ? Sur qui ? Sur Eddie ?

— Qu'est-ce que vous faites ici ? lui demanda Maureen.

— Je vous ai apporté le programme radio pour le lancement de votre collecte de fonds. On peut vous faire intervenir en direct lundi, pendant le créneau horaire qui correspond globalement au trajet des gens vers leur lieu de travail.

— Je vous remercie.

Elle lui prit des mains le document imprimé.

— On se retrouve lundi à la station, donc…

— A lundi, Maureen…

Eddie s'éloigna.

— Ma parole, s'écria Renée, en le regardant franchir le porche, tu es vraiment TBMV !

— Je te demande pardon ?

— Trop Bête pour Mériter de Vivre. Ce type voulait te voir ! Ça crève les yeux ! Il t'aurait sûrement demandé de sortir avec lui si seulement tu lui avais laissé l'ombre d'une chance !

— N'importe quoi... Il est juste venu m'apporter ce programme.

— Il aurait pu te l'envoyer par courrier électronique, espèce de gourde ! Mais il ne l'a pas fait. Pourquoi crois-tu qu'il se soit déplacé en personne ? Et toi, tu l'as presque fait fuir.

— Je me suis montrée polie.

— « Qu'est-ce que vous faites ici ? » l'imita Renée. Tu trouves ça poli, toi ?

— Tu te fais des idées. Eddie Haven et moi travaillons ensemble sur un projet. C'est tout...

— Mmm...

— Mais c'est Eddie Haven, bonté divine !

— Et toi, tu es Maureen Davenport. Et alors ?

12

Maureen se présenta à l'heure dite le lundi suivant à la station de radio. Cette interview en direct serait le coup d'envoi de l'ultime tentative pour sauver la bibliothèque. Bien qu'elle ne voulût pas l'admettre, elle avait le trac de passer à l'antenne. Ce genre de démarche passait largement les limites de sa zone de confort, mais la bibliothèque avait besoin de tous les renforts possibles. Elle se glissa dans la cabine et s'assit en face d'Eddie, qui trônait derrière la console. Il lui montra comment mettre le casque et plaça devant elle un micro recouvert d'une bonnette qu'on aurait dite en fourrure.

— Encore une matinée sibérienne sur Avalon, annonça-t-il de sa voix de velours. Il fait frisquet dehors, le thermomètre affiche moins neuf, alors emmitouflez-vous bien avant de sortir. Mieux encore, reprenez un café et prolongez un peu votre grasse matinée. Aujourd'hui, nous recevons une invitée très spéciale dans notre studio. Je vous prie d'accueillir avec moi Maureen Davenport, la bibliothécaire d'Avalon, qui vient nous voir investie d'une mission. Conservatrice de l'annexe locale de la bibliothèque, elle est ici pour nous communiquer une information capitale. Bienvenue, Maureen…

— Bonjour, Eddie… Merci de m'avoir invitée.

Elle détesta immédiatement son ton guindé qui lui sembla sonner faux. Dans le temps, elle avait pourtant suivi des cours de théâtre et de diction. Elle aurait dû savoir s'y prendre, elle aurait dû savoir comment se décontracter et lâcher prise. Au lieu de quoi, elle avait la gorge nouée et le cerveau paralysé : toute pensée plus ou moins cohérente avait déserté son esprit.

Eddie la considérait avec toute la sympathie d'un animateur professionnel qui tente de mettre à l'aise son invité.

— Parlez-nous un peu de la bibliothèque. Quelle est son histoire et que peuvent faire nos auditeurs pour vous venir en aide ?

Mais ses yeux bleus, fixés sur elle, ne la mettaient pas du tout à l'aise. Heureusement, elle avait apporté des antisèches. Eddie fit une grimace, en entendant le grand bruit de papier froissé qu'elle fit en dépliant sa feuille.

— Hum, pardon…, dit-elle, en se maudissant intérieurement.

Les auditeurs étaient sans doute sur le point de changer de station, maintenant ! Elle n'avait plus une seconde à perdre. Le regard d'Eddie lui paralysait peut-être les neurones, mais la bibliothèque ne devait pas en pâtir.

Baissant les yeux sur ses notes, elle expliqua l'absence de prêt, le bail de quatre-vingt-dix-neuf ans et son expiration imminente. Elle souligna, avec une emphase maîtrisée, que, pour la bibliothèque, le seul espoir était de réunir les fonds nécessaires à la constitution d'un budget d'exploitation, et de garantir son financement à l'avenir. Elle mentionna l'échec du scrutin concernant l'augmentation d'un *cent* de la redevance locale, ainsi que la mise en place d'une taxe de service public qui auraient subvenu à son fonctionnement.

Tandis qu'elle s'exprimait, Eddie mima un énorme bâillement.

— Pour faire court, embraya-t-elle rapidement, notre bibliothèque va fermer pour de bon si nous ne trouvons pas de financement. *Et vite !*

Eddie leva alors un pouce approbateur en sa direction. Elle avait compris. Il lui fallait rester simple.

— Dites-nous quel impact aurait la fermeture de la bibliothèque sur la vie de la communauté, lui demanda-t-il pour relancer.

— Vous savez, c'est un impact subtil comparé aux autres institutions et aux autres services publics, mais il n'en est pas moins grave pour autant. Cela n'entraînera pas de coupure d'électricité, bien sûr. Les maisons ne vont pas brûler. Les chasse-neige continueront à déblayer la chaussée tous les matins. En d'autres termes, la vie continuera. Mais la communauté perdra une source d'apprentissage et d'enrichissement culturel. Ce n'est pas un impact aussi immédiat que l'entretien d'un pont ou d'une route, mais c'est un impact qui va beaucoup plus loin. Une ville sans bibliothèque, c'est une communauté menacée de ruine.

— Pouvez-vous nous expliquer ce que vous entendez par là ? Menacée de ruine en quel sens ?

— Eh bien, à mes yeux, une commune se mesure au genre de sanctuaires qu'elle offre à ses habitants. Une église ou un temple sont des sanctuaires pour l'âme. Un hôpital ou un refuge sont des sanctuaires pour le corps. Une bibliothèque, c'est un sanctuaire pour l'esprit.

Elle baissa un instant les yeux sur ses notes.

— Chaque année, nos établissements scolaires reçoivent

l'ordre d'organiser des épreuves d'évaluation en lecture. Comment cela va-t-il se faire sans bibliothèque ?

Eddie griffonna un mot sur un bout de papier et le lui montra : « histoire ».

Très bien, pensa Maureen. Inspire profondément et raconte-leur une histoire…

— Si notre bibliothèque municipale existe, c'est grâce aux efforts de reconstruction des habitants d'Avalon. En 1909, le bâtiment d'origine a été entièrement détruit par le feu. Un jeune garçon a trouvé la mort dans l'incendie. Personne ne connaissait son identité. On suppose qu'il s'agissait d'un vagabond. Malheureusement, cette tragédie a eu lieu le soir de Noël et, à l'époque, les gens ont pensé qu'il s'était abrité en cachette dans le sous-sol du bâtiment et qu'il a fait du feu pour se réchauffer. Tout le monde a mis la main à la poche afin de donner à ce jeune garçon des funérailles décentes. Un bienfaiteur de la communauté, M. Jeremiah Byrne, a financé la construction d'une nouvelle bibliothèque, et c'est ainsi qu'est née la bibliothèque que nous connaissons aujourd'hui.

Eddie lui fit « couci-couça » de la main. Elle recommençait à l'ennuyer. Bonté divine, cet homme-là était un auditeur bien exigeant !

— Dans une petite ville comme la nôtre, la bibliothèque représente bien plus qu'un lieu où se procurer des livres. On y tient des réunions municipales. Les enfants y sont accueillis et encadrés après les cours. Nous fournissons l'accès à internet. Les artistes régionaux peuvent exposer gratuitement leurs œuvres dans notre galerie. Sans compter que la disparition des bibliothèques est un signe avant-coureur de la disparition des commerces. Aucun commerçant n'a envie de monter une boutique dans une ville sans bibliothèque.

S'animant un peu, elle ajouta :

— Juste pour vous donner un exemple de l'aspect humain du problème : il y a actuellement, à notre cours d'alphabétisation pour adultes, une personne qui illustre le rôle essentiel joué par la bibliothèque.

Le regard d'Eddie se fit plus intense.

— Cet homme ne voulait pas passer sa vie sans savoir lire, et cette situation l'embarrassait. Grâce à la bibliothèque, je peux le faire travailler directement. Son anonymat est respecté, et *en plus* il apprend à lire.

— Une partie du mérite vous en revient, commenta Eddie.

Maureen rougit.

— Le problème, c'est que sans la bibliothèque, cette personne n'aurait jamais fait la démarche d'avouer ce handicap et de venir apprendre...

Changeant d'angle d'attaque, elle poursuivit :

— Pour donner un autre exemple aux auditeurs, le mercredi matin, nous organisons l'heure du conte. Les parents font asseoir les enfants sur des nattes, autour d'un rocking-chair Kennedy qui appartient à la bibliothèque depuis cinquante ans. Quelqu'un leur lit une histoire. Et la magie opère. Un enfant qui pourrait se tortiller là toute la journée reste brusquement figé, comme envoûté. Les enfants s'immergent dans l'histoire qui les emmène ailleurs. Bien sûr, ils ont sans doute l'occasion d'écouter des histoires ailleurs, à la maternelle, à la maison ou à la librairie... Mais il y a autre chose dans le fait de se rassembler à la bibliothèque autour de ce vieux rocking-chair. C'est indéniable.

Eddie leva une fois de plus un pouce approbateur.

— L'autre jour, une dame a amené sa petite-fille Katy à l'heure du conte. Elle m'a demandé un classique : *Mike*

Mulligan et son excavatrice, un livre qui n'a cessé d'être réédité depuis sa première parution, en 1939. Pas une ligne du texte n'a été modifiée, pas un trait des dessins n'a été altéré. Et pourtant, cette histoire est redécouverte chaque fois qu'un enfant ouvre ce livre. Ensuite, cette grand-mère m'a dit que ce livre lui rappelait son enfance. Quand elle était petite, elle venait à l'heure du conte, dans ce même bâtiment, dans le même espace réservé aux enfants, et c'est une joie pour elle de perpétuer la tradition avec sa propre petite-fille.

— Voilà, intervint Eddie, maintenant c'est clair. Tout le monde peut aller sur le site internet pour découvrir les nombreux services que fournit gratuitement la bibliothèque d'Avalon. Souvenez-vous de ce que vient de nous dire Maureen Davenport. Souvenez-vous que ce lieu est menacé de fermeture. Alors, pour ces fêtes, soyez généreux ! Vous pouvez faire des promesses ou des dons par téléphone, par courrier, par internet ou, mieux encore, en vous rendant directement à la bibliothèque. Histoire de comprendre par vous-même pourquoi cette institution mérite d'être sauvée.

— Merci de m'avoir écoutée, glissa Maureen.

Eddie conclut d'une voix douce :

— Merci à vous d'être passée nous voir. J'espère que vous êtes tous en train de faire une croix dans votre agenda afin de participer à toutes les manifestations au profit de la bibliothèque. Nous allons terminer cette heure avec quelques chansons en rapport avec le thème de ce matin. Ecoutons d'abord *Who Wrote The Book Of Love,* des Monotones, une chanson sortie en 1962. Nous enchaînerons ensuite avec *Paperback Writer,* des Beatles, un morceau de 1966.

— Bien joué, Maureen! dit-il, après avoir coupé les micros. Vous pensez que ça va marcher?

— En tout cas, ça ne peut pas faire de mal. Chaque don est important. Merci, Eddie…

Et voilà! Maintenant que la tension de l'interview retombait, elle était de nouveau envahie par le trouble que faisait naître en elle la proximité de cet homme! Chaque fois qu'elle s'exhortait à ne pas l'aimer, il disait ou faisait une chose qui l'intéressait ou la surprenait agréablement et elle craquait complètement.

Comme elle sortait de la cabine, Brandi et Heidi, la productrice et l'ingénieur du son, interrompirent brutalement leur conversation et s'éloignèrent l'une de l'autre. Maureen éprouva alors un sentiment qu'elle n'avait plus connu depuis le lycée : celui d'être en butte aux railleries des filles *cool*, des filles jolies. Les murmures des autres dans son dos… L'impression, quoi que l'on fasse, qu'on ne sera jamais à la hauteur, jamais intégrée dans aucun groupe…

Ce n'était pas pareil, bien entendu, et leurs chuchotements n'avaient sans doute rien à voir avec elle, mais cela lui servit de rappel à l'ordre : *Tu n'es pas à ta place ici.*

A la fin de sa journée de travail à la bibliothèque, Maureen reçut l'appel d'un correspondant dont le nom, qui s'affichait sur l'écran de son téléphone portable, lui arracha un sourire : « H. Lonigan ».

— Lonnie! dit-elle joyeusement, en décrochant.

— Comment va ma bibliothécaire préférée?

La voix était moelleuse, le timbre grave et viril.

— J'ai hâte de vous voir, répondit-elle. Vous m'avez manqué.

— Je rentre à peine. J'étais parti livrer une mine, dans le Nord canadien. Mon premier trajet longue distance de la saison.

Maureen frémit en l'imaginant au volant de son énorme poids lourd, cahotant sur des routes de montagnes étroites et verglacées pour apporter du diesel aux exploitations minières situées dans des endroits perdus.

— Je suis contente que vous soyez rentré sans problème, dit-elle, sachant qu'il était futile de souligner les risques de son métier.

Il convoyait des matières dangereuses et se moquait du danger, du moment qu'on le rémunérait pour cela.

— Quand pouvons-nous nous voir ? lui demanda-t-elle.

— Tout de suite. Qu'en dites-vous ?

Maureen consulta la pendulette posée sur son bureau.

— Parfait. C'est justement l'heure de la fermeture. Où ?

— Chez vous ?

Quelque chose dans le timbre de sa voix lui mit la puce à l'oreille. Elle leva les yeux. Il était devant elle, emplissant l'embrasure de la porte de sa silhouette immense.

— Lonnie !

Quelques secondes plus tard, il l'enveloppait d'une étreinte amicale.

— J'ignorais que vous étiez de retour ! J'ai quelque chose pour vous…

Il recula d'un pas, le visage rayonnant.

— Ah, oui ?

Elle poussa un tabouret vers une étagère. Il fut plus rapide qu'elle et atteignit aisément une rangée de livres.

— C'est ça que vous cherchez ?

Maureen acquiesça et le conduisit à une longue table, dans l'espace pour adultes.

— Ça doit être bien pratique d'être aussi grand qu'un séquoia géant.

— Parfois, répondit-il. Sommes-nous… bien seuls ?

— Evidemment. Prenez place, Lonnie.

Elle ouvrit un des livres.

— A mon avis, celui-ci devrait vous plaire.

L'homme ôta sa grosse veste en laine, s'assit et parcourut attentivement la page de titre.

— Zo…

Il lui jeta un coup d'œil et elle opina.

— Zone. T-tan… go. Delta. *Zone Tango Delta.*

— Bravo. C'est le premier tome d'une série. L'histoire se passe dans le futur et le personnage principal est un expert en transport militaire. Il se retrouve dans tout un tas de situations périlleuses.

— Le genre de livre qui m'intéresse, on dirait…

Maureen l'espérait. Les outils pédagogiques pour lecteurs adultes débutants étaient conçus pour plaire aux personnes comme Lonnie — des apprenants dont les compétences s'amélioreraient avec la pratique.

Elle jeta un coup d'œil à la pendule.

— Commençons. Avez-vous apporté votre cahier ?

Il posa sur la table un grand classeur rempli de documents types qu'il apprenait à remplir. Cela allait du questionnaire de vote au formulaire de demande de prêt. Ses épaules se voûtèrent un peu, tandis que Maureen feuilletait les pages.

— Je n'ai pas vraiment eu l'occasion de travailler sur la route.

— Ce n'est pas grave. Nous avançons à votre rythme, voilà tout.

Lonnie hocha la tête, mais il paraissait encore crispé. Bâti comme un pilier de rugby, doté d'un cœur de lion, il était bien plus à l'aise dans la cabine de son camion-citerne plutôt qu'ici, au milieu de tous ces livres.

— J'aimerais que vous vous décontractiez, lui dit Maureen. C'est un cours d'alphabétisation pour adultes, pas une société secrète.

Pourtant, sa présence en ce lieu était un secret, un secret auquel elle avait fait allusion dans son entretien à la radio. Les problèmes de Lonnie avaient culminé lorsqu'il avait été arrêté pour infraction au code de la route, et qu'il avait été incapable de lire la citation à comparaître. L'officier de police — Ray Tolley — était le seul, à part Maureen, à connaître la vérité.

— Vous progresseriez plus vite, si vous suiviez l'une de ces formations accélérées à l'université…

— Pas question que j'aille à des cours ! déclara Lonnie. Je suis allé jusqu'en classe de seconde et je n'ai jamais rien appris.

— Vous n'êtes plus la même personne, aujourd'hui, lui fit-elle remarquer. De quoi avez-vous peur, réellement ?

— Avant, j'avais peur que les autres se moquent de moi, vous savez ? J'avais peur d'avoir l'air ridicule. Maintenant, j'ai peur de ne jamais savoir bien lire et écrire, et de décevoir les gens.

— Vous vous en sortez déjà très bien, vous savez…

Cela faisait un an qu'ils travaillaient ensemble, en cachette, comme un couple adultère, à cause de la terrible gêne qu'éprouvait Lonnie à ne pas savoir lire.

— Mais, Lonnie… Je ne sais pas combien de temps je pourrai continuer avec vous.

— Quel est le problème ?

— La bibliothèque doit fermer à la fin de l'année. Je vais devoir trouver un autre emploi et j'ignore ce qu'il adviendra des cours.

— Qu'est-ce que vous entendez par « fermer » ? La bibliothèque ne peut pas fermer !

Maureen lui expliqua la crise financière que connaissait l'établissement.

— Nous essayons de récolter des fonds en faisait appel à la générosité des particuliers, mais l'avenir est sombre.

— La bibliothèque ne peut pas fermer, répéta-t-il.

Il repoussa le livre *Zone Tango Delta* et sortit de son classeur une feuille de papier ligné.

— Je vais avoir besoin de votre aide. Je veux écrire une lettre.

— Quel genre de lettre ?

— Vous savez, un courrier au journal. Et... je pense qu'on peut en envoyer des copies à la municipalité, au comté et à l'Etat. Là où vous croyez que ça peut être utile.

— Bien sûr, Lonnie, répondit-elle. Que voudriez-vous dire dans cette lettre ?

Il marqua une pause, puis s'empara d'un crayon à mine rétractable qui manqua disparaître dans sa grosse poigne maladroite.

— Je vais dire que la première fois que je suis venu à la bibliothèque, il y a un an, je ne savais même pas lire et écrire pour remplir une fiche d'inscription. Je vais raconter comment vous m'avez aidé, en restant tard le soir ou en venant ici le matin en avance, et comment maintenant j'ai fait des progrès en lecture. Je vais dire que j'étudie pour passer l'équivalent du bac. Et que rien de tout ça ne serait arrivé s'il n'y avait pas eu la bibliothèque.

— Une telle lettre aurait beaucoup de force, reconnut Maureen. Mais je dois vous dire qu'elle ne sera lue ou publiée par personne, si vous ne la signez pas de votre véritable nom. Le journal préservera votre anonymat si vous lui en faites la demande, mais vous devrez signer votre lettre quand même.

— Autrement dit, je vais devoir balancer mon secret…

Il tripota le crayon à papier entre ses doigts épais.

— Si vous voulez qu'on prenne votre lettre au sérieux, oui. Mais vous n'êtes pas obligé de…

— Allons-y. Je la signerai. Après tout, il y a encore un an, c'est tout juste si je pouvais écrire mon nom.

— Et votre secret ?

— J'en ai assez de me cacher. Alors, j'arrête. Vous m'avez demandé de quoi j'avais peur et je ne vous ai pas vraiment répondu. J'avais peur que les gens me voient tel que je suis, mais vous savez quoi ? Je ne suis pas un mauvais bougre. Je ne suis pas très fort en lecture, c'est tout.

Elle sourit.

— Vous faites des progrès de jour en jour.

En le voyant écrire avec application : « A l'attention du Rédacteur en chef », Maureen sentit sa gorge se nouer.

— Merci, Lonnie, murmura-t-elle.

Il s'interrompit pour lui adresser un sourire vaguement intimidé.

— Y a pas de problème.

Prise d'un élan subit, elle l'embrassa sur la joue.

— C'est vous le meilleur !

Eddie avait décidé de passer à la bibliothèque en fin de journée, pour donner à Maureen le compte rendu de l'appel aux dons qui avait été diffusé à la radio après son interview. Les chiffres allaient lui faire plaisir. C'était un bon début. A vrai dire, il aurait pu lui envoyer les résultats par courrier électronique, mais il avait envie de la voir.

Il avait envie de voir son visage, quand il lui montrerait les résultats.

Il avait beau se dire que cela ne rimait à rien d'avoir envie de la voir et d'être le porteur de bonne nouvelle, c'était plus fort que lui. Pourtant, Maureen était irritable, réservée et autoritaire, prompte à la critique également et obsédée par sa « magie de Noël ». *Qualités*, si l'on pouvait dire, qui auraient dû objectivement le faire fuir à toutes jambes. Mais il ne fuyait pas... Il lui trouvait quelque chose, quelque chose qu'il était encore incapable de définir, mais qu'il avait bel et bien envie d'explorer.

Brandi et Heidi, à la radio, avaient tout de suite remarqué que Maureen Davenport n'était pas une invitée comme les autres de la matinale. Il les avait surprises toutes les deux en grande conversation sur elle après le départ de la jeune femme et Brandi avait déclaré :

— Tu craques complètement pour cette fille, ma parole ! Le grand Eddie Haven, désintégré par l'amour ! Incroyable...

Il ne s'était pas donné la peine de nier.

— Et alors ?

— Alors, qu'est-ce que tu vas faire ?

Cette question l'avait hanté toute la journée. Comme il lui fallait laisser son fourgon au garage pour faire réparer les freins, il s'était bercé de l'espoir que Maureen lui proposerait peut-être de le raccompagner dans sa voiture. Cela, en plus du bilan des appels aux dons... Deux bons prétextes pour grappiller quelques minutes en sa compagnie.

Il roula donc jusqu'à la bibliothèque, espérant la voir avant l'heure de la fermeture. Il n'y avait plus que deux véhicules sur le parking : la voiture de Maureen et un camion à plateau portant l'inscription « Transports Hugo

Lonigan » sur la portière. Un camion de déménagement ? Avait-on déjà commencé à vider le bâtiment ? Cette idée le révolta. Bon sang ! Quel genre de ville laissait partir sa bibliothèque ?

La porte d'entrée était fermée à clé, mais s'il tambourinait assez longtemps, Maureen finirait bien par l'entendre. Il leva le poing, puis aperçut du mouvement dans la salle de lecture principale. Il regarda mieux : Maureen était assise à la table près d'un type, un grand costaud.

Seule une lampe à abat-jour vert illuminait leurs silhouettes. Ils étaient assis côte à côte ; leurs épaules se touchaient et ils inclinaient la tête l'un vers l'autre.

— Que diable ?

Maureen murmurait à l'oreille du type. Eddie n'aurait pu en jurer, mais il lui sembla bien qu'elle l'embrassait. Un juron qui aurait écorché les oreilles de la jeune femme, si elle avait pu l'entendre, s'échappa de sa bouche. Il fourra d'un geste rageur le rapport dans la boîte destinée au retour des livres et repartit à grands pas vers son véhicule.

Troisième Partie

« Quand Noël carillonne sur les champs enneigés,
Des échos nous parviennent d'anciennes contrées.
Et gravés sur ces lieux aujourd'hui désertés,
Demeurent les doux visages à moitié estompés
Des amis disparus et des amours passées. »

ELLA WHEELER WILCOX (1850-1919),
écrivaine et poétesse américaine

13

Son fourgon déposé au garage, c'est à pied qu'Eddie se rendit à la Taverne de la colline, la tête rentrée dans les épaules pour se protéger de la neige tourbillonnante. Il portait sa guitare sur le dos, bien à l'abri dans un étui étanche. Les gens qui connaissaient son histoire lui demandaient parfois si c'était difficile, en tant qu'alcoolique repenti, de fréquenter un bar. Il leur affirmait que non. Le plus dur, selon lui, c'était de s'accouder à un zinc et de se soûler à mort, puis d'affronter ensuite la peur, la confusion et la honte de ne pas savoir ce qu'on avait fait durant ce trou noir, de ne pas savoir comment on s'était avili. C'était *ça,* le plus dur. En comparaison, rester abstinent était une promenade de santé. Bien sûr, il rencontrait des hauts et des bas dans sa détermination, mais en général les réunions avec ses amis de l'association le maintenaient sur le chemin de la guérison.

Le motif qui l'amenait à la taverne était d'ordre artistique. Avec trois autres gars, ils avaient formé un groupe de musique baptisé L'Enfant intérieur. A chacun de ses passages à Avalon, Eddie assurait le rôle de guitariste et de chanteur. Noah Shepherd était à la batterie, Bo Crutcher à la basse et Rayburn Tolley aux claviers. Eddie et Ray faisaient de la musique ensemble depuis longtemps. Au cours des années, beaucoup de monde avaient perdu foi en Eddie mais pas Ray. Même quand Eddie ne voulait plus croire en lui-même.

Leur quatuor connaissait un succès extrêmement confidentiel, mais ils aimaient jouer ensemble et s'amusaient beaucoup en se produisant dans les bars devant un public d'amis et d'habitués, ou dans les festivals de la région.

Eddie arriva le dernier et pénétra dans la taverne, sombre mais chaleureuse.

— Bonjour, les gars ! salua-t-il la compagnie, en s'emparant d'une serviette de bar pour ôter la neige de son étui de concert.

Il flottait dans l'air un subtil mélange d'odeur de levure et de feu de bois.

Connaissant ses préférences en matière de boissons, Maggie Lynn, la propriétaire du lieu, lui avait tenu une cafetière au chaud. Il la gratifia de son plus beau sourire.

— Tu es vraiment un ange, lui dit-il.

— C'est ça… Va l'expliquer à mon ex !

— Très peu pour moi, rétorqua-t-il, et il alla s'installer.

Les clients étaient encore peu nombreux : un couple attablé dans un box et deux hommes accoudés au bar, en train de suivre un match de hockey à la télévision.

— Comment ça se passe avec Little Miss Sunshine ? lui demanda Ray, en déroulant un fil électrique.

— Avec Maureen Davenport, tu veux dire ? grommela Eddie.

— Je pensais que tu essaierais de la baratiner…

— *Primo*, ce n'est pas mon genre de fille. Deuzio, elle sort déjà avec quelqu'un.

Ray haussa les sourcils, visiblement étonné.

— Ah bon ? Avec qui ?

— Je ne le connais pas. Je crois qu'il travaille pour les Transports Lonigan.

— Lonnie ?

Ray marqua une pause.

— Elle ne sort pas avec lui ! Pas à ce jour, en tout cas...

— Qu'est-ce que tu en sais ?

— Je le sais, c'est tout.

— Allez... Ne me fais pas ton numéro de flic sympa. Comment tu le sais ?

— Si tu ne me crois pas, pose-lui la question, *à elle*. Encore mieux... Demande-lui de sortir avec toi et arrête de passer ta mauvaise humeur et ta frustration sur nous !

— Je ne...

— Tais-toi et chante, d'accord ?

Eddie était contrarié ; tout le monde avait l'air persuadé qu'il en pinçait pour Maureen Davenport. Alors que ce n'était pas du tout son genre de femme. Il suffisait d'avoir un peu de cervelle pour le comprendre. Comment une femme sérieuse, intelligente et bien intégrée pourrait-elle avoir la moindre chose en commun avec un Eddie Haven ?

— Bon, on commence ?

Ils jouèrent un moment, d'abord de vieux standards pour se chauffer, puis ils passèrent à des titres plus récents. Dernièrement, Eddie avait écrit une chanson intitulée *Ambition personnelle* avec certains de ses élèves, et c'était la première fois qu'il allait la donner devant un public. Les applaudissements de Maggie Lynn et des clients furent enthousiastes. Installées à une table de bar, deux femmes venues avec des amies tentèrent d'attirer son attention. D'ordinaire, il était sensible à ce genre de manifestations d'intérêt, mais, ce soir, il avait autre chose en tête.

— C'est une bonne chanson, estima Ray. Tu devrais passer pro.

— Ha ! Ha ! fit Eddie.

Ils terminèrent de bonne heure, l'assistance étant très clairsemée. Bo et Noah — tous deux jeunes mariés, ou assimilés — étaient pressés de s'en aller. Eddie et Ray s'attardaient autour d'une partie de billard, quand Ray lui donna une petite bourrade.

— Ne regarde pas, don Juan, mais tu as de la compagnie…

Eddie se tourna néanmoins vers la porte. Là, le visage plissé de dégoût, comme agressée par une odeur déplaisante, se tenait Maureen Davenport, bien emmitouflée contre le froid. Il entendit une cacophonie de voix dans sa tête, celles de ses amis et de ses collègues : *Tu craques complètement pour cette fille. Tu l'as dans la peau…* Et contre toute logique, il dut convenir que c'était la vérité. Maureen était vulnérable et sincère, un peu irritable aussi. A tous les égards, c'était l'antithèse de son genre de fille. Mais il ne pouvait s'empêcher de l'aimer.

Il alla vers elle.

— Vous finissez bien tard, lui dit-il. Tout va bien ?

Comme elle ôtait son écharpe et se débarrassait de son manteau, ses yeux balayèrent le bar comme s'il s'agissait d'une fumerie d'opium. Elle jeta un coup d'œil au groupe de femmes en jean moulant et, inconsciemment, tira sur l'ourlet de sa jupe. De toute évidence, elle ne venait pas souvent ici.

— Il n'est pas tard. Et je suis un oiseau de nuit, vous savez ? déclara-t-elle, en remontant ses lunettes sur son nez.

Eddie commençait à se sentir flatté qu'elle se soit aventurée si loin de sa zone de confort, simplement pour le voir. Elle devait, elle aussi, avoir un faible pour lui.

Ray avait sans doute raison tout à l'heure au sujet de ce chauffeur-routier — Lonigan.

— Vous avez manqué notre concert de peu. La prochaine fois, il faudra arriver plus tôt.

— Je ne suis pas ici pour m'amuser. J'ai réfléchi au programme… Je voulais savoir où en était votre chanson.

— Vous êtes venue ici pour vérifier si j'avais fait mes devoirs ?

Il se mit à rire, quoique la situation n'eût rien de drôle. Maureen n'était pas venue l'écouter, et cette idée le contrariait plus qu'il ne voulait bien se l'avouer.

— La chanson est prête ?

Maureen se tourna vers Ray.

— Cette année, Eddie va interpréter une chanson inédite, composée tout exprès pour le spectacle.

— Voilà bien notre Eddie, ironisa Ray. Il est vraiment trop mignon.

— Va te faire voir ! maugréa Eddie.

— Dis donc, ce n'est pas parce que tu as une dent contre Noël que le reste du monde doit être comme toi ! s'insurgea Ray.

— Je n'ai pas une dent contre Noël.

— Méfiez-vous de ce type, Maureen… Il a un problème avec Noël.

— N'importe quoi ! Pour moi, c'est un jour comme un autre.

Ray adressa à Maureen un hochement de tête entendu.

— Vous voyez ?

— Déni caractérisé, constata-t-elle.

— Exactement ! acquiesça Ray.

— Et moi qui te croyais mon ami, se plaignit Eddie.

— Je le suis ! N'est-ce pas moi qui viens de dire que tu étais trop mignon ?

Il regarda la pendule.

— Oh ! je dois filer… Je prends le poste de nuit au commissariat. Je dois aller protéger le monde des méchants qui n'aiment pas Noël.

— Hep ! l'apostropha Eddie. Rappelle-toi qu'il faut que tu me ramènes. Mon fourgon est au garage.

— Je peux vous déposer, proposa Maureen. Allez-y, Ray.

Eddie se tourna vers Maureen.

— Le temps de récupérer ma guitare et je vous suis.

Ils quittèrent ensemble la taverne ; Maureen dans un silence glacé.

— Alors, quel est votre problème, maintenant ? lui demanda Eddie, en posant sa guitare sur la banquette arrière de sa voiture.

La petite Prius était encombrée de CD de langues, d'affaires de tricot, d'un carton rempli de boîtes de conserve au logo d'une banque alimentaire et de sacs de graines pour les oiseaux.

— Qu'est-ce qui vous fait supposer que j'ai un problème ? lui demanda Maureen d'une voix aigre.

Puis elle leva la main.

— Laissez tomber, ne dites rien. Votre réponse ne serait qu'insultante pour moi.

— Ha ! Je le savais ! Vous avez bel et bien un problème. Je veux dire, en dehors de vos problèmes habituels.

Maureen mit le contact et régla le chauffage très fort. Ils avaient tous deux bouclé leur ceinture, mais elle resta au point mort.

— Comment allez-vous écrire une chanson de Noël douce et tendre, si vous détestez cette fête ? lui demanda-t-elle, en se tournant vers lui.

Eddie ne put s'empêcher de rire. C'était donc *ça* qui la tracassait !

— De la même manière que je compose toutes mes chansons, une note après l'autre. Je n'ai pas besoin de croire en ce que j'écris.

— Ah, non ?

— C'est une chanson, d'accord ? Des paroles sur de la musique. Avec un thème bien spécifique.

Maureen manœuvra hors du parking et s'engagea sur la route qui descendait de la colline.

Eddie lui indiqua son adresse, en se demandant s'il devait l'inviter à entrer, une fois qu'ils seraient arrivés chez lui. Pourquoi ne pas lui proposer d'attendre un peu avant de rentrer, au cas où elle aurait envie de passer quelques minutes de plus avec lui, histoire de se chamailler encore ? Oui, voilà ! Ça, ce serait amusant !

— Donc vous l'avez *déjà* écrite ?

— Non.

— Mais il nous la faut maintenant, Eddie ! Pourquoi ne l'avez-vous pas composée ?

— Bon sang, Maureen ! J'ai besoin d'un peu de temps, d'une parenthèse de calme, pour m'organiser.

— Combien de temps ?

Cette femme était vraiment la pire enquiquineuse qu'il ait jamais rencontrée !

— Quoi, vous voulez un chiffre ?

— Oui. Combien de temps vous faut-il ? Une demi-heure ? Une heure ? Une journée ?

— Mais je n'en sais rien, sacré nom !

— Vous ne savez pas combien de temps vous mettez pour écrire une chanson ?

— Le temps qu'il faut. Je ne peux pas être plus précis que ça.

A un feu rouge, elle se tourna pour le dévisager brièvement. Puis elle mit le clignotant et prit la direction de la rue des Saules.

— Hé…, fit-il. Je croyais que vous me rameniez chez moi !

— J'ai changé d'avis, répliqua-t-elle d'un ton sans appel. C'est *chez moi* que nous allons.

C'était un risque énorme de faire entrer Eddie à cette heure-ci, Maureen ne l'ignorait pas. Ils allaient se retrouver seuls tous les deux. Mais elle était prête à tout. Elle avait besoin qu'il lui écrive cette chanson. Il fallait qu'elle soit magnifique.

— Ça, c'est la bibliothèque, lui fit remarquer Eddie.

— Je le sais bien.

Elle récupéra la guitare sur la banquette arrière et la lui tendit. Puis, après avoir pris son trousseau de clés, elle lui fit contourner tout le bâtiment et déverrouilla l'entrée réservée au personnel.

— Il est 11 heures du soir, Maureen.

— Merci, mais je sais lire l'heure.

— Je croyais qu'on allait chez vous.

— C'est chez moi, ici.

— Et nous sommes là parce que… ?

— Parce que vous avez besoin d'une parenthèse de calme. La bibliothèque est l'endroit tout indiqué pour ça.

Elle désactiva l'alarme, puis lui fit traverser une partie réservée aux employés, une zone plongée dans l'ombre, remplie de rayonnages et de bureaux encombrés, pour enfin le mener dans la bibliothèque proprement dite.

— Le jour où j'apprendrai à me taire…, maugréa-t-il.

Maureen s'arrêta dans une pièce assez petite, éclairée par une seule fenêtre, et comportant en tout et pour tout une table, quelques chaises et un vieux piano droit.

— Nous appelons cette salle la salle de musique. Quand

on ferme la porte, elle est presque insonorisée. On l'utilise surtout pour les groupes d'étude et parfois pour des cours dirigés. Et ce soir, pour la création musicale. Vous serez notre premier auteur-compositeur.

— On dirait une banque de plasma.

— Je ne sais pas ce que c'est.

— C'est un endroit où les gens proposent leur sang en échange d'argent. Saviez-vous que votre plasma vaut soixante dollars le litre ?

Elle frissonna.

— J'étais loin de me douter que des gens pouvaient vendre leur sang. Je croyais qu'on le donnait.

— Vous avez toujours mené une existence très protégée, c'est évident. Quand certaines personnes n'ont plus rien, elles en sont parfois réduites à vendre leur plasma.

— C'est bon à savoir... Moi qui risque d'être bientôt au chômage...

Elle eut un petit rire.

— Je plaisante. L'éclairage au plafond est un peu cru, je suppose. Attendez une seconde...

Elle se rendit à l'espace des enfants et en revint munie d'un lampadaire dont l'abat-jour à franges était passé de mode. Elle se baissa pour brancher la prise. Trouvant Eddie très silencieux, elle se redressa, et fut extrêmement troublée par l'expression ébahie de son visage.

— Quelque chose ne va pas ? s'enquit-elle.

— Pas du tout.

Un soupçon s'insinua en elle.

— Pourquoi me regardez-vous comme ça ?

— Disons que je suis devenu un de vos fans.

— Je vous demande pardon ?

— J'admirais vos fesses, avoua-t-il.

Si Maureen avait pu mourir sur place, elle n'aurait pas hésité une seule seconde.

— Comment... Comment osez-vous...

Elle en bafouillait.

— Toute femme qui se met à quatre pattes devant un homme doit s'attendre à ce qu'il lui lorgne les fesses, c'est aussi simple que ça, lui dit-il calmement. Et au cas où ça vous intéresserait, sachez que les vôtres sont vraiment superbes. De toute première catégorie ! Ça ne m'avait pas frappé jusqu'ici.

Elle le fusilla du regard.

— Vous n'étiez pas censé le voir.

— Vous êtes une femme très sexy, Maureen. Pourquoi essayez-vous de le cacher ?

— Je ne cache rien du tout.

Il prit son temps pour passer en revue son gros pull à torsades et son blouson extralarge.

— Et ce type avec qui je vous ai vue, tout à l'heure, vous le cachez, lui ?

Elle fronça les sourcils.

— Quel type ?

— Le conducteur de poids lourd.

Oh, pour l'amour du ciel ! songea Maureen.

— C'est Lonnie. Et je refuse de vous parler de lui.

— Zut, alors ! Ray m'a dit que je ferais mieux de vous questionner directement sur lui.

— Vous avez parlé de moi avec Ray ? Au sujet de Lonnie ?

— Pourquoi, c'est un crime ?

— C'est indiscret.

— Alors, mettez-moi en prison. Vous sortez avec lui ?

— Non.

— Vous sortez avec quelqu'un ?

Maureen, qui n'aurait jamais cru avoir ce genre de conversation avec lui, fut prise au dépourvu.

— Je m'efforce de ne pas sortir du tout !

— Pourquoi ? C'est amusant.

— C'est ce que pensent certaines personnes. Pas moi. Je trouve que sortir avec quelqu'un est moins amusant que…

Elle s'interrompit pour réfléchir.

Que rien du tout, songea-t-elle amèrement, mais elle ne voulait pas l'admettre devant lui.

— Que d'accomplir son devoir de juré, finit-elle par dire. Oui, je préférerais être juré à un procès que de sortir avec quelqu'un.

— Bon… Et quoi d'autre ? Aller à l'église ? C'est mieux que de sortir avec quelqu'un ?

— J'aime aller à l'église.

— Et se faire dévitaliser une dent ? Vous préféreriez sortir avec quelqu'un ou vous faire dévitaliser une dent ?

Elle s'efforça de garder son sérieux.

— Au moins, on vous anesthésie avant de vous la dévitaliser, non ? Quand on sort avec quelqu'un, c'est tout le système nerveux qui est exposé.

— Vous êtes une fille complètement dingue, vous savez ça, Maureen ? Avec qui êtes-vous sortie, Attila, le roi des Huns ?

— Je vous l'ai dit, je ne sors avec personne parce que ça ne m'intéresse pas. La dernière fois que je suis sortie avec quelqu'un, c'était…

Elle réfléchit quelques secondes, puis se souvint :

— Avec un type qui s'appelle Walter. Un concert effroyable. Et avant ça, Alvin Gourd, qui m'avait emmenée à une exposition de philatélie…

Eddie éclata de rire.

— Pas étonnant que vous préfériez vous faire dévitaliser une dent ! Une exposition de *philatélie* ? C'est légal, ce truc-là ?

— Pour certaines personnes, collectionner les timbres relève d'un art majeur.

— Bonté divine !

Il en pleurait de rire.

— Excusez-moi, mais… Alvin *Gourd* ? Gourd du cerveau ou des doigts ? Qui diable est cet Alvin Gourd ?

Le genre de type qui sort avec moi, pensa-t-elle.

— Vous ne devriez pas vous moquer du nom des gens.

— C'est vrai. J'ai moi-même un prénom bizarre.

— Eddie ? Ça n'a rien de bizarre.

— *Eddie*, non, mais ce n'est pas mon vrai nom. A l'état civil, je m'appelle Doobie.

— Vous voulez rire ?

— Je le jure devant Dieu. C'est ce qui est inscrit sur mon acte de naissance.

— Qui peut bien appeler son enfant Doobie ?

— Des gens qui s'appellent eux-mêmes Saule et Rayon de lune.

— Ce n'est pas possible !

— Eh si.

— Vos parents s'appellent Saule et Rayon de lune ?

— Ils sont passés par une phase psychédélique.

— Eddie, s'il vous plaît… Je demande une pause…

Elle mima un T avec ses mains.

— Je ne peux pas vous laisser commencer votre travail sans que vous m'ayez parlé de Saule, de Rayon de lune et de leur phase psychédélique.

— Oh ! là, là ! mademoiselle Davenport ! Je ne savais pas que ça vous intéressait !

Elle lui donna une petite bourrade dans le bras, plus à

l'aise avec cet Eddie taquin qu'avec celui qui lorgnait ses fesses et le lui avouait le plus naturellement du monde.

— Racontez-moi tout.

— Alors, qui est indiscrète maintenant ?

— Moi, admit-elle volontiers, assumant son attitude avec la même aisance que lui tout à l'heure.

— Bon, d'accord. Alors, mes parents m'ont élevé dans une communauté non loin de Woodstock. J'ai aussi connu l'école à la maison.

— C'est fascinant. Quelle enfance extraordinaire vous avez eue !

— Vous trouvez ?

— Bien sûr. D'après ce que j'ai lu, ce genre d'apprentissage donne des enfants équilibrés et épanouis, profondément en lien avec les membres de leur famille ainsi qu'avec les membres de la communauté qui ont participé à leur éducation.

— Moi, je n'ai jamais rien lu là-dessus, déclara Eddie. Je me suis contenté de le vivre. Et franchement, à l'époque, mes parents étaient jeunes et naïfs ; ils seraient les premiers à vous dire aujourd'hui qu'ils n'avaient pas la moindre notion de pédagogie. Ils m'ont élevé au petit bonheur la chance, en misant sur ma bonne étoile. Ils faisaient pousser leurs propres fruits et légumes, sans oublier le cannabis, et ils élevaient en commun enfants et bétail — avec des résultats contrastés. Je suis né dans une cabane sans électricité. Je ne dois qu'à la chance d'être né en bonne santé, mais affublé d'un prénom ridicule : Doobie.

Tout cela semblait très romantique et bohème à Maureen.

— Donc vous viviez dans une communauté… Et ensuite, vous êtes devenu un enfant star. Comment était-ce ?

— Je ne sais pas, je n'ai pas de point de comparaison ; je n'ai connu que cette vie-là. Et puis ce qu'on oublie souvent à propos des enfants stars, c'est que très peu d'entre eux restent star à l'âge adulte. Les gens gardent à la mémoire les parcours réussis : Jodie Foster, Shirley Temple, Brooke Shields. A l'inverse, les magazines people se chargent de nous rappeler les naufrages de Lindsay Lohan, de Macauley Culkin, de Danny Bona... pour ne citer qu'eux. Et puis il y a ceux qui ont plus ou moins fait carrière au cinéma, à la télévision ou au théâtre, mais il y en a tout autant qui ont complètement tourné le dos au monde du spectacle. Les gens sont toujours surpris par ce dernier choix.

— Complètement, reconnut-elle. Je veux dire qu'en vous voyant incarner le personnage adorable de Jimmy, on a tendance à penser qu'on assiste à la naissance d'une star.

Il eut un petit rire.

— Quand on entre dans le métier à l'âge de cinq ans, on ne suit pas franchement une passion. On suit plutôt des instructions. Ce film a eu au moins un avantage pour moi : il m'a permis de changer de prénom. Et mes parents ont repris leurs noms de baptême : Barb et Larry.

Maureen aurait pu rester toute la nuit à l'écouter raconter sa vie. Il s'interrompit cependant et la dévisagea longuement. Elle n'aurait pu en jurer, mais... Si... c'était bien cela... Il fixait sa bouche !

— Je n'ai pas l'habitude de confier ces choses-là, avoua-t-il.

— Je serai muette comme une tombe, lui promit-elle.

— Ce n'est pas un secret. C'est juste... un épisode du passé sur lequel je n'aime pas beaucoup revenir. Mais assez parlé de moi, dit-il d'une voix douce.

— Vous avez raison. Vous êtes là pour écrire. Je vais vous laisser travailler.

— J'ai besoin d'une source d'inspiration.

Il alluma le lampadaire à franges et éteignit le plafonnier, plongeant la pièce dans une lumière ambrée.

— Sur ce point, je ne peux pas vous aider, répondit-elle.

— Oh, que si ! répliqua-t-il, en refermant les mains sur ses épaules, vous pouvez…

Ce contact inattendu l'embrasa presque tout entière. Elle tenta de le repousser avec un rire décontracté, mais ne parvint à émettre qu'un drôle de petit hoquet désespéré.

— Sérieusement, reprit-il, vous pouvez être une source d'inspiration pour moi.

— Que diable êtes-vous en train de faire ?

— J'essaie d'être un peu plus intéressant qu'une exposition de timbres rares.

Très tendrement, mais avec insistance, il la fit reculer, et elle se retrouva piégée entre son corps et la table.

— Flirter dans une bibliothèque. Ça pourrait être le thème d'une chanson…

— Autrement dit, vous vous servez de moi ?

— Non. Je meurs d'envie de flirter avec vous, Maureen.

Luttant contre l'envie impérieuse de le laisser faire, de *se* laisser faire, elle le repoussa, les deux mains à plat sur sa poitrine.

— Ce n'est pas drôle, Eddie.

Il fit un pas en arrière en levant les mains, paumes vers le ciel.

— Très bien, comme vous voulez. J'arrête.

Elle hocha la tête d'un air sombre.

— Vous avez un travail à faire.

— Un travail… ?

— La chanson de Noël.

— J'ai horreur de Noël, vous vous rappelez ?

— C'est ce que vous m'avez dit à plusieurs reprises. Ce que je ne comprends pas, c'est pourquoi.

— Et moi, ce que je ne comprends pas, c'est pourquoi vous aimez Noël à ce point-là.

— C'est la saison des miracles. Tout le monde donne le meilleur de soi ; on fait assaut de gentillesse et de générosité. Et ici, à Avalon, ce moment revêt une beauté particulière. Et pour moi, une signification particulière. Le fait d'avoir passé Noël ici m'a aidée à surmonter une période très difficile de ma vie.

Sitôt qu'elle eut prononcé ces paroles, elle regretta de ne pas s'être tue.

Comme en sport, Eddie mima le signe « reprise ».

— Alors là, je veux en savoir plus…

— Pas question. D'ailleurs, en quoi ça vous intéresse-t-il ?

— Vous ne ressemblez pas au genre de personnes qui traversent des périodes difficiles.

— Ah bon ? Et à quel genre de personnes suis-je censée ressembler ?

— Au genre qui s'entend bien avec sa famille, qui va à l'église tous les dimanches, qui n'a jamais de mauvaises pensées. Quelqu'un qui passe ses soirées à la maison, en pyjama, avec un bon livre et un chat.

Deux chats, rectifia-t-elle, en son for intérieur.

— Vous croyez m'avoir cernée, n'est-ce pas ?

Elle désigna la banquette à piano.

— Ecrivez !

Il rit.

— Ça ne marche pas comme ça, Maureen !

— Alors, éclairez ma lanterne. Comment est-ce que ça marche ?

— Je dois d'abord sentir la chanson.

— Et comment allez-vous vous y prendre ?

Avant qu'elle ait pu l'en empêcher, il se pencha vers elle et déposa un tendre baiser sur sa bouche.

— Comme ça. C'est d'ailleurs là que je voulais en venir, tout à l'heure.

Maureen s'éloigna, rendue muette par le choc. Elle n'en revenait pas qu'il l'ait fait. C'était une chose de rêver d'être embrassée par Eddie Haven, mais c'en était une autre de le vivre en vrai. Ce baiser réel était bien plus intense que tout ce qu'elle aurait pu imaginer dans ses fantasmes. Bonté divine, c'était *elle* qui allait se mettre à chanter pour le coup ! Et pourtant, elle n'était pas particulièrement douée pour la musique. Tout cela la dépassait un peu. Or, elle détestait être dépassée, presque autant qu'elle aimait embrasser Eddie.

— Je ne me suis jamais autant amusé dans une bibliothèque, dit-il avec un large sourire. Le seul fait d'être ici me donne l'impression d'être plus intelligent.

Elle recula hors de sa portée.

— Veuillez m'excuser, dit-elle, le visage en feu.

Jouait-il une sorte de jeu avec elle ? Pour voir jusqu'où il pourrait pousser une petite bibliothécaire coincée ?

— Je vais vous laisser seul pour que vous puissiez vous mettre au travail. J'ai des choses à faire dans mon bureau.

Elle s'empressa de s'en aller, regrettant de se sentir à tel point mortifiée. Les tâches ne manquaient pas et il lui arrivait souvent de rester tard à la bibliothèque. Elle savourait alors le silence ininterrompu des lieux. Ce soir, pourtant, elle savait qu'elle n'arriverait pas à se concentrer.

Elle était si agitée qu'elle remit en place les livres de la boîte des retours en un temps record. Elle rangea même son bureau, dont certains endroits n'avaient pas vu la lumière depuis qu'elle avait été embauchée, à sa sortie de la fac. De temps à autre, une note de piano ou un accord de guitare lui parvenait vaguement de la salle de musique. Elle faisait cependant de son mieux pour ignorer la présence d'Eddie dans la bibliothèque ; elle s'efforçait surtout d'oublier qu'il l'avait embrassée.

Cinq garçons, en comptant Eddie, l'avaient déjà embrassée. Un chiffre phénoménal ! ironisa-t-elle. Elle se disait parfois que cela tenait au fait qu'elle était extrêmement difficile — dans le bon sens du terme. La vérité, bien entendu, c'est qu'elle préférait éviter les baisers. Elle avait appris depuis belle lurette que les baisers menaient à toutes sortes de choses, mais qu'ils finissaient toujours en chagrin d'amour.

En triant le courrier amassé sur son bureau, elle tomba sur une correspondance qu'elle avait récemment entamée. Ce n'était pas de gaieté de cœur qu'elle avait entrepris de chercher un travail, mais il lui fallait affronter la réalité. Quelques membres du personnel avaient déjà donné leur démission ; ils avaient trouvé un autre emploi, des situations plus stables. La responsable informatique allait rejoindre l'université de New York, sur le campus de New Paltz. La bibliographe avait trouvé une place à la librairie d'Avalon. La coordinatrice des services administratifs avait décidé de réaliser son rêve de toujours : elle s'était inscrite à une école de cuisine en Californie du Nord. Maureen n'avait aucune envie de se retrouver désœuvrée. Même en imaginant que leurs efforts pour réunir les fonds nécessaires soient couronnés de succès, la somme ne suffirait sans doute pas à garantir le maintien de l'institution. Elle avait pioché dans son réseau de bibliothécaires en interrogeant tout le monde sur les possibilités d'embauche. Ses recherches avaient d'ores et déjà abouti à une piste : une entreprise de Boston lui avait demandé son CV.

L'idée de partir loin d'ici la déprimait au plus haut point. Elle acheva de mettre de l'ordre dans son espace de travail.

Ce n'était pas un bureau à proprement parler, mais un coin de la zone réservée au personnel administratif. Chaque année, le conseil d'administration essayait de dégager du budget le montant nécessaire à la construction d'un véritable bureau pour elle, mais l'argent faisait toujours défaut. Désormais, la question ne se posait plus.

Elle referma les tiroirs de son bureau et flâna jusqu'aux étagères. Le moment était peut-être venu de trouver un peu de sagesse en recourant à sa méthode habituelle. Les yeux fermés, elle fit courir son index sur le dos des livres, haussant et baissant le bras au fur et à mesure qu'elle avançait. Les yeux toujours fermés, elle s'arrêta au hasard, tira un livre du rayonnage et le laissa tomber par terre. C'était un gros et lourd volume qui sentait le moisi. Plissant le nez, elle mit le doigt sur une page et ouvrit les yeux.

— « La jeunesse romaine s'élança de toutes parts pour enlever les jeunes filles, victimes de la perfidie impie », lut-elle à voix haute.

Juste Ciel !

« C'est alors que les épouses sabines, dont l'enlèvement injuste avait provoqué la guerre, eurent l'audace de se jeter parmi les traits qui volaient, les cheveux épars et les vêtements déchirés… »

— Génial, marmonna Maureen. Je cherche un conseil et je tombe sur *L'Enlèvement des Sabines.*

— Allez, Maureen… C'était juste un baiser, fit une voix derrière elle.

Dans sa surprise, elle laissa tomber le livre en faisant demi-tour. Le lourd volume atterrit sur son pied.

— Aïe ! cria-t-elle. Vous m'avez fait peur !

— Vous vous êtes fait mal ? lui demanda Eddie, en se penchant pour ramasser le livre.

Il regarda le titre.

— *L'Histoire romaine*, de Tite-Live. Ça, c'est plus fort que le *Da Vinci Code* !

— Donnez-moi ça…

Elle s'empara de l'ouvrage et le remit en place, sentant sur elle le regard d'Eddie aussi sûrement que s'il l'avait touchée.

— Qu'est-ce qu'il y a ? lui demanda-t-elle d'un ton sec, se tournant pour lui faire face.

— Rien.

Miséricorde, il avait un sourire tellement sexy !

— J'essaie simplement de comprendre qui vous êtes, Moe.

— Il n'y a rien à comprendre. Je suis ce que je suis.

Eddie devinait-il qu'elle mentait ?

Elle s'éclaircit la voix, déterminée à changer de sujet.

— Vous avez terminé cette chanson ?

— Oui.

Et, de fait, il avait enfilé sa parka et remis sa guitare dans son étui.

— Eh bien ?

— Eh bien, quoi ?

— Quand vais-je entendre ce chef-d'œuvre ?

— Je n'ai jamais dit que ce serait un chef-d'œuvre. C'est une chanson, d'accord ? Juste un truc que j'ai écrit.

— Alors, écoutons-la.

Il la dévisagea longuement. Son regard vira au noir. Avec une lenteur délibérée, il ôta sa parka, ressortit la guitare de son étui.

— J'ai rarement vu quelqu'un d'aussi têtu que vous !

Elle renifla d'un air hautain.

— Je prends cette remarque comme un compliment.

Une hanche appuyée contre la table, Eddie se dégourdit

les doigts, gratta quelques accords tout bas, puis fredonna une mélodie.

Maureen le regardait, perplexe : des gestes aussi banals qu'accorder une guitare et se chauffer les doigts avaient, venant de lui, le don de l'émouvoir. Elle imaginait sa musique comme une tendre étreinte. *Oh, Maureen ! Maureen !* se sermonna-t-elle. *Te voilà bien partie !*

— Vous avez étudié la musique à l'université ? s'enquit-elle, espérant qu'il ne lisait pas dans ses pensées.

Il acquiesça d'un signe de la tête.

— Je me suis spécialisé en théorie et en composition.

— Et où avez-vous fait vos études ?

Il continuait d'accorder sa guitare sans lever la tête.

— A Juilliard.

— Oh ! j'étais loin de me douter...

— Je croyais que vous saviez tout de moi. Je pensais que vous étiez allée voir sur Google, Wikipédia et autres.

— Qu'est-ce qui a pu vous faire supposer ça ?

— Votre côté bibliothécaire jusqu'au bout des ongles.

— Jamais je ne ferais une telle chose. C'est indiscret. Et peu professionnel, de surcroît. Jamais je ne me servirais de mes compétences de bibliothécaire pour m'immiscer dans la vie privée de quelqu'un.

— Si seulement tout le monde était comme vous !

Elle lui désigna sa guitare, impatiente qu'il commence à jouer.

— La chanson...

Il poussa un soupir exaspéré.

— D'accord.

Il caressa les cordes de sa guitare et de cet accord naquirent un rythme et une mélodie. Il chantait avec un air de douce résignation, une expression embuée d'émotion. Les paroles — une métaphore sur les arbres en hiver — étaient sans prétention ; elles racontaient le déroulement d'un voyage en train, de la solitude à la rencontre. Le jeu d'Eddie, sûr et précis, était révélateur de sa formation classique. La musique se faufilait à travers la bibliothèque déserte ; la mélodie s'enroulait comme des tourbillons de chaleur.

L'âme de Maureen s'envola. Elle était toujours émue par le véritable talent, surtout quand l'interprète s'abandonnait à l'inspiration. Parfois, comme à présent, c'était un événement identifiable. Au départ, il y avait un homme qui jouait de la guitare. L'instant d'après, il était comme possédé par une douce et tendre muse. Il ne bougeait pas et, pourtant, il semblait passer dans une autre dimension, être transporté vers un autre royaume. Il était toujours là, mais en même temps ailleurs, et Maureen avait l'impression de le suivre.

Les paroles du pont musical lui donnèrent des frissons.

« Je t'ai prise pour un ange... »

Avait-elle bien entendu ? Ces mots la ramenaient à la nuit où elle l'avait trouvé à moitié enseveli sous une congère, après son accident. Il était groggy et blessé, mais en état de parler. Jamais elle n'oublierait les mots qu'il lui avait dits cette nuit-là : « Désolé. L'espace d'une seconde, je vous ai prise pour un ange. »

Elle décida de l'interrompre.

— Ça suffit. Arrêtez.

— Hé ! c'est vous qui vouliez entendre la chanson.

— Je ne voulais pas cette chanson-*là*.

— Oh, pardon ! Vous auriez dû être plus précise dans vos instructions.

— C'est difficile d'être précis au sujet de quelque chose qui n'a pas encore été écrit. C'est vous le professionnel. Vous m'aviez promis de composer une chanson de Noël.

— Mais c'est une chanson de Noël ! Vous pensiez que c'était quoi ?

— Pour ma part, j'ai trouvé que ça ressemblait à une chanson d'amour.

— Toutes les chansons de Noël sont des chansons d'amour, affirma-t-il.

Son raisonnement était indiscutable, mais il faussait sa logique à elle.

— Il y a différentes sortes d'amour, déclara-t-elle.

— Il ne me manquait plus que ça ! Un sermon sur l'amour de la part d'une femme qui ne veut même pas sortir avec quelqu'un !

— Avec vous, corrigea-t-elle. Je ne veux pas sortir avec vous.

— Très bien, et avec qui, alors ?

— Ça ne vous regarde pas.

— Pourquoi ne voulez-vous pas sortir avec moi ?

Parce que je souffrirai trop quand vous me quitterez, lui répondit-elle intérieurement.

Dans son esprit, cela ne faisait aucun doute : si elle sortait avec lui, elle tomberait follement amoureuse. Mais l'issue d'une telle relation était inéluctable. Il la quitterait. C'est ce que font les hommes comme Eddie Haven. Et c'est ce qui arrive aux filles comme Maureen Davenport.

— La chanson, lui rappela-t-elle, tentant de ramener la conversation sur la bonne voie. Elle ne me convient pas.

— Parce qu'elle parle d'amour ? Toutes mes excuses !

— Il s'agit là d'amour romantique.

— C'est vous qui le dites. Les gens investissent les chansons de leur propre sensibilité. « Je t'ai prise pour un ange », ça n'est pas romantique en soi.

Alors pourquoi ce passage-là, chanté par Eddie, lui embrasait-il le cœur ?

— C'est une phrase qu'un père ou une mère pourrait très bien dire à son enfant, argumenta-t-il. Ou une amie à son amie. Tout dépend du contexte que vous lui donnez.

— Je ne pense pas que ce soit approprié au spectacle, c'est tout.

— Quoi que j'écrive, ça ne vous ira jamais, de toute façon. Et vous savez pourquoi, Maureen ? Parce que vous ne *voulez pas* être heureuse !

— Vous dites des absurdités ! Evidemment que si, je veux être heureuse. C'est le souhait de tout le monde.

Elle fronça les sourcils, offensée par ce que sous-entendait sa remarque.

— Très bien, alors prouvez-le.

— Que voulez-vous dire par « prouvez-le » ?

— Prouvez-moi que vous voulez être heureuse, que vous refusez de rester bloquée quelque part dans le passé, engluée dans une situation très ancienne.

Elle le dévisagea, stupéfaite. Etait-il au courant ?

— Et que me proposez-vous, pour que je puisse vous le prouver, en supposant que j'accepte ?

Une fois de plus, il dégaina son arme fatale, son fameux sourire. Celui qui lui dessinait des pattes-d'oie et qui tournait en dérision l'attitude réservée de Maureen face à la vie.

— Sortez avec moi. Laissez-moi vous montrer comment on prend du bon temps. Détendez-vous un peu, bon sang !

— Mais je suis détendue ! protesta-t-elle. Et je sais prendre du bon temps.

Il rit, la tête rejetée en arrière.

— Parfait, dit-il. Alors, ça sera plus facile que je ne le pensais. Que faites-vous demain soir ?

— Je suis prise.

Ce n'était pas tout à fait un mensonge.

— Demain après-midi, alors, insista-t-il, en prenant sa guitare. Après la répétition ? Allez, ça marche... Et pas de discussion, sinon j'invite toute l'équipe de tournage à nous accompagner.

14

La répétition du samedi matin s'avéra particulièrement ratée. Tandis qu'il regardait les enfants sortir en file indienne de l'église, Eddie se disait qu'elle avait même été carrément nulle.

— C'était si mauvais que ça ? lui demanda Jabez, en s'arrêtant à hauteur de la porte.

Eddie fronça les sourcils. Avait-il pensé à voix haute ?

— Assez, oui, lui répondit-il franchement. On a du pain sur la planche. Le programme est encore mal dégrossi.

— Ah...

— Cela dit, tu t'en es sorti comme un chef.

Jabez représentait le clou du spectacle. Il avait une technique vocale facile et spontanée, totalement envoûtante.

— Tu as suivi des cours ? En dehors de l'école, je veux dire.

Il y eut un très court silence. Puis Jabez avoua :

— Un peu. Il y a longtemps. Quelque chose ne va pas ?

Ce gamin lisait vraiment dans l'esprit des gens !

— Rien qui ne puisse être surmonté, lui répondit Eddie avec un sourire. J'ai demandé à une fille de sortir avec moi et, maintenant, je crains de la décevoir.

Jabez lui rendit son sourire.

— Pour des conseils en amour, vous n'avez pas frappé à la bonne porte !

— Tu n'as pas de petite amie ?

Jabez eut un petit rire.

— Oh, non...

Curieux, pensa Eddie. Avec ses cheveux en bataille et son air vif, ce gosse avait pourtant un physique à charmer toutes les adolescentes. D'ailleurs, plusieurs filles lui faisaient les yeux doux pendant les répétitions.

— Juste un truc, quand même..., reprit Jabez. Cherchez quelque chose d'inédit qui la rendrait heureuse et, quand vous l'aurez trouvé, faites-le, c'est tout. C'est simple.

— Très bien, acquiesça Eddie. C'est simple, en effet. Je vais chercher ce qu'elle aime.

— Bon. A bientôt...

Jabez remonta la fermeture Eclair de son blouson et sortit.

Eddie le regarda s'éloigner. Contrairement à certains adolescents, Jabez n'avait pas de voiture. Il semblait se déplacer exclusivement à pied. Personne ne savait grand-chose sur lui ; il ne se livrait pas. Pourtant, chaque fois qu'il se trouvait à un endroit, sa présence ne se laissait pas ignorer : il montrait un intense intérêt pour tout ce qui se passait autour de lui et s'attachait plus particulièrement aux personnes. Il rejoignit Cecil Byrne devant l'église, un garçon aux antipodes de lui. Cecil était un intellectuel coincé, force était de le reconnaître.

En dépit du conseil de l'adolescent, Eddie ne se sentait pas plus avancé vis-à-vis de Maureen. Sur l'impulsion du moment, il lui avait demandé de sortir avec lui. Maintenant, il lui fallait trouver quoi faire. Trouver le moyen de lui apprendre à s'amuser. Non, c'était plus que cela. Il devait trouver le moyen de la rendre heureuse.

Or, faire le bonheur d'autrui lui paraissait un fardeau insurmontable.

Qu'est-ce qui pourrait la rendre heureuse ? *Quelque chose d'inédit.* Eddie s'effaça pour laisser passer un petit garçon qui sortait de l'église comme une fusée. Il reconnut l'un des neveux de Maureen, celui qui jouait le berger numéro quatre dans le spectacle. Sa mère lui courait après. Peut-être la sœur de Maureen pourrait-elle le renseigner sur les goûts de la jeune femme.

— Vous avez une minute ? lui demanda-t-il, avant qu'elle ne disparaisse. Eddie Haven, ajouta-t-il, en lui tendant la main.

— Renée Quinn... Et je sais qui vous êtes. Qui ne vous connaît pas ?

Elle avait un sourire sympathique. Un joli visage. Elle lui évoqua une version plus détendue, légèrement échevelée, de Maureen.

— Vous voulez dire que ma réputation me précède ? ironisa-t-il, en la conduisant dans un coin de l'entrée.

L'endroit grouillait de parents et d'enfants ; ces derniers, excités après la répétition, étaient impatients de sortir pour profiter de la journée.

— Comme si vous ne le saviez pas !

Elle avait aussi apparemment le côté terre à terre de Maureen.

— Vous êtes encore plus beau en vrai. Maureen a le béguin pour vous depuis qu'elle est toute petite.

— Ah, oui ?

Il laissa un lent sourire retrousser ses lèvres.

— Inutile de faire le fanfaron, l'avertit Renée. C'est juste une façon de parler.

— Si je me sentais fanfaron, je ne vous demanderais pas conseil.

— Un conseil ? A quel sujet ?

— Au sujet de votre sœur. Je l'ai invitée à sortir avec moi et...

Les yeux de Renée s'étrécirent de méfiance.

— Pourquoi ?

— Du calme... J'aime beaucoup Moe...

— Moe ? Vous avez appelé ma sœur *Moe* ? C'est vraiment adorable ! Elle a toujours secrètement rêvé d'avoir un diminutif.

Eddie apercevait Maureen de l'autre côté de la salle, entourée d'un essaim de petits enfants.

— Ravi que ça vous plaise.

— Le diminutif me plaît. Que vous sortiez avec elle, moins...

— Sans vouloir vous offenser, ce n'est pas à vous d'en décider.

— C'est vrai. Mais j'ai tendance à me montrer protectrice envers Maureen. Je ne veux pas qu'on lui fasse de mal.

— Je l'aime beaucoup, répéta Eddie. Pourquoi lui ferais-je du mal ?

— Je ne dis pas que vous le feriez à dessein, mais... Ma sœur n'est pas de marbre. Elle ne vous l'avouera sans doute jamais, mais elle a connu une période... difficile. Je crois que, depuis ce temps-là, toute la famille la surprotège.

Il se remémora certaines paroles de la jeune femme. Elle avait fait allusion à une ancienne blessure, mais s'était ensuite refermée comme une huître. *C'est ma vie privée.*

— Une mauvaise période, que voulez-vous dire ? lui demanda-t-il.

— Ma-man !

L'un des jumeaux entra en trombe dans le hall de l'église.

— Wendy vient d'échanger un sachet de bonbons Haribo contre une gerbille, elle l'a dans sa poche !

Renée pâlit.

— Je dois y aller... Veuillez m'excuser..., dit-elle précipitamment, en sortant comme une flèche à la suite de son fils.

Donc, pensa Eddie, en se frayant un chemin vers Maureen, son intuition ne l'avait pas trompé. La demoiselle avait un passé *obscur*. Cela ne la rendait que plus intéressante à ses yeux.

— J'ai fait la connaissance de votre sœur, lui annonça-t-il. Je lui ai dit que nous sortions ensemble.

Trois fillettes qui appartenaient au chœur des anges et traînaient dans les parages dressèrent l'oreille.

— Vous sortez avec Mlle Davenport ? demanda Emily McDaniel.

— Et comment ! Si tu n'y vois pas d'inconvénient, bien sûr.

Les petites filles s'en allèrent en gloussant et chuchotant.

— Je n'ai jamais dit que je sortirais avec vous, rectifia Maureen, aux quatre cents coups.

Ses joues avaient rosi et des mèches s'échappaient de sa pince à cheveux.

— Maintenant, vous n'avez plus le choix. Je viens de le dire à notre mouche du coche en chef.

En effet, Emily se frayait un passage dans le chœur, répandant la nouvelle tel un colibri affairé.

— Donc notre rendez-vous tient toujours, déclara-t-il sans laisser à Maureen l'occasion de protester. Habillez-vous chaudement.

*
* *

— Une randonnée à raquettes ?

Pleine d'appréhension, Maureen contemplait l'équipement que lui tendait Eddie, quand il eut garé la voiture au pied de la piste.

— Oui, dit-il d'un air décontracté. Je parie que vous n'avez jamais fait de raquettes de votre vie.

— Il y a une bonne raison à ça.

— Ça m'est égal si c'est votre première fois, Maureen.

Il la gratifia de ce qu'elle qualifiait désormais son sourire « à la Eddie », un petit sourire en coin plein de charme.

— Tenez, je vais vous aider à les mettre.

— Mais…

— A moins que vous ne préfériez patauger dans la neige jusqu'aux cuisses ?

Avec un soupir de martyre, elle tendit le pied. Il lui saisit la cheville et, à cet instant, la folle attirance qu'elle éprouvait pour cet homme monta en elle comme une vague. Et ce n'était pas une bonne chose. Oh, non… Vraiment pas une bonne chose… Elle n'avait rien à faire ici avec lui, dans cette nature sauvage. Elle se dit pourtant que la meilleure solution était encore de jouer le jeu, de se promener un moment à travers les bois enneigés, puis de rentrer retrouver son salon douillet et ses chats, ainsi que le roman *très* politiquement incorrect qu'elle était en train de lire. Protester ne servirait qu'à prolonger cette épreuve en plein air.

— Allons-y, dit-il, en s'élançant devant elle.

Maureen s'emmêla aussitôt les pieds dans les raquettes rigides. Elle se pencha en avant et s'étala de tout son long dans la poudreuse.

— Holà !

Eddie fut immédiatement à ses côtés pour l'aider à se relever et à brosser la neige de ses vêtements.

— Il faut un certain temps pour s'habituer aux raquettes.

— Merci de me le signaler, répliqua-t-elle aigrement, en léchant la neige qui lui dégoulinait sur le visage.

— Doucement. Un pas après l'autre. Vous allez prendre le rythme.

Elle fit un nouvel essai et lui emboîta le pas pesamment, progressant avec lenteur, les pieds écartés. Elle devait avoir l'air particulièrement pataude, mais au moins restait-elle debout. Eddie, lui, avançait avec agilité, mais il freinait l'allure pour elle, c'était évident.

— Qu'est-ce qui vous a donné l'idée d'organiser une promenade en raquettes ? lui demanda-t-elle.

— Je voulais faire quelque chose d'inédit. Quelque chose qui vous rendrait heureuse. Vous n'avez pas l'air très heureuse, Moe.

— Laissez-moi un peu de temps.

Elle ne put s'empêcher de sourire.

— C'est grâce à mon ami Noah Shepherd. Il m'a beaucoup appris, question loisirs de plein air. C'est un athlète, un sacré costaud. Chaque année, il participe à ce fameux triathlon, avec épreuves de traîneau à chiens, de patinage de vitesse et de raquettes. J'aime bien les grands espaces, depuis toujours. Ça remonte au temps où j'allais en colonie de vacances, l'été.

— Dans votre communauté, vous n'aviez pas l'impression d'être en colo toute l'année ?

Il se mit à rire.

— Plutôt, si. Mais, en été, mes parents participaient à tout un tas de festivals « Renaissance », et c'était plus simple pour eux de m'envoyer en colonie. Mes grands-parents se produisaient au camp Kioga dans les années cinquante et connaissaient les Bellamy.

— Alors comme ça, les Haven sont une authentique

entreprise familiale, commenta-t-elle. J'imagine les Von Trapp de *La Mélodie du bonheur.* Ou quelque chose de plus moderne — *La Famille Partridge* ?

Eddie poussa un gémissement feint.

— Je verrais plutôt la famille Osbourne.

Maureen ne comprit pas s'il plaisantait ou non.

— Et donc la colonie de vacances, c'est ce qui vous lie à Avalon ?

— En partie.

Il fit une halte dans un tournant de la piste, sortit une petite flasque de sa poche et la lui tendit.

— Non, merci, dit-elle. Je suis déjà assez gauche en raquettes, l'alcool ne ferait qu'aggraver les choses.

— C'est de l'eau, précisa-t-il avec un petit rire.

— Oh… Dans ce cas, merci.

Elle but une longue rasade, accueillant la pause avec reconnaissance.

Ce n'était pas une sinécure de marcher en raquettes. Elle lui rendit la flasque. Il but sans essuyer le goulot, geste qu'elle trouva follement sensuel.

— Pour votre gouverne, je ne bois pas d'alcool, dit-il, en rempochant la flasque. Disons plutôt que je n'en bois plus.

— Pourquoi ?

Il sourit.

— Je suis un ancien alcoolique, Moe.

Oups ! Elle ne savait trop quoi répondre à cela.

— Je suis… *désolée* ?

Le sourire d'Eddie s'épanouit en un éclat de rire.

— Le plus dur est passé. Je suis abstinent depuis dix ans. J'ai bu mon dernier verre le soir de mon accident. Je m'en veux encore, mais je suis content de participer au spectacle, grâce au billet de faveur que m'a accordé la juge Wilhelm.

— Je vois…

Ils reprirent leur marche vers le sommet de la colline du Guet, endroit où s'achevait la piste. Maureen était surprise de l'aveu qu'Eddie venait de lui faire et, en même temps, elle appréciait sa franchise. En un sens, il lui apparaissait plus humain, plus accessible.

— Quels souvenirs gardez-vous de cette nuit ? lui demanda-t-elle. De la nuit de l'accident, je veux dire. Enfin, si ça ne vous ennuie pas d'en parler.

— Ça ne m'ennuie pas.

— Vous, hum… vous m'avez parlé d'une rupture avec une fille…

— C'est ça. Je comptais me fiancer le soir de Noël. Au lieu de quoi, je me suis fait plaquer.

— C'est affreux.

— Mais non. C'était mieux comme ça, aujourd'hui je le sais. Nous étions trop jeunes. Ma tête était en décalage avec mon cœur, même si, à l'époque, me faire plaquer m'a semblé la fin du monde. Je l'ai déposée à la gare pour qu'elle prenne le dernier train à destination d'Albany, où vivait sa famille. Je pensais repartir pour New York. Je roulais en direction de l'autoroute. Ensuite, c'est le trou noir, jusqu'à ce qu'on m'embarque dans l'ambulance.

Il ne se souvenait donc pas de l'explosion qui avait embrasé le véhicule, des cris des badauds, de la marée de gyrophares dans la nuit enneigée. Il ne se rappelait pas avoir été trouvé dans une congère par Maureen elle-même. Elle hésita, à deux doigts de tout lui dire, mais se retint.

— Ce n'est qu'après coup que j'en ai pris conscience, poursuivit-il, mais sur le moment j'avais besoin de toucher le fond pour me remettre sur les rails. Je suis tellement reconnaissant au Ciel que personne n'ait été blessé dans l'accident !

Après avoir entendu sa version de l'histoire, Maureen éprouva contre toute logique une certaine affinité avec lui. Comme elle, il avait eu le cœur brisé. Et comme elle, il avait changé de cap à la suite d'un chagrin d'amour. Leurs vies s'étaient croisées si brièvement cette nuit-là ! Et voilà qu'à présent, des années plus tard, ils se retrouvaient à un autre carrefour de l'existence.

Maureen médita là-dessus, tandis qu'ils suivaient la piste à travers bois. D'habitude, elle n'était pas du genre à se ruer dehors pour communier avec la beauté luxuriante de la nature, mais là, devant ce paysage vierge et sauvage, il était difficile de rester indifférent. La qualité de la lumière était stupéfiante, les couleurs presque irréellement contrastées. Le bleu aveuglant du ciel délimitait les contours nets de la neige et soulignait les silhouettes immenses des érables dénudés. Les arbres au feuillage persistant — de grands pins aux majestueuses silhouettes — étincelaient de stalactites qui dégouttaient à l'extrémité de leurs branches. De temps à autre, une martre pêcheuse ou un lièvre d'Amérique détalait dans la forêt, laissant derrière eux une trace creusée de fossettes.

Arrivée au sommet, Maureen mit sa main en visière pour admirer le panorama. Eddie lui tendit une paire de lunettes noires.

— Jolie vue, commenta-t-il.

— Je trouve aussi.

C'était presque *trop* beau, un spectacle si somptueux que Maureen sentit sa gorge se nouer d'une nostalgie intense. La neige habillait les montagnes d'une robe de mariée, rebrodée d'un motif complexe de ramures d'arbres sans feuilles. Au loin, le lac des Saules était un champ vaste et nu, la petite ville d'Avalon lovée autour de son rivage.

La jeune femme se sentait submergée par la magnificence de cette journée.

— C'est incroyable ! murmura-t-elle. Je vous remercie de m'avoir amenée ici.

Se rapprochant d'elle, Eddie glissa son bras sous le sien. De sa main libre, il lui ôta les lunettes de soleil.

— Merci à vous d'être venue et d'avoir été bonne joueuse.

Maureen n'osait pas bouger. Elle retenait même sa respiration. Elle brûlait de se tourner vers Eddie, de se dresser sur la pointe des pieds, d'empoigner les revers de sa parka et de lui donner un baiser long et intense, là, en pleine lumière. Ce devait être l'effet du paysage, pensa-t-elle. La nature lui faisait perdre la tête, toute cette beauté lui faussait le jugement.

La raison l'emporta finalement sur le désir. Cet homme n'était pas n'importe qui, c'était Eddie Haven. Bien sûr, il flirtait avec elle depuis des jours, mais tout cela ne pouvait aller plus loin ; ils en resteraient au stade du flirt élaboré. Elle n'allait pas sacrifier son équilibre psychologique et émotionnel, conquis de haute lutte, pour un simple flirt. Elle avait tiré des leçons de l'expérience.

— Moe, fit-il d'une voix suggestive.

Il resserra son bras autour du sien.

Oh, non ! Si elle n'intervenait pas, il allait l'embrasser en pleine lumière. Et ça… Ça…

— Ecoutez, lui dit-elle, avant que le contact brûlant de son bras autour de ses épaules ne lui fasse perdre totalement le contrôle d'elle-même, je ne voudrais pas vous la jouer « enlèvement des Sabines », mais nous devrions redescendre.

— Pourquoi tant de hâtes ? Enfin, peu importe… La question que je me pose, Moe, c'est : qu'est-ce qui vous a tant blessée, pour que vous n'arriviez pas à concevoir l'idée qu'on partage votre intimité ?

— Je ne vois pas du tout de quoi vous parlez, affirma-t-elle, terrifiée par les larmes qui lui montaient aux yeux de façon inexplicable.

— Très bien, répliqua-t-il, en remettant ses lunettes de soleil.

Il semblait d'assez bonne humeur, mais elle perçut chez lui une sécheresse qu'elle ne connaissait pas encore. Miséricorde, l'aurait-elle heurté dans ses sentiments ?

— La descente sera bien plus facile que la montée, dit-elle d'un ton faussement dégagé, tout en regagnant la piste.

— Ça dépend.

— Ça dépend de quoi ?

— De ce dont nous allons parler en descendant.

Elle coula un regard dans sa direction, mais les lunettes de soleil lui masquaient son expression.

— De quoi aimeriez-vous parler ? lui demanda-t-elle.

— De vous, pour changer. Votre sœur m'a dit que vous aviez un passé.

Maureen sentit la panique se propager dans sa poitrine.

— Elle vous a dit quoi ?

— Elle m'a dit que vous aviez traversé une période difficile, dans le passé, et qu'elle ne voulait pas qu'on vous fasse souffrir de nouveau.

Mais de quoi elle se mêle ! s'indigna Maureen en son for intérieur. Je vais la tuer !

— Alors, c'est vrai ?

Elle éluda sa question.

— Tout le monde a un passé.

Trop énigmatique, estima-t-elle. Elle n'allait faire qu'attiser sa curiosité. Si elle lui parlait un peu de son expérience, peut-être qu'il s'en contenterait et cesserait de la questionner.

— Renée faisait allusion à mon année de licence. J'ai

dépensé toutes mes économies pour aller faire des études à l'étranger, à Paris. J'étudiais l'art dramatique. Je vivais pour le théâtre, je me nourrissais de théâtre, et après la fac, je comptais aller à New York pour y être comédienne, manger de la vache enragée et, finalement, connaître un succès fulgurant. Comme ça n'a pas marché, j'ai renoncé à cette vie-là. J'ai achevé mes études et je suis retournée à Avalon, où je suis devenue bibliothécaire.

— Il y a pire dans la vie.

— Je ne me plains pas. Simplement, le passage du théâtre aux sciences de l'information et des bibliothèques a été rude.

— Et qu'est-ce qui a provoqué ce revirement ? D'élève comédienne expatriée, comment vous êtes-vous retrouvée bibliothécaire ? Et pourquoi les deux sont-ils incompatibles ?

— Ça ne l'est pas forcément. Mais pour moi si. C'est une longue histoire…

Elle rentra la tête dans les épaules et enfouit le menton dans son écharpe. Elle en avait déjà trop dit. Plus qu'une longue histoire, c'était surtout une expérience extrêmement intime. Douloureuse aussi. Une histoire qu'elle n'avait jamais racontée à personne dans son intégralité.

Ils regagnèrent le fourgon et Eddie rangea les raquettes. Durant tout le trajet de retour, Maureen garda le visage tourné vers la vitre, sachant que jamais elle n'oublierait cette journée, ce paysage magnifique, ce froid, cette complicité qu'elle avait goûtée avec Eddie.

A l'entrée de la ville, il se gara devant un petit café.

— Je vais aller nous chercher deux chocolats chauds. Et quand je reviendrai, nous parlerons. *Vous* parlerez !

— Je n'ai jamais dit que j'étais d'accord pour…

— Oh ! que si, Moe. Je reviens dans une minute.

Ils étaient arrêtés sur le bord de la route qui longeait la rivière, en direction d'Avalon.

Cet homme avait l'horripilante manie de lui attribuer des propos qu'elle n'avait jamais tenus. Elle tenta de s'imaginer en train de se confier à lui, en train de lui faire entrevoir quelques bribes de son passé. Plus jeune, elle était sociable et décontractée, elle ne craignait pas de s'ouvrir aux autres. Pour commencer, elle avait entamé des études d'art dramatique. Rien que cela, c'était significatif. La carrière la plus flamboyante qu'elle ait pu choisir, la plus périlleuse sur le plan émotionnel. Pour ses cours, elle avait dû se prêter à des exercices impliquant une confiance mutuelle et des confessions intimes, et elle avait adoré ce genre de jeu. Puis il s'était produit cette chose qui avait tout changé.

Peut-être pourrait-elle finalement partager ce secret avec Eddie. Il n'était ni de sa famille ni de ses amis. C'était juste… un collaborateur. Elle l'avait rencontré à deux reprises, quand leurs vies s'étaient croisées. Il n'avait sur elle ni pouvoir ni influence. Lui parler de son passé reviendrait à se confesser à un inconnu bienveillant. Et peut-être parviendrait-elle alors à alléger le fardeau psychologique qui pesait sur elle. En ce sens, s'ouvrir à lui s'apparenterait à une séance chez un thérapeute, en moins onéreux.

Mais ce n'était pas un thérapeute qui l'avait embrassée à la bibliothèque. Elle comptait sur eux deux pour oublier ce baiser et ce moment passé au sommet de la colline, cet instant où ils avaient failli s'embrasser de nouveau.

Mais… par où commencer ? Peut-être par la manifestation physique de son secret, celle qui ne se voyait que lorsqu'elle prenait un bain ou portait un tout petit Bikini.

Des années plus tôt, sur un coup de tête, elle s'était fait faire un tatouage, à la demande pressante de son amant français.

Quatrième partie

« Paris, ville de plaisir, où les quatre cinquièmes des habitants meurent de chagrin. »

NICOLAS DE CHAMFORT (1741-1794)

15

— On devrait te le dessiner ici, sur ce petit carré de peau où j'aime tant t'embrasser, déclara Jean-Luc, et du bout de la langue, il marqua l'endroit en question.

Etudiante fraîchement débarquée à Paris, qu'elle découvrait pour la première fois, Maureen était grisée d'excitation d'avoir su attirer le regard d'un homme aussi beau, aussi sophistiqué, aussi typiquement français que Jean-Luc.

Ils s'étaient rencontrés au musée Rodin, dans le jardin des sculptures, par l'une de ces fraîches journées du début de l'automne. Il faisait un temps magnifique — le genre de temps qu'on associe d'ordinaire à ces films intimistes qui se passent dans les rues de Paris. L'air était un tantinet frisquet et les feuilles commençaient à virer à l'or ; elles tombaient en voltigeant sur les allées pavées et les pelouses tirées au cordeau qui entouraient le bâtiment.

Il n'y avait presque aucun visiteur dans le musée. Tout n'était qu'une féerie de plâtre blanc, abritée dans une demeure d'un quartier tranquille, à l'écart de la folie trépidante des Grands Boulevards. Maureen était entièrement absorbée par l'œuvre de Rodin. Contrairement à la précision polie des sculptures de la Renaissance, la force de Rodin résidait dans sa manière de représenter l'émotion à l'état brut, que ce soit la souffrance collective des *Bourgeois de Calais* ou la concentration du *Penseur*, perdu dans sa réflexion. Sa sculpture préférée était évidemment *Le Baiser*, l'œuvre d'art la plus romantique qu'elle ait jamais vue. Elle était envoûtée par la profonde passion des amants enlacés, oublieux du reste du monde.

Serait-elle un jour aimée comme cela, avec un si complet abandon ? Deux personnes pouvaient-elles fusionner à ce point, se demandait-elle, contemplant le bronze monumental. Et — c'était l'aspect le plus cliché de l'histoire — c'est à ce moment précis que Jean-Luc était entré dans sa vie.

— Vous avez découvert mon refuge favori, lui avait-il dit dans un anglais ponctué d'une délicieuse pointe d'accent français. C'est ici que j'aime venir pour échapper au monde.

— Pourquoi voulez-vous échapper au monde ?

— Cela prendrait beaucoup de temps à expliquer, avait-il répliqué, et dès cet instant, elle avait su qu'ils auraient une aventure.

Leur liaison avait commencé comme elle s'était achevée, par un séisme émotionnel qui avait secoué tout son être. Victime consentante — ô combien consentante ! —, elle s'était laissé emporter par la passion, le cœur et le corps affamés de tout ce que cet homme représentait de nouveau en soi. Jean-Luc incarnait tous ses fantasmes. Paris avait revêtu ses atours d'automne et ils s'étaient jetés à corps perdu dans la ville, courant dans les feuilles mortes qui jonchaient les boulevards et les squares, et s'amassaient sur les trottoirs où ils buvaient un Ricard avec des glaçons, accoudés au zinc de bars peu fréquentables de Montmartre. Ils faisaient de longues balades ensemble, s'arrêtant au coin des rues pour s'embrasser, noyés dans le regard de l'autre comme seuls le sont les amoureux. Ils étaient allés sur le Pont-Neuf et avaient pris un bateau-mouche; chacun de leurs baisers ressemblait à un cliché de carte postale. Sauf que Maureen vivait véritablement la passion, qu'elle y mordait à belles dents.

En y repensant, elle n'aurait pu faire autrement, l'eût-elle seulement envisagé, que succomber.

Jean-Luc était le charme même. Mince, les yeux bruns, il avait des traits sans âge qui rappelaient à Maureen une publicité pour une eau de Cologne dans un magazine de luxe. Comment aurait-elle pu ne pas de tomber amoureuse de lui ?

Mais lui, pourquoi serait-il tombé amoureux d'elle ?

Elle se risqua à le lui demander un jour, alors qu'ils étaient amants depuis deux semaines. Ils se trouvaient dans le minuscule studio que Maureen avait loué, au cœur du XVIIe arrondissement, un quartier bohème peuplé d'artistes et d'étudiants. L'appartement se trouvait dans un ancien immeuble en pierre, sans ascenseur, qui avait hébergé autrefois des moines. Pour compenser le froid ascétique qui régnait dans le bâtiment, les meubles étaient rembourrés, y compris le lit, recouvert d'un édredon sur lequel ils se roulaient avec délice, quand Jean-Luc parvenait à dégager quelques minutes, durant sa pause-déjeuner.

C'était la première fois qu'elle était amoureuse, et rien ne l'avait préparée à un tel déferlement de passion. C'était merveilleux, à la manière des arcs-en-ciel et des étoiles filantes, des comètes et des éclairs de chaleur — un phénomène naturel qu'elle ne pouvait maîtriser et qu'elle se contentait d'admirer, le regard ébloui.

Courbée au-dessus d'un ordinateur, dans un petit cyber-café de son quartier, elle avait tenté de rédiger un mail à l'intention de sa sœur : *Chère Renée, je suis amoureuse.*

Mais elle avait effacé le message ainsi que ses tentatives suivantes. Aucun mot ne pouvait décrire ce qui lui arrivait. Elle était transportée ; elle était au septième ciel ! Ses cours — pratique du français à l'oral, aspects d'*En attendant Godot,* de Samuel Beckett, et le monde de Colette — l'effleuraient sans vraiment l'atteindre. Pas un mot ni une idée ne pénétraient la bulle irisée de son bonheur, ce qui avait rapidement entraîné la chute de ses notes jusque-là irréprochables.

Mais c'était alors le dernier de ses soucis. Comment s'intéresser à quelque chose d'aussi trivial que des notes quand on vivait une histoire d'amour aussi immense — le Grand Amour, celui qu'on ne rencontre qu'une fois, celui qu'elle avait trouvé auprès de Jean-Luc ?

Ils avaient l'habitude de discuter de ces choses-là, tous les deux enlacés, nus sur le lit. C'était invariablement l'après-midi, et ils allaient toujours chez elle, car c'était à une station de métro de la banque où il travaillait.

Jean-Luc travaillait dans une banque, mais il avait une âme d'artiste. De temps en temps, il assistait à l'une de ses lectures ou de ses représentations. Il déclarait alors qu'il était le plus fier des hommes.

Ils restaient allongés sur le lit, le corps agréablement ensommeillé après l'amour, tandis que le soleil de l'après-midi projetait sur le sol ses rayons obliques. Ils parlaient avec grand sérieux du miracle de leur passion et de la bienveillante providence qui les avait conduits l'un vers l'autre. Chaque fois qu'elle s'abîmait dans son regard, elle y lisait une flamme éternelle. La question de l'endroit où ils vivraient ne se posait pas. Ici, à Paris, où un seul après-midi au jardin du musée leur avait ouvert les portes de l'avenir.

Elle n'avait encore rien dit à sa famille, mais elle savait que tous la comprendraient. Les siens étaient formidables, aimants; ils la soutenaient dans chacune de ses initiatives. Elle imaginait déjà ses parents venant la voir. Dans sa tête, elle organisait l'itinéraire de tous les endroits qu'elle leur ferait visiter : les Tuileries et le Jeu de Paume, en passant par le Musée de Cluny et les Beaux-Arts.

De simple étudiante qu'elle était, encore ignorante de la vie, Jean-Luc l'avait transformée en femme capable de savourer chaque instant avec enthousiasme. Elle avait appris à déguster des huîtres crues, à boire du pastis et à murmurer : « Tu es tout pour moi », sans sourire.

Dans le tourbillon étourdissant de ces premières semaines, elle avait tout oublié. Oublié, par exemple, de questionner Jean-Luc sur sa famille. Elle lui avait tout dit de ses parents et de ses frères et sœurs. Lui n'avait jamais évoqué sa propre famille et cela ne l'avait pas intriguée. Tout comme elle ne s'était jamais demandé pourquoi il ne l'emmenait jamais chez lui, ni pourquoi leurs rendez-vous amoureux se déroulaient toujours l'après-midi.

Rien de tout cela n'avait d'importance. Seuls comptaient Jean-Luc, l'amour qu'elle avait pour lui et Paris en automne.

Même ce jour-là, quand elle l'avait aperçu par hasard dans la rue en compagnie d'une jolie femme et de deux petits enfants, elle n'avait pas tout de suite compris la situation. Elle s'était dit que c'était peut-être une parente à lui ou une cliente de la banque.

Il avait fallu qu'il embrasse la jolie femme sur la bouche et que l'aîné des enfants lui dise : « Au revoir, papa », pour qu'elle se rende enfin à l'évidence.

Son amour si beau, si exceptionnel, s'était fracassé contre la banale réalité; elle avait traversé la rue pour avoir une confrontation avec lui. D'abord, il ne l'avait pas vue. Il aidait sa femme et ses enfants à monter dans le break Peugeot qui attendait, puis il leur avait fait au revoir de la main tandis que leur voiture s'insérait dans le flot de la circulation. Maureen avait éprouvé chaque seconde de ce moment dans sa chair, comme si on l'avait rouée de coups.

Elle s'était retrouvée face à lui sur le trottoir, avec la sensation d'être vulnérable et meurtrie, comme une victime d'accident.

Jean-Luc était resté de marbre. Il avait le sang-froid d'un robot. Il l'avait brièvement dévisagée, puis lui avait fait un charmant sourire.

— Maureen… Quelle surprise !

— En effet, avait-elle acquiescé. C'est une surprise.

Et sans manifester l'ombre d'un remords, il avait constaté :

— Je suppose que tu les as vus.

Pendant une folle seconde, elle avait cru qu'il allait s'effondrer, tomber à genoux sur le trottoir, lui déclarer qu'il ne pouvait pas vivre sans elle, qu'il quitterait tout pour elle. Elle l'avait imaginé lui déclarant que leur amour était trop puissant pour être ignoré.

Au lieu de quoi, il avait dit :

— Je veux continuer à te voir.

A ces mots, Maureen s'était révulsée : elle avait été saisie de dégoût envers lui, mais aussi envers elle-même, pour avoir ne serait-ce qu'un instant envisagé de piétiner la vie de ces deux enfants entraperçus. Mais une partie d'elle-même — et non la moindre — brûlait de poursuivre cette liaison, comme Jean-Luc le lui suggérait.

— Tu veux dire que tu vas la quitter ? lui avait-elle demandé.

Jean-Luc n'avait pas répondu. C'était inutile. La réponse était inscrite sur son visage.

Il avait fait demi-tour et commençait à s'éloigner, quand elle avait crié :

— Attends ! Attends.

Il s'était arrêté et avait fait demi-tour.

Elle avait levé la main pour lui enjoindre de se taire. Puis elle s'était éloignée, le laissant planté là, sur le trottoir mouillé de pluie. C'était un détail, une chose insignifiante, mais elle avait voulu être à l'initiative de leur rupture. C'était elle et non lui qui l'avait quittée.

Et puis, le cœur en miettes, elle avait cru toucher le fond du désespoir. Rien ne pouvait lui arriver de pire.

Mais elle se trompait. Le pire était encore à venir.

Une semaine après l'avoir quitté, elle s'était traînée hors du lit, par une matinée trop chaude pour la saison, lourde et étouffante, et avait été prise de panique. Elle avait du retard.

Après avoir compté frénétiquement les semaines, elle s'était précipitée dans une pharmacie. Le test de grossesse avait confirmé sa crainte. Ils avaient pris des précautions, mais pas assez. Ils avaient utilisé des moyens contraceptifs ; pourtant, à un moment ou un autre, ils avaient commis une erreur.

Elle avait appelé chez elle — ses sœurs, Hannah — mais raccrochait avant que résonne la première tonalité. Comment leur annoncer ce qui lui arrivait ? A peine pouvait-elle se l'expliquer à elle-même. Enoncée à voix haute, son histoire sonnait comme une affaire lamentable et scandaleuse : *J'ai eu une aventure avec un homme sans savoir qu'il était marié. Et maintenant, je me retrouve enceinte.*

Elle s'était mise à pleurer sans plus pouvoir s'arrêter. Son désespoir avait peut-être provoqué la suite. Ces torrents de larmes étaient peut-être à l'origine de ce que le médecin avait appelé un défaut de nidation, cause fréquente de fausse couche. Elle s'était rendue dans une clinique, souffrant de contractions et de saignements. Et cette vie qu'elle portait en elle — guère plus qu'une secrète division de cellules — s'était écoulée de son corps dans de nouveaux flots de larmes amères.

Plusieurs heures après, un médecin lui avait administré un médicament contre les saignements et la douleur, puis une injection d'antibiotique. Il l'avait contemplée avec bonté et tenté de la consoler :

— Vous savez, il n'était pas fait pour vivre…

Non, avait-elle admis. Il n'était pas fait pour vivre.

Après cela, elle avait été comme morte, errant comme une âme en peine dans les rues de Paris. Elle se trouvait dans la plus belle, dans la plus passionnante ville du monde, mais d'elle-même il ne restait plus qu'une coque vide. Elle ne pouvait supporter de s'approcher des lieux où elle était allée avec Jean-Luc. Et ils étaient allés partout ensemble.

Elle se sentait détachée de la réalité. C'était sans doute la conséquence du choc nerveux qu'elle avait subi. Alors, après avoir laissé un bref message aux bureaux de la scolarité, elle avait fait ses valises et était rentrée chez elle. Elle avait dilapidé tout son pécule pour cette année universitaire à Paris. Il ne lui restait presque plus un sou en poche, mais ce n'était pas sa perte la plus cruelle. Loin de là.

Elle n'avait jamais rien dit à sa famille. Elle s'était contentée d'expliquer : « Paris ne correspond pas à ce que je m'étais imaginé. Ma place est ici. » Sa sœur Renée avait compris que ce revirement cachait une peine de cœur. Mais Maureen lui en avait confié le moins possible. Son histoire était bien trop douloureuse pour être formulée.

De retour aux Etats-Unis, elle avait changé de cap et changé de rêves. Elle avait dû trouver un projet qui puisse s'intégrer au tour qu'avait pris son existence. Ce n'était pas la vie dont elle avait rêvé petite fille, mais celle d'une jeune femme dont on avait piétiné les illusions. Et dans cette nouvelle vie, c'était elle et bien elle qui serait aux commandes : sa validation en tant que personne ne dépendrait pas des autres. Elle ne voulait plus se produire sur une scène ni être jugée. Elle n'était pas comédienne. Qu'est-ce qu'il lui avait pris d'embrasser une carrière qui exigeait qu'elle se mît à nu devant un public ? Le théâtre, c'est l'art d'éprouver des émotions : l'amour, la rage, l'euphorie, la douleur. Elle devait désormais désapprendre tout cela. Elle devait apprendre à ne plus rien ressentir. Refuser d'éprouver de la souffrance, c'était aussi s'anesthésier contre le bonheur, mais le sacrifice en valait la peine.

On pouvait changer de rêves. Son amour pour les livres et les récits l'y avait aidée.

D'un point de vue psychologique, se jouer une histoire en pensée était moins périlleux que jouer une histoire sur une scène. Ce constat fait, sa décision avait suivi tout naturellement. Elle n'avait plus jamais regardé en arrière.

Elle n'aurait jamais cru pouvoir un jour sourire de nouveau. Et puis ce fut Noël. Elle avait vu cette période arriver avec appréhension et avait rassemblé tout son courage en perspective des questions que lui poserait sa famille à propos de son séjour à Paris.

Puis Stella Romano, le chef de chœur de l'église, lui avait demandé si elle chanterait avec eux, à Noël.

Non, avait-elle eu envie de répondre. Non, plus jamais je ne chanterai. Mais, pour une raison étrange, elle s'était sentie obligée d'accepter.

— Bien sûr, avait-elle affirmé. Je suis très flattée que vous ayez pensé à moi.

Elle avait agi selon les préceptes de son père et trouvé la consolation en aidant les autres. C'était facile, en cette période de fêtes. Il lui semblait complaisant à l'extrême de s'apitoyer sur un chagrin d'amour, alors qu'elle soutenait une famille dont la maison avait été saisie, qu'elle rencontrait une femme qui avait fui un compagnon violent, ou qu'elle parlait à un adolescent s'efforçant de décrocher de la drogue. Aider à résoudre les problèmes d'autrui lui faisait relativiser les siens.

Elle n'avait pas trouvé le salut de façon théâtrale. Elle ne s'était pas réveillée un jour en décidant qu'elle était guérie de Jean-Luc. Tout s'était produit sous l'effet cumulé de sa souffrance morale et d'une attitude plus altruiste, plus généreuse. C'était aussi simple que ça. Bien qu'à l'époque cela lui ait paru impossible, la douleur avait fini par s'atténuer, peu à peu. C'était en période de Noël qu'elle réalisait le plus de progrès, quand elle s'engageait au maximum auprès des autres.

Elle avait appris à apprécier les joies simples mais profondes de la vie. Sa famille, qui la soutenait, avait compris qu'il s'était passé quelque chose de grave à Paris, mais on ne l'avait pas poussée aux confidences, voyant qu'elle ne souhaitait pas s'épancher.

Son père disait toujours : « Prends part à quelque chose de plus grand que toi. » Et, au bout du compte, Maureen avait découvert la valeur de ce conseil cette année-là. On ne peut pas s'appesantir sur ses déboires sentimentaux quand on sert le café à une mère dont l'enfant est en chimiothérapie.

Et son véritable cadeau, ce Noël-là, avait été cette prise de conscience. C'était ce qui expliquait son amour pour cette fête et sa foi profonde en son pouvoir. Si le spectacle de fin d'année pouvait communiquer aux autres ne serait-ce qu'une parcelle de cette révélation, cela suffirait à son bonheur.

C'était ainsi que le miracle s'était produit pour elle.

Dans le silence et le secret. Personne n'avait rien vu ni rien entendu, mais elle, elle avait senti la transformation s'opérer dans son cœur.

Oui… Noël était vraiment la saison des miracles. Et chaque année qui passait augmentait pour Maureen cette conviction.

16

— Ohé, Moe ! Vous êtes où, là ?

Eddie faisait claquer ses doigts sous son nez.

— Réveillez-vous ! Humez donc cette odeur de chocolat chaud…

Il lui tendit un gobelet mousseux.

— Merci, dit-elle, en tentant de chasser ses pénibles souvenirs.

Pouvait-elle se confier à lui ? Il avait été si franc avec elle, et sur plusieurs sujets intimes : son propre passé, l'accident, ses réunions aux Alcooliques anonymes. Et il ne s'en portait pas plus mal. Or, elle sentait bien qu'elle avait besoin de parler à quelqu'un. De parler, enfin. Pourquoi pas à Eddie ? Si elle l'imitait, ils seraient tous deux à égalité : chacun disposerait d'une arme pour détruire l'autre. Non, rectifia-t-elle, mentalement : ils jetteraient les bases d'une confiance réciproque.

Elle but une toute petite gorgée de chocolat avant de dire :

— Je cherche une façon d'expliquer ce qu'il m'est arrivé sans passer pour une cruche finie.

— Fichez-vous donc de passer pour une cruche finie.

— Tout ça a été si… prévisible…

— Rien chez vous n'est prévisible, Moe. Vous m'étonnez constamment.

— Ah bon ?

Elle médita sur cet aveu, en buvant son chocolat à petites gorgées. Eddie ne semblait pas pressé de connaître le fin mot de l'histoire ; il laissait le moteur tourner au ralenti et, grâce au chauffage de la voiture, un souffle d'air chaud s'échappait des grilles d'aération. Maureen se sentait agréablement épuisée après sa randonnée à raquettes, étrangement détendue, aussi, compte tenu des circonstances.

Dans le jardin, de l'autre côté de la route, des petits drapeaux de barrière invisible émergeaient de la neige, avertissant qu'un chien était à l'entraînement. Ou plutôt deux chiens. L'un ressemblait à un grand caniche au pelage naturel, non toiletté. L'autre était un géant, un croisement de chien de berger à l'allure redoutable. La seule chose qui les séparait de la route fréquentée, c'était la force invisible à l'œil nu d'un champ d'ondes radio qui émettrait une petite décharge électrique dans le cou de ces pauvres bêtes, si jamais l'une d'elles s'aventurait au-delà des limites. Le chien de berger arpentait le périmètre du jardin, et, chaque fois que passait une voiture, il poussait un jappement bref quand il s'approchait trop près du fil invisible. Il testait sans cesse le mécanisme, comme s'il pouvait obtenir un résultat différent à chaque nouvelle tentative.

Le caniche, lui, n'était pas dupe. Il savait exactement où étaient les limites, devinait Maureen, et il n'irait pas au-delà.

Maureen s'aperçut qu'Eddie patientait toujours, sans rien dire.

— Croyez-moi, reprit-elle, je suis très prévisible. C'en est même pathétique.

Mais ensuite, presque à son corps défendant, elle commença à parler et il l'écouta. C'était extraordinairement facile de se confier à lui. Elle se demandait bien pourquoi. Il lui importait qu'il ait une bonne opinion d'elle-même, mais sa décontraction et son absence totale de jugement la mettaient en confiance. Elle lui parla de la petite fille qui rêvait de faire du théâtre, de ses économies sacrifiées pour ses études à Paris. Le récit de sa rencontre avec Jean-Luc et de son engouement pour lui devait sembler bien banal à Eddie, mais si ce fut le cas, il n'en montra rien.

Elle lui parla de l'attitude stupide qu'elle avait eue vis-à-vis de cet amant indigne et de la terrible souffrance d'avoir été trahie.

— C'est donc ça ? fit Eddie, en terminant son chocolat chaud.

Le chien de berger patrouillait de nouveau, arpentant au petit trot la barrière invisible.

— En gros, oui.

Elle ne mentionna pas sa grossesse ni sa fausse couche. Un jour, peut-être, mais ce serait pour une autre fois, si l'occasion se présentait entre eux.

— Je continue d'en souffrir et je ne veux plus jamais éprouver ça.

— Je regrette vraiment qu'un salopard vous ait fait du mal. Mais franchement, Maureen, vous croyez être la seule personne au monde à avoir connu une déception sentimentale ? De tout temps, la tromperie a existé en amour. Vous êtes en bonne compagnie pour le savoir. Je veux dire avec Anna Karénine, Hester Prynne, le major Scobie, Youri Jivago… La littérature regorge d'exemples de ce type et la vie aussi !

Maureen fut surprise de l'entendre citer de telles références littéraires. Et le fait qu'il connût le prénom du Dr Jivago ne fit que rehausser son charme auprès d'elle.

— En d'autres termes, je ne devrais pas me croire si exceptionnelle, ni vaccinée contre l'amour ?

— Ce que je veux dire, c'est qu'un chagrin d'amour, ça arrive à tout le monde.

— C'est vrai, mais ça ne signifie pas pour autant qu'on n'en souffre pas. Et c'est pourquoi l'on prend toutes les précautions afin que cela ne se reproduise plus.

— Ce n'est pas la même chose et vous le savez très bien.

Elle n'était pas d'accord avec lui. Ils avaient tous deux eu le cœur brisé et avaient tous deux survécu, mais leur façon d'affronter les conséquences de cet épisode douloureux ne faisait que souligner leurs différences fondamentales. Eddie avait repris le cours de sa vie et avançait comme si chaque jour était le dernier. Elle s'était repliée sur elle-même, sous une cuirasse psychologique impénétrable, forgée par la peur. C'était bien la preuve qu'ils étaient incompatibles, non ?

Le chien de berger battit en retraite et alla se percher sur un endroit en hauteur.

— On s'est bien amusés, déclara alors Eddie, inconscient du cours qu'avaient pris les pensées de Maureen.

Il passa la première et s'engagea sur la route.

— Il faudra recommencer.

— Amusés ? se récria-t-elle. De retourner volontairement le couteau dans la plaie ?

Il se mit à rire.

— Oh ! ce n'était pas si terrible que ça... Côté cœur, en tout cas. Il faudra qu'on recommence.

— Non, mauvaise idée. Une fois suffit.

— Très bien, nous n'appellerons pas ça une sortie en

amoureux, alors. Et je vous propose demain soir, après la répétition.

— Mais...

— Mais rien !

17

Le lendemain, après la répétition, Eddie rattrapa Maureen à la sortie de l'église.

— Et notre rendez-vous ? lui rappela-t-il, comme elle semblait l'avoir oublié.

— Quel rendez-vous ? Je n'ai jamais accepté de sortir avec vous ! Pour la randonnée à raquettes… vous m'avez mise au pied du mur. Je ne vous avais pas donné mon consentement…

Cela dit, dut-elle reconnaître, elle n'avait pas non plus refusé.

— Très bien, n'appelons pas ça un rendez-vous, si vous préférez… De toute façon, j'ai quelque chose en tête qui sera plus à votre goût.

— Quoi donc ?

— Du shopping.

Maureen crut qu'elle avait mal entendu.

— Vous voulez aller faire des emplettes ?

— « Vouloir » n'est pas le terme adéquat. Disons que je *dois* faire des emplettes. Je dois acheter des cadeaux pour mes parents.

Il secoua la tête.

— Encore une chose qui me fait aimer Noël !

Il lui ouvrit la portière de son fourgon.

Elle marqua une hésitation, puis grimpa sur le siège passager.

— Qu'y a-t-il de déplaisant dans le fait d'acheter des cadeaux pour votre famille ? lui demanda-t-elle, intriguée malgré elle.

Il y avait en soi quelque chose de romantique dans le fait d'acheter des cadeaux en compagnie d'un homme.

— C'est l'un des aspects de Noël que je préfère, poursuivit-elle.

— Quoi, ce consumérisme effréné ?

— Non, les gestes d'amour. Offrir un présent à quelqu'un n'est pas forcément synonyme de dépenses. Personnellement, j'ai une grande famille et un petit salaire. Mais j'essaie toujours de trouver le cadeau qui saura plaire à son destinataire. Parfois, je n'achète rien du tout. Je donne simplement de mon temps. Par exemple, l'année dernière, j'ai gardé les enfants de ma sœur le soir de la Saint-Sylvestre, afin qu'elle et son mari puissent sortir ensemble.

— Renoncer au réveillon de la Saint-Sylvestre, c'est un sacré cadeau !

— Ça m'a fait très plaisir de le faire. Et je sais ce que vous pensez en ce moment. Vous pensez que c'était facile, étant donné que je n'avais probablement pas d'autre option pour le 31 au soir.

— En fait, je me disais que j'aimerais bien être une option pour vous, cette année, le soir de la Saint-Sylvestre…

Le cœur de Maureen s'affola. Passer la soirée de la Saint-Sylvestre en compagnie d'Eddie Haven…

— Allons donc !

— Pourquoi êtes-vous toujours aussi sceptique ?

— Je ne suis pas toujours sceptique. Seulement en ce qui vous concerne.

— Vous pouvez me dire pourquoi ?

— Parce que je n'ai pas confiance en vous. J'essaie de deviner vos intentions cachées.

— Et vous êtes persuadée que j'en ai.

— Les gens comme vous ne sortent pas avec des gens comme moi, Eddie. Encore moins le soir de la Saint-Sylvestre.

— Ah, oui ?

Il gara son fourgon sur la place d'Avalon qui, ce soir-là, grouillait de monde ; ils n'étaient pas les seuls à faire leurs courses de Noël.

— Et quel genre de personne je suis, d'après vous ?

Incroyable ! Il allait réussir à le lui faire dire.

— Le genre qui passe la nuit à faire la fête. Le genre qui se fait des amis partout. L'âme de la soirée.

— Et vous, vous n'appartenez pas à ce genre-là ?

Sa remarque la fit rire.

— Moi, je suis bibliothécaire.

— Ne vous collez pas une étiquette. Le monde est plein de bibliothécaires torrides. Et puis j'aime votre rire. Vous devriez rire plus souvent.

— Ça fait du bien de rire, reconnut-elle.

Ça fait du bien d'être avec vous aussi, Eddie, eut-elle envie de lui dire.

— Vous vous éloignez du sujet. Nous sommes censés trouver des idées de cadeaux pour vos parents.

La place resplendissait ; elle croulait sous les décorations. A l'époque où elle était maire d'Avalon, Nina Romano avait pris des mesures afin d'encourager les commerçants du quartier à coordonner leurs efforts de décoration. Il en résultait une féerie hivernale, conçue pour mettre en valeur le charme et la beauté de cette saison. Les rues et les devantures étaient festonnées de guirlandes lumineuses. De la musique s'échappait de haut-parleurs et les chalands emmitouflés se hâtaient dans le froid d'un magasin à un autre. C'était le genre d'effervescence qu'adorait Maureen à cette époque de l'année. Ils dépassèrent le Pays du Père Noël, tout illuminé et scintillant de givre — commerce oblige —, devant lequel des enfants attendaient pour rencontrer le bonhomme à barbe blanche et lui confier leurs souhaits les plus secrets.

Maureen coula un regard en direction d'Eddie : il avait la mine de quelqu'un qui a rendez-vous chez le dentiste.

— Regardez…, lui dit-elle, en désignant les enfants tout excités, spectacle qui allait certainement lui remonter le moral. Eux, ils y croient vraiment ! Osez donc me dire que vous ne croyiez pas au Père Noël quand vous étiez petit.

— Je ne croyais pas au Père Noël quand j'étais petit. Non, en réalité, j'ai cessé d'y croire quand je lui ai demandé un chiot, une année, et qu'en retour il m'a demandé un autographe.

— Il n'a pas pu faire une chose pareille ! se récria Maureen, indignée.

— Vous croyez que j'invente ?

— Bon, laissons le Père Noël de côté pour le moment. Parlons plutôt de vos parents. Comment sont-ils ?

— Mes parents ? C'est le genre cocktails à volonté. Ils commencent tous les jours dès 15 heures.

Miséricorde !

— Très bien, enchaîna-t-elle gaiement, décidée à ne pas se laisser décourager, en dépit de l'évidente mauvaise volonté d'Eddie. Et à part ça, que font-ils ? Des jeux de plateau ? Des collections ? De la musique ?

Elle marqua une pause.

— Ils aiment les vieux films ?

— Oui, surtout un, répliqua-t-il avec mauvaise humeur.

— Vous ne m'aidez pas beaucoup, vous savez... Est-ce qu'ils aiment la lecture ? Ils ont des hobbies ? Le golf ? Les travaux d'aiguille...

— Je ne sais pas, d'accord ? la coupa-t-il d'un ton sec. Alors arrêtez de me questionner !

Elle fronça les sourcils.

— Je ne comprends pas. Comment pouvez-vous ignorer ce genre de choses ?

— Laissez tomber, Maureen.

C'était pourtant lui qui avait insisté pour faire ce shopping à deux — c'était censé même être un rendez-vous —, mais, de toute évidence, il avait oublié. Plus elle arrivait à le cerner, plus il devenait irritable, fuyant. Quand se met-on sur la défensive ? Quand on est acculé. Coupable. Apeuré. Bien sûr, c'était tout à fait logique. Mais de quoi Eddie Haven pouvait-il bien avoir peur ?

Profondément intriguée, elle reprit :

— Essayons d'aborder le sujet différemment. Imaginez votre mère le jour de Noël. Vous venez de lui offrir un cadeau. Qu'espère-t-elle découvrir ?

— C'est ridicule ! Comment diable pourrais-je connaître ses pensées ?

— Parce que c'est votre mère. Vous la connaissez depuis toujours. C'est pareil pour votre père. Quand vous allez arriver chez eux le matin de Noël...

— Attendez, Maureen... je crois que je n'ai pas dû être suffisamment clair. L'idée, c'est de choisir un truc pour mes parents, de le fourrer dans une pochette-cadeau et de la leur expédier, un point, c'est tout. Ce n'est pas de résoudre mes problèmes familiaux.

— Vous avez donc bel et bien des problèmes familiaux...

— Comme tout un chacun.

— Imaginez ce qui pourrait se passer, si vous leur tendiez la main. C'est ça, la magie de Noël.

— Pardon, Maureen, mais votre guimauve… là… c'est trop pour moi. Je suis au bord du coma diabétique.

— Eddie…

— Il parle sérieusement ? fit alors une voix familière. Il est diabétique ? Oh, Maureen, moi qui comptais lui demander de participer à la foire aux cookies !

— Toi ici ? Quelle surprise ! s'exclama Maureen, en embrassant sa belle-mère.

— Je suis venue faire quelques emplettes avant de rentrer dîner avec ton père.

Hannah Davenport ôta une mitaine tricotée maison et tendit la main à Eddie.

— Vous êtes Eddie Haven ? Je mourais d'envie de vous rencontrer.

— Tout le plaisir est pour moi. Et je ne suis pas diabétique. Je mène la vie dure à Moe, c'est tout.

— *Moe*… C'est vrai… Renée m'a dit que vous lui donniez ce surnom. J'adore.

Hannah leur adressa un sourire rayonnant.

Génial, songea Maureen. La voilà qui prend son regard d'entremetteuse…

— Je compte vous voir à la bibliothèque, samedi, continuait Hannah. Pour la foire aux cookies.

— Je ne manquerais ça pour rien au monde !

Maureen aurait juré pourtant que c'était la première fois de sa vie qu'il entendait parler de foire aux cookies.

— En fait, je viens d'avoir une idée lumineuse ! s'écria Hannah. Vous pourriez faire circuler le plateau d'échantillons. Oh, supercalifragilistique ! C'est ça ! C'est exactement ce que vous allez faire. Les ventes vont exploser !

Oh, Eddie ! Merci infiniment de vous être proposé. Vous êtes un prince, franchement.

Elle le gratifia d'un sourire lumineux, avant d'ajouter :

— Je suis horriblement en retard. Maureen, ton père va me tuer.

— Je chercherai ton nom demain, à la rubrique des faits divers, répliqua Maureen, en l'embrassant avec affection.

Tandis qu'Hannah s'éloignait en toute hâte, Maureen se tourna vers Eddie.

— Félicitations ! Vous venez de vous faire « Hannarponner ». C'est comme ça qu'on dit, dans notre famille. Se faire « Hannarponner » signifie se faire embarquer dans quelque chose avant même d'avoir compris à quoi on s'engageait.

— Je vois. Et donc qu'est-ce que je viens d'accepter ? Un plateau d'échantillons de quoi ? De cookies ?

— Ha ! Pour le savoir, vous devrez vous y rendre. Les gens qui se laissent « Hannarponner » sont seuls. Venez à la bibliothèque samedi matin et vous aurez une surprise.

— Je n'ai pas envie d'avoir une surprise.

— Et moi, je n'avais pas envie d'aller faire une randonnée en raquettes, nous sommes donc à égalité. Et en parlant de corvée, vous n'avez toujours rien trouvé pour vos parents.

Elle examina un déploiement de présents sophistiqués en vitrine des Pétales de Zouzou, la boutique la plus attrayante de la ville. Atout supplémentaire, le magasin affichait en devanture un panonceau indiquant que, pour chaque vente, un pourcentage du prix serait versé au profit de la bibliothèque.

— Des chaussons en cachemire ? suggéra Maureen, en entrant la première dans le magasin. Une horloge pendule de Foucault ? Que pensez-vous de ce tirage signé Daisy Bellamy ?

Elle désigna une photographie représentant une vue

saisissante des chutes de Meerskills cascadant au fond de gorges boisées, présentée dans un encadrement de luxe.

— D'ailleurs, puisqu'on en parle, que diriez-vous d'acheter *tous* les clichés de Daisy Bellamy ?

Eddie fit ses emplettes et, impatient de partir, il pressa le pas vers la sortie.

Quelques minutes plus tard, ils quittaient la boutique, chargés d'un sac rempli de paquets-cadeaux.

— Vous n'êtes pas drôle du tout, lui dit-elle. Ce n'est pas du shopping. C'est... du passage de commandes !

— Peut-être, mais c'est efficace. Je suis content que vous soyez venue avec moi, Moe.

— Quel drôle de bonhomme vous êtes ! Ignorez-vous qu'en matière de shopping, la moitié du plaisir réside dans l'excitation de la traque ?

— Et l'autre moitié ?

Elle lui sourit.

— Arriver dans une maison à Noël, les bras chargés de présents. Voir l'expression des gens quand ils ouvrent leurs cadeaux.

Il fit un pas à l'extérieur.

— Ah, oui ? Eh bien, ce n'est pas ainsi que ça va se passer.

— Que voulez-vous dire ?

— L'arrivée chez mes parents. Le soir de Noël, je m'occuperai du spectacle, il me sera donc impossible d'aller les voir.

— Oui, mais le jour de Noël...

— Pas question, répliqua-t-il, en lui jetant un regard noir. Quoi ?

— Pourquoi n'irez-vous pas les voir ?

— Disons que mes parents et moi ne voyons pas Noël du même œil.

— Me cacheriez-vous quelque chose ? Ont-ils été affreux envers vous ? Vous ont-ils forcé à faire ce film ?

— Mais pas du tout ! Je ne leur reproche rien. Ils avaient un gamin doué pour la comédie, ils ont vu là un moyen de gagner leur vie.

— Alors pourquoi ne pas leur rendre visite ? s'étonna-t-elle, sincèrement perplexe. C'est une période merveilleuse pour se réunir, se détendre et célébrer la joie de Noël.

— Moe, j'en suis ravi pour votre famille. Mais la mienne est différente.

— C'est triste, Eddie. Ça me rend triste pour vous.

— Pas la peine.

Il s'adossa contre le bâtiment, fourra les mains dans ses poches et fixa un point dans le lointain, par-delà la place festonnée de guirlandes lumineuses. Il poussa un long soupir de frustration et un petit nuage blanc s'échappa de ses lèvres.

— Vous voulez savoir pourquoi je ne rentre pas chez mes parents à Noël ? Parce que je ne supporte pas de rester là-bas sans rien faire, à les écouter égrener les souvenirs du bon vieux temps. Je ne supporte pas l'idée d'endurer une énième projection de ce fichu film, et je ne veux pas dédicacer à leurs amis l'édition de luxe du DVD.

— Et voir vos parents ? Passer simplement un moment avec eux ?

— Ce n'est pas ce qu'ils attendent de moi. Nous ne sommes pas tous aussi anormalement normaux que les Davenport, Moe.

— Nous ne sommes pas anormaux !

— Bon, d'accord. Excusez-moi. Je dis juste qu'il y a un abîme entre la façon dont nos familles respectives vivent Noël. Pour nous, l'important n'est pas de nous retrouver tous ensemble ce jour-là en particulier.

— Si, au contraire ! insista Maureen. Chaque jour est important, mais Noël plus que les autres.

Elle hésita, rassembla tout son courage et calma sa nervosité ; elle avait toujours du mal à parler de la dynamique de sa famille avec des étrangers.

— Hannah est ma belle-mère. Je l'adore. Elle m'a soutenue dans les moments les plus pénibles de mon existence.

— Je n'avais pas compris qu'Hannah n'était pas votre mère biologique, dit-il.

— Hannah et mon père sont mariés depuis vingt ans, et ils sont ensemble depuis encore plus longtemps. Nous aimons tous Hannah et nous bénissons le Ciel qu'elle soit des nôtres.

— Votre mère est-elle… ?

De toute évidence, il ne souhaitait pas formuler complètement sa question.

— Elle est morte quand j'avais cinq ans. L'un d'entre nous a ramené un virus à la maison — vous connaissez les enfants, ils ont toujours quelque chose — et ma mère l'a attrapé. Le virus s'est attaqué directement à son myocarde. Elle a été emportée en quelques semaines. Seule une greffe aurait pu la sauver et… ma foi, ce n'est pas le genre de chose qui se planifie pour tomber pile au bon moment. A cinq ans, je ne comprenais guère la situation. Tout ce que je savais, c'est que comme tous les enfants, j'adorais ma mère, et quand elle est morte, c'est notre cœur à *tous* qui a cessé de battre, le cœur de la famille tout entière. Cela fait plus de vingt ans et elle me manque encore chaque jour.

— C'est moche. Je suis désolé, Moe… Vraiment navré…

Eddie l'attira contre lui et posa tendrement ses lèvres chaudes sur son front. Pour être naturel, ce geste n'en était pas moins tout à fait inattendu et Maureen fut profondément émue par tant de sympathie. Ce baiser-là n'était pas de même nature que celui qu'il lui avait donné à la bibliothèque, mais il la remua tout autant. Elle en oublia presque le point où elle voulait en venir. Elle s'écarta d'Eddie pour le dévisager et lui dit :

— Vous savez quoi ? Ma mère n'était pas parfaite. Je suis sûre que, comme la vôtre, elle avait ses défauts et qu'elle a commis des erreurs. Et après ? Je donnerais n'importe quoi pour passer un jour de plus avec elle.

— Et vous vous moqueriez bien que ce jour-là soit le jour de Noël ou n'importe quel autre de l'année, souligna Eddie. Ne vous méprenez pas sur mon compte, Maureen. Je vais voir mes parents bien assez souvent.

— Noël, c'est particulier.

— Pour vous, peut-être. Mais pour moi, c'est un jour comme les autres. Et pour mes parents, ce n'est qu'un prétexte pour déboucher une bouteille de mousseux de plus et pour se remémorer des choses qui, à l'époque, ne m'ont jamais paru si extraordinaires que ça.

— Et vous feriez n'importe quoi — y compris des années de travaux d'intérêt général — pour éviter de passer ce jour-là avec eux ?

— Vous avez raté votre vocation, Maureen. Vous auriez dû être psychiatre.

— Conseillère familiale.

— Si vous voulez.

— C'est incroyable, Daisy ! s'exclama Maureen, en brandissant l'affiche en papier glacé.

Daisy ne savait jamais comment les gens allaient réagir à son travail, avant d'avoir été témoin de leur réaction à chaud. Elle vit les yeux de Maureen s'embuer de larmes et sa confiance s'effrita.

— Incroyablement bien ou incroyablement mauvais ? demanda-t-elle d'une toute petite voix.

— Parfait, la rassura Maureen. Ne faites pas attention à moi. Je suis très émotive pour tout ce qui touche à Noël. Merci mille fois. Quand les gens vont la voir, ils auront tous envie d'assister au spectacle. C'est vraiment très évocateur.

L'affiche représentait une vue impressionnante d'un ciel d'hiver, la nuit. Tout en dessous, si minuscule qu'on aurait dit un jouet, se dressait l'église avec sa crèche illuminée. La scène était floue et teintée de magie. L'ensemble tenait plus du tableau que de la photographie.

— Je suis contente que le résultat vous plaise.

Daisy était passée à l'église en sortant de chez l'imprimeur.

— J'ai grimpé à mi-hauteur de la colline du Guet pour réaliser ce cliché.

— De nuit ?

Maureen frissonna.

— Dans la neige ?

— J'étais accompagnée, expliqua très vite Daisy.

Elle avait convaincu son ami Zach de lui prêter main-forte. Comme elle, il était étudiant à l'université de New York, sur le campus de New Paltz, et il lui servait parfois d'assistant pour les séances photos délicates. Zach était aussi son modèle préféré, à son grand désespoir. Avec ses cheveux raides d'un blond presque blanc et son physique de déménageur scandinave, il représentait pour Daisy un sujet fascinant. Elle aimait la compagnie de Zach, car contrairement aux autres hommes de sa vie, elle savait où elle allait avec lui.

— Eh bien, c'est splendide !

Maureen effleura son nom imprimé. Dans le coin de l'affiche, on lisait : « Spectacle mis en scène conjointement par Maureen Davenport et Eddie Haven. »

— J'avais envie de prendre des clichés plus naturels aujourd'hui, pendant la répétition, reprit Daisy, en sortant son arme préférée, un bon appareil reflex à mono-objectif numérique. Enfin, si vous n'y voyez pas d'inconvénient.

— Aucun.

Pourtant, Maureen promena un regard hésitant sur la scène.

— Il règne ici un certain chaos, je le crains.

— C'est sa façon polie de dire que les choses ne vont pas comme elle le veut, déclara Eddie Haven, qui venait de pénétrer dans l'église par une entrée latérale.

Il portait sa guitare dans un étui, ainsi que du matériel de son.

— Pas vrai, Moe ?

Daisy orienta son objectif sur Maureen juste à temps pour saisir l'émoi qui colorait ses joues d'un fard très séduisant. C'est bon, j'ai compris, pensa Daisy. Et quand Eddie sourit largement à la jeune femme en retour, Daisy fixa aussi cet instant dans son appareil. J'ai *très bien* compris même…

Voilà ce qu'elle aimait, capturer les sentiments des autres, surtout leurs émotions sincères, saisies sur le vif. Si elle était douée pour la photographie de mariage, c'était peut-être pour cela. Elle aimait ce que l'objectif révélait des gens quand ils vivaient l'instant sans penser à leur apparence. Au printemps et en été, les mariages commençaient à représenter pour elle un véritable gagne-pain. Beaucoup de photographes évitaient de faire les mariages, mais Daisy, elle, les adorait. Leur majesté théâtrale, cette atmosphère d'émotion intense, ce bonheur euphorique et même cette nervosité exacerbée, tout cela l'inspirait. Sa passion s'expliquait peut-être par le fait qu'elle ne comptait pas se marier elle-même, du moins pas dans les formes. Son passé était trop compliqué. Son présent trop monopolisé par Charlie. Son avenir ne comportait donc guère de chances d'inclure un mariage selon la tradition. Cette certitude aiguisait son regard sur les autres. Maureen et Eddie, par exemple. Ils formaient une alchimie parfaite. Ils feraient un couple magnifique, même si, de toute évidence, ils l'ignoraient encore.

— Non, vous vous trompez, disait Maureen à Eddie. Je ne suis pas la seule à penser ça. Tout le monde voit que ce spectacle part à vau-l'eau.

Eddie se tourna vers Daisy pour la prendre à témoin.

— Vous voyez ce que j'endure ?

— Où sont passés les Rois mages ? demanda Maureen. Ils étaient absents aux deux dernières répétitions.

— Ray les fait travailler de son côté, affirma Eddie. Ils s'en tirent très bien.

— Et Cecil Byrne ? Qui va le faire travailler ?

Elle jeta un regard désespéré en direction de Daisy.

— C'est un gentil garçon, mais il chante comme une casserole.

— Vous croyez que c'est grave ? demanda Eddie.

— On est là !

La large porte à double battant s'ouvrit à la volée et la foule des petits de la garderie s'engouffra à l'intérieur de l'église.

— On est prêts à répéter le spectacle ! clama une des fillettes.

— Ça tombe bien, on n'attendait que vous, leur répondit Eddie. Entrez et mettons-nous au travail.

Il toucha le bras de Maureen.

— Je m'en charge.

Puis, se tournant vers Daisy :

— C'est bien que vous soyez là.

— Vous pouvez commencer à prendre des photos tout de suite, proposa Maureen, en soufflant sur une mèche qui lui tombait sur le front. Les enfants sont toujours craquants.

— Je suis bien d'accord, répondit Daisy. Ecoutez, Maureen, je voulais vous prévenir que je n'assisterai pas au spectacle, le soir de Noël.

— Vous avez d'autres projets ?

— Avec Charlie, nous allons à Long Island. Nous passons le soir de Noël chez les grands-parents paternels de Charlie.

Daisy avait fondu en larmes en apprenant la nouvelle à ses parents, mais ceux-ci s'étaient montrés merveilleusement compréhensifs.

— Les parents d'Eddie vivent à Long Island, eux aussi, commenta Maureen, le regard comme aimanté vers lui.

Et vous êtes raide dingue de lui, songea Daisy, en dissimulant un sourire.

— Voici d'autres photos possibles; elles sont de la même série que l'affiche du spectacle.

Elle lui tendit son press-book.

— Si vous voulez, on peut choisir quelque chose de plus traditionnel.

— Non. J'adore le cliché que vous avez retenu.

Maureen feuilleta néanmoins les pages grand format, par curiosité.

— Vous êtes vraiment très douée. Votre press-book est impressionnant !

— A part Charlie, c'est ma passion depuis le lycée. Je

suis contente d'avoir découvert la photo. C'est une manière d'être en lien avec le monde.

Maureen s'attarda sur des études des deux meilleurs amis de Daisy, Zach et Sonnet.

— Je les reconnais ces deux-là, je les ai vus à la bibliothèque.

— Sonnet est la fille de ma belle-mère, elle passe une année de stage à l'étranger. Elle me manque beaucoup. Quant à Zach… C'est Zach Alger. Il vivait à Avalon, mais il a dû déménager…

— Je suis au courant de ce qui s'est passé. J'ai toujours déploré qu'il se soit retrouvé dans cette situation.

— Il s'en sort très bien, affirma Daisy. Il est à New Platz maintenant. Il travaille et fait ses études en parallèle.

Maureen tourna une page et contempla le portrait de Julian Gastineaux.

— Oh…

Son intonation fut éloquente. Tout le monde poussait la même exclamation admirative, en voyant Julian.

— C'est donc ça, une foire aux cookies ?

Eddie entra dans le hall grouillant de monde. Bordée de tables sur tous les côtés, la pièce principale de la bibliothèque semblait avoir été agencée pour l'échange de pâtisseries.

Maureen l'accueillit à l'entrée.

— Oui, c'est ça. Nous sommes vraiment ravis que vous soyez venu nous donner un coup de main.

— Je ne suis pas très au courant du concept.

Il recula d'un pas et considéra Maureen. Un rameau de houx piqué dans les cheveux, elle était vêtue d'un tablier à volants couvert de mains d'enfant ; le long de l'ourlet étaient brodés ces mots : « A Mlle Davenport, avec affection ». La plupart des femmes étaient trop sophistiquées pour porter un tablier cousu main, mais sur Maureen, l'effet était des plus charmant. En fait, il trouvait tout charmant chez elle, mais chaque fois qu'il tentait de le lui dire, elle lui opposait de la méfiance. Etant donné ce qu'elle lui avait confié sur sa première histoire d'amour, il pouvait comprendre son attitude. Ce qu'il ne comprenait pas, en revanche, c'était sa réticence à connaître l'amour de nouveau. Jamais il n'avait rencontré de femme qui craignît autant qu'elle l'échec sentimental. Il voulait lui prouver qu'une relation ne s'achevait pas forcément dans les larmes. Il voulait la convaincre que certaines histoires pouvaient durer toujours. Quant à savoir pourquoi il tenait à être celui qui le lui prouverait, c'était une question qui le tracassait depuis le soir de leur baiser à la bibliothèque.

— Allez, venez vous rendre compte par vous-même, lui dit-elle, en lui prenant la main.

Elle l'entraîna dans la grande salle. La foire aux cookies faisait visiblement figure d'événement dans la communauté. Maureen le présenta à Jane et Charles Bellamy, qui étaient récemment revenus à Avalon pour y couler une retraite heureuse. Il reconnut des dizaines d'autres personnes, Noah et Sophie, ainsi que leurs deux plus jeunes enfants. L'amie de Maureen, Olivia, ainsi que la sœur de cette dernière, Jenny, qui travaillait à la boulangerie. La belle-mère de Bo Crutcher, Mme Carminucci, chargée d'une mégaboîte de cookies. Greg et Nina Bellamy — Nina était maire d'Avalon à l'époque de l'accident d'Eddie, et elle avait applaudi la décision de la juge qui l'avait condamné à des travaux d'intérêt général. Et en un sens, Eddie avait eu la même réaction. Sans cela, il n'aurait eu nulle part où passer Noël chaque année, et il aurait sans doute fini par faire des bêtises.

Il s'aperçut que Maureen l'observait.

— Une idée vient de me frapper, lui dit-il. J'ai l'impression de connaître davantage de monde à Avalon que dans mon propre quartier à New York.

— Peut-être n'habitez-vous pas au bon endroit, suggéra-t-elle, puis elle se détourna rapidement avant qu'il ait eu le temps de voir si elle plaisantait ou non.

Au milieu de la salle se dressait l'arbre de Noël dans toute sa splendeur. Des enfants de tous âges étaient massés autour ; les yeux brillants, ils mastiquaient des cookies en admirant les lumières et les décorations.

Eddie songea à ce que pensait Maureen à propos des enfants, de la magie et de Noël. Elle voulait qu'il dépasse son allergie à Noël, comme lui voulait qu'elle surmonte ses déceptions sentimentales. Peut-être pourraient-ils conclure un marché…

— Nous organisons tous les ans une foire aux cookies au profit de la bibliothèque, lui expliqua Maureen. Mais cette année, l'enjeu est crucial.

— Haut les cœurs, Moe !

— J'ai fait mes calculs, et à moins de braquer une banque, je ne vois vraiment pas comment nous pourrions réunir assez d'argent.

— On peut considérer votre diagramme sous un autre angle…

Il lui montra la liste détaillant les statistiques de fréquentation et de prêts de livres.

— Si chaque personne ayant eu recours à la bibliothèque l'an passé voulait bien contribuer à son financement, vous rentreriez dans vos comptes.

— Ça fait beaucoup de gens, objecta Maureen. Des milliers.

— C'est tout ce que j'ai à dire.

— Ça ne marche pas comme ça, Eddie. Dans un monde parfait, peut-être. Mais le monde n'est pas parfait.

— Bon sang, Moe ! Il vous faut manger quelques cookies supplémentaires !

Elle lui fit un petit sourire tremblotant, un sourire qui lui donna envie de la serrer dans ses bras.

— Je vais me reprendre. Mais aujourd'hui, ce n'est pas mon jour, reconnut-elle. Notre responsable administrative nous a quittés sans préavis. Elle a trouvé un emploi à Green Bay.

— Dites, et ces cookies alors ?

— Vous avez raison. Veuillez m'excuser.

Elle redressa un peu les épaules et lissa son tablier coloré.

— Venez…

Dès qu'il entra dans l'atrium principal, Eddie fut assailli par l'odeur du sucre. L'air était chargé d'effluves de cookies faits maison, au beurre et au sucre, à la cannelle, au chocolat. Tous étaient exposés sur de longues tables et des bénévoles circulaient partout avec des plateaux, proposant des échantillons — anges en pain d'épice, carrés au citron, biscuits fourrés menthe-chocolat, rochers à la noix de pécan. Daisy Bellamy était là, elle aussi, qui prenait des photos des festivités — gros plans d'assiettes chargées de gourmandises, d'adultes hilares et d'enfants aux yeux écarquillés. Voilà ce à quoi devait ressembler Noël, songea Eddie. Mais même les meilleures intentions du monde ne sauveraient pas la bibliothèque.

— Je suis à la torture, Maureen. Vous sentez cette délicieuse odeur ?

— Difficile d'y résister, n'est-ce pas ? La table des Davenport est par ici.

Cela faisait belle lurette qu'une femme ne l'avait pas présenté à sa famille. D'habitude, il se sabordait auprès d'une fille avant même que les présentations n'aient été faites. C'était le côté positif de monter le spectacle avec Maureen. Elle était obligée de le supporter quoi qu'il arrive, du moins jusqu'au soir de Noël. Donc, même s'il gâchait toutes ses chances avec elle, cela lui laissait encore quelques semaines pour rectifier le tir.

La famille Davenport occupait une longue table, contre le mur du fond. Le père de Maureen, Stan, était un patriarche à la chevelure argentée, vêtu d'une chemise écossaise rouge dont il avait retroussé les manches. Son épouse, Hannah, rayonnante, distribuait des échantillons de bouchées aux noix et de carrés aux raisins secs glacés — on aurait dit la Mère Noël. Les sœurs de Maureen — Renée, qu'il avait brièvement rencontrée, Janet et Meredith — étaient extraverties et drôles. Quant à son frère, Guy, il se laissait régenter avec bonne humeur par sa femme, Mindy.

— Goûtez-moi ça, le héla Meredith. C'est une recette de notre grand-mère.

Eddie mordit dans un carré fourré aux chocolats blanc et noir. Il roula des yeux extasiés.

— Mon Dieu ! s'écria-t-il. Je crois que je n'ai jamais rien mangé d'aussi bon. *De toute ma vie.*

— Oh ! mais ce n'est qu'un début, s'écria à son tour Janet. Quelques truffes au rhum ?

— Merci, mais je préfère garder mes distances avec le rhum, s'excusa-t-il. Et ça ? Qu'est-ce que c'est ?

— Un fondant à la mélasse ; après l'avoir goûté, vous verrez la vie d'un autre œil, lui affirma Mindy.

Eddie en dégusta un.

— Si vous ne faites pas fortune avec ça, je mange mon chapeau !

— L'espoir fait vivre !

— Je suis sincère. Ces fondants pourraient tout à fait sauver la bibliothèque. Voire le monde.

— Les gens utilisent leurs meilleures recettes pour la foire aux cookies, lui expliqua Janet. La compétition se fait rude.

Maureen le prit à part.

— Alors, que pensez-vous de ma famille « anormalement normale » ?

— Je ne voulais pas être insultant en la qualifiant ainsi. Au contraire, même. Je n'ai pas rencontré beaucoup de familles où règnent la paix et l'harmonie.

— Autrement dit, ce n'est pas le cas de la vôtre ?

— On s'aime bien, dit-il. Mais c'est compliqué.

Elle le dévisagea quelques secondes, le regard adouci par une compassion qui lui alla droit au cœur.

— Alors, vous devriez agir, dit-elle d'une voix tranquille. Et le plus tôt sera le mieux.

Il lui effleura la joue. Elle s'empourpra sous l'effet de cette brève caresse.

— Respirez, Moe.

— Mais…

— Nous sommes tous impatients de faire plus ample connaissance avec vous, Eddie, dit Hannah, en s'approchant d'eux. Maureen nous a beaucoup parlé de vous.

— Vraiment ? Vous m'en direz tant.

Il était intrigué.

— Holà, pas si vite ! Tu sais bien que c'est faux, protesta Maureen, ses joues virant au cramoisi.

— Bien sûr que si !

Hannah se tourna vers Eddie, un sourire radieux aux lèvres :

— Elle ne parle plus que de vous.

— Par pitié, abrégez mes souffrances, lança Maureen à la cantonade.

— Avec une flèche de Cupidon, renchérit Hannah, en présentant à Eddie un plateau en argent chargé d'une variété étourdissante de gourmandises. Prenez un cookie, Eddie.

— Merci. Ce n'est pas de refus.

Il savoura le cookie, les yeux fermés d'extase, aussi charmé par le gâteau que par la révélation d'Hannah.

— A propos de ce que vous a dit Maureen…

A l'écart du petit groupe, Maureen regardait avec consternation Eddie se couler sans effort au sein de sa famille. Aidé en cela par son charme inné. Hannah, ses sœurs, ses divers neveux et nièces, tous lui avaient fait bon accueil et il s'était retrouvé l'objet d'une chaleureuse sollicitude. Même son père et son frère avaient sympathisé avec lui. Quelle combinaison idéale, songea-t-elle. Entre le charme d'Eddie et la sociabilité de sa famille, c'était l'alliance rêvée. La seule qui ne cadrait pas dans l'ensemble… c'était elle. Elle ne se sentait vraiment pas à l'aise avec lui, pour des raisons difficiles à admettre. Elle était un peu amoureuse de lui. Plus qu'un peu, même, et ses sentiments devenaient de plus en plus difficiles à cacher. C'était pourtant nécessaire. Elle aurait couru trop de risques, sinon, à se laisser emporter par eux.

Elle considéra sa famille avec un mélange de tendresse et d'exaspération. Hannah menait la danse, comme toujours. Comblée par son mariage, elle croyait dur comme fer qu'en amour chacun trouvait un jour chaussure à son pied.

En outre, intervenir dans la vie de ses beaux-enfants n'était pas pour elle qu'une bonne action, c'était un devoir.

— Quand j'étais jeune, j'étais une célibataire endurcie, confia-t-elle à Eddie, toujours ravie d'avoir sous la main quelqu'un à qui raconter son histoire. J'étais très opposée au mariage. Quant aux enfants, n'en parlons pas. Et puis j'ai rencontré cet homme…

Elle gratifia le père de Maureen d'un sourire épanoui.

— Un veuf avec cinq jeunes enfants. Quelles chances y avait-il pour que ça marche ?

— C'était quand même bien parti, lui fit remarquer son époux, étant donné que je te faisais une cour assidue depuis près d'un an.

Il fit un clin d'œil à Eddie.

— Non, sérieusement, elle a sauté le pas les yeux fermés. Vous savez, je craignais d'être brisé de l'intérieur, après avoir perdu ma femme si brutalement. Pour être franc, nous étions tous brisés. Et puis Hannah est arrivée, et elle a reconstruit notre famille.

— Les travaux sont toujours en cours, intervint Hannah. Surtout en ce qui vous concerne, jeune fille, ajouta-t-elle en pointant un doigt vers Maureen. Mais je suis ravie de voir que tu prends un peu de bon temps avec Eddie. Ne le laisse pas filer, il a l'étoffe d'un mari !

Les joues de Maureen s'empourprèrent.

— Tu ne te lasses jamais de proférer de telles choses ? Comment fais-tu pour toujours t'en tirer impunément ?

Elle se tourna vers Eddie.

— Excusez-la.

— Vous voulez rire ? Je meurs d'envie d'entendre la suite.

Maureen fusilla Hannah d'un regard entendu.

— Elle a des cookies à vendre. Quant à vous, vous êtes censé circuler, afin de récolter des dons importants.

— Passez-moi un plateau d'échantillons, alors, dit-il,

avant de se faufiler dans la foule avec l'aisance d'un serveur professionnel.

En quelques minutes, les gens s'agglutinèrent autour de lui. Des femmes, pour la plupart, ne put s'empêcher de remarquer Maureen. Et comment les blâmer ? Eddie dégageait une espèce de magnétisme qui allait plus loin que sa seule apparence physique. On le prenait en photo, et lui gardait le sourire rivé aux lèvres. C'est le problème avec les acteurs. On ne sait jamais s'ils jouent la comédie ou s'ils sont sincères. A force de vanter les cookies d'Hannah à cor et à cri, il provoqua une ruée vers la table de celle-ci, et toutes ses pâtisseries disparurent en un rien de temps.

Le président du conseil d'administration, M. Shannon, s'approcha d'Eddie pour bavarder un peu. Puis il se dirigea vers le podium et tapota le micro pour attirer l'attention de l'assemblée. Il fit un petit laïus d'introduction, expliquant la situation dramatique de la bibliothèque. Puis il lança :

— Et maintenant, après ce bref hommage à la bibliothèque, je vous demande d'accueillir M. Eddie Haven.

Eddie monta sur le podium et ajusta le micro, gratifiant l'assistance de son sourire éblouissant et de son regard bleu.

— Merci pour votre accueil, dit-il. Je dois avouer que c'est ma première foire aux cookies et que, maintenant que je sais de quoi il retourne, vous allez avoir du mal à vous débarrasser de moi. Quand j'étais petit, nous nous déplacions beaucoup avec mes parents. Pendant les fêtes, nous nous produisions chaque soir dans une ville différente…

Maureen se représenta la vie du petit Eddie et cette vision emplit son cœur d'une tristesse incommensurable. Elle promena son regard sur la salle, pour voir si elle était seule à éprouver ce sentiment, et fut surprise d'apercevoir un groupe improbable de visiteurs : les frères Veltry, Jabez et Cecil Byrne. Aussi différents qu'ils puissent être les uns des autres, il s'était noué entre eux une amitié inattendue. Elle alla leur souhaiter la bienvenue et leur proposa le prospectus de la foire aux cookies.

— Nous n'avons pas apporté de cookies à échanger, murmura Randy Veltry, pendant qu'Eddie continuait son petit discours.

— Ils acceptent aussi l'argent, chuchota Cecil, en sortant son portefeuille.

Maureen sentit monter en elle un sentiment de culpabilité : avait-elle vraiment commis une erreur en refusant d'obéir au grand-père de Cecil, qui voulait qu'on fasse de lui la vedette de la pièce ? De toute façon, c'était fait et Cecil était un gentil garçon qui semblait tout à fait satisfait de son rôle. Restait à espérer qu'il saurait communiquer ce sentiment à son grand-père.

Jabez, silencieux, suivait les moindres gestes d'Eddie. Comme conscient de son regard sur lui, ce dernier se tourna pour le saluer d'un hochement de tête.

— C'est triste, vous ne trouvez pas ? commenta Jabez. Je veux dire, cette histoire avec sa famille…

— En effet, dit Maureen, en le dévisageant.

Il était vite devenu l'un de ses chouchous, encore qu'elle ne le connût pas très bien.

— Et votre famille à vous, Jabez ? lui demanda-t-elle, en s'efforçant de ne pas paraître trop indiscrète.

Les traits de l'adolescent s'adoucirent, mais il gardait les yeux fixés sur Eddie.

— Tout le monde devrait passer Noël parmi les siens, déclara-t-il. Les gens qui croient vouloir être seuls pendant les fêtes sont ceux qui ont le plus besoin de leur famille.

Jabez, avait-elle remarqué, avait une façon bien à lui d'énoncer des phrases qui ne révélaient pas grand-chose de sa propre vie. Cette dernière affirmation devait sans doute concerner Eddie plus que lui-même. Il paraissait mûr et équilibré, chose étonnante chez quelqu'un de si jeune. Hannah l'aurait qualifié de vieux sage ; avec son air apaisant et sa tranquille assurance, il émanait de lui une sérénité intérieure qui gagnait tous ceux qui l'approchaient. Plutôt que de s'attacher aux tracas matériels, il préférait amener un sourire sur les lèvres de quelqu'un.

— Mais dans chaque ville où nous nous arrêtions, poursuivait Eddie, je trouvais toujours une bibliothèque. C'est un lieu où l'enfant peut laisser son imaginaire s'envoler et où la liberté intellectuelle est reine. Si de telles choses n'ont pas de prix, en revanche elles ont un coût. La bibliothèque doit fermer définitivement ses portes le 1er janvier. Le seul espoir de la conserver, c'est que chaque membre de cette communauté contribue à son fonctionnement. C'est ce qui nous rassemble tous aujourd'hui ici. Ça et les cookies. Bon appétit à tous ! Et en cette période de générosité, pensez à faire un don pour la bibliothèque !

— Pour une fois, Hannah avait raison, chuchota Janet à l'oreille de sa sœur. Je suis dingue de ce type.

Moi aussi, songea Maureen avant de se ressaisir.

S'éloignant des Falaises de la Démence, elle observa une femme faire les yeux doux à Eddie, tout en choisissant une gourmandise dans le plateau qu'il lui tendait.

— Je me demande quel effet cela fait d'être populaire à ce point, dit-elle.

— Pose-lui la question, suggéra Janet, avec un haussement d'épaules.

Meredith se joignit à elles.

— Quelle question ?

— Je me demandais comment on faisait pour vivre avec quelqu'un comme lui, avoua Maureen, avec quelqu'un d'aussi populaire et séduisant. Comment pourrait-il trouver du temps pour quelqu'un d'autre ? J'aurais toujours l'impression d'être en compétition avec le reste du monde.

— Tu le rayes de tes tablettes parce qu'il est trop populaire ?

— Non, parce que nous sommes mal assortis.

Elle sentit quelqu'un tirer sur sa jupe et baissa le regard sur l'un des plus jeunes usagers de la bibliothèque, un bambin de maternelle prénommé Toby.

— Bonjour, mademoiselle Davenport, dit-il, en la contemplant avec vénération. C'est pour vous.

Il lui offrit un cookie recouvert d'un épais glaçage couleur fluo, semé de pâtés de vermicelles en chocolat.

— Merci, Toby.

Maureen l'embrassa.

— Je te souhaite un joyeux Noël...

— Tu vois, ton point de vue sur la gloire est totalement erroné, souligna Meredith, tandis que le garçonnet détalait. Tu es aussi populaire qu'Eddie, sauf que tes fans sont plus petits.

— C'est malin !

Mais Maureen ne put réprimer un sourire.

— Hannah a raison sur un autre point, ajouta Janet. Un jour, tu feras une maman formidable.

— Holà ! Ne t'emballe pas. Par quel miracle suis-je passée de vendeuse de cookies à future maman ?

— Tu ne veux pas être mère ?

— Si, bien sûr. Mais je veux aussi être millionnaire, sauf que ce n'est pas pour autant que ça va arriver.

Elle s'efforçait de garder un ton léger, repoussant les fantômes du passé. Ses sœurs n'étaient pas au courant. Personne n'était au courant. Seul Eddie avait eu droit à une partie de ses confidences. Pour une raison insensée, elle l'avait considéré comme son meilleur ami, ce jour-là.

— Tu es trop jeune pour être aussi cynique, décréta Meredith.

— Je suis trop jeune aussi pour songer à avoir des enfants.

— Mais tu sais vraiment très bien t'y prendre avec eux.

— Je sais aussi très bien jouer des *Nocturnes* de Chopin, ce n'est pas pour ça que je vais devenir pianiste de concert, répliqua Maureen, mécontente du tour que prenait cette conversation. Pourquoi ne peut-on admettre que le mariage et la maternité ne sont pas indispensables à une vie épanouie ?

— C'est ton droit le plus strict de le penser, répliqua Janet, loyale. Mais es-tu épanouie ?

Meredith et elle échangèrent un regard chargé de doute.

— J'ai des amis, affirma Maureen. J'ai mon groupe de lecture. Je joue au mah-jong une fois par semaine et je profite à loisir de mes neveux et nièces. Je participe activement à la vie de ma paroisse et j'ai un abonnement au Met. Il se passe plein de choses dans ma vie. Je vais faire un discours à un congrès de bibliothécaires, ce week-end à Long Island.

Elle n'osa pas leur dire que le congrès en question avait lieu à Seaview, la ville même où habitaient les parents d'Eddie. C'était plus fort qu'elle : elle mourait d'envie de faire leur connaissance. Elle avait l'impression qu'ils étaient à mille lieues de savoir pourquoi leur fils les évitait chaque Noël. Ce malentendu se dissiperait sans doute en un mot.

— C'est libérateur, n'est-ce pas ? commenta Meredith, en grignotant un *polvorone* qui la saupoudra d'un nuage de sucre glace. De savoir que tu n'as pas besoin d'un homme dans ta vie ? Ça te permet de te focaliser sur l'essentiel.

La cardiologie, par exemple, songea Maureen. C'était la passion de sa sœur. L'aînée des Davenport était une fille formidable, mais elle aussi avait ses problèmes. Bien que, dans la famille, on n'abordât jamais le sujet directement, Meredith ne pouvait oublier que c'était elle qui, des années auparavant, avait ramené à la maison le virus qui avait emporté leur mère.

— Oui, mais Maureen n'a pas du tout envie de se libérer d'Eddie Haven, dit Janet.

Renée vint à son tour mettre son grain de sel :

— Il dégage une espèce de douce tristesse, vous ne trouvez pas ?

— Il ne rentre pas dans sa famille pour Noël, leur apprit Maureen.

Ses sœurs parurent horrifiées.

— C'est affreux, fit Renée.

— Disons que c'est… compliqué.

— Tu dois faire quelque chose, Maureen…

— J'ai essayé de lui parler, mais il ne veut rien entendre.

— Non, je veux dire faire *vraiment* quelque chose, précisa Janet.

— Quoi, par exemple ?

Maureen dévisagea ses trois sœurs, regrettant déjà de leur avoir parlé d'Eddie. Leurs yeux brillaient de cette lueur qu'elle connaissait bien, ses sœurs étaient déjà en mission.

18

La nuit qui tombait de bonne heure, l'hiver, mettait la plupart des gens mal à l'aise. La sortie du travail dans le noir. Les soirées qui s'étiraient, sans lumière naturelle.

Pas Maureen. C'était un des aspects de la saison qu'elle préférait. Elle accueillait même l'obscurité avec plaisir ; pour elle c'était synonyme de détente et de début de soirée précoce. Elle arrivait chez elle juste au moment où s'installait vraiment le crépuscule, croisant parfois Carolyn, la factrice, qui terminait sa tournée par sa rue.

Maureen habitait un immeuble des années vingt, une bâtisse de grès brun divisée en quatre appartements. Ses voisins étaient M. et Mme Greer, qui pouvaient se targuer d'être le plus ancien couple d'Avalon : ils étaient mariés depuis soixante-sept ans. Ensuite venait Chip et son compagnon, Gordon, un autre genre de couple. Tous deux étaient pompiers à la caserne municipale, mais aussi de fins cuisiniers. Le troisième appartement était occupé par Trent et Dee, des jeunes mariés si inséparables qu'on avait surnommé leur couple « Trendy ».

Enfin, il y avait Maureen, qui partageait son appartement avec Franklin et Héloïse — un couple aussi. Maureen avait adopté Franklin, un chat errant, et l'avait baptisé ainsi en l'honneur de Benjamin Franklin, fondateur de la première bibliothèque municipale des Etats-Unis. Pour ne pas le laisser seul quand elle partait travailler, elle était passée au refuge d'Avalon, où elle avait trouvé une adorable chatte gris tigré. Entre Héloïse et Franklin, le coup de foudre avait été immédiat. Tous trois menaient une vie fort agréable dans le vieil immeuble sans ascenseur.

Maureen n'était pas très douée en décoration, mais son appartement, au charme désuet, se suffisait presque en soi. Des rayonnages en chêne ciré occupaient pratiquement tous les murs. La fenêtre de la façade encadrait une vue du parc Rotary et du lac des Saules ; elle comportait une banquette encastrée, agrémentée de coussins moelleux. C'était la place favorite des chats. Là, côte à côte, ils passaient des heures à regarder par la fenêtre.

La bibliothèque avait fermé tôt, comme tous les vendredis. Les enfants étaient pris par leurs matchs et leurs compétitions de natation, si bien qu'aucune répétition pour le spectacle de Noël n'avait été programmée après l'école. Maureen disposait donc d'une très longue soirée de loisir. Le lendemain, elle faisait une intervention au congrès des bibliothécaires de Long Island et devait prendre un train de bonne heure. Cette soirée allait lui permettre de se plonger dans les nouveautés qu'elle avait rapportées de la bibliothèque. Et aucune autre perspective n'était plus délicieuse pour elle. Elle se sentait comme une enfant devant un assortiment de jouets flambant neufs. Par lequel commencer ? Un sombre thriller qui la ferait veiller toute la nuit ? La dernière sélection d'Oprah ? Les mémoires d'une femme échappée d'une secte ? Ce best-seller éreinté par la critique, relatant les aventures érotiques de son héroïne dans une contrée lointaine ? Tous lui paraissaient alléchants.

Si alléchants, en fait, qu'elle décida de retarder son dîner. Elle s'octroya le luxe d'un long moment dans un de ses coins-lecture préférés : sa baignoire. Son appartement comportait une baignoire à l'ancienne, à pattes de lion, ultraprofonde. Elle adorait s'enfoncer avec un bon bouquin dans un océan de mousse parfumée à la vanille.

Elle passa une heure voluptueuse en compagnie du livre sélectionné par Oprah, un récit sombre et déchirant auprès duquel sa propre vie faisait figure de conte de fées. Peut-être était-ce là l'attrait essentiel de ces ouvrages : ils laissaient entrevoir au lecteur des combats et des victoires sur la vie autrement plus rudes que ceux que doivent affronter la plupart des gens. Tandis que Maureen dévorait les pages de son livre, l'eau devint tiède et les bulles disparurent. Elle sortit de son bain, s'enveloppa les cheveux d'une serviette et enfila son peignoir. Il était à peine 19 h 30, trop tôt pour aller au lit, mais à quoi bon se rhabiller, puisqu'elle n'avait pas l'intention de ressortir ? Elle enfila donc son pyjama préféré — celui en flanelle avec des chats — et ses chaussons en peluche. Il était rare qu'elle eût recours aux plats surgelés — symboles, pour elle, du statut de vieille fille pathétique —, mais, ce soir-là, elle enfreignit son propre règlement et enfourna au four à micro-ondes une portion Délices Minceur.

Levant à peine les yeux de son livre, elle se servit un verre de lait et sortit son dîner du four. A l'épicerie, cette spécialité de pâtes lui avait paru appétissante mais, après examen plus approfondi, ce n'était que de simples macaronis au fromage.

Elle posa son livre ouvert sur la table de la cuisine, afin de pouvoir continuer sa lecture tout en mangeant. De temps à autre, elle levait les yeux pour regarder ses chats. Ils occupaient leur place habituelle sur la banquette, adorables dans le halo multicolore des guirlandes électriques dont Maureen avait festonné sa fenêtre. Tout à côté, elle avait installé un vrai sapin, de petite taille, dans un seau émaillé rouge, et l'avait orné de lumières et de quelques décorations choisies.

— Si j'étais douée, je vous prendrais en photo pour mes cartes de Noël, tous les deux, leur dit-elle. Mais c'est sans doute mieux que je m'abstienne... Vous êtes si mignons que les gens en feraient une jaunisse.

Elle soupira, chipota sa nourriture et tenta de se concentrer sur son livre, mais elle avait atteint un passage moins palpitant et son esprit se mit à vagabonder.

— Je ne sais pas ce que j'ai, ces temps-ci, avoua-t-elle à Héloïse et Franklin, qui avaient changé de position et, tournés vers elle, la fixaient de leurs prunelles claires, mais je me sens terriblement *célibataire*. On dirait que tout le monde est en couple. Même Meredith sort avec son chirurgien thoracique ! Le seul autre célibataire que je connaisse, c'est...

Elle fut interrompue par un coup de sonnette. Sans doute « Trendy », venu lui emprunter quelque chose. Le jeune couple s'était tout juste installé et il était fréquent qu'ils viennent lui demander un moule à gâteau, un batteur ou n'importe quoi d'autre.

Elle ouvrit la porte et se trouva nez à nez avec Eddie Haven.

— Oh ! s'exclama-t-elle.

Sur le moment, ce fut l'unique son qu'elle parvint à articuler. Elle resta devant lui bouche bée, comme frappée de stupeur. Ou de stupidité, se dit-elle, quelques secondes plus tard, quand elle fut revenue de sa surprise.

— Salut, Maureen… Ça vous dérange si j'entre ?

Et sans attendre sa réponse, il pénétra d'un pas décidé dans son appartement, la mine superbe : l'air froid lui avait avivé les joues et ses yeux pétillaient de bonne humeur.

— Alors c'est ici chez vous…

Maureen se força à passer en revue ce qui s'offrait au regard d'Eddie : les deux chats sur leur banquette, les innombrables bouquins, le plateau-repas dans son emballage en carton encore sur la table, près du verre de lait et du livre ouvert.

Les yeux d'Eddie balayèrent la pièce avec lenteur, puis se posèrent finalement sur la flanelle passée de son pyjama, sur ses chaussons en peluche et sur ses cheveux raides encore humides.

Maureen sentit chaque cellule de son corps se liquéfier de mortification. Qu'allait-il penser d'elle, cette fois-ci ? Elle aimait mieux ne pas y réfléchir.

— Je… euh… je ne vous attendais pas, finit-elle par dire.

— Je suis passé sur un coup de tête. Je vous aurais bien appelée, mais vous m'auriez sûrement envoyé promener.

Inspire profondément, s'enjoignit-elle. Pas de panique… Peu importe ce qu'il pense de toi. Après tout, tu n'attends rien de lui, n'est-ce pas ?

Pourtant, inutile de se leurrer, elle se sentait comme prise en flagrant délit. Il la découvrait seule chez elle un vendredi soir, complètement prise au dépourvu puisqu'elle n'attendait aucune visite. Tout, sur elle, dans l'appartement, l'affirmait. Aurait-elle porté la mention « pauvre fille » imprimée sur le front, que la situation n'en aurait pas été plus explicite.

— Que, hum… que puis-je faire pour vous ? lui demanda-t-elle gauchement.

— Je bloque, dit-il sans ambages. Vous m'avez demandé de réécrire ma chanson pour le spectacle, mais je bloque.

— Et vous êtes venu, parce que… ?

— Parce que je ne peux pas vous donner satisfaction.

Il lui rendit le CD qu'elle lui avait prêté pour qu'il y puise l'inspiration.

— Si je dois écrire quelque chose, il faudra que ça me vienne d'ailleurs.

Et vous aviez besoin de débarquer chez moi sans crier gare pour me l'annoncer en personne ? eut-elle envie de lui demander. De me surprendre en plein marasme de vieille fille célibataire ?

— Qu'attendez-vous de moi, Eddie ?

Il désigna le CD.

— J'ai écouté votre style de musique. Que diriez-vous maintenant d'écouter la mienne ?

— Très bien, dit-elle. Je le ferai.

— Ce soir.

— D'accord.

Elle laissa passer quelques secondes, puis demanda, désignant le CD qu'il venait de lui rendre :

— Vous l'avez gravée là-dessus ?

— Non, je vous parle d'aller à un concert. Ce soir, le groupe L'Enfant intérieur joue à la Taverne de la colline.

La dernière apparition de Maureen à la Taverne de la colline avait été des plus embarrassante. Elle s'était sentie totalement déplacée parmi les habitués — ces femmes en pull moulant, ces hommes affalés sur leur siège devant des bouteilles de bière à long col. Ce n'était pas son décor. Ce n'était pas son univers.

Elle croisa les bras sur la poitrine.

— Ce soir, je ne peux pas, je suis prise…

Eddie posa un regard appuyé sur le livre ouvert et le plateau-repas à moitié consommé.

— Vous préférez lire un bouquin plutôt que de venir m'écouter ? C'est ce que je dois comprendre ?

— Ce livre a obtenu le Prix Orange, lui fit-elle remarquer.

— Alors dans ce cas…, ironisa-t-il. Allez, Maureen ! De quoi avez-vous peur ?

De vous, Eddie, lui avoua-t-elle silencieusement. De mon cœur, qui bat trop vite quand je vous vois. De tout.

Elle ne pouvait pas le dire à voix haute et rester campée là à discuter avec lui ne servirait qu'à prolonger sa présence dans son appartement et, du même coup, sa propre humiliation.

— Très bien, fit-elle. Je vous rejoindrai là-bas.

— Génial ! On commencera sûrement vers 21 heures.

— J'ai hâte d'y être.

Elle referma derrière lui et s'adossa à la porte comme pour la maintenir close. Puis elle se laissa glisser lentement jusqu'à terre, les genoux ramenés sur la poitrine et la tête pendante, mortifiée.

Finalement, jugeant cet autoapitoiement tout à fait improductif, elle se releva brusquement et courut à sa chambre pour trouver quelque chose à se mettre. Elle sortit pêle-mêle plusieurs tenues de sa penderie, gagnée par une frustration croissante au fur et à mesure qu'elle jetait sur son lit des vêtements ternes et démodés. Bonté divine, depuis quand n'était-elle pas allée faire du shopping ?

Un quart d'heure plus tard, au bord du naufrage psychologique, elle sonnait à la porte de sa meilleure amie, Olivia. Olivia était la personne la plus élégante qu'elle connût. Elle s'en voulait beaucoup de déranger le couple un vendredi soir, mais elle était aux abois. Par les vitres de la véranda, elle apercevait Olivia et Connor assis de part et d'autre de la table basse, absorbés par une partie de Scrabble.

Maureen éprouva un pincement au cœur, comme cela lui arrivait parfois devant le spectacle d'un couple heureux, traversée par une brève impression de vide.

Justement, se reprit-elle, tu es là parce que *tu ne veux pas* passer ta soirée seule.

Connor vint lui ouvrir et la fit entrer. Elle les salua avec un sourire nerveux, puis fixa Olivia d'un regard empli de désespoir.

— Pardon d'interrompre votre soirée, dit-elle, mais j'ai besoin de ton aide.

— Bien sûr, dis-moi ce qui t'arrive, lui répondit Olivia.

Connor prit la main de sa femme pour l'aider à se lever.

— J'ai besoin d'une tenue chic.

— Entièrement d'accord avec toi, la railla gentiment Connor.

Olivia lui donna une tape sur le bras.

— Gros malin, va !

Il fit un pas en arrière, levant les mains en signe de reddition.

— C'est bon, je m'en vais…

— Excuse-moi, Connor, lui dit Maureen. Franchement, si je pouvais m'en sortir seule, je le ferais.

— Pas de souci, Maureen, affirma-t-il avec bonne humeur, se penchant pour déposer un baiser sur la joue d'Olivia. Je vais me consoler avec une bière, devant un match de hockey.

Maureen jeta un coup d'œil au plateau de Scrabble. La plupart des mots étaient à connotation sexuelle ou lourds de sous-entendus.

Remarquant son regard surpris, Olivia éclata de rire.

— Ma chérie, je suis enceinte de huit mois ! Voilà à

quoi se résume à peu près toute notre sexualité en ce moment. D'ailleurs, en parlant de sexe, je vais risquer une hypothèse osée : j'imagine que si tu as besoin d'une tenue géniale, c'est pour impressionner un type génial.

Maureen opina.

— Pour ça et aussi pour redorer mon image.

Olivia était son amie et elle lui parla franchement de la visite d'Eddie, du pyjama, du livre et du plateau-repas. Et des chaussons en peluche.

— En même temps, je me sens vraiment futile de vouloir me faire belle pour impressionner cet homme.

— Ça n'a rien de futile, Maureen ! Et quand bien même… Un peu de légèreté, de temps en temps, ça ne peut pas te faire de mal, tu sais…

Olivia la prit par le bras et l'emmena dans sa chambre.

— On va bien s'amuser, déclara-t-elle, en allumant la lumière de son dressing. Depuis que j'ai pris du ventre, j'ai perdu de vue la plupart de mes vêtements.

Avant de venir vivre à Avalon, Olivia tenait une agence de revalorisation immobilière à Manhattan. Son style inimitable s'affichait également dans sa penderie et, très vite, elle lui composa une tenue : un jean moulant haute couture, un pull en cachemire près du corps et des bottes à talon aiguille.

Maureen ne se reconnut pas dans ces vêtements, à tous les sens du terme, mais elle se sentit en même temps pleine d'une audace inédite. Néanmoins, elle considéra les bottes avec horreur.

— Je ne vais jamais réussir à faire un pas avec ça !

— Absurde ! Et puis c'est juste pour un soir. Passe-les et tu t'y feras, tu verras, le temps que je te coiffe et que je te maquille. Allez ! Toute résistance est inutile. A propos, j'espère que tu as apporté tes lentilles de contact ?

— A contrecœur, avoua Maureen.

Olivia se mit à l'œuvre, armée d'un fer à cheveux électrique et de mousse coiffante. Elle lui appliqua ensuite tout un attirail de fards sur le visage, prenant sa tâche avec autant de sérieux qu'un chirurgien esthétique.

— C'est vraiment très gentil à toi, dit Maureen.

En temps normal, elle n'était pas du genre à se faire pomponner, mais pour une raison inexplicable, ce soir, c'était un luxe bien agréable.

— Ça m'amuse, affirma Olivia. Et ça t'amusera encore plus, quand tu te seras vue dans le miroir.

Elle refusa que Maureen se regarde avant la fin de sa séance de relooking. Enfin, elle la prit par la main et la conduisit vers la psyché.

— Prête ? lui demanda-t-elle. Tourne-toi !

Maureen obéit.

— Wouah..., fit-elle.

Et c'est tout ce qu'elle sut dire.

Eddie s'installa dans un coin de la taverne, se reprochant de n'avoir pas plutôt appelé Maureen, au lieu de débarquer chez elle à l'improviste. Elle avait eu l'air gêné qu'il la surprenne en pyjama, malgré ses efforts pour n'en rien laisser paraître.

Pourtant, il l'avait trouvée terriblement sexy, dans l'éclairage tamisé de son appartement, toute fraîche de son bain, délicieusement parfumée.

— Qu'est-ce qui te rend si heureux ? lui demanda Ray, en réglant son synthé. Tu as couché avec une fille ou quoi ?

— Pas du tout. Je n'ai pas le droit d'avoir l'air heureux ?

— Pas comme ça ! Pas sans coucher avec une fille. C'est qui ? Allez, raconte...

Ray comptait parmi les rares personnes à savoir que la peine d'intérêt général d'Eddie avait pris fin depuis longtemps. Sans doute ne comprenait-il pas ce qui le poussait à continuer alors son bénévolat dans le cadre du spectacle, année après année, mais il n'en parlait pas. L'amitié, c'est parfois aussi simple que cela. Savoir se taire.

— Qui est-ce ? insista-t-il.

Eddie secoua la tête.

— Si je te le disais, tu ne me croirais pas.

— Essaie toujours.

— C'est cette bibliothécaire, je parie... Maureen Davenport, lança Bo Crutcher d'une voix forte, en branchant sa guitare basse.

Ray plaqua un sinistre accord mineur sur son clavier.

— Ne me dis pas que tu couches avec Little Miss Sunshine !

— Non. Ce n'est pas ça.

Eddie ne pouvait décrire ce qu'il en était exactement ; c'était la première fois qu'il éprouvait ce genre d'attirance.

— Cela dit, c'est quand même là où j'espère en venir.

— Tu me m'apprends rien, mon vieux. Dis-moi plutôt ce que j'ignore.

— Tu ne...

Eddie s'interrompit, voyant au même moment une femme entrer dans le bar. Elle marqua une pause sur le seuil, et, l'espace d'un instant, l'avancée de néons bleus et blancs souligna sa silhouette d'une lumière éblouissante. Elle était à tomber dans ce jean étroit et ce pull qui moulaient chaque courbe de son corps, avec ces bottes à talon haut et ses longs cheveux dénoués. Les types massés autour du billard en oublièrent de jouer et certains des consommateurs alignés au bar la dévisagèrent.

Il fallut à Eddie quelques secondes pour la reconnaître.

Il s'empara de son verre d'eau et en but une gorgée avant d'aller la saluer, tandis que Ray plaquait un riff de *Good Golly Miss Molly*.

— Maureen…

Elle s'avança vers lui en vacillant sur ses talons, les chevilles un peu flageolantes. Il lui glissa un bras autour de la taille pour l'empêcher de perdre l'équilibre.

— Désolée, dit-elle, l'air agité, tout en se dégageant. Entre les talons et les lentilles de contact, je vais me casser la figure. Mais qu'importe ! Il faut vivre dangereusement, pas vrai ?

Eddie ne pouvait détacher son regard d'elle. Le contraste était saisissant, inimaginable même, entre la femme qu'il avait trouvée en pyjama dans son appartement et celle qui lui faisait face à présent. Et pourtant, c'était bien Maureen. Quelle psychologie complexe elle devait avoir, pensa-t-il. Quand il s'imaginait l'avoir cernée, elle se dérobait, lui montrant une autre facette de sa personnalité.

— Je vous aimais bien dans vos chaussons en peluche, lui dit-il.

— Pour votre gouverne, je les remettrai dès que je serai rentrée.

L'ancienne Maureen avait encore du répondant…

— Eh bien, je suis vraiment très content que vous soyez venue ce soir, Moe.

— Je suis venue pour vous écouter. N'est-ce pas ce que vous souhaitiez ?

Il sourit.

— C'est déjà un début. Venez dire bonjour à tout le monde…

Il passa derrière elle et la mena jusqu'à une table d'angle, sans la quitter du regard. Décidément, elle était faite pour le jean moulant !

Maureen salua Kim Crutcher et Sophie, l'épouse de Noah, qui profitait d'une rare soirée de liberté pendant que ses grands enfants s'occupaient des petits. Les deux femmes sympathisèrent immédiatement avec elle et l'inclurent dans leur conversation entre filles. Il était intéressant de voir comment le comportement de Maureen évoluait en fonction de sa tenue. La bibliothécaire timide avait cédé la place à une femme très à l'aise en société. Affirmée, presque. Bo posa sa guitare basse, rejoignit la table et se glissa aux côtés de sa femme, qui se tourna vers lui, les yeux pleins de tendresse.

— Que donnerais-tu pour avoir quelqu'un qui te regarde comme ça ? demanda Ray à Eddie, en désignant Bo et Kim.

Jeunes mariés, enfin relativement, ces deux-là étaient quasiment fusionnels.

— Tes canines ?

— Mais bien sûr. A quoi ça me sert d'avoir des canines ?

— Ton testicule gauche ?

— Ouille ! Tais-toi et joue, Tolley.

Ils arrachèrent Bo à son épouse et exécutèrent un set d'une demi-heure au bénéfice du public peu nombreux mais enthousiaste de la Colline, couvrant un répertoire de rengaines populaires entrecoupées de deux ou trois de leurs propres compositions.

Tout en jouant, Eddie gardait l'œil sur Maureen, l'air de rien. Un type imbibé de bière s'approcha d'elle et se pencha pour lui glisser un mot à l'oreille. Eddie allait bondir à son secours, mais elle envoya calmement promener l'importun. Apparemment, elle n'avait pas compris qu'il la draguait. Bon sang, quelle drôle de fille ! se dit Eddie. Et il était fou d'elle. Quelle histoire !

A la pause, il commanda un café et vint prendre place à côté d'elle.

— Alors ?

— Vous êtes fantastiques ! Quant à vos chansons originales... Vous êtes un merveilleux compositeur, Eddie. Je le savais déjà, mais en vous écoutant, eh bien... je m'en veux de vous avoir demandé d'écrire une chanson pour le spectacle.

— Je ne comprends pas. Pourquoi vous en voulez-vous ?

— Je ne me suis pas rendu compte de ce que je vous demandais. Vos chansons viennent du cœur.

— Et ?

— Celle que vous m'avez chantée à la bibliothèque... j'ai eu tort de la critiquer.

— Cette chanson-là parlait de vous, Maureen, pas de Noël. Aussi, j'ai décidé de travailler sur autre chose pour le spectacle.

Elle jeta un regard furtif autour d'elle, comme si elle était prise au piège.

— De moi ?

— Maureen...

— Eddie...

Elle semblait sur le point de prendre ses jambes à son cou.

Il lui sourit, essayant de la mettre à l'aise.

— Nous ne sommes pas obligés d'en parler maintenant.

Elle s'affala contre le dossier de son siège, soulagée.

— Merci.

Puis elle se pencha et but nerveusement une gorgée de son verre.

Il leva son mug de café comme pour porter un toast. Maureen, elle, buvait quelque chose qui ressemblait à une boisson de fille, agrémentée d'une cerise.

— Est-ce que je peux vous poser une question… assez personnelle ? lui demanda-t-elle finalement.

— Posez-la toujours. Mais je ne promets pas d'y répondre.

— Oh ! alors, dans ce cas…

— Je blaguais, Maureen !

Il adorait son sérieux en toutes circonstances.

— Je me demandais simplement si ça ne vous dérangeait pas de fréquenter un bar, étant donné que, enfin, vous savez bien… étant donné que vous êtes abstinent.

— Alcoolique en voie de guérison, précisa-t-il. C'est une catégorie bien particulière d'abstinents. Ça ne me dérange pas d'en parler, vous savez…

Il fut un temps où rester sobre était pour lui un combat quotidien, mais c'était il y a longtemps. Aujourd'hui, c'était un *cadeau* quotidien de se réveiller l'esprit clair et de le rester. Pour certaines personnes, la sobriété était peut-être une chose acquise ; pas pour lui. Après avoir failli tout perdre, il n'allait pas remettre tout cela en péril.

— Il y en a toute une page sur internet !

— Je vous l'ai déjà dit : je ne regarde pas ce genre de choses.

Encore un trait qu'il aimait chez elle. Sa loyauté. Son intégrité.

— Merci, Moe. Si seulement les crétins qui ont mis cet article en ligne étaient comme vous !

Internet offrait à son propos une compilation de faits bruts et de rumeurs pour tabloïds à la lisière du mensonge. Certains liens renvoyaient à des articles d'une véracité douteuse, à des photos de lui, de sa famille ou d'anciennes petites amies. Comme l'avait dit Maureen un jour, l'existence de telles ressources sur internet tenait de la violation de la vie privée. Voir des faits sortis de leur contexte s'étaler sans nuances et en toutes lettres sur un écran d'ordinateur ôtait toute humanité à l'histoire d'un individu. *Eddie Haven a eu un accident alors qu'il roulait en état d'ivresse, délit qui lui a valu une peine de travaux d'intérêt général…* De quoi le faire passer pour un raté fini.

— Après tout ce temps, dit-il à Maureen, c'est de l'ordre du non-événement. Il n'y a rien qui m'intéresse là-dedans, ça ne me concerne pas.

— Vous êtes sérieux ?

— Tout à fait sérieux.

Elle le dévisagea longuement, d'un regard pénétrant.

— Quoi ?

— Vous devriez être fier de vous, Eddie.

— D'avoir sauvé ma peau ? Ça n'a rien d'un exploit, si l'on considère l'alternative.

— Je pense que vous minimisez volontairement la difficulté de la chose. Vos parents aussi doivent être fiers de vous.

A ces mots, il haussa les épaules.

— On dirait qu'ils évitent le sujet. Ça les touche d'un peu trop près, je crois. C'étaient de sacrés fêtards à leur grande époque, et voir leur fils s'extraire de l'alcoolisme leur rappelle sûrement une réalité désagréable.

Maureen le considéra d'un air horrifié.

— Ce sont eux qui vous l'ont dit ?

— Non… mais je le devine.

— De toute évidence, il faut que vous en discutiez ensemble.

Eddie ne put s'empêcher de sourire.

— Tout est si simple avec vous, Moe !

— Parlez-leur. Vous vous orienterez mieux à l'avenir quand vous saurez d'où vous venez.

— Vous avez l'âme d'une philosophe, ce soir.

Elle fit tournoyer sa cerise dans le verre à pied.

— J'ai lu ça quelque part dans un bouquin. Il m'arrive de faire un truc avec les livres...

Elle s'interrompit et balaya d'un geste le reste de sa phrase.

— Oubliez ça. Vous allez me prendre pour une idiote.

— Ça ne me ferait pas de mal de rire un petit peu, répliqua-t-il, soulagé qu'elle change de sujet.

— Bon, d'accord. Eh bien, parfois, je ferme les yeux, je choisis une phrase au hasard dans un livre et je la laisse me guider. C'est un jeu, rien de plus.

Elle rougit, porta la cerise à ses lèvres, la grignota et finit par refermer la bouche dessus. Quand elle s'aperçut qu'Eddie la fixait, ses joues virèrent au cramoisi.

— Vous voulez boire autre chose ? lui proposa-t-il.

— Volontiers.

— Qu'est-ce que vous buvez ?

— Un Shirley Temple.

Eddie héla Maggie Lynn.

— Deux cerises !

— Merci, dit Maureen.

Elle avait quelque chose de candide et charmant dans sa façon de le regarder. Non, pas seulement charmant. Quelque chose d'indéniablement sexy.

Il n'avait pas éprouvé ce qu'il éprouvait pour cette femme depuis... Jamais ! Pas même pour les filles à qui il avait dit : « Je t'aime », pas même pour la femme qu'il avait demandée en mariage.

Quelles étaient ses chances avec elle ?

Debout maintenant devant la porte de son immeuble, Maureen regrettait de ne pas avoir bu quelque chose de plus fort que des Shirley Temple. Et puis non, en fait, elle ne le regrettait pas. Cela n'aurait pas été correct de prendre une boisson alcoolisée quand Eddie faisait tant d'efforts pour rester abstinent. Néanmoins, elle se sentait terriblement nerveuse. Il avait insisté pour la raccompagner chez elle, sans tenir compte de ses protestations.

— Je n'ai pas besoin qu'on me ramène chez moi, avait-elle répété.

— Je sais. Mais moi, j'en ai *envie*.

Et voilà que, à présent, ils se retrouvaient face à face sur le grès brun de la dernière marche et elle était au comble du trac.

— Bon, dit-elle. Eh bien, merci…

— Invitez-moi à boire un dernier verre, suggéra-t-il.

— Oh, je ne pense pas que…

— Bonne idée. Ne pensons pas ! Contentez-vous de m'inviter chez vous et nous verrons bien ce qui se passera.

Elle en avait envie. Cela ne rimait à rien, c'était du plus haut ridicule, mais elle en mourait d'envie. Avant de perdre tous ses moyens, elle inséra brutalement la clé dans la serrure et le précéda dans son appartement. Les chats les accueillirent en s'enroulant autour de leurs chevilles. Tout était dans l'état où elle l'avait laissé quand elle avait foncé à sa séance de relooking express, avant de se rendre à la Taverne de la colline. Son livre était encore ouvert sur la table. Il y avait des assiettes sales dans l'évier, son plateau-repas. Elle était partie sans se douter une seule seconde qu'elle ne reviendrait pas seule.

— J'aime bien votre petit chez-vous, déclara Eddie, en ôtant sa parka qu'il posa sur le dossier d'une chaise.

Puis il l'aida à se débarrasser de son manteau.

— Je vous aime bien, Moe. Je crois même que je suis en train de tomber amoureux de vous…

Maureen s'arrêta de respirer.

— Vraiment ?

— Oui, dit-il, en l'attirant doucement dans ses bras.

Il se pencha pour l'embrasser.

— Vraiment.

Tout cela était absurde, irréel ! Elle ne devait pas croire à sa déclaration ! Et pourtant elle y crut.

Il la prit par la main et elle se laissa mener à la chambre. Sa lampe de lecture était allumée.

— Trop agressive, cette lumière, marmonna Eddie, trop forte.

— Je lis tous les soirs avant de m'endormir.

— Pas ce soir, en tout cas.

Au ton de sa voix, elle sentit monter en elle un désir brûlant.

— Eddie…

— Attendez-moi ici, Moe. Ne bougez pas.

Il alla chercher la guirlande lumineuse qui décorait la fenêtre du salon et revint dans la chambre.

Il la brancha et la disposa sur la tête de lit, plongeant la pièce dans une douce lueur multicolore.

— Voilà qui est mieux, commenta-t-il, puis il ôta son jean comme si c'était la chose la plus naturelle du monde.

Elle le contempla, interloquée.

— Vous portez un boxer *de Père Noël* ?

Elle se mit à pouffer, le temps que les baisers d'Eddie la conduisent de l'humour à la passion, une passion qui fit voler ses dernières appréhensions et la laissa pantelante de désir.

Il la déshabilla avec des gestes lents dont l'érotisme lui fit perdre la tête. Il l'allongea sur le lit que la guirlande de Noël baignait d'un halo irisé. Elle l'enlaça dans un moment de délicieux abandon. Il incarnait son fantasme le plus intime ; il était tendre, langoureux, attentionné, totalement en accord avec lui-même, comme si son objectif principal dans la vie était de lui faire l'amour.

Il lui enseigna beaucoup de choses... Le pouvoir d'un baiser déposé à l'endroit idéal, la chaude et irrésistible caresse de ses mains parcourant son corps, la suggestion enivrante d'un murmure à son oreille. L'explosion de joie d'un désir contenu et enfin libéré avec exubérance. Il n'exigea rien d'elle et pourtant elle lui donna tout ce qu'elle avait, cette passion enfouie au fond d'elle-même, là où personne d'autre qu'Eddie ne s'était donné la peine de chercher. Et elle était douée pour l'amour. Elle le savait car Eddie le lui avait dit et redit pendant que les heures filaient...

— Un tatouage, s'exclama-t-il soudain avec un gloussement.

Il se pencha pour suivre du doigt le motif qui ornait sa chute de reins.

— La bibliothécaire a un tatouage ! Ça, alors, Maureen, mais c'est un... *Bon sang !*

— C'est-à-dire que si j'avais su que ça s'appelait un « tatoo pouf », je ne me le serais jamais fait faire.

Elle n'en revenait pas de ce qu'ils avaient fait. Elle n'arrivait pas à croire qu'elle avait quitté la Taverne de la colline et ramené Eddie chez elle. Elle n'arrivait pas à croire qu'ils aient fait l'amour jusqu'à ce qu'elle en soit au bord des larmes.

Le lendemain, ils durent se lever aux aurores, car Eddie était attendu à la radio et Maureen devait prendre le train de bonne heure. Il y eut ce moment de gêne de « l'après », du côté de Maureen, en tout cas. Elle tenta de se comporter comme si le fait de se réveiller dans la chaleur d'un homme séduisant était pour elle chose tout à fait banale. Eddie, lui, semblait parfaitement à l'aise ; il s'étira avec volupté et poussa un gémissement mécontent tandis qu'elle se glissait hors du lit et s'emparait de son peignoir de bain.

— Je dois partir, lui dit-elle. C'est notre congrès de fin d'année.

Elle envisagea brièvement de débrancher la guirlande lumineuse qui ornait le lit, puis décida de la laisser allumée. Après tout, pourquoi pas ?

— Tu ne peux pas y couper ? lui demanda-t-il.

— Non et encore moins cette année. Je risque de devoir trouver un emploi sous peu, et il me faut rester en contact avec mon réseau de connaissances.

— Une fois de plus, tu assures tes arrières.

Dans son boxer de Père Noël, il était si sexy qu'elle songea pour de bon à tout annuler et à rester ici avec lui.

— Il me faut être réaliste. Nous faisons le maximum pour la bibliothèque, mais le compte à rebours est déjà bien entamé. Nous sommes loin d'avoir réuni l'argent nécessaire.

— Tant qu'il y a de la vie, il y a de l'espoir. Reste ici, Moe…

Il l'attrapa et la pressa doucement contre le mur, baissant la tête pour lui mordiller le cou.

— Je dirai aux filles de passer une émission préenregistrée, ce matin.

Elle faillit succomber, frissonnant de plaisir sous la caresse de sa barbe de trois jours.

— Je dois m'en aller, répéta-t-elle, en se baissant pour échapper à son étreinte. Cette année, la réunion se tient à Seaview.

Elle le dévisagea d'un regard entendu.

— Bienvenue chez les Haven ! lança-t-il de sa voix d'animateur radio. Je ne crois pas que mes parents soient des rats de bibliothèque.

— Je passerai peut-être les voir, histoire de les inviter ici pour Noël.

Il se mit à rire.

— C'est ça. Ils vont être fous de joie ! Non, fais-moi confiance, ma chérie, ils ont d'autres projets.

— Tu les as déjà invités ?

— Je sais ce qu'ils répondraient.

— Ils pourraient bien te surprendre.

— Moe, j'entends bien ce que tu me dis. Et j'apprécie ton intérêt. Mais crois-moi, je n'ai pas envie de passer Noël avec mes parents, pas plus qu'ils n'ont envie de passer Noël avec moi. Nous avons essayé quand j'étais petit, et ça n'a pas été un franc succès.

Il lui donna un délicieux baiser, doux comme une friandise.

— Et au cas où ça t'aurait échappé, j'ai beaucoup mieux à faire pour Noël.

Cinquième Partie

« La nuit de Noël était une nuit qui vous enveloppait comme un châle. Mais elle ne se contentait pas de vous réchauffer le corps. Elle vous réchauffait l'âme... et l'emplissait aussi d'une mélodie indélébile. »

BESS STREETER ALDRICH (1881-1954),
auteure américaine,
extrait de *La Chanson des années.*

19

Eddie rêvait de l'ange… une fois de plus. Là, pourtant, c'était différent. Contrairement à tous ses autres rêves, faits de souvenirs vagues et de vœux pieux, les images qui lui traversaient l'esprit étaient aussi claires qu'une nuit d'hiver sans nuage. La première partie de son rêve était toujours la même : il gisait, presque enfoui sous une congère après l'accident, rendu muet par la douleur et le choc, à moitié mort de froid, invisible aux yeux des gens qui s'étaient rués en masse hors de l'église… jusqu'à l'arrivée de l'ange. Ce qui était différent cette fois-ci, c'est qu'il distinguait le visage de l'ange.

Il se redressa dans son lit, bien réveillé à présent, alla droit à sa guitare et composa la chanson pour le spectacle de Noël. D'une seule traite, sans hésitation, sans patauger en quête d'une idée ou d'une mélodie. Au cours de sa vie, il avait composé des centaines de chansons pour toutes sortes de raisons, mais jamais il n'en avait écrit une avec autant de lucidité et de conviction. Il avait hâte de la chanter à Maureen, de la lui offrir en cadeau. Hélas ! Il lui fallait attendre. Elle serait absente jusqu'au lendemain, partie à son congrès de bibliothécaires, à Long Island. C'était long, vingt-quatre heures sans elle.

A son retour, il lui consacrerait l'intégralité de son temps libre, se promit-il. Il sortirait le grand jeu pour la séduire. Peut-être l'emmènerait-il à l'Auberge du pommier … Non. L'endroit était encore empreint de connotations négatives. Peut-être l'emmènerait-il alors chez lui, dans sa maison au bord du lac. Une chose était sûre, il lui referait l'amour. Dès le début, elle l'avait surpris, mais plus encore quand il l'avait emmenée au lit. Elle était douce et ne cachait pas sa vulnérabilité ; elle révélait en lui une tendresse qu'il avait jusque-là ignorée.

Mais elle le mettait aussi au défi dans d'autres secteurs de sa vie et ne lui facilitait pas les choses. Elle ne s'arrêtait pas à son seul aspect physique, comme les chasseurs d'autographes, non, son intérêt se portait sur sa personne tout entière. Et pour la première fois depuis longtemps, il ne craignait pas son regard de femme.

Il se jeta dans l'action et se mit à ranger. La maison n'était pas vraiment sens dessus dessous, mais il tenait à ce que Maureen s'y sente bien. Il voulait lui jouer une chanson sur sa Gibson, la guitare que lui avait donnée son grand-père, celle dédicacée par Les Paul. Il voulait lui dire des choses fleur bleue mais vraies, des choses qui la feraient sourire. Il voulait lui offrir un cadeau. Cependant, il était incapable d'exaucer son vœu le plus cher : sauver la bibliothèque. S'il seulement il pouvait réaliser ce souhait ! S'il pouvait lui offrir cela…

Il tourna et retourna le problème dans sa tête et finit par passer un coup de fil à son avocat, spécialiste du showbiz. Si le DVD du vingt-cinquième anniversaire se vendait aussi bien que le prétendaient les magasins, peut-être pourrait-il au moins monnayer un sursis pour la bibliothèque.

D'après son avocat, les clips sur internet étaient visionnés des milliers de fois par heure ; pourquoi ne pas utiliser ce regain de popularité pour une noble cause ? Il n'avait pas envie de revenir sur le devant de la scène, mais peut-être pouvait-il se servir de sa notoriété pour venir en aide à la bibliothèque. Maureen serait folle de joie.

Il écouta le nouvel album des Drive-By Truckers et joignit sa voix à la leur, tout en changeant les draps. Quel mal y avait-il à se montrer optimiste ?

Entre deux chansons, il entendit le son insistant de la sonnette.

— J'arrive ! cria-t-il.

Il n'attendait personne. C'était peut-être Maureen ?

Il ouvrit grand la porte, le sourire aux lèvres.

— Surprise ! lancèrent en chœur ses parents.

Misère !

— Qu'est-ce que vous faites là ? leur demanda-t-il sans grande aménité.

— Nous avions envie de te voir. Et ça faisait si longtemps que nous n'avions pas vu Avalon. J'avais oublié à quel point cet endroit *respirait* Noël.

Sa mère était toujours aussi belle, avec son élégante coupe de cheveux, son manteau court et ses bottes en cuir assorties à sa fine ceinture. Pourtant, quand elle leva le regard vers lui, il fut tenté de croire à la sincérité de ses yeux embués et de ses lèvres tremblantes. Son père, qui faisait plus jeune que sa cinquantaine d'années, le serra chaleureusement dans ses bras et lui donna une poignée de main.

— Ta mère a raison, fiston. Ça fait bien trop longtemps, parbleu !

— Nous nous sommes décidés sur un coup de tête, ajouta Barb. Nous sommes venus passer Noël avec toi.

Ah, non ! Non, non, non, non, non et non !

— Ne t'inquiète pas, nous ne te dérangerons pas...

Ses parents se précipitèrent à l'intérieur, faisant s'engouffrer dans la pièce une rafale d'air froid.

— Nous séjournons à l'auberge du lac des Saules — un endroit adorable, tu connais ? Maureen a tout organisé pour nous.

— Maureen ? Comment connaissez-vous Maureen ? Qu'est-ce qu'elle a à voir là-dedans ?

— Elle est passée à la maison pour se présenter. Elle assistait à un congrès de bibliothécaires à Seaview, et elle a pris le temps de faire un saut pour nous rencontrer. Oh, Eddie, elle est merveilleuse ! Et si sincère, elle déborde d'idées !

Eddie s'efforça d'être aussi hypocrite qu'eux. Il tenta de dire : « Merci d'être venus » ou « Je suis content de vous voir ». Mais quand il ouvrit la bouche, les seuls mots qui en sortirent furent :

— Passer vous voir et vous inviter... C'était l'idée de Maureen ? Je n'étais pas du tout au courant de ses projets.

Sa mère lui serra le bras.

— Il faut que je pense à la remercier après le spectacle de Noël. Elle m'a tout l'air d'être une fille formidable.

Mais qu'est-ce qu'il avait pris à Maureen d'inviter ses parents à Avalon ?

— Tu savais qu'elle avait fait partie des Christmas Belles au départ ? lui demanda sa mère.

— Quoi ?

Elle lui tendit un CD enveloppé de Cellophane.

— Nous te l'avons apporté. Son nom figure dans la liste des chanteuses — Maureen Davenport. N'est-ce pas merveilleux qu'elle ait fait partie du groupe qui a créé une version si magnifique de ta chanson fétiche ?

— Ce n'est pas ma... Bon Dieu ! Ce n'est pas ma chanson fétiche. Je n'ai pas de chanson fétiche, et si j'en avais une, ça ne serait sûrement pas celle-là !

— Bon, bon... Inutile de prendre la mouche. Revenons-en à Maureen. Comme je te le disais, nous la trouvons merveilleuse. Nous avons bien réfléchi tous les trois et nous avons organisé toute l'affaire. Pour te faire une surprise. Ça marché ?

Eddie se força à sourire.

— Et comment ! Je tombe des nues.

— C'est formidable de revenir à Avalon après tout ce temps, reprit sa mère.

Elle lança un regard affectueux à son mari.

— Tu te rappelles la première fois où nous sommes venus ici, Larry ? Nous étions encore tout gamins et nos familles venaient séjourner au camp Kioga.

Les yeux de Larry brillèrent.

— Comment pourrais-je l'oublier ? A l'époque, c'était un camp de vacances qui accueillait des familles entières désireuses de fuir la canicule de la ville. Ta grand-mère et papy Haven se produisaient dans des camps de vacances aux quatre coins de la région, mais leur préféré, c'était le camp Kioga. Le nôtre aussi, d'ailleurs.

Ses parents étaient les meilleurs amis du monde. Mariés à dix-huit ans, ils s'étaient pratiquement élevés l'un l'autre. C'était assez incroyable qu'ils soient toujours ensemble, mais en dépit de leur mode de vie — qui changeait radicalement tous les dix ans sans exception — il y avait chez eux une certaine stabilité. Bien sûr, ils ignoraient tout de la vraie vie, chacun ayant grandi dans le chaos du monde du spectacle.

— Nous sommes tellement contents que tu aies changé d'avis au sujet de Noël, lui dit sa mère. Et Maureen... Je n'ai pas de mots assez élogieux pour elle. Quelle délicieuse jeune femme !

Ecumant de colère, Eddie roulait vers l'église, où il devait diriger la répétition, quoique, dans la cohue des activités, il n'eût pas la moindre chance de pouvoir se confronter à Maureen. Deux jours avant le spectacle, des milliers de choses allaient de travers : enfants malades, tempête de neige, sans oublier le pompon ! Ils avaient découvert que tous les costumes avaient été irrémédiablement détériorés dans la réserve où ils étaient entreposés. Vaporisés d'insecticide ou de quelque autre produit toxique, ils étaient désormais immettables. Maureen semblait au bord de l'effondrement. Après un filage catastrophique, tout le monde ou presque était parti se coucher.

Il l'aperçut dans l'église, assise sur un banc, le regard fixé sur le décor à moitié achevé. Elle leva les yeux vers lui, et l'espace d'une seconde, il voulut oublier le mauvais tour qu'elle lui avait joué. Mieux encore, il voulut prétendre que sa démarche ne l'avait pas blessé. Elle était si sacrément... gentille. Sincère. Mais elle lui avait montré une nouvelle facette inconnue de sa personnalité. Une facette dont il devait se défier.

Sa colère devait se refléter sur son visage, car Maureen s'écarta aussitôt de lui, une interrogation au fond des prunelles.

— Tu as fait venir mes parents !

Il s'appuya d'une hanche contre un dossier de banc et la fixa d'un regard noir.

— Je les ai invités, rectifia-t-elle. Ils sont venus de leur propre chef.

— Ils sont venus à cause de toi.

— Non, répondit-elle avec douceur. Ils sont venus pour toi.

— Bon Dieu, Maureen ! Je t'avais pourtant dit comment je fonctionnais. Si je ne passe pas Noël avec mes parents, c'est pour une bonne raison. Je pensais que tu l'avais compris.

— Toutes les familles devraient être réunies à Noël, affirma-t-elle d'un air brusquement buté, qui lui rappela la femme rigide et guindée avec qui il s'était accroché au début du mois.

— Toutes les familles ne peuvent pas être aussi parfaites que la tienne !

— Parfaite ? C'est comme ça que tu vois ma famille ?

Plutôt, oui, songea-t-il, en se représentant Hannah et le père de Maureen, ses frères et sœurs, ses nièces et ses neveux.

— Tu n'avais pas le droit de t'en mêler.

— J'ai simplement pensé que…

— Non, Maureen, tu n'as pas *pensé.* Tu as en tête ta propre vision idéalisée de Noël et le reste du monde est censé se conformer à cette image d'Epinal. Eh bien, devine quoi ? Ça ne marche pas comme ça.

— Ça ne marchera jamais, c'est certain, si tu n'y mets pas du tien !

— Tu n'as pas assez de soucis comme ça, entre le spectacle de demain soir et la bibliothèque ? Je vais te dire. Faisons ce spectacle. Après, tu n'auras plus rien à faire avec moi, tu ne te sentiras plus obligée de rabibocher toute ma famille. Ça te fera plaisir ?

— Tu te moques bien de me faire plaisir, déclara-t-elle avec simplicité. Et je ne m'attends pas à ce que mon bonheur t'intéresse. Ce n'est pas ton travail. Pas plus que le mien n'est de rabibocher quoi que ce soit. J'ai invité tes parents, c'est tout. Le soir de Noël, tout le monde est le bienvenu.

Prenant soin de ne pas le frôler en passant, elle se glissa hors du banc et s'éloigna avec une singulière dignité.

Eddie serra les dents pour ne pas l'appeler. C'était préférable. Mieux valait s'arrêter là, leur relation était vouée à l'échec. Comment avait-il pu être assez sot pour croire qu'il pourrait vivre une belle histoire avec une femme comme elle, une femme aussi rigide, aussi empêtrée dans sa communauté et sa famille ? Ils n'avaient pas d'avenir ensemble. Pourquoi diable voudrait-il vivre avec une fille qui le mettait constamment face à ses défauts ?

Il retourna à grands pas vers son fourgon, sauta sur son siège et rentra chez lui trop vite, ses pneus arrière chassant sur la route enneigée. Sur le seuil de sa porte, un colis l'attendait, portant la mention « Livraison spéciale ». Il l'emporta à l'intérieur et défit l'emballage. Une carte contenue dans une petite enveloppe lui apprit que ce cadeau lui était offert « De la part de tous ses amis de Silver Creek Productions », la société qui avait produit *L'Escapade de Noël* à sa première sortie ainsi que le nouveau DVD. Apparemment, celui-ci était en tête des ventes aux Etats-Unis, succès qui valait à Eddie une prime considérable. Fourrageant dans un océan de polystyrène expansé, il en tira un magnum de champagne que son petit séjour sur le perron avait porté à température idéale.

Soudain, tous ses sens furent en alerte. Il se rappela le goût du champagne. Comme jamais. Déguster du champagne, c'était boire les étoiles, selon les propres termes de Dom Pérignon.

20

La veille de Noël, Daisy était prête à partir en train dans le sud de l'Etat, afin de passer la soirée chez les O'Donnell, comme prévu. Dans l'intérêt du petit Charlie, il lui fallait cultiver de bonnes relations avec ses grands-parents paternels, n'est-ce pas ? Et pour ce faire, quoi de mieux que de passer les fêtes avec eux ? se répéta-t-elle.

Elle avait dit au revoir à sa famille, la gorge étrangement nouée, même si cette visite en compagnie de Logan et de leur fils n'était que l'affaire d'une nuit.

— Simplement, cette nuit-là n'est pas comme les autres, expliqua-t-elle à Charlie, tout en vérifiant une nouvelle fois le contenu de son volumineux sac à langer. C'est la première fois que je passe Noël loin de ma famille. Et à dire vrai, pour moi, c'est toute une histoire…

— Voui, acquiesça le bambin, lui arrachant un sourire.

— C'est un rite de passage, pourrait-on dire. Ça marque une transition pour moi, une transition du statut de mère-fille à celui d'adulte indépendante. Parce que fêter Noël loin de ma famille, ça veut vraiment dire que je suis indépendante, pas vrai, mon chéri ?

— Voui, fit de nouveau Charlie.

— Et ce n'est pas une mauvaise chose, ajouta-t-elle, en pliant la poussette pour l'appuyer contre la porte d'entrée.

Elle avait parfois la très bizarre impression de vivre une vie imaginaire, une vie factice, dans l'attente d'autre chose. Une chose qu'elle ne parvenait pas à identifier.

Elle énuméra tous les avantages de sa situation — une tactique qui l'aidait toujours. Elle avait la chance d'avoir le soutien de sa famille, un soutien à la fois matériel et psychologique, et elle avait la chance d'avoir Charlie. Bien sûr, elle n'avait pas d'échelle de comparaison, mais elle trouvait qu'il était un enfant facile. C'est-à-dire, d'après ses propres critères, un bébé qui mangeait bien, dormait beaucoup et tombait rarement malade.

Charlie avait, en effet, toujours eu un gros appétit et il ne faisait pas d'histoires pour aller se coucher. En fait, il dormait bien la nuit, sauf quand il dormait avec elle, blotti contre elle comme un chiot tiède. Et cela, évidemment, était sujet à controverse. Une école de pensée déclarait qu'on ne devait jamais laisser les bébés dormir dans le lit de leur mère, sans quoi ils n'apprendraient jamais l'indépendance. Une autre école clamait l'inverse : un bébé était fait pour dormir avec sa mère. Le sentiment de sécurité qu'il retirait de cette proximité en ferait plus tard un adulte équilibré. Daisy était d'accord avec les deux théories et les mettait en œuvre selon son humeur.

Pour l'heure, Charlie construisait une espèce de structure avec des blocs de polystyrène expansé. On frappa à la porte et le visage de l'enfant s'illumina d'un sourire.

— Papaaa !

Il abandonna ses blocs et se rua vers la porte.

Daisy balaya la pièce du regard. Pour aujourd'hui, du reste, ce serait certainement la seule façon dont elle la balaierait. Comme d'habitude, la maison était jonchée de jouets, de manuels scolaires, de courrier non décacheté, de désordre. Comment faisaient les gens pour garder une maison rangée avec des enfants en bas âge ? Comment trouvaient-ils le temps de faire autre chose ?

Elle alla ouvrir la porte, ayant appris à ses dépens à la garder verrouillée en toute occasion. Quand Charlie avait fait ses premiers pas, un an plus tôt, il s'était enfermé dehors par une température inférieure à zéro. Elle lui avait tourné le dos l'espace d'une seconde, et il en avait profité pour s'échapper. C'est la présence d'un courant d'air glacé qui lui avait mis la puce à l'oreille.

— Salut, Logan…

Il entra dans la maison, accompagné par une bouffée d'air vif et froid.

— Salut.

— Papa ! Papa ! Papa !

Exprimant une joie sans mélange, Charlie s'agrippa à la jambe de son père en levant vers lui des yeux suppliants, sa tête mollement rejetée en arrière, comme un ange contemplant le paradis.

— Charlie ! Charlie ! Charlie !

Logan ôta ses gants avant de prendre son fils dans ses bras.

— Comment vas-tu, petit bonhomme ?

— Bien, grand bonhomme.

Logan lui fit un sourire radieux, puis s'affaira pour lui faire enfiler sa combinaison de ski.

Daisy restait à l'écart, réconfortée par l'adoration mutuelle que se vouaient le père et le fils. On avait peine à se rappeler que, trois ans plus tôt, Logan et elle étaient encore deux adolescents rebelles qui avaient couché ensemble lors d'un week-end de folie, sans prendre de précautions.

Et, aujourd'hui, voici qu'ils formaient une famille.

Et ça, songea Daisy, c'était déjà beaucoup. Elle n'avait aucune raison de se plaindre et rien d'autre à espérer.

De temps en temps, pourtant, elle était taraudée par une petite voix qui lui disait : *et si...*

Elle pensait alors à Sonnet, un petit génie qui se préparait à une carrière dans les relations internationales : *Et si j'avais mieux travaillé à l'école ?* Ou bien à ses cousines, Olivia et Jenny, aujourd'hui mariées et heureuses : *Et si j'étais tombée amoureuse avant d'avoir un bébé ?* Les regrets étaient un poison qui vous tuait à petit feu, elle le savait bien, mais parfois elle ne pouvait les empêcher de s'insinuer dans son âme, surtout à propos de sa vie sentimentale. Ou plutôt de son absence de vie sentimentale.

Un homme avait conquis son cœur, mais cela ne signifiait pas pour autant qu'elle était libre de le suivre. Elle avait renoncé à cette éventualité lors de ce week-end déjanté passé en compagnie de Logan O'Donnell. Cependant, elle ne parvenait pas complètement à se blinder contre tous les doutes qui la bombardaient au moment où elle était le plus vulnérable. Et au centre de toutes ces interrogations, il y avait Julian Gastineaux.

— Paré ? demanda Logan, en soulevant l'enfant de terre. On décolle !

— Oui ! répondit Charlie.

Daisy prit le sac à langer en bandoulière, un sac gros comme un camping-car. Elle fit le tour de la maison pour s'assurer que toutes les fenêtres étaient correctement fermées. Elle ne partait que pour une nuit, mais elle avait l'impression de partir pour toujours. C'était stupide, se sermonna-t-elle, en ravalant une nouvelle bouffée de regrets. Puis elle empoigna la poussette pliée et suivit Logan à l'extérieur, en fermant derrière elle à double tour.

Charlie allait être aux anges. Et quand il était heureux,

elle était heureuse aussi. C'était le principe qui gouvernait ses choix de mère.

Ils roulèrent jusqu'à la gare et effectuèrent le processus inverse avec les bagages. C'était une rude besogne de voyager avec un jeune enfant, c'était le moins qu'on puisse dire.

— C'est ce que devaient éprouver les pionniers, quand ils chargeaient leur chariot pour partir vers l'Ouest, commenta-t-elle, en balayant des miettes du siège de la poussette.

— C'est juste un petit gars qui se déplace avec beaucoup de matériel, répliqua Logan avec bonne humeur.

Il sangla l'enfant dans son siège, accrocha les autres sacs à l'arrière de la poussette, et la poussa jusqu'au dernier quai. Daisy fit un rapide crochet par les toilettes pour dames. Elle resta plantée plusieurs minutes devant le miroir, essayant de ne pas paniquer. Tout allait bien se passer, ce soir. Tout allait se passer à merveille. Grâce à Charlie, les O'Donnell avaient fini par l'apprécier. Eux qui au départ refusaient de voir ou de reconnaître l'enfant, ils étaient devenus des grands-parents gâteaux. Les sœurs de Logan étaient, elles aussi, folles de Charlie. Cette année, Daisy allait passer un Noël d'un genre différent, voilà tout, un Noël au sein d'une famille différente — une famille à laquelle elle n'était liée que par le plus grand des hasards. Pourtant, tout se passerait bien, se répéta-t-elle. Elle s'était tellement investie dans la préparation des festivités qu'elle pouvait bien ne pas assister au spectacle de Noël, à l'église du Cœur-des-Montagnes. Elle irait à la messe de minuit avec les O'Donnell, une première pour elle. Elle se sentait comme une anthropologue étudiant une culture exotique.

Elle se tamponna le visage avec une serviette en papier humide et remonta. Gravir l'escalier qui menait au quai fut plus difficile que prévu ; elle s'éloignait déjà d'Avalon, de sa famille, le soir de Noël. Arrivée en haut des marches, elle aperçut une fille en collants framboise, bottes tendance et minijupe plissée, qui flirtait avec Logan. Depuis qu'elle ne pratiquait plus ce genre de jeux, Daisy s'était un peu rouillée, mais elle se souvenait encore de ce langage corporel. On prenait des poses, on inclinait la tête de façon charmante, on effleurait même ses lèvres du doigt. En présence d'un bébé, ce qui était le cas, on s'extasiait sur son adorable frimousse, sachant que cela ne ferait que rehausser son propre charme. La fille était très jolie et en faisait des tonnes. Elle avait l'allure dont rêvent toutes les adolescentes — on l'aurait crue tout droit sortie d'un magazine.

Daisy en éprouva un pincement au cœur. Un pincement de… Mais oui… voilà… de jalousie pure et simple ! Elle tenta de comprendre sa réaction. Cela venait peut-être de son amour pour Charlie. Elle se faisait du souci pour son fils. A supposer que Logan s'entichât d'une fille qui n'aimait pas les enfants… Qui n'aimait pas Charlie ?

Oh, Daisy ! se gronda-t-elle. Arrête de vouloir tout contrôler !

Elle rejoignit Logan d'un pas tranquille.

— Salut, dit-elle à la fille sur le quai.

Bon, peut-être serrait-elle Logan d'un poil plus près que d'habitude. Peut-être son sourire était-il un tantinet possessif, mais c'était plus fort qu'elle.

— Passe un bon Noël, dit la fille à Logan, en reculant d'un pas.

— Je n'y manquerai pas. Joyeux Noël à toi aussi, répondit-il, toujours aussi affable.

Quand la fille se fut éloignée, il expliqua :

— On suit le même cours de sciences politiques.

Puis il scruta le visage de Daisy.

— Quelque chose ne va pas ?

Elle se sentit rougir.

— Non. Pourquoi cette question ?

— Tu regardais cette fille d'un air mauvais.

— C'est l'impression que je t'ai donnée ?

— Ce n'est pas une impression...

— Elle te draguait ouvertement.

Logan parut sincèrement surpris.

— Mais non ! C'est pour Charlie qu'elle craquait. Ce gosse est un aimant à jolies filles.

Le sujet étant apparemment clos pour lui, il détacha Charlie de sa poussette et lui rendit sa liberté. Daisy le laissa faire, *primo* parce qu'elle essayait de lâcher un peu prise, et *secundo* parce que le trajet serait long jusqu'à New York et que l'enfant avait besoin de dépenser son trop-plein d'énergie.

Logan et l'enfant se lancèrent sur le quai dans un jeu qui n'appartenait qu'à eux, jeu que Daisy avait baptisé la course-poursuite. A la base, Charlie décrivait des cercles en courant, en gloussant comme un fou, tandis que Logan le poursuivait avec ardeur, en poussant de temps en temps un grognement menaçant. Le seul but du jeu était d'amuser Charlie. Daisy vit dans cette scène comme un signe de confirmation : elle avait fait le bon choix pour Noël. Charlie, qui jouait si gaiement avec son père, était heureux comme un roi, et c'était là l'essentiel. Comme il n'avait pas fait la sieste, il ne tarda pas à se fatiguer. Au bout de quelques minutes, Logan le sangla de nouveau dans la poussette, le borda d'une couverture et l'enfant s'assoupit.

— Bien joué, Logan.

Il regarda au loin en plissant les yeux.

— Le train arrive.

— A mon avis, ce n'est pas ça qui va le réveiller. Le bruit n'a pas l'air de le déranger.

Son téléphone portable émit une mélodie signalant la réception d'un SMS. Son cœur s'arrêta de battre : c'était la sonnerie dédiée à Julian.

— Tout va bien ? s'enquit Logan.

— Très bien.

Elle lirait le message tout à l'heure, une fois seule, quand elle pourrait lui répondre.

Logan se pencha pour arranger douillettement la couverture autour de Charlie, qui dormait comme un bienheureux. Au loin, le train ralentit puis s'arrêta.

— On dirait qu'il change de voie, fit remarquer Logan. Le train à destination du nord arrive, lui aussi...

— Tu as fini tes achats de Noël ? lui demanda-t-elle, plus pour combler le silence que par réel intérêt.

A sa grande surprise, il lui passa un bras autour de la taille.

— Oui, dit-il. J'ai tout ce qu'il me faut.

Il dit autre chose, mais ses mots furent couverts par le crissement de freins du train arrivant sur la voie opposée.

— C'est bien, fit-elle, quelque peu décontenancée par ce bras glissé autour d'elle.

Depuis qu'il l'avait embrassée l'autre jour, elle n'arrêtait pas de se poser des questions, interprétant une version légèrement différente des *et si ?* : *Et si Logan et moi... ?*

Insensible au vacarme qui emplissait la gare, Charlie dormait toujours.

De l'autre côté de la voie, le train en provenance de New York referma ses portières et s'éloigna du quai. Au même moment, le train à destination du sud emplit le terminal de vapeur. L'un partait, l'autre arrivait, et Charlie dormait dans sa poussette.

A ce moment-là, le premier train repartit vers le nord et, à travers le nuage de vapeur, Daisy aperçut clairement les passagers qui venaient d'en descendre sur la voie opposée. Elle vit des gens chargés de bagages et de sacs pleins à craquer de mystérieux paquets-cadeaux aux couleurs vives.

Puis son regard fut attiré par un grand jeune homme, seul sur la plate-forme, un sac de marin kaki posé à ses pieds et une poche d'un bleu brillant à la main. Il avait de larges épaules et une pose altière. Une casquette de l'armée couvrait à peine ses cheveux coupés ras. Son beau visage cuivré correspondait à celui qui hantait trop souvent ses rêves.

Elle resta interdite. La surprise lui ôtait l'usage de la parole.

Julian…

Brusquement, le bras de Logan autour de sa taille lui pesa comme un poids mort. Au même instant, Julian disparut aussi rapidement qu'il lui était apparu, occulté par l'arrivée du train à destination du sud.

— Allons-y, lança Logan d'une voix enjouée, inconscient de cette présence inattendue.

Il ôta son bras de sa taille.

— Embarquement immédiat. Tu peux me donner un coup de main ?

Daisy sentait ses membres tout engourdis, alors qu'elle avait l'esprit en feu. Ils durent attendre, car il y avait la queue devant le train à quai. Elle continuait à se dévisser le cou, craignant d'avoir été victime d'hallucinations. Non, impossible. C'était bien Julian. Que faisait-il à Avalon, lui qui avait juré qu'il ne viendrait pas et qui s'en était abondamment excusé auprès d'elle, l'autre jour ?

Elle patienta avec Logan, le temps que vienne leur tour de monter dans le train ; ils étaient chargés de leur nécessaire de voyage, de Charlie et de la poussette. Quand le haut-parleur annonça un peu de retard, Daisy s'avança vers le passage entre les voies et regarda de l'autre côté, essayant d'apercevoir de nouveau la silhouette chérie.

Tirant précipitamment son téléphone portable de sa poche, elle l'ouvrit et lut son message : SURPRISE! FINALEMENT ICI POUR NOËL. ARRIVERAI TRAIN DE MIDI. A+ BISOU, J.

Elle jeta un regard affolé à l'horloge. Puis, comme sous l'effet de son désir et de son trouble, Julian se matérialisa soudain sur le quai, sans sa casquette, la poitrine soulevée par l'effort physique.

— Daisy…

— Je croyais que tu ne venais pas pour Noël!

— Je tire le maximum d'une permission de quarante-huit heures, lui expliqua-t-il. Mais tu pars ?

— Tout ça ne te regarde pas, lui dit sèchement Logan, en s'approchant d'eux à grands pas.

— Hé ! Logan ! Tu ne peux pas laisser Charlie en plan comme ça, tout seul dans sa poussette !

Exaspérée par les deux hommes, qui se faisaient face comme deux jeunes coqs de combat, elle se précipita vers son fils et, empoignant la poussette, lui fit faire un demi-tour. Elle revint vers eux juste à temps pour les voir se défier, s'attirant les regards curieux des badauds. Génial, pensa-t-elle. Il ne manquait plus que cela ! Ils avaient tous deux l'air menaçant à leur façon : Julian dans son uniforme de réserviste, beau comme une publicité pour l'armée, et Logan, le faible soleil de midi posant des reflets sur ses cheveux d'un roux ardent. Ils semblaient tout deux oublieux de leur environnement, y compris d'elle-même.

— Problème avec toi depuis le début, était en train de dire Julian.

— Tu crois que ça m'intéresse ? ripostait Logan.

Difficile de dire qui avait provoqué l'autre le premier. Toujours est-il qu'ils se heurtèrent comme deux trains de marchandises dans les spirales de vapeur du moteur. Une petite foule s'était formée autour d'eux. Daisy se précipita pour s'interposer et esquiva de peu un coup de poing qui partait.

— Stop ! cria-t-elle. Cessez de vous conduire comme deux imbéciles !

— Stop ! brailla Charlie, bien réveillé dans sa poussette.

Logan ralentit à peine en contournant prestement Daisy, concentré sur l'attaque à venir. A la toute dernière seconde, Julian s'écarta, et Logan, emporté par sa fougue, fut catapulté au bord du quai. Là, il chancela en brassant l'air. Daisy hurla, et l'espace d'une fraction de seconde, crut que Logan allait mourir sous les roues du train. Vif comme l'éclair, Julian l'empoigna par son blouson et l'empêcha de tomber. Dans l'élan, les deux hommes furent projetés en arrière et retombèrent l'un sur l'autre. Mais la bagarre n'était pas finie. Logan se dégagea brutalement de la poigne de Julian, se tourna vers lui, et les coups de poing recommencèrent à pleuvoir. Ils arrachèrent leurs vêtements, faisant voler le contenu de leurs poches : des pièces de monnaie, des clés, un canif, un ticket de métro, un unique gant de cuir.

— Ça suffit ! cria Daisy, en s'interposant de nouveau, galvanisée par une telle poussée d'adrénaline qu'elle parvint à bloquer un coup de poing.

Les deux hommes reculèrent, le souffle court, transpirant malgré le froid.

Dans la bousculade, un petit écrin de velours était tombé d'une poche et s'était ouvert en heurtant le quai.

La lumière crue des néons tomba sur ce qu'il contenait : un solitaire qui lança un éclair en direction de Daisy.

— Oh ! fit-elle.

Son regard passa d'un homme à l'autre et sa tête bourdonnait de confusion.

— Oh ! répéta-t-elle. Vous avez fait tomber ça…

21

Il y a quelque chose de presque votif dans le rituel du débouchage d'une bouteille de champagne : on ôte rapidement la coiffe en aluminium, on desserre le muselet et on exerce une pression sur le bouchon, lentement, mais inexorablement. On ne sait jamais quand il va sauter, mais l'amateur avisé prend toujours soin d'orienter le goulot de la bouteille à l'opposé de son visage.

Dans son cas, estima Eddie, l'ensemble de la manœuvre dura environ vingt-trois secondes. Vingt-trois secondes, pour balayer des années d'une abstinence âprement conquise.

Le bouchon sauta dans un agréable bruit d'explosion et alla cogner contre le plafond de la cuisine. Comme il n'avait pas de flûte à champagne, il versa le liquide pétillant dans un verre à limonade qu'il prit dans le placard au-dessus de l'évier. Il regarda les minuscules bulles s'élever dans le verre, promesses d'une félicité céleste.

Dans un moment critique comme celui-ci, il était censé appeler Terry Davis, son parrain aux Alcooliques anonymes d'Avalon. Mais on était en période de fêtes et Eddie ne voulait pas le déranger. Encore moins cette année, car Terry avait autre chose en tête : il s'apprêtait à être grand-père. Son fils Connor et sa belle-fille Olivia attendaient un enfant. Mais le règlement des AA était très clair. Quand on était sur le point de se remettre à boire, on appelait son parrain, point final. On ne passait pas par la case départ, on ne prenait pas le délicieux élixir de l'oubli, on ne le portait pas à ses lèvres…

Un coup sèchement frappé à sa porte vint rompre cet instant. Eddie reposa le verre et alla ouvrir, jetant un coup d'œil à la pendule, tout en traversant la pièce. Le spectacle ne commencerait pas avant plusieurs heures.

— Salut, m'sieur Haven, fit Omar Veltry, en le bousculant pour entrer sans attendre d'y être invité. Venez voir. On a quelque chose à vous montrer.

Il fut suivi à l'intérieur par ses deux frères, puis par Jabez et Cecil.

— Qu'est-ce que tu veux que je regarde ?

— Vous avez internet, ici ? s'enquit Randy, en se ruant vers l'ordinateur portable posé sur la table de la salle à manger.

Ce portable était le rêve de tout auteur-compositeur-interprète ; il était équipé de toute la technologie requise pour la production de musique.

Eddie se planta d'un air protecteur devant l'appareil.

— Holà ! Du calme ! Qu'est-ce que vous lui voulez à mon portable ?

— Faut que vous écoutiez ça ! C'est Cecil qui l'a fait, à partir de la séance de l'autre jour.

— Cecil, mon pote, t'es un sacré génie, ma parole ! renchérit Omar, en tapant l'adresse d'un site.

— Hé, doucement…, commença à protester Eddie.

— Ecoutez, dit Jabez.

Quelques secondes après, sa nouvelle chanson s'échappait des haut-parleurs, la chanson qu'il avait écrite pour Maureen. Non, *pour le spectacle*, rectifia-t-il intérieurement.

Un clip apparut sur l'écran, monté à partir d'images du tournage de PBS. L'équipe avait filmé les répétitions durant toute la semaine. Entre les images étaient intercalées des scènes de natures mortes hivernales réalisées par Daisy Bellamy. Il y avait aussi des photos d'Eddie en studio, prises en direct pendant l'enregistrement de la chanson. C'était un vidéomontage d'un professionnalisme remarquable, composé d'une façon singulièrement fascinante.

— C'est toi qui as fait ça ? demanda-t-il à Cecil, éberlué.

— Oui, acquiesça l'adolescent, avec un sourire timide.

— Cecil est un petit génie de l'informatique ! commenta Omar. Une tête !

— Regardez les statistiques, m'sieur ! Regardez toutes ces frappes. C'est une épidémie !

— Vous allez redevenir hypercélèbre !

Eddie sentit la nausée monter en lui. Il ne voulait pas redevenir célèbre.

— Enlève-moi ça, dit-il à Cecil. Sérieusement...

— Attendez, regardez ! le coupa Moby. Il l'a installé pour qu'on puisse le télécharger.

— C'est pour la bibliothèque, lui expliqua Cecil. Chaque téléchargement se fait au profit de la bibliothèque.

— Ce n'est pas possible ! s'exclama Eddie. C'est dingue !

— Non, c'est internet, mon pote, répondit tranquillement Omar.

Eddie recula d'un pas, incrédule.

— Tu es sûr que ça marche comme ça ?

— Oui, c'est exactement comme ça que ça marche, confirma Jabez.

— Attendez un peu que Mlle Davenport voie ça, lança Randy. Elle va vous adorer, m'sieur !

— J'en doute, répliqua Eddie.
— Ils se sont disputés, expliqua Omar à ses frères.
— Comment est-ce que tu sais qu'on s'est disputés ? lui demanda Eddie d'un ton sec.
— C'est Jabez qui me l'a dit.
— Et *toi*, comment le sais-tu ? demanda Eddie au mystérieux garçon.
Jabez haussa les épaules.
— J'ai deviné.
Eddie se passa nerveusement la main dans les cheveux.
— J'ai tout fait foirer, avoua-t-il.
— Ça, c'est bien vrai, acquiescèrent les trois frères.
— J'ai encore beaucoup de travail.
Ils hochèrent la tête à l'unisson.
— Qu'est-ce que vous allez faire ? s'enquit Randy.
— Moi ? fit Eddie. Il n'y a rien que je puisse faire…
Jabez eut un petit rire.
— C'est vrai. Il faut qu'on se prépare pour ce soir. A tout à l'heure, Eddie.

Ils partirent comme ils étaient venus, en un tourbillon. Eddie continuait d'écouter la musique qui s'échappait de son ordinateur. Ces gamins étaient vraiment incroyables, ils étaient arrivés à produire ce clip à partir de rien ! Mais le plus étonnant, dans tout cela, c'était cette amitié totalement improbable qui s'était tissée entre les ultracools frères Veltry, l'énigmatique Jabez et l'intellectuel Cecil Byrne. Sans le spectacle, ces garçons-là ne se seraient jamais côtoyés, ils n'auraient jamais sympathisé. Réunis de force, ils avaient mis au point cette vidéo que les gens téléchargeaient partout dans le monde à une cadence infernale.

Eddie se risqua à faire dérouler la page pour lire les commentaires qui se comptaient déjà par centaines. Sans qu'il n'ait rien fait, il était redevenu célèbre ! Ce n'était pas du tout son souhait, mais si les garçons ne s'étaient pas trompés, cela pourrait effectivement répondre aux besoins de la bibliothèque. Mince alors, songea-t-il. Serait-ce la magie de Noël ? Serait-ce son petit miracle à lui ?

Il retourna dans la cuisine et n'hésita pas une seule seconde. Il prit la bouteille de champagne d'une main, le verre de l'autre, et les entrechoqua tous les deux comme pour trinquer.

— A la tienne ! lança-t-il, et il vida le contenu de la bouteille dans le siphon.

22

Maureen était fière de ne pas s'être effondrée après la nuit qu'elle avait passée avec Eddie. Dès le départ, elle avait su que c'était une erreur, mais elle s'était laissé emporter. Elle s'était laissée aller à oublier la souffrance, la honte et les risques que l'on encourait, en donnant son cœur à un homme. Passant outre aux leçons du passé, elle avait osé rêver d'un avenir. Un avenir ? Pour elle ? Avec Eddie Haven ? Quelle idée ridicule ! Elle avait été aveuglée. Mais Eddie était comme cela, aussi éblouissant qu'un soleil au zénith.

Un coup de sonnette à la porte lui fit bondir le cœur, preuve que même si elle s'était résignée à la fin de leur idylle, une partie d'elle-même — pas la plus raisonnable en tout cas — gardait encore espoir

Elle arrangea ses cheveux, tira sur son pull et alla ouvrir.

— Oh ! fit-elle. Monsieur Shannon…

A l'expression de son visage, elle comprit aussitôt que quelque chose n'allait pas.

— Je voulais vous l'annoncer en personne, mademoiselle Davenport…

Il ôta son bonnet tricoté.

— C'est au sujet du financement de la bibliothèque...

— Nous n'avons pas atteint notre objectif, devina-t-elle.

Il hocha la tête, le visage blême.

— Je regrette d'avoir à vous faire part de cette triste nouvelle le soir de Noël. Mais je pars en vacances demain et je ne vous reverrai pas avant... avant la fermeture. Je voulais vous l'annoncer en personne, répéta-t-il.

— La bibliothèque va donc fermer pour de bon.

— Je suis vraiment navré. Je ne sais pas quoi dire d'autre.

Il n'y avait rien à dire. Rien à ajouter. Rien à commenter. Maureen se contenta de hocher la tête, acceptant l'inévitable. Après la claque que lui avait infligée Eddie, ce dernier coup de massue la laissait KO. Elle réussit malgré tout à donner le change, en insistant auprès de M. Shannon pour lui composer une assiette de cookies, puis elle lui souhaita un joyeux Noël.

Il fallait tenir jusqu'à la fin du spectacle, ce soir. Après, elle se lancerait à la recherche d'un nouvel emploi. Sa vie changerait encore. Et plus jamais elle ne recroiserait Eddie Haven. Pour le moment, la meilleure thérapie était de s'activer. *S'ac-ti-ver...*

C'était assez facile. Elle avait encore des cadeaux de Noël de dernière minute à confectionner. Elle soigna tout particulièrement l'assortiment de gourmandises qu'elle offrait chaque année à Carolyn, sa factrice. Le soir de Noël, elle serait parmi les dernières à recevoir du courrier avant le coup d'envoi des fêtes. Un gentil colis de friandises à la fin de sa journée, voilà qui serait parfait pour Carolyn. Maureen choisit une sélection de carrés au citron glacés, de cœurs chocolat-menthe, de cookies moelleux à la mélasse et de bonshommes en pain d'épice, toutes spécialités « traditions de Noël » de la famille Davenport.

Elle enveloppa chaque portion dans du papier sulfurisé,

les nicha dans une jolie corbeille et y glissa un CD contenant ses chants de Noël préférés. Les chats, jugeant ses larmes ennuyeuses, s'en allèrent à pas feutrés sommeiller près du radiateur. Des larmes ? Bonté divine ! Elle s'affairait, les joues ruisselantes de larmes. Elle craquait complètement.

Ressaisis-toi ! se morigéna-t-elle.

Elle alluma la télévision pour avoir une compagnie, tout en s'activant.

En entendant les accords familiers du générique de *L'Escapade de Noël*, elle s'empressa d'aller changer de chaîne, puis s'interrompit dans son élan. C'était peut-être fini entre Eddie et elle, mais elle n'allait pas pour autant faire un syndrome de manque. Elle devait continuer à vivre dans un monde où la télévision diffusait son film, où sa photo émaillait parfois les magazines et où sa voix passait à la radio.

Il fallait qu'elle se prouve qu'elle pouvait surmonter ce chagrin. Ce qui signifiait s'autoriser à être malheureuse, puis accepter la terrible blessure qui lui lacérait le cœur et continuer à aller de l'avant, malgré tout.

Presque par provocation, elle monta le volume juste à temps pour entendre le petit Jimmy Kringle sortir sa réplique :

— Je garde espoir, je vous assure.

— Tu peux toujours espérer, petit gars. Vois où ça te mène, lui répondait le cynique Beasley, qui jouait le directeur de l'orphelinat.

Il n'y avait pas de raisons pour qu'une réplique aussi horripilante fonctionne et pourtant, dans le contexte de ce film bouleversant, elle fit mouche. L'espace d'un instant, Maureen fixa le visage du petit garçon sur l'écran. Il représentait tout les enfants qui avaient connu la peur et la solitude. C'était cela sa magie. Le désir nu qui se lisait dans ses yeux démesurés était palpable. Il montrait le genre de vulnérabilité que la plupart des gens gardaient à l'intérieur, enfouie sous des couches d'une armure sociale protectrice. Eddie ouvrait son cœur, tout petit déjà, et il avait continué toute sa vie. Même dans ce rôle, il ne craignait pas de montrer ses émotions. Elle savait maintenant que ce talent l'avait conduit à connaître des hauts et des bas, à tomber amoureux à plusieurs occasions, à éprouver une souffrance si profonde qu'il avait essayé de l'anesthésier par l'alcool, mais qui lui avait en fin de compte donné le courage de changer.

Il prétendait qu'elle n'avait jamais lâché prise vis-à-vis de lui. Etait-elle vraiment ainsi ? Peut-être, mais elle ne pouvait pas se métamorphoser en quelqu'un d'autre. Elle croyait dur comme fer qu'il y avait moyen de vivre sans peur, de donner du sens à chaque seconde de sa vie. C'était à elle de trouver la foi et l'optimisme, même en plein chagrin d'amour. Ce serait son projet, donc, sa façon à elle de tirer un trait sur Eddie.

Il était devenu un homme remarquable, songea-t-elle, mais elle n'était pas éblouie au point de le considérer comme un être parfait. Il était faillible et humain. Ses problèmes avec ses parents étaient profonds. Un homme comme lui ne pouvait pas lui convenir. Si ?

Elle apporta la dernière touche au cadeau pour Carolyn, agitant le dernier ruban de bolduc sous le nez de Franklin et Héloïse pour qu'ils s'amusent avec. Les chats bondirent dessus comme si c'était le trésor de la Sierra Madre. Maureen scruta le visage qui remplissait à présent l'écran. Pas étonnant qu'elle soit tombée amoureuse d'Eddie. Elle songea à la souffrance qu'il éprouvait dans sa vie réelle à cet âge-là, et aux tristes moments qu'il avait passés à Noël avec ses parents.

— Je suis désolée, dit-elle à voix haute. Je n'ai pas réalisé à quel point cela te ferait souffrir. Je ne savais pas que cela nous détruirait.

Il y avait certaines choses qu'elle devait dire au vrai Eddie. Et elle le ferait. Mais… pas maintenant. Il la rendait trop sensible, trop émotive. Peut-être était-ce ce qui l'avait poussée à contacter ses parents. Peut-être avait-elle éprouvé un besoin secret de dresser un obstacle sur le chemin et qu'elle avait trouvé l'obstacle idéal : ses parents. Se mêler de ce qui ne la regardait pas : quel meilleur moyen de saboter leur relation ? Pourtant non. Ce n'était pas sa motivation et elle le savait. Si elle avait pris contact avec les parents d'Eddie, si elle avait voulu les rapprocher de lui, c'était parce qu'elle l'aimait. Contre tout bon sens, elle l'aimait et voulait qu'il soit heureux.

Dans l'immédiat, son principal souci était le spectacle de Noël. Le mener à bien ce soir, et ensuite seulement remettre en place son armure affective, en priant pour que la petite fissure qui l'avait entamée ne se transforme pas en brèche béante.

Dans le crépuscule qui tombait, les réverbères tamisés par les flocons de neige, elle vit approcher Carolyn et se hâta de descendre, munie de sa corbeille de douceurs faites maison. Malgré la neige, Carolyn marchait d'un pas allègre, sans doute parce qu'elle arrivait au terme de sa journée de travail.

— Je vous donne ça en échange du courrier, dit Maureen, en lui tendant la corbeille.

Le visage de Carolyn s'illumina.

— Ça vient de la foire aux cookies ?

— Tout juste.

— Vous êtes un ange !

Elle confia à Maureen un paquet de lettres.

— Je vous renvoie le compliment, dit cette dernière, en parcourant la pile.

Beaucoup de prospectus, des publicités pour de la lingerie sexy qu'elle ne porterait jamais, pour des endroits où elle n'irait jamais. Il y avait aussi des cartes de Noël — quelques retardataires vivant dans des pays exotiques. Et, au fond de la pile, une enveloppe commerciale d'allure officielle.

— Oh..., fit-elle.

— Tout va bien ?

— Oui.

Maureen retourna l'enveloppe, effleura du pouce l'adresse de l'expéditeur.

— C'est le genre de chose que l'on espère tout en la redoutant. Je crois que c'est un contrat pour un autre travail.

— Vous partez ?

— Je n'aurai peut-être pas le choix. Tout le monde a travaillé dur pour empêcher la fermeture de la bibliothèque, mais nous avons échoué. Il nous est impossible d'atteindre notre objectif financier dans les temps.

— Le changement est toujours difficile à vivre, fit observer Carolyn. Pourtant, c'est souvent positif.

— C'est vrai.

— Joyeux Noël, Maureen. Et merci encore pour les cookies ! A ce soir, au spectacle.

Maureen parvint à lui adresser un sourire mal assuré. Puis elle monta l'escalier quatre à quatre et déchira l'enveloppe. C'était là, écrit noir sur blanc. Une offre d'embauche d'une entreprise d'actions et d'obligations de Boston. Elle assumerait la fonction de documentaliste de l'entreprise, responsable des documents professionnels et des archives. Pour un salaire d'un montant incroyablement élevé. Et cela n'aurait pu tomber à un meilleur moment. Une entreprise d'actions et d'obligations. La dénomination elle-même semblait constructive. Cadrée. Alors pourquoi ce sentiment de défaite, tout à coup ?

Elle s'habilla pour la soirée avec la tenue qu'elle jugeait la plus appropriée pour un metteur en scène de spectacle : une robe-chasuble gris anthracite, des leggings sombres et des bottes à talon plat et à semelle souple. L'ensemble convenait à une personne censée rester en coulisse, en retrait. Invisible.

Elle ne s'accorda qu'une seule fantaisie : les boucles d'oreilles que les petites lui avaient offertes. L'espace d'une seconde, elle fut tentée de laisser ses cheveux dénoués, comme le soir où elle était allée à la taverne. Mais non, finalement. Elle ne voulait pas envoyer de mauvais message et, qui plus est, ses cheveux libres ne feraient que la gêner.

— Il faut que j'arrête de faire autant d'histoires, dit-elle à ses chats, en attachant adroitement ses cheveux en chignon. Souhaitez-moi bonne chance. C'est l'heure du spectacle !

23

L'auberge du lac des Saules était festonnée de guirlandes clignotantes tendues entre les arbres qui bordaient l'allée. Des réverbères brillaient le long de la véranda à balustres et des bougies électriques éclairaient les fenêtres de la grande bâtisse historique. Un majestueux sapin tout illuminé trônait derrière la baie vitrée de la façade. Il y avait quelque chose de douloureusement beau en ce lieu, une chaleur qui emplit Eddie d'une nostalgie particulière. C'était le genre de décor devant lequel Maureen s'exclamerait de joie. Le genre de décor de tous les Noëls d'enfance qu'il n'avait jamais eus.

Il se gara et monta les marches menant à l'entrée, relevant son col bien haut pour protéger sa nuque des coups de poignard du vent qui soufflait depuis le lac gelé. Il se précipita à l'intérieur, une sorte de grand boudoir victorien agrémenté d'une belle flambée qui crépitait dans une cheminée de marbre blanc.

Plusieurs convives étaient assemblés; ils écoutaient de la musique ou étaient attablés devant des plateaux de jeux çà et là dans la pièce. A son entrée, deux femmes se penchèrent l'une vers l'autre en chuchotant. Il prit soin de ne pas croiser leur regard. Ses parents étaient assis près du grand âtre central, le visage illuminé d'un sourire. Leur expression enjouée était si bien rôdée qu'Eddie était sans doute le seul à comprendre qu'il n'y avait rien derrière ces sourires et ces paroles de bienvenue.

— Oh, Eddie ! fit sa mère en l'étreignant. Asseyons-nous.

Elle l'attira vers un sofa et des fauteuils d'allure délicate, près de la cheminée. Il sentait que certains clients du salon les regardaient. Pour des étrangers, les Haven devaient ressembler à la famille américaine lambda : maman, papa et leur grand gaillard de fils, réunis pour Noël.

— Nous étions en train de boire un café, lui dit son père. Tu en veux un ?

— Non, merci.

Il y avait quelque chose de changé dans l'attitude de ses parents. Eddie le sentit tout de suite. Ils semblaient… plus présents. Et ils ne dégageaient pas leur parfum fort et précis des cocktails de début d'après-midi, odeur qu'il associait définitivement à son enfance.

— Je meurs d'impatience de faire plus ample connaissance avec Maureen Davenport. C'est si gentil à elle d'être passée nous voir ! Elle a l'air vraiment très éprise de toi. Il y a longtemps que nous espérions te voir rencontrer quelqu'un de bien, lui avoua sa mère.

Comment leur expliquer sa relation avec Maureen, maintenant ? se demanda Eddie. Jusqu'à peu, il était facile de dire qu'ils étaient ensemble, jusqu'à ce que Maureen lui fasse ce coup en traître, jusqu'à ce qu'elle soulève à son insu le voile du passé. Que diable espérait-elle ? Avec Barb et Larry, il n'y aurait pas de miracle de Noël. Jamais…

— Elle est très bien comme fille…

— Et elle te porte aux nues !

— Elle a changé d'opinion sur moi, en fait, confessa-t-il. J'ai quelque peu amoché l'image qu'elle se faisait de moi.

— Pourquoi ? Parce qu'elle nous a invités à venir ici ?

Eddie dévisagea son père. Maureen avait-elle…

— Elle n'a pas soufflé mot, le rassura sa mère, interprétant correctement l'expression de son fils.

— Ne fais pas cette tête-là, dit son père, avec l'ombre d'un sourire. Nous en savons plus long que ce que tu crois.

Sa mère eut un sourire moins assuré.

— Nous comprenons que Noël ne soit pas ta période préférée de l'année, et nous voudrions en parler avec toi, tenter de nous expliquer.

— Je ne vous demande pas d'explications. Je me suis fabriqué ma façon de passer des fêtes qui me conviennent.

— Nous espérons trouver une façon qui nous convienne à *tous*, désormais, Eddie… Nous avons essayé de faire de notre mieux. Pas toujours avec succès, je te l'accorde. Tous ces Noëls passés sur les routes… Nous l'avons fait pour toi.

Allons donc, songea-t-il, comme si c'était une partie de plaisir pour moi ! Mais il garda le silence.

— Nous pensions que c'était un bon moyen de t'empêcher de regretter tout ce que tu n'avais pas et que nous ne pouvions pas t'offrir. Nous étions fauchés comme les blés, Eddie, et nous ne voulions pas que tu le saches.

— Que veux-tu dire par « fauchés comme les blés » ?

Ses parents échangèrent un regard.

— Tes grands-parents sont tombés malades tous les deux et leur couverture santé était insuffisante. Cette maison médicalisée, celle où nous nous rendions si souvent, n'était pas du tout prise en charge. L'entretien de tes grands-parents nous a coûté presque toutes nos économies. La plupart du temps, cela signifiait faire l'impasse sur toutes les extravagances des fêtes. Nous pensions qu'en organisant des vacances complètement en marge des Noëls traditionnels, la situation serait moins pénible pour toi. Tu étais un enfant si calme, tu ne te plaignais jamais. Quand tu entrais sur scène chaque soir, tu t'illuminais, littéralement. Nous étions loin de nous douter que tout cela te pesait.

Eddie se laissa tomber dans un fauteuil.

— Vous auriez dû m'en parler. J'aurais compris.

Sa vie aurait-elle été différente s'ils lui avaient tout simplement avoué la vérité ? Peut-être n'aurait-il pas pris Noël en grippe. Peut-être n'aurait-il pas eu cette hargne à l'université et cette volonté désespérée de s'intégrer à la société tant et si bien qu'il avait anéanti toutes ses chances de le faire, en sombrant dans l'alcoolisme.

Stop ! s'ordonna-t-il, pas de regrets ni de remords ! On n'avance pas en regardant en arrière. On avance en regardant devant soi !

Il se tut, fixa ses mains et les joignit méthodiquement comme pour une prière. Tout au fond de lui, quelque chose se dénoua, un poids s'envola, celui des vieilles rancœurs, les plus tenaces, celles qu'il n'évoquait jamais aux réunions des AA pour ne pas avouer qu'elles l'habitaient encore.

Puis il leva les yeux et considéra ses parents, ses parents, qui n'étaient pas parfaits mais qui l'aimaient, et une espèce de douce résignation l'envahit. Une sorte de paix.

— C'est bon, dit-il à mi-voix. C'est bon.

— Fiston, dit Larry. J'ai mon amour-propre. J'en ai trop, d'ailleurs. Et pour ta gouverne, sache que tu n'auras pas à affronter le même genre de situation. Ta mère et moi avons souscrit une police d'assurance.

— C'était inutile.

— Nous l'avons fait pour toi. Tu comprends ?

— Oui, Larry. Je comprends.

C'était un bon début, en tout cas. Ils n'allaient pas résoudre une vie entière de malentendus en un seul Noël, et ils le savaient tous les trois, mais ils avaient entrebâillé une porte.

Un petit soupir de soulagement échappa à sa mère.

— Bon, maintenant, Eddie, parle-nous de Maureen. Elle nous a dit que tu avais composé une chanson originale pour le programme de Noël.

— Ça fait plaisir de voir que tu montres ton talent, au lieu de cacher qui tu es vraiment, commenta son père.

Eddie considéra tour à tour son père et sa mère, avec l'impression que toutes ses années d'enfance étaient bizarrement compressées dans cette parenthèse temporelle. A eux trois, ils avaient formé une famille non conventionnelle à bien des égards, mais une famille quand même. Ils avaient pris soin les uns des autres. Ils avaient fait de la musique ensemble, ils s'étaient disputés, ils avaient ri et vécu leur vie en compagnie les uns des autres. Il gardait le souvenir d'une enfance itinérante, déplorant de ne pas avoir de racines. En évoquant pour Maureen cette enfance, il s'était remémoré les rires et l'affection, et le fait qu'il s'était toujours senti aimé et protégé, même à l'arrière d'un fourgon, en train de manger des roulés à la crème, en observant des étrangers derrière la vitre, dans des villes inconnues. En regardant ses parents, il ne voyait plus tout ce qu'il refusait d'être. Il voyait des gens avec leurs défauts, mais des gens qui ne désiraient que son bonheur.

Il pouvait être heureux avec Maureen. Il le savait, et c'était pour cela qu'il l'avait repoussée. Quelque chose en lui pensait qu'il ne la méritait pas.

— A propos de Maureen, dit-il à ses parents, j'ai un service à vous demander…

*
**

Maureen devait faire une petite halte en chemin. Cela ne lui prendrait que quelques minutes et, de toute façon, elle était en avance — c'était maladif chez elle —, alors à quoi bon se presser ?

Elle s'arrêta à la bibliothèque. L'endroit était silencieux, sombre et désert — presque inquiétant. Elle pensa à l'un de ses romans préférés, *Le Livre d'Hannah*, où des enfants se font enfermer dans une bibliothèque. Effrayés au début, ils trouvent la sagesse et finalement le salut dans les livres qu'ils lisent.

Accomplissant son rituel de toujours, Maureen prit une allée au hasard. Les yeux fermés, elle fit courir ses doigts sur le dos des livres et s'arrêta quand elle le jugea bon. Elle tira sur l'ouvrage ainsi sélectionné, le fit tomber et posa le doigt sur une page. Puis elle ouvrit les yeux.

« Lavez les vêtements de la façon dont ils doivent être portés : fermeture Eclair remontée, boutons attachés, poches vidées et manches déroulées. Pour ôter des taches non toxiques, le plus simple est d'utiliser de l'eau froide et de la glace… » C'était donc là le message de la bibliothèque…

Elle referma le livre en marmonnant :

— C'est bon à savoir.

Pas de révélations ni là ni ailleurs, pas de réponses simples non plus. Juste une vieille institution, une institution vénérable et condamnée.

Elle aperçut le dernier numéro du *Troubadour* : fidèle à sa parole, Lonnie avait envoyé sa lettre au rédacteur en chef.

« A l'intention du rédacteur en chef et des habitants d'Avalon. C'est la première fois que j'écris une lettre comme celle-ci, alors excusez-moi si je ne m'en sors pas très bien. Il y a encore deux ans, je savais à peine écrire mon nom. C'était gênant. Et ça m'interdisait aussi de rêver à faire quelque chose de ma vie. Je n'ai pas appris à lire au CP, comme la plupart des gens. J'ai appris à l'âge de vingt-quatre ans, avec Mlle Maureen Davenport, à la bibliothèque, dans le cadre des cours d'alphabétisation pour adultes. L'année dernière, j'ai obtenu une équivalence de diplôme et j'ai monté ma propre entreprise de transports. Sans la bibliothèque, jamais j'aurais appris. Si la bibliothèque ferme, combien de gens comme moi resteront sur le bord de la route ? Je ne peux pas vous donner un chiffre parce que pour la plupart, ces gens sont comme moi, ils ont peur qu'on les croie débiles ou idiots. Mlle Davenport ne s'est pas contentée de m'apprendre à lire. Elle m'a rendu mon rêve. Ne laissez pas la bibliothèque fermer. Ou vous fermerez les portes au rêve de quelqu'un.

Hugo Lonigan. »

— Je suis désolée, chuchota-t-elle aux échos et aux fantômes qui hantaient les halls de marbre. Vraiment désolée…

C'était sans doute une bonne chose de s'éloigner. De Boston, elle ne verrait pas le bâtiment ni ses alentours transformés en centre commercial rempli de magasins et de boutiques.

En sortant, elle remarqua que le chariot placé sous la boîte des retours débordait. Les gens avaient rapporté leurs emprunts après avoir fait un grand ménage pour les fêtes, certainement. Plusieurs livres jonchaient le sol. Par habitude, elle les ramassa. Le dernier lui échappa des mains et tomba par terre ; à la page à laquelle il s'était ouvert, une phrase attira son regard : « A moins que vous ne changiez de cap, vous finirez par atteindre votre destination. »

24

Dehors, c'était l'accalmie ; les flocons avaient cédé la place à un crépuscule cristallin, dans l'air glacé d'un ciel clouté des premières étoiles.

Maureen arriva la première à l'église. Elle avait demandé aux parents des plus petits de ne pas venir trop en avance. Les enfants seraient surexcités et turbulents et, pour finir, ils dépenseraient toute leur énergie et abîmeraient les costumes qu'elle avait proposé aux familles d'improviser.

Elle fit une pause sur le parking et pencha la tête en arrière pour contempler le ciel. Ne jamais oublier de lever les yeux, de relativiser le monde, se dit-elle. La sphère infinie de la nuit lui rappelait l'immensité de l'inconnu, ramenant ses tracas à la mesure d'une piqûre d'épingle.

Concentre-toi, s'enjoignit-elle en pénétrant dans l'église, où elle alluma quelques lumières. Ne pense pas que nous ne sommes pas prêts, que la préparation du spectacle a été désastreuse.

Avec quelle vision grandiose et stupide elle s'était attelée à cette entreprise ! Elle avait imaginé que ce spectacle susciterait chez tous révérence et émerveillement. Au lieu de quoi, les costumes initiaux n'étaient pas mettables, les petits ne connaissaient pas les paroles de leurs chansons et le programme était semé d'embûches. La générale avait été cauchemardesque. Quant au message vocal qu'elle avait trouvé le matin, elle préférerait ne pas y penser. Sur les quatre musiciens du groupe, deux étaient malades. Complètement paniquée, elle avait appelé Ray Tolley. Il avait bien tenté de la rassurer, mais, à sa voix, elle avait compris qu'il était contrarié. Et pour couronner le tout, cette débâcle allait être filmée par une chaîne nationale ! L'équipe du tournage avait eu beau vouloir la rassurer en affirmant qu'au montage le spectacle paraîtrait réussi, cela ne lui avait procuré aucun réconfort.

Elle monta sur scène et alluma les lumières. Au moins le décor était-il prêt. Il embaumait l'odeur du pin grâce aux branches qui ornaient l'église. Le long des allées, des urnes en cuivre débordaient de houx et de poinsettias en pots. L'emplacement des musiciens, sur le côté, était plein à craquer entre le synthé de Ray et tout un attirail d'amplis et de haut-parleurs, sans parler de la table de mixage toute clignotante de témoins de veille. Surprise, Maureen constata qu'une batterie avait été ajoutée à l'ensemble.

Inspire profondément, se dit-elle. Inspire profondément pour te calmer.

Elle chercha au fond de son âme une lueur d'espoir. Noël avait toujours eu un effet magique sur elle et sur le cours de sa vie. Parfois, les choses tournaient mal, mais qu'importe ! Elle se débrouillait toujours pour retrouver espoir et apaisement ce jour-là. Il y avait dans l'esprit de cette fête quelque chose de bon et de généreux qui lui nourrissait l'âme.

C'était censé être son grand moment : une nuit de chansons et de célébration, son rêve de toujours. Et maintenant...

Cela dit, peut-être Eddie lui préparait-il quelque chose, songea-t-elle avec un brin de cynisme. Malgré tous les espoirs qu'elle avait placés dans le spectacle, elle l'envisageait avec pessimisme. En plus des tourments que lui causaient la fermeture de la bibliothèque et sa déception sentimentale, elle avait l'esprit hanté par la pire générale qui lui ait jamais été donnée de voir.

— Olivia, merci d'être venue, dit Maureen à son amie qui lui tenait lieu d'assistante en coulisse. C'est maintenant ou jamais !

— Détends-toi. Tout va bien se passer.

— Je parie que c'est ce qu'ont dit les passagers du *Titanic* juste avant qu'il ne heurte un iceberg !

Elle se pencha pour scruter l'église par l'interstice du rideau. Les places étaient presque toutes occupées. L'équipe de tournage était à sa place et des câbles serpentaient le long des allées latérales. L'air crépitait d'excitation et, en dépit de ses craintes, Maureen, elle aussi, se sentit gagnée par l'ambiance électrique. Même M. Byrne, d'ordinaire si renfrogné, était là, assis près de son épouse, de son fils et de sa belle-fille. La bibliothèque aurait-elle été sauvée, si elle avait obéi à sa requête et donné à son petit-fils Cecil le rôle de l'ange ? Pas sûr, songea-t-elle. Et puis, si elle avait accepté, elle se serait reproché amèrement d'avoir cédé aux exigences d'un tyran.

— Cinq minutes, lança-t-elle à Ray Tolley, qui s'apprêtait à entrer pour accorder les instruments. Vous allez vous en sortir ?

Il lui fit un grand sourire.

— Pas de souci. Les renforts arrivent !

— C'est tout de suite que j'ai besoin d'aide, objecta-t-elle.

— Pas de souci, Maureen. Tout se passera bien, je vous assure.

Il la dévisagea quelques secondes.

— Ça va, vous ?

Elle se mit à rire, parce qu'elle ne pouvait rien faire d'autre.

— Peut-être qu'après le spectacle, Eddie et vous aimeriez…

— Après le spectacle, Eddie et moi n'aurons plus rien à faire ensemble, coupa-t-elle. En fait, quand toute cette soirée sera terminée, je demanderai à la justice de déclarer la fin de sa peine d'intérêt général.

Ray sourit.

— Vous n'êtes pas au courant ? Il y a des années que c'est fini.

Il se dirigea vers son clavier.

Il fallut un moment à Maureen pour assimiler ses paroles. Eddie l'avait laissée croire qu'il avait été condamné par décision de justice à collaborer à ce spectacle de Noël ! Alors qu'en réalité, s'il y participait, c'était… dans quel but ? Pourquoi diable M. Anti-Noël se soumettait-il volontairement à des semaines de festivités, année après année ?

Elle l'aperçut de l'autre côté de la scène et chercha à capter son attention. Il lui lança un regard indéchiffrable, mais leva son pouce pour lui indiquer que tout allait bien.

Bien ?

Elle s'approcha de Jabez, qui était en train de se placer.

— Tu seras habillé comme ça ? s'étonna-t-elle.

Il haussa les épaules, pas vraiment concerné par son jean et son survêtement à capuche.

— Je suis un ange existentiel, dit-il simplement. Ne vous inquiétez pas. Ça ira très bien.

Le temps n'était plus aux discussions. La musique

commença par quelques notes incertaines. Puis l'ouverture démarra, la mélodie s'éleva vers les chevrons, se mêlant au parfum subtil de l'encens. Surprise par la majesté du son, Maureen se pencha et vit Ray aux claviers, mais aussi ses compères du groupe, Noah à la batterie et Bo Crutcher à la basse. En outre, il y avait — elle dut s'y prendre à deux fois pour s'en assurer — le père d'Eddie à la guitare ainsi que sa mère, munie d'un tambourin, qui soutenait les chœurs du premier numéro. Les petits anges et les petits bergers avaient effectivement improvisé des costumes pour le moins inattendus : ils étaient tous en pyjama. *En pyjama !* Ce spectacle aurait dû être ridicule, mais il s'avéra adorable. Et ce n'était que le début. L'Ange annonciateur parut et la magie de Noël prit le relais.

La voix de Jabez transcenda le spectacle, tenant toute l'assistance sous l'emprise de sa voix envoûtante. La Sainte Famille se montra en vêtements ordinaires, encore que le Joseph qu'incarnait Cecil Byrne eût ajouté une touche humoristique avec un T-shirt conseillant : « Venez manger chez Joe ».

Maureen était si occupée à tout orchestrer en coulisse qu'elle ne vit pas Eddie entrer sur scène, sa guitare sèche à la main. Juché sur un tabouret, au beau milieu de la scène, il offrit sa chanson au public comme une bénédiction. Sa mélodie était en soi magnifique, rehaussée par les admirables chœurs de ses parents. Maureen sentit leurs émotions se mêler et le spectacle lui apparut tout à coup intime et exubérant à la fois. La chanson d'Eddie s'adressait à chacun de façon différente.

Maureen sentit les larmes lui monter aux yeux. Elle était captivée, à l'instar de toute la congrégation. Les visages étaient radieux, des voix s'élevèrent, qui se joignirent en un exaltant « Il est né le divin enfant », emplissant le lieu saint de cette grâce particulière que Maureen avait cherché à atteindre durant toute cette période de Noël. Ce fut un merveilleux spectacle, salué à la fin par un tonnerre d'applaudissements. Elle n'aurait jamais dû douter du succès de son entreprise.

Durant l'ovation finale, elle épia Jabez, dont le visage était fendu d'un immense sourire. Elle lui toucha le bras.

— C'est un miracle que nous ayons réussi.

Le sourire du jeune garçon s'adoucit.

— Non… je ne dirais pas ça.

— Tu as raison. Il a fallu beaucoup de travail pour accomplir ce miracle.

Il acquiesça.

— Beaucoup de projets disparaîtraient ou resteraient en plan, si les gens restaient assis à attendre un miracle.

Elle le dévisagea un moment : quel garçon singulier, si sociable et en même temps si difficile à cerner !

— Ils sont venus, ce soir ? lui demanda-t-elle. Tes parents ?

Il promena le regard sur la foule debout et baissa la tête d'un air un peu intimidé.

— Oui, ils sont tous là.

Elle voulait lui demander de qui il parlait, mais très vite ils furent séparés, emportés dans deux directions différentes, dans la cohue des personnes qui surgissaient de partout. Maureen fut noyée sous les embrassades. On lui apportait des fleurs et des cartes de vœux, des friandises faites maison et des pochettes-cadeaux aux couleurs vives.

— C'était merveilleux, lui confia quelqu'un.

— Ce spectacle m'a élevé l'âme, déclara quelqu'un d'autre.

— A moi aussi, dit-elle, en considérant avec appréhension la foule grouillant autour d'elle.

L'église se vida rapidement car les gens étaient impatients de commencer leur réveillon. Maureen n'avait pas envie de gâcher l'effervescence qui régnait dans son cœur par une confrontation avec Eddie. C'était une erreur d'avoir invité sa famille à Avalon ; elle avait bien conscience des impairs qu'elle avait commis. Mais le mal était fait, et entre Eddie et elle, c'était terminé. A quoi bon se morfondre plus longtemps ? Elle devait se féliciter d'avoir très vite mis un terme à leur relation.

Elle fut prise d'une brusque envie de s'enfuir. Il lui fallait être seule tout de suite. Et le lendemain, elle fêterait Noël en famille, comme elle l'avait toujours fait, puis elle tournerait définitivement la page.

Se déplaçant furtivement à travers la foule, elle gagna la porte de derrière. Une fois dehors, elle marqua une pause, embrassa du regard les décorations lumineuses et remercia le Ciel pour les bienfaits qui étaient les siens. Elle avait une famille qu'elle adorait et qui l'adorait, des amis, ses chats et une santé solide. Et elle avait aussi un avenir, peut-être pas celui qu'elle escomptait, mais un avenir qu'elle aborderait avec prudence, s'accoutumant peu à peu à sa nouvelle vie.

Sixième Partie

« Suggestions de cadeaux à offrir pour Noël :
A ton ennemi, le pardon.
A un adversaire, la tolérance.
A un ami, ton cœur.
A un client, le service.
A tous, la charité.
A chaque enfant, un bon exemple.
A toi-même, le respect. »

Oren Arnold (1900-1980),
auteur et éditeur américain.

25

Maureen ne dormit pas très bien cette nuit-là. Sa tête de lit était encore égayée par les guirlandes lumineuses qu'Eddie y avait accrochées en riant, juste avant de lui faire l'amour. Elle se pelotonna sous sa couette et s'efforça de ne pas y penser, mais les souvenirs de cette nuit ne la laissaient pas en paix. Elle se rappelait chaque caresse, chaque baiser, chaque promesse murmurée.

Oublie-le, se dit-elle. Oublie tout. De toute façon, ça n'aurait jamais marché.

Ils étaient trop différents, il lui fallait accepter cette évidence. Mais elle n'y arrivait pas. Eddie avait fait entrer l'amour et l'humour dans sa vie, et maintenant c'était fini. Elle se sentait vidée et se demandait si, en fait, Eddie n'avait pas raison à propos de Noël.

Non, s'insurgea-t-elle, en remontant la couette sur sa tête. Elle ne le laisserait pas avoir raison. Ce n'était pas parce qu'elle lui avait permis de lui briser le cœur qu'il allait aussi réussir à lui gâcher son Noël ! Quelque part au loin, elle entendit des chants, un bavardage animé, et elle décida d'y voir le signe que quelqu'un, quelque part, était d'accord avec elle.

Au matin, elle s'éveilla lentement et traîna au lit, avec ses deux chats blottis contre elle, buvant son thé à petites gorgées et regardant par la fenêtre. Le monde avait toujours l'air différent le matin de Noël. Il y avait une luminosité, un frémissement dans l'air, une impression singulière que tout était neuf. « Clair et gai », comme disait un vieux refrain.

Les enfants essayaient les jouets que leur avait apportés le Père Noël, des luges et des patins à glace, des skis de fond, des raquettes.

Plus tard dans la matinée, Maureen chargea sa voiture de tous ses présents empaquetés avec soin et partit pour la maison de ses parents, qui serait pleine de monde d'ici à midi. Entourée de ses proches, elle partagerait leur amour et leurs rires ; elle contemplerait le visage de ses neveux et de sa nièce ouvrant leurs cadeaux, et elle participerait à la préparation d'une fête somptueuse. Elle roulait lentement et avec prudence, dépassa des couples et des familles qui flânaient, des enfants qui gambadaient, entendit un faible tintement de cloches dans le lointain.

Dès qu'elle eut passé le seuil de la maison, sa famille se massa autour d'elle. Sa nièce et ses neveux étaient impatients de lui faire admirer les cadeaux qu'avait apportés le Père Noël, puis tous se mirent à déballer ceux qu'elle leur offrait. Au milieu des réjouissances, on sonna.

— Maureen, tu veux bien y aller ? lui demanda Hannah d'une voix chantante.

Maureen s'exécuta.

C'était Eddie, les traits fatigués mais heureux.

— Joyeux Noël, Moe, lui dit-il.

Cet homme était décidément bien mauvais pour son cœur. Un seul bonjour et son rythme cardiaque s'affolait !

— Hum... Joyeux Noël à toi aussi.

— Je t'ai apporté quelque chose.

Son sourire aurait fait fondre la glace la plus compacte.

— Oh ! mais je n'ai rien à t'offrir, Eddie, je...

— Chut. C'est le cadet de mes soucis.

Il s'effaça, en tenant la porte grande ouverte.

Dans la rue, juste devant la maison, se trouvait le grand camion à plateau de Lonnie, décoré à la hâte de branchages de pin, et bondé de passagers. Maureen les reconnut tous, c'étaient des usagers de la bibliothèque, enfants et adultes confondus. D'autres s'étaient rassemblés sur la pelouse enneigée du jardin. Toute la ville semblait s'être réunie là. Un air de Noël s'échappait à flots des haut-parleurs.

— Votre attention à tous, fit alors la voix de M. Shannon par-dessus la musique. La bibliothèque gratuite d'Avalon ne fermera pas ses portes. L'objectif budgétaire a été atteint !

Maureen sortit sur le perron, sa famille derrière elle, et une clameur de joie monta de la foule.

Elle se tourna vers Eddie.

— Comment as-tu fait ?

Il lui raconta que, tel un véhicule de parade, le camion de Lonnie avait brinquebalé toute la nuit dans les rues d'Avalon, exhortant la population à sauver la bibliothèque. D'autres personnes avaient fait du porte-à-porte, sollicitant dons et promesses de dons. Les enfants et leurs parents avaient, eux aussi, retroussé leurs manches. Des mails urgents avaient été envoyés et un standard téléphonique composé de bénévoles avait œuvré sans relâche. Les garçons du spectacle, menés par Cecil Byrne, avaient en toute hâte produit un clip de sa chanson de Noël et l'avaient mise sur internet afin que le coût de chaque téléchargement soit versé au profit de la bibliothèque. Tous ces efforts combinés avaient porté leurs fruits et leur avaient permis de franchir le seuil fatidique. La bibliothèque était sauvée.

Maureen en resta un bon moment sans voix. Elle embrassait tout le monde, elle pleurait, elle riait.

Spontanément, les gens entonnèrent une chanson improvisée sur la pelouse gelée.

Eddie prit Maureen par la main et l'attira à l'intérieur de la maison, dans un coin tranquille, près de la cheminée. Elle voulait le supplier de ne pas la toucher, de ne pas lui rappeler que certaines choses ne pouvaient pas s'arranger, même si toute une ville s'y mettait. Pourtant, une partie d'elle avait envie de se cramponner à lui pour toujours.

Avec application, elle retira cependant sa main de la sienne.

— Tu as accompli — vous tous avez accompli — un exploit immense, Eddie ! Comment puis-je te remercier pour un tel cadeau ?

Il lui sourit et lui prit tendrement le visage dans sa main, puis il effaça du pouce une larme égarée sur sa joue.

— Tu viens juste de le faire.

— Et tes parents ?

— J'étais hors de moi que tu leur aies dit de venir ici pour Noël.

— Je n'aurais pas dû m'en mêler. J'ai eu tort et je te prie de me pardonner.

— Etait-ce une erreur, puisque ton plan a marché ?

— Qu'est-ce que tu veux dire ?

Il la prit par les épaules et la fit pivoter vers la cuisine, où son père et Hannah étaient en train de servir du café aux Haven.

— Il n'y a rien à pardonner, murmura-t-il à son oreille. C'est moi qui me suis conduit comme un crétin et tu avais raison à propos de mes parents. C'est la première fois que je rencontre quelqu'un qui me donne envie d'être meilleur. Ça explique sans doute que j'aie paniqué et que je t'aie repoussée.

Maureen refusait de se laisser aller à l'espoir, n'osant croire ce que son cœur lui répétait sans cesse. Elle continuait de penser à la nuit qu'elle venait de passer et à la solitude qu'elle avait éprouvée, à ce sentiment de vide. Elle ne pourrait supporter une autre nuit semblable à celle-ci.

— Je suis heureuse pour toi, Eddie. Et pour tes parents. Mais nous deux… je ne crois pas que ce soit possible.

— Foutaises ! s'exclama-t-il. Euh… pardon. Balivernes ! Tu te caches derrière cette ancienne blessure ou tu t'en sers de prétexte, je ne sais pas trop. Et inutile de me répondre que tu ne peux pas retomber amoureuse car tu risques une autre déception sentimentale. Parce que tu sais quoi, Maureen ? C'est vrai que ce risque existe. Tu ne serais pas la première ni la dernière. Et devine ? Tu pourrais bien aussi ne pas souffrir du tout. Tu pourrais vivre une histoire qui correspond exactement à tes rêves. Mais ces deux hypothèses t'effraient autant l'une que l'autre.

— Qui t'a rendu aussi expert en la matière ?

— J'ai déjà été amoureux. Simplement, ça n'a pas duré. Mais cette fois, c'est différent.

— Qu'en sais-tu ?

— Je n'ai aucune garantie sur l'avenir. Personne n'en a. Mais je crois en nous. Crois en moi, Moe, saute le pas. Nous pouvons y arriver.

Ces paroles lui réchauffèrent le cœur et elle cessa d'énumérer toutes les façons dont elle risquait de souffrir. Eddie avait accompli des exploits pour elle, et ce à bien des égards. Il avait sauvé le spectacle, en faisant venir des membres de son groupe à la dernière minute. Il avait demandé à Lonnie de sillonner la ville avec son camion pour collecter l'argent nécessaire au financement de la bibliothèque. Elle pouvait avoir toute confiance en lui, elle le comprenait enfin avec une certitude écrasante. Nouant ses bras autour de sa taille, elle appuya sa joue contre sa poitrine.

— Quel Noël étonnant, n'est-ce pas ?

— Hum, hum.

— Je resterai toujours intriguée par Jabez, cependant. L'enfant mystère.

— Quelque chose me dit que tout va bien se passer pour lui. Et pour nous aussi, Moe…

Il leva un rameau de gui au-dessus de la tête de Maureen et l'embrassa.

— Pour nous aussi, répéta-t-il.

Épilogue

Un an après

— Ne bouge plus ! Souris !

Eddie la prit en photo, tandis qu'elle accrochait une affichette sur la porte de son nouveau bureau : « M. Davenport — Conservatrice d'annexe. »

Ces derniers temps, Maureen avait toutes les raisons de sourire. Grâce au financement désormais assuré de la bibliothèque, elle avait pu agrandir son bureau au-delà des limites du petit espace qu'elle occupait auparavant. Eddie et elle étaient en train de nettoyer une grande pièce inutilisée du dernier étage qu'ils allaient transformer en bureau élégant, rien que pour elle.

Mais son sentiment de joie et de reconnaissance dépassait ses seules perspectives professionnelles. Dans la foulée du Noël le plus surprenant et le plus triomphal qu'elle ait vécu, elle avait passé une année magnifique. Sa vie privée avait connu un revirement total et elle n'aurait pu être plus heureuse.

Enfin, si... Mais l'étape suivante dépendait d'Eddie et elle ne voulait pas le bousculer. Il vivait désormais à

Avalon et, durant l'année, ils avaient été pratiquement inséparables. Ils s'étaient confiés la plupart de leurs secrets, avaient ri ensemble, s'étaient parfois disputés, mais s'étaient toujours pardonné. Elle accueillait chaque jour nouveau comme un cadeau, transportée d'amour.

Elle pensait avoir connu la véritable passion dans sa jeunesse et l'avait jugée trop incontrôlable et trop risquée. Puis Eddie était entré dans sa vie et tout avait basculé. Sa présence emplissait son cœur d'une chanson d'amour puissante et tenace, au rythme doux et infini. Avec Eddie, elle éprouvait l'ivresse, sous-tendue par un sentiment plus profond. C'était tout nouveau pour elle et, pourtant, vieux comme le monde, familier. Elle ne pouvait concevoir sa vie sans Eddie.

Cette idée accentua son sourire, car à peine un an plus tôt, elle était incapable d'imaginer passer un seul moment avec cet homme.

Il la surprenait à chaque instant, se révélant être un homme de parole, sincèrement tourné vers les autres, dissimulant sa propre souffrance plutôt que d'attrister son entourage. Il était devenu son meilleur ami, son *alter ego*, celui à qui elle confiait ses pensées les plus intimes. Quand elle lui avait parlé de sa fausse couche, il l'avait serrée dans ses bras pendant qu'elle pleurait, puis lui avait murmuré qu'il voulait qu'elle porte un jour son enfant à lui. Parfois, elle pensait qu'elle l'avait rêvé.

— C'est bon, arrête, lui demanda-t-il, en posant une caisse remplie de vieux dossiers.

— Arrête quoi ?

— De me regarder comme ça.

Il l'attrapa et la serra tout contre lui.

— Si tu continues à me fixer, nous n'avancerons pas.

Elle sourit.

— Nous avons bien mérité une petite pause, je crois.

— Bonne idée, murmura-t-il, et il l'embrassa délicatement, lui arrachant un soupir.

La seule chose qui aurait pu rendre son bonheur plus complet aurait été de savoir qu'ils resteraient ensemble, que leur amour durerait toujours.

— Bon sang, Maureen ! Si tu ne te maries pas avec lui, c'est *moi* qui vais l'épouser, avait récemment menacé Hannah.

Mais Eddie ne l'avait pas demandée en mariage. Elle en déduisait qu'il n'était pas prêt et n'allait pas le brusquer. Elle refoulait cependant un minuscule pincement de déception et se disait de ne pas être si gourmande. Elle gardait ses pensées pour elle, sans se départir de son sourire ; s'il lisait dans ses pensées, il en ferait sûrement toute une histoire !

— Dis, regarde dehors, murmura-t-il, en la faisant pivoter vers la fenêtre.

La neige avait commencé à tomber et de gros flocons se déposaient doucement sur le toit pentu, transformant le parc et les jardins en une féerie d'hiver.

— La première neige de l'année, commenta-t-elle. Je sais que, d'ici au mois de mars, j'en serai lassée, mais la première neige me rend toujours heureuse.

— Sais-tu ce que me rend toujours heureux ? lui demanda-t-il. Toi.

Elle lui noua les bras autour du cou. Comment avait-elle pu avoir peur d'aimer, peur de trop aimer ? Plus jamais elle ne se cacherait dans les livres pour se protéger. Désormais, elle voulait tout éprouver de la vie, dans sa richesse et son intensité. Eddie lui enseignait jour après jour que vivre, ce n'était pas éviter de souffrir. Vivre, c'était éprouver chaque moment, les bons comme les mauvais.

C'était si simple, songea-t-elle. C'était le miracle de l'amour avec Eddie. C'était…

Un courait d'air arctique s'insinua par le calfeutrage de la fenêtre, faisant grincer les fragiles carreaux et bruisser les vieux papiers entassés sur le sol. Le regard de Maureen tomba sur un ancien journal jauni. Le *Troubadour d'Avalon* paraissait depuis plus d'un siècle. La une s'étalait en caractères désuets : UN GARCON NON IDENTIFIE PERIT DANS L'INCENDIE DE LA BIBLIOTHEQUE.

— Regarde, dit-elle à Eddie, c'est un article à propos de la première bibliothèque. Je savais qu'elle avait été entièrement détruite par le feu il y a cent ans, mais je n'avais jamais lu de compte rendu original du sinistre.

Elle se baissa pour ramasser le journal, sec comme un parchemin. Elle saisit délicatement la section qui l'intéressait et l'orienta vers la lumière.

C'était un titre de première page et la photographie qui montrait un bâtiment calciné avait du grain. L'article rapportait que, selon toute vraisemblance, un vagabond avait cherché refuge dans la bibliothèque et était resté terré là après la fermeture. On citait la déclaration d'un certain M. Jeremiah Byrne : « Je conçois un regret infini à la pensée que quelqu'un ait perdu la vie. Faire bâtir une nouvelle bibliothèque est pour moi un acte de contrition. »

L'œil de Maureen fut attiré par l'une des photographies qui illustraient l'article. La légende disait : « Sa jeune existence s'est achevée dans un incendie. »

Elle leva les yeux vers Eddie.

— Mais, on dirait…

— Oui. C'est le sosie de Jabez.

— C'est comme une sorte de miracle !

Elle éprouvait un sentiment des plus étrange, à contempler cette photographie vieille d'un siècle et en y reconnaissant les traits du jeune garçon qu'ils avaient rencontré, jeune garçon qui s'était éclipsé après le spectacle de Noël, au soir du 24 décembre de l'année précédente, et que plus personne n'avait jamais revu. En parcourant les photographies du spectacle prises par Daisy Bellamy, Maureen n'avait pas trouvé un seul cliché représentant Jabez. Le documentaire de PBS, *Noël en province*, avait été récemment diffusé, mais là non plus l'adolescent n'apparaissait dans aucune séquence. Josie, la productrice, avait indiqué qu'une partie de l'enregistrement numérique du tournage avait été endommagée.

— Je savais que Jabez avait quelque chose de spécial, déclara Maureen. Il était aux anges, crois-tu ?

Eddie lui sourit.

— Je crois que oui !

— Je suis sérieuse. Je...

Il l'attira tout contre lui.

— Il y en a de toutes formes et de toutes tailles. Tu étais là la nuit où j'ai eu l'accident avec mon fourgon.

Elle ne répondit pas. Ils n'avaient jamais abordé ce sujet.

— Je t'ai prise pour un ange. Et j'avais raison.

— C'est impossible, dit-elle. Totalement, complètement impossible.

— Etrange réaction, de la part d'une fille qui a sauvé la bibliothèque.

— Tu m'accordes bien trop de mérite. C'est toi, Eddie, qui...

— Oh, non ! Les gens n'ont pas mis la main à la poche pour moi. C'est pour toi qu'ils l'ont fait.

— Je ne veux pas avoir tant d'importance.

— Moe...

Il lui caressa la joue avec tendresse et essuya une larme qu'elle avait versée sans s'en rendre compte.

— On ne choisit pas.

— Le véritable miracle, c'est l'influence qu'a eue Noël sur cette ville, affirma-t-elle, et l'effet que produit cette fête dans le cœur des gens, année après année, partout dans le monde. Tu sais que j'ai raison.

— Très bien, tu as raison. Revenons maintenant à ce que je disais il y a quelques minutes…

Maureen retint sa respiration. D'une certaine façon, elle savait. Mais elle craignait de se tromper. Pourtant, elle ne put empêcher les prières et l'espoir d'affluer à son cœur.

S'il te plaît, l'implora-t-elle intérieurement. Oh ! s'il te plaît, pose-moi la question.

Eddie eut un rire très doux et lui effleura le front d'un baiser.

— J'y viens.

— Oh !

Elle ne s'était pas aperçue qu'elle avait parlé à voix haute. Au cours de l'année passée, elle avait perdu de sa réserve et gagné en audace, s'autorisant à émettre certaines remarques. Néanmoins, elle devint cramoisie, incapable de réprimer en même temps un sourire niais de fille transie d'amour.

— A quoi ?

— Tu veux me le faire dire, c'est ça ?

— Mot pour mot.

— Ça risque de prendre un certain temps, alors. Parce que, vois-tu, ça fait longtemps que je veux te faire ma demande. J'en ai parlé avec ton père et il est d'accord. Remarque bien que le contraire ne m'aurait pas arrêté.

— Jamais mon père ne désapprouverait quelque chose que je souhaite de tout mon cœur.

— Tu vas trop vite, protesta Eddie. J'avais préparé

tout un discours et puis je t'ai aussi écrit une chanson, rien que pour toi.

— Tu as fait quoi ? Tu m'as écrit une chanson ?

— Rien que pour toi. Elle devrait te plaire.

— Oh ! là, là ! J'espère que tu as ton brevet de secouriste. Parce que je vais défaillir.

— Bon, dans ce cas, je vais te faire la version courte.

Il mit un genou à terre.

— Je t'aime, Maureen Davenport. Je suis tombé amoureux de toi quand tu m'as enfermé dans la bibliothèque pour que je compose cette fameuse chanson de Noël. Tu étais incroyable, Moe. C'est toi qui m'as forcé à me montrer sous mon vrai jour. Et puis j'ai su que tu étais l'amour de ma vie le jour où tu as fait venir mes parents ici. Pourquoi diable aurais-tu fait une chose pareille, sinon par amour pour moi ? Tu m'aimais assez pour me défier, pour provoquer ma colère et me rendre meilleur que je ne le suis. Et je veux qu'il en soit ainsi pour toujours. Alors, qu'en dis-tu ?

Maureen resta muette, submergée par l'émerveillement et les larmes.

— Un simple oui fera l'affaire, l'encouragea-t-il, en l'attirant dans ses bras.

— Oui, parvint-elle à murmurer. Oui, pour toujours.

Remerciements

Je n'aurais rien fait sans l'aide de mes amies — Anjali Banerjee, Carol Cassella, Sheila Roberts, Suzanne Selfors, Elssa Watson, Kate Breslin, Mary Buckham, Lois Faye Dyer, Rose Marie Harris, Patty Jough-Haan, Susan Plunkett et Krysteen Seelen —, écrivaines de talent et lectrices au regard acéré.

Merci à Sherrie Holmes d'avoir veillé à toute mon organisation.

Merci à Margaret O'Neill-Marbury et à Adam Wilson de Mira Books, à Meg Ruley et Annelise Robey de la Jane Rotrosen Agency, pour leurs contributions et leurs précieux conseils. Merci à mon éditrice et à mes lectrices d'avoir soutenu les *Chroniques du bord du Lac* et de toujours susciter en moi l'envie de retourner à Avalon.

J'adresse un merci tout particulier à ma fille Elizabeth, qui m'a aidée pour les recettes et qui m'a apporté ses compétences en marketing. Je remercie également ma sœur, Lori, pour sa relecture, et ma mère, Lou, qui me materne encore à mon âge.

Ma famille — mon principal moteur — s'est agrandie cette année et nous nous en réjouissons plus que jamais. Bienvenue parmi nous, Dave.

Vous aimez les histoires de Noël ?
Rendez-vous sur www.harlequin.fr

Composé et édité par HarperCollins France.

Achevé d'imprimer en octobre 2017.

CPI

BLACK PRINT

Barcelone

Dépôt légal : novembre 2017.

Pour limiter l'empreinte environnementale de ses livres, HarperCollins France s'engage à n'utiliser que du papier fabriqué à partir de bois provenant de forêts gérées durablement et de manière responsable.

Imprimé en Espagne.